KB053577

여왕을 위한 진혼곡

1

정유나 장편소설

여왕을 위한 진혼곡

I

D&C
BOOKS

목차

제1곡

intróïtus: nocte silénte
입당송: 고요한 밤에

introïtus: nocte silénte
입당송: 고요한 밤에

"죽여라!"

"여왕을 죽여!"

"왕국을 지옥으로 만든 사악한 마녀를 끌어내라!"

잔뜩 헝클어진 머리카락과 누더기처럼 해진 옷, 피죽조차 먹지 못해 홀쭉 팬 얼굴과 앙상하기 짝이 없는 팔다리.

악에 받친 얼굴로 고함치는 사람들의 눈은 하나같이 광기로 붉게 달아올라 있었다. 거칠게 휘두르는 주먹과 쿵쿵 울리는 발소리가 몹시 기세등등했다.

"죽여라!"

"여왕을 죽여!"

"마녀를 끌어내 돌로 쳐 죽여라!"

쿵!

쿵!

우르릉!

제 몸을 도외시하고 부딪혀 오는 사람들의 사나운 기세에 두꺼운 성문이 당장에라도 부서질 듯 위태롭게 흔들렸다.

커튼 뒤에 숨어 그 모습을 지켜보고 있던 여인의 눈이 공포로 어둡게 굳었다.

"마녀의 피를 주신께 바쳐라!"

"여왕을 죽여 그 피를 바쳐라!"

쿵!

쿵!

우르르릉!

거센 충돌을 받아 낸 성문이 고통스러운 비명을 질렀다.

이대로라면 분명 얼마 지나지 않아 부서질 터. 저들이 이곳까지 도달하는 것은 이제 시간문제였다.

"전하!"

"어떻게 좀 해 보십시오, 전하!"

"속히 결단을……!"

등 뒤에서 들려오는 소리에 그렇잖아도 핏기 없던 여인의 얼굴이 새하얗게 변했다.

이 상황에서 결단을 내리라는 것은 곧 나가 죽으라는 뜻.

그토록 편안하게 이용해 먹을 때는 언제고, 저들은 명목상일지언정 저희가 섬기던 군주를 성난 군중 앞에 먹잇감으로 던져 주려 하고 있었다.

'신이시여…….'

커튼을 꼭 쥔 손이 바들바들 떨렸다. 손끝부터 시작된 경련이 심장을 넘어 온몸으로 번져 나갔다. 뿌옇게 흐려진 눈은 이미 갈피를 잃은 채 방황하기 시작한 지 오래였다.

"전하!"

"전하!"

"그만 결단을 내리십시오, 전하!"

"시간이 얼마 없습니다! 속히……!"

"그만들 하시오. 내가 먼저 나가 볼 터이니."

묵직한 무게감을 가진 음성에 여인의 고개가 홱 돌아갔다.

흐릿해진 시야에 검은빛의 무언가가 일렁이는 것이 보였다.

우습게도, 그는 여인의 가장 큰 적 중 하나였던 자였다.

"공작……."

"본디 군주란 이럴 때일수록 심지를 굳게 하셔야 하는 법입니다. 하오니 그만 떠시고 이제 저들에게 군주 된 자로서의 위엄을 보여 주십시오. 눈물도 닦으시고요."

무감정한 목소리로 얘기한 그는 마지막으로 옷의 매무시를 단정하게 가다듬고는 말했다.

"하면 먼저 가 보겠습니다. 가장 높이 나는 분께 창공의 무한한 영광을."

단 한 번도 그녀 앞에서 굽혀지지 않던 허리가 깊숙이 숙여졌다. 처음이자 마지막으로.

여상스러운 얼굴로 궁을 나선 그가 반쯤 부서진 성문을 열고 나갔다.

그 순간, 좀 전보다 더욱 악에 받친 소리가 들려왔다. 광기와 증오로 얼룩진 고함 소리가.

"귀족이다! 우리의 살을 파먹던 귀족이 여기 있다!"

"죽여라!"

"여왕의 개에게 돌을 던져라!"

의연하게 서 있는 남자와 그를 향해 달려드는 성난 사람들.

커튼을 꽉 움켜쥔 채 창밖을 바라보던 여왕의 얼굴이 하얗게 질렸다. 삽시간에 군중 사이에 파묻힌 남자의 몸이 점점 붉은색으로 물드는 것이 보였기에.

"안 돼⋯⋯."

파르르 떨리던 눈동자가 습기를 머금었다.

그때, 피투성이가 된 남자가 그녀 쪽을 돌아보았다. 군중에게 잡혀 이리저리 흔들리고 있는 데다 이마에서 흐르는 피로 눈조차 제대로 뜰 수 없는 상태가 되었는데도, 그는 여인이 서 있는 곳을 정확히 바라보며 정중하게 고개를 숙였다.

그리고―.

'공작⋯⋯.'

숨조차 멈춘 채 남자의 마지막을 지켜본 여인이 입술을 꽉 깨물었다. 여전히 얼굴은 새하얗고 손끝에서 발끝까지 이어지는 떨림은 누가 봐도 한눈에 알아챌 수 있을 만큼 격렬했지만, 좀 전까지만 해도 공포로 흔들리던 보랏빛 눈동자에는 어느새 결연한 빛이 떠올라 있었다.

"폭도들이 더 날뛰고 있습니다!"

"성문이 완전히 뚫렸습니다. 전부 이리로 달려오는 중입니다! 이를 어쩌면 좋습니까!"

"전하! 어떻게 좀 해 보십시오, 전하!"

눈처럼 하얀 제복과 각종 보석으로 장식한 화려한 예복, 금을 비롯한 온갖 진귀한 것들로 몸을 두른 사람들.

오직 왕실에 대한 충심뿐이라고, 왕국을 위해서라면 그깟 목숨 따위 초개와 같이 바칠 수 있다며 입을 놀리던 이들의 본성이란 이토록 추악한 것이었다.

원망 섞인 재촉을 듣던 여인의 입가에 희미한 미소가 걸렸다.

무능력한 것도 죄라면 죄. 모든 것은 이리 될 걸 알았으면서도 저들에게 휘둘려 제대로 방비하지 못한 제 탓이었다.

"걱정 마오. 내 나갈 터이니."

"차, 참이십니까?"

"왜, 모두 지금껏 그걸 바란 게 아니었소? 걱정 마오. 내 돌에 맞고 온몸이 찢기어 죽으리다."

"……."

"그럼 안녕히. 모두 지옥에서 봅시다."

담담하게 인사를 건넨 여인이 돌아섰다.

한 걸음 한 걸음을 옮길 때마다 무릎이 꺾일 듯 휘청거리고 새까만 공포심이 자꾸만 눈앞을 가렸다. 하지만 그녀는 모두가 도망가고 없는 정문 앞까지 꿋꿋하게 걸어간 후에야 비로소 멈추어 섰다.

'그는 잘 갔을까.'

하얗게 질린 얼굴에 쓴웃음이 걸렸다.

머릿속에 아른거리는 인영을 몰아낸 여인이 천천히 눈을 감았다.

"여왕을 끌어내라!"

"마녀의 피를 주신께 바쳐라!"

"악마에게 영혼을 판 여왕에게 죽음을!"

쿵! 쿵!

콰과광!

거듭되는 충돌에 위태롭게 버티던 문이 요란한 소리를 내며 부서졌다.

조잡한 공성구를 어깨에 짊어진 사람들이 문안으로 쏟아져 들어오는 순간, 굳게 닫혀 있던 보랏빛 눈동자가 천천히 뜨였다.

사납게 일그러진 얼굴들을 스치듯 지나간 시선이 하늘로 향했다. 어느덧 어스름이 지기 시작한 시각. 잿빛으로 물든 그곳은 유독 한쪽만이 붉은빛을 띠고 있었다.

"여기 여왕이 있다!"

"죽여라!"

"마녀를 돌로 쳐 죽여라!"

휙! 휙!

퍽!

뽀얗던 이마에 한 줄기 붉은 강이 생겨났다. 상처 하나 없이 곱기만 하던 팔에도, 눈처럼 하얀 어깨에도.

흘러내리는 핏줄기를 본 군중들의 눈이 붉게 물들었다. 광기와 증오로 얼룩진 사람들에게서는 짙은 피비린내와 검은 불길의 냄새가 났다.

"죽여!"

돌 세례를 받으면서도 미동도 않는 여인에게 주먹만 한 돌멩이 하나가 날아들었다. 그 모습을 말없이 지켜보던 또 다른 여인의 눈앞에도.

시야가 핏빛으로 물들었다.

제2곡

kýrĭe
기도송

kýrïe
기도송

"헉!"

굳게 감겼던 눈이 번쩍 뜨였다.

밀라이아는 거친 숨을 몰아쉬며 주위를 정신없이 둘러보았다. 길게 드리운 휘장 사이로 여전히 깜깜한 바깥의 풍경이 눈에 들어왔다.

떨리는 손을 들어 얼굴을 더듬자 끈적끈적한 피 대신 축축한 식은땀이 손끝에 묻어났다.

그럼에도 이마 위와 뽀얀 어깨, 그리고 마지막으로 가느다란 팔까지 꼼꼼하게 손끝으로 훑어본 그녀는 아무 이상이 없는 것을 확인한 후에야 긴 한숨을 내쉬었다. 비릿한 내음을 풍기며 흘러내리던 핏줄기는 모두 허상일 뿐, 제 몸 어디에도 존재하지 않았다.

밀라이아는 비틀비틀 몸을 일으켜 컵에 물을 따랐다. 여전히 남은 잔떨림 때문에 밖으로 흐른 것이 반절은 되었지만, 목을 타고 넘어가는 물은 달기만 했다.

"하아. 이제야 좀 살 것 같다."

빈 컵을 내려놓은 그녀는 문득 느껴지는 불쾌한 느낌에 멈칫했다. 밤새도록 흘린 식은땀으로 시트며 이불이 전부 축축하게 젖어 있었다.

'대체 이 꿈은 뭘까? 잊을 만하면 한 번씩 반복되는 꿈이라니.'

불쾌하기 짝이 없는 악몽을 꾼 다음 날이면 늘 떠오르는 의문 하나. 오늘도 변함없이 머릿속을 뱅뱅 맴도는 생각에 밀라이아는 긴 한숨을 내쉬며 흠뻑 젖은 머리카락을 한데 모았다.

반년 전 처음으로 이 꿈을 꾼 후로 그녀는 매번 그 의미에 대해 고민해 왔지만, 아무리 생각을 거듭해 봐도 이렇다 할 답은 찾을 수가 없었다. 어째서 하필이면 백 년 전 재위했던 여왕으로 짐작되는 여자가 그녀의 꿈에 등장하는지, 그리고 자신은 왜 늘 그녀가 죽는 모습을 지켜보고 있는 건지도.

'아니지, 따지고 보면 진짜 여왕도 아니잖아? 내가 알기로 그런 일은 어디에도 기록된 바 없으니까 말이지.'

그런 어마어마한 규모의 폭동이 일어났다면 분명 사서에 기록되어 있을 터. 어려서부터 차기 국왕으로서 혹독한 교육을 받아 온 그녀가 모를 리 없었다.

'그렇다면 역시 과중한 압박감 때문일까? 혹은 꿈속의 그녀에 대한 동질감 때문?'

문득 드는 생각에 밀라이아는 고개를 저으며 침대 아래로 내려섰다. 꿈속에 등장한 알 수 없는 여자와 그녀의 공통점은 그저 이미 여왕의 자리에 올랐거나 곧 오를 거라는 것뿐, 그것 외에 같은 점은 하나도 없었다.

방 한쪽에 놓인 거울 앞에 다가간 그녀는 그 안에 비친 푸른색 눈동자를 바라보며 작게 중얼거렸다.

"나는 그녀와는 달라. 난 절대로 나약한 여왕은 되지 않을 거야. 그러니 귀족들에게 저리 등 떠밀릴 일도, 왕국민들에게 돌을 맞을 일도 없어. 저건 그냥 한낱 꿈일 뿐이야."

비록 왕국민들을 훌륭하게 이끌어야 한다는 압박감에 다소 시달릴지언정, 그녀는 절대로 유약한 여왕이 되지는 않을 것이다. 타고난 기질이 그러했고, 후계 자리를 놓고 반대파와 싸워 온 세월이 그러했으며, 차기 군주로서 쌓아 온 지식들이 그러했으니까.

"그래. 난 절대로 그 여왕처럼 되지 않아. 나는 곱게 자란 왕녀가 아니라 숱한 정쟁을 딛고 이 자리까지 올라온 왕세녀니까."

다짐하듯 다시 한번 중얼거린 그녀는 여전히 깜깜한 창밖을 한번 돌아보고는 쓴웃음을 지었다.

'망했군. 이대로 잠들면 또 악몽을 꿀 텐데. 이제 어쩐다?'

막막하게 사위를 둘러보던 시선이 방 한쪽 벽에 새겨진 독수리 문장에 닿았다.

푸른 눈이 반짝 빛났다.

"배팅은 여기까지. 자 그럼 모두 패를 까 보자고!"

대머리, 뚱보, 턱수염, 애꾸 그리고 특이하게도 검은 나비 가면을 쓴 여자.

이전 판의 승자였던 대머리의 말에 테이블에 둘러앉아 있던 다른 네 사람이 말없이 고개를 끄덕였다.

수도 루아리야 동북쪽 지구 A-42 구역에 위치한 붉은 벽돌집.

이름도 없는 이 불법 사설 도박장은 하루도 쉬는 날 없이 성황리에 영업 중이었지만, 오늘은 그 열기가 더욱 심화된 상태였다. 바로 중앙의 한 테이블에 산더미처럼 쌓인 금화 때문이었다.

"그럼 나부터 까겠어."

번쩍이는 금화를 흘낏 바라본 대머리가 침을 꿀꺽 삼키며 카드를 내려놓았다.

"풀하우스주: 포커 게임에서 4등 패. 나올 확률은 700분의 1 정도."

다이아몬드 퀸, 하트 퀸, 클로버 퀸, 스페이드 8, 하트 8.

대머리의 카드를 확인한 애꾸와 뚱보의 얼굴이 일그러졌다.

욕설과 함께 카드를 집어 던지는 두 남자를 보며 의기양양하게 웃어젖힌 대머리가 금화를 긁어모으려는 순간, 퉁퉁한 손목을 턱 잡아챈 턱수염 사내가 말했다.

"이봐, 패는 끝까지 까 봐야지. 안 그래?"

"뭐, 뭔데? 설마 풀하우스보다 높다고?"

반신반의하는 대머리를 보며 씨익 웃어 보인 턱수염 사내가 카드를 내려놓았다.

누런 이 사이에서 풍겨 나오는 입 냄새가 몹시 역했으나, 누구도 그런 것 따위에는 신경 쓰지 않았다. 그들의 관심은 오로지 사내가 내려놓는 카드에 쏠려 있었으니까.

클로버 6, 7, 8, 9, 10.

"스트레이트 플러시주: 포커 게임에서 2등 패. 나올 확률이 6만 5천 분의 1 정도로 극악하다다!"

"이건 말도 안 돼! 도박 인생 십 년 동안 한 번도 못 잡아 본 팬데!"

카드를 훑어본 대머리가 책상을 쾅 내리치며 분노했다. 부러워하는 사람들을 향해 다시 한번 씩 웃은 턱수염 사내가 텅 빈 주머니에 금화를 몰아넣었다.

그때, 빵빵해진 천 위로 새하얀 손이 얹혔다.

손의 주인을 확인한 턱수염 사내가 사납게 눈을 치켜떴다.

"뭐냐, 계집? 당장 이 손 안 치워?"

"워, 워, 왜 이리 성격이 급하시나. 우리 교양인답게 대화로 하자고, 응?"

"대화? 나는 몸으로 하는 대화 말고는 모르겠는데. 왜, 생각 있으신가?"

킬킬거리는 남자의 말에 어깨를 으쓱해 보인 여자가 말했다.

"아니, 됐어. 나는 그쪽처럼 입 냄새나는 남자는 사양이야. 그보다 누구 맘대로 돈을 챙기는 거지? 패는 끝까지 까 봐야 한다고 한 사람이 누구더라?"

"쓸데없는 소리는 집어치워. 스티플을 어떻게 이겨? 땡값주: 포커 게임에서 확률이 극히 희박한 패를 쥐게 될 경우 행운을 축하해 주는 의미에서 참가자들이 판돈 외에 따로 얹어 주는 돈을 의미한다이라도 면제해 주는 걸 다행으로 여기라고."

"아, 그 아저씨 참 성질 급하시네. 내 말이 맞는지 아닌지는 까 보면 알 거 아냐."

자신만만한 여자의 말에 턱수염 사내의 시선이 바닥에 놓인 여자의 패로 향했다.

스페이드 10, 다이아몬드 7, 하트 킹, 그리고 스페이드 에이스.

아무리 봐도 별 볼 일 없어 보이는 패에 피식 웃어 버린 남자가 무어라 말을 하려던 때, 손에서 두 장의 카드를 뽑아낸 여자가 그것을 바닥에 툭툭 던졌다.

스페이드 킹, 그리고 스페이드 잭.

그제야 여섯 장의 카드가 의미하는 패를 알아본 사람들의 눈이 휘둥그레졌다.

턱수염 사내를 비롯한 모두의 시선이 여자의 손에 하나 남은 카드로 향했다.

"설마 저게 그거라고?"

"아니, 그게 말이 돼? 깔린 게 둘뿐이었는데?"

"맞아, 거기다가 지금 퀸은 하나 빼고 다 빠졌잖아?"

웅성거리는 사람들의 말을 들은 여자의 입술이 짙게 호선을 그렸다.

보여 줄 듯 말 듯 감질 나는 태도로 손에 쥔 카드를 툭툭 튕기는 여자를 핏발이 선 눈으로 노려본 턱수염 사내가 버럭 고함을 질렀다.

"당장 못 까?"

"아, 진짜 성질 급한 아저씨네. 알았어요, 알았어. 그럼 깝니다?"

키득키득 웃음을 날린 여자가 카드를 손바닥으로 덮은 채 테이블 위에 내려놓았다.

조금씩 밑으로 내려가는 새하얀 손가락 사이로 카드의 앞면이 차츰 모습을 드러냈다.

아무래도 여자의 등에 가려 잘 보이지 않는 것인지, 그녀의 뒤쪽에 서 있던 구경꾼들이 침을 꼴깍 삼키며 슬금슬금 옆으로 이동했다.

마침내 검은색의 무언가가 모습을 드러내는 순간, 감질나게 손을 내리던 여자가 손바닥을 확 들어 올렸다.

"퀴, 퀸이다! 스페이드 퀸!"

"맙소사, 로열 스트레이트 플러시주: 포커 게임에서 1등 패. 나올 확률은 65만 분의 1로, 평생 한 번 얻기 힘든 패이다잖아!"

"진짜로 로티플이라고? 한 판에 로티플과 스티플이 같이 나왔단 말이야?"

경악한 사람들이 각자 시끄럽게 떠드는 사이, 여자는 '말도 안 돼'를 연신 중얼거리며 망연자실하게 앉아 있는 턱수염 사내의 손에서 주머니를 낚아챘다.

"땡값이라도 면제해 주는 걸 다행으로 알아, 아저씨. 안 그랬으면 아저씨는 파산이라고. 자, 그럼 나는 이만 가 보겠어. 아까 분명 막판이라고 했었지?"

넋을 잃은 남자를 향해 제 할 말만을 쏟아낸 여자는 곧바로 몸을 돌려 사람들 사이로 파고들었다.

유유하게 무리를 헤쳐 나간 그녀가 문가에 다다랐을 때, 갑자기 고함 소리가 들려왔다.

"막판 좋아하시네! 그 돈이 얼만데! 뭐 해? 당장 저년 잡아!"

"아, 끝까지 깔끔하지 못한 아저씨네, 정말."

한숨 섞인 목소리로 중얼거린 여자가 땅을 박찼다.

너 나 할 것 없이 뻗어오는 손을 피해 가볍게 문밖으로 뛰쳐나간 그녀는 모퉁이를 돌아 벽 고리에 묶어 두었던 말고삐를 낚아채며 곧장 말 위로 뛰어 올랐다.

"안녕, 아저씨들! 다음에 또 보자고!"

"야, 이년아! 거기 안 서?"

"같은 선수끼리 왜 이래? 섭섭하게. 그럼 아디오스! 다음에 볼 땐 이 좀 닦고 오라고!"

달려오는 사람들을 향해 유쾌하게 외친 여자가 그대로 말을 박찼다.

휙휙 스쳐 지나가는 바람에 검은 옷자락이 먹빛 물결을 그리고,

화려하게 장식된 검은 나비 가면이 돌바닥으로 추락하며 푸른 눈동자가 드러났다. 달빛 아래 흩날리는 백금발도.

'오랜만에 보람찬 밤이었군. 그깟 악몽 따위를 계속 꾸느니 이게 훨씬 낫지. 부수입도 꽤 짭짤하고 말이야.'

바람을 한껏 맞으며 달리던 밀라이아의 입가에 웃음이 걸렸다. 요즘 들어 감시가 심해지는 바람에 몹시 답답하던 차였는데, 오랜만에 밤바람을 쐬니 살 것 같았다.

'역시 사람은 가끔 바깥공기를 쐬어 줘야 해. 매일 궁에만 박혀 있으니까 악몽도 꾸는 거라고.'

밀라이아는 저를 궁에 박아 둔 원흉을 떠올리며 말을 한 번 더 박찼다. 밤거리를 울리는 말발굽 소리가 몹시 경쾌하게 들렸다.

다각다각, 다각다각, 다가닥다가닥, 다가닥다가닥.

'어라? 왜 말발굽 소리가 두 개지?'

의아한 마음에 잠시 속도를 늦추어 뒤를 돌아본 그녀는 마치 못 볼 것을 본 사람처럼 얼굴을 찡그렸다. 저만치서 폭풍처럼 달려오는 말의 그림자가 무척 익숙했던 탓이었다.

'악, 안 돼! 여기서 걸리면 평생 궁 밖으로 못 나갈지도 몰라!'

서둘러 자세를 낮춘 밀라이아가 말을 힘껏 박찼다.

히히힝!

크게 투레질을 한 말이 좀 더 속도를 내기 시작했다.

"거기 서십시오, 밀라 님!"

'미쳤냐, 내가 서게?'

속으로 맞받아친 밀라이아는 말 등에 몸을 더 바짝 붙이며 말을 독려했다.

희붐하게 뿜어져 나오는 불빛 속, 뒤에서 연신 들려오는 외침을 덮으며 고요한 밤거리에 말발굽 소리가 넓게 울려 퍼졌다.

그 소리가 향하는 곳의 끝에는 순백의 거대한 건물이 있었다.

"차암 잘하는 짓이십니다. 일국의 왕세녀께서 한밤중에 몰래 궁을 빠져나오신 것으로도 모자라, 왕국에서 법으로 금지하는 사설 도박장에 출입을 하시다니 말입니다."

밀라이아는 잔소리를 퍼붓는 남자의 시선을 슬그머니 피하며 속으로 중얼거렸다.

'으으, 아깝다. 조금만 더 달리면 들어갈 수 있었는데.'

"그래도 잘못한 건 아시나 보지요? 신을 보자마자 그리 눈썹이 휘날리게 도망가신 걸 보니 말입니다."

'뭘 또 잘못씩이나. 잡히면 잔소리를 늘어놓을 테니 그런 거지.'

몰래 입술을 삐죽인 그녀는 언제 그랬냐는 듯 활짝 미소 지으며 답했다.

"어머, 설마 내가 공작을 보고 도망갈 리가 있겠어요? 난 또 날 잡으려던 사람들인 줄 알았죠."

"허. 단순 도박으로도 모자라 잡힐 만한 일까지 하셨습니까? 이 번에는 또 무슨 사고를 치신 겁니까, 예?"

"별거 아니에요. 그냥, 하도 사기를 치길래 나도 좀 쳐 줬을 뿐…… 아차."

황급히 입을 틀어막자, 남자는 헛웃음을 삼키며 그녀를 빤히 내려다보았다.

또다시 한바탕 잔소리를 퍼부을 것 같은 느낌에, 밀라이아는 속으로 침음을 삼켰다.

'아, 진짜. 하필이면 왜 공작한테 걸려서는.'

생각 같아서는 대충 하고 들어가자 말하고 싶었지만, 마음 가는 대로 입을 놀리기에는 또다시 잔소리를 시작한 남자의 신분이며 지위가 만만치 않았다.

레이놀드 라 에스페라.

그는 본디 중앙 정계보다는 부를 쌓는 데 주력하던 에스페라 공작가의 주인으로, 현재는 그녀의 제왕학 스승 일을 맡고 있었다.

세인들의 말에 따르면 그는 선진 문물을 알아야 경제를 주도할 수 있다는 선대 공작의 신조에 따라 삼 년 동안 제국에 유학을 갔다 돌아온 인재였다. 그나마도 원래 오 년 일정이었던 것을 삼 년 만에 마쳤을 정도로 우수한 사람이라 들었다.

한데 그리 뛰어난 자가 어째서 정계에서 활약하는 대신 그녀의 스승 자리를 수락한 건지 밀라이아는 지금껏 이해할 수가 없었다. 이렇게 밤놀이를 나갈 때마다 매번 쫓아올 정도로 왜 그리 저를 챙기는지는 더더욱.

"그보다 공작은 내가 거기 있는 줄 어떻게 안 거예요? 설마 나한테 사람이라도 붙였어요?"

입술을 삐죽거리는 그녀를 잠시 바라보던 남자가 말했다.

"저야 늘 저하를 보고 있으니까요."

"뭐, 뭐라고요?"

왠지 소름이 돋는 기분에 한 걸음 뒤로 물러나자, 에메랄드 색 눈동자에 웃음기가 어렸다.

"농담입니다. 별것도 아닌 말에 뭘 그리 매번 놀라고 그러십니까?"

'저것 봐. 저러니 내가 헷갈리지 않을 수가 있냐고.'

밀라이아는 눈을 가늘게 뜨며 공작을 올려다보았다.

반년 전 그녀를 가르치던 르뮈엔 후작이 사임을 청하고 그가 새로운 스승이 됐을 때 밀라이아는 놀라 부왕에게 달려갔지만—사실 놀랐다기보다는 혹시 그와 자신을 엮어 주려고 이러는 건가 싶어 분노했다는 게 더 정확했다—, 그곳에서 마주쳤던 공작은 대놓고 그녀는 제 취향이 아니라 말했다.

그러니 미래의 대공 자리를 노리는 건 아닐 텐데—.

"또 딴생각하시는 겁니까? 이번에는 무슨 일로 궁을 빠져나가셨냐고 여쭈었습니다."

"아, 그게요. 실은…….."

슬그머니 눈치를 살피며 변명하려던 밀라이아는 문득 떠오르는 생각에 잠시 말을 끊었다.

'가만. 굳이 이렇게 힘 뺄 필요가 없잖아? 그보다 더 좋은 방법이 있는데 말이지.'

반년 사이 파악한 공작의 약점을 상기한 그녀는 언제 그랬느냐는 듯 표정을 싹 바꾸며 사르르 미소 지었다.

의도가 빤히 드러나는 그 웃음에 단단하게 버티고 섰던 남자가 움찔했다.

"뭐, 뭡니까. 또 무슨 짓을 하시려고…….."

"어머, 내가 무슨 짓을 한다고 그래요? 난 그냥 이렇게 계속 여기 서 있다가는 정말 날 새기 전에 구름궁으로 못 돌아갈 것 같다는 얘기를 하려던 건데."

입술 사이로 흘러나오는 목소리에는 애교가 잔뜩 담겨 있었다.

나긋나긋하기 그지없는 음성에 공작이 황급히 오른손으로 입을 가리며 표정을 감췄다.

하지만 밀라이아는 이미 그의 귀가 서서히 붉어지는 것을 확인한 후였다.

'이제 보나 마나 횡설수설하며 들어가자고 하겠지. 가만 보면 답지 않게 애교에 약하단 말이야.'

그래도 방심은 금물.

마지막으로 쐐기를 박기 위해 호소하듯 간절한 눈빛으로 쳐다보자, 에메랄드 색 눈동자가 눈에 띄게 흔들리는 것이 느껴졌다.

'됐군.'

하지만 곧 한숨과 함께 수락할 거라는 예상과는 달리, 공작은 눈을 한 번 질끈 감았다 뜨고는 단호한 어조로 말했다.

"이번에는 안 통합니다. 이유를 말씀해 주시기 전에는 안 보내 드릴 겁니다."

"……쳇. 알았어요, 알았어. 얘기하면 되잖아요."

입술을 삐죽이자, 공작은 그녀를 빤히 쳐다보다 물었다.

"흠. 혹시 또 악몽을 꾸신 겁니까?"

정곡을 찌르는 물음에 밀라이아는 가볍게 어깨를 으쓱해 보였다.

언제나 사람이 따라다니는 왕세녀라는 신분상 사적인 비밀이란 존재할 수가 없었으므로, 그녀가 반년 전부터 악몽에 시달리고 있다는 것은 측근들이라면 대부분 알고 있는 사실이었다. 물론 그 내용까지야 한 번도 입 밖으로 꺼낸 적이 없으니 아무도 모르겠지마는.

"알겠습니다. 오늘까지만 봐드리죠. 아, 그리고."

문득 생각났다는 양 오른 눈썹을 슬쩍 치켜세운 공작이 말을 이었다.

"어디 가서 그런 수법을 쓰실 생각일랑 꿈에도 꾸지 마십시오. 세상에 어떤 남자가 그렇게 의도가 빤히 들여다보이는 수작에 넘어오겠습니까?"

"뭐라고요?"

눈꼬리를 확 치켜세우며 노려보자, 남자는 그제야 만족한 듯 씩 웃고는 그녀의 궁 쪽으로 걸음을 옮겼다.

잿빛 대신 조금씩 푸른색을 머금기 시작한 하늘이 눈에 들어왔다. 앙상한 가지에서 하나둘 솟아나고 있는 연둣빛 새싹들도. 어느새 길고 길었던 겨울의 흔적이 조금씩 지워져 가고 있었다.

"벌써 새싹이 돋아나는군요. 슬슬 겨울도 끝나 가나 봐요."

"그렇군요. 어서 봄이 왔으면 좋겠습니다."

"오, 공작도 봄을 좋아하나 봐요? 아니면 겨울을 싫어하는 건가?"

"둘 다 딱히 좋아하지도 싫어하지도 않습니다만, 이번 겨울은 유독 길게 느껴져서요. 이러다 봄이 영영 오지 않으면 어쩌나 조바심 날 정도로 말입니다."

그냥 가볍게 던진 물음이었을 뿐인데, 돌아오는 답변은 예상외로 꽤 진중했다. 뭔가를 그리듯 허공을 향하는 에메랄드 색 눈동자는 깊게 가라앉아 있었다.

'뭐야, 반응이 왜 이래? 눈빛은 또 왜 저렇고?'

어딘가 무거운 그 눈빛에 왠지 끌려들어 가는 기분이 들어서, 밀라이아는 슬그머니 공작에게서 시선을 떼어 주위를 둘러보았다.

채 옷을 입지 못해 앙상한 나무들 사이사이로 저와 공작을 흘끗거리는 궁인들이 보였다. 웃는 얼굴로 뭔가를 속닥거리는 사람들도.

듣지 않아도 무슨 말을 하는지 알 것 같은 기분에 눈썹을 찡그리는데, 그제야 시선을 알아챈 듯 작게 혀를 찬 공작이 말했다.

"그러게 쓸데없이 밖에 나가서서 이런 시선을 받는 것 아닙니까. 도대체가……."

"아우, 또 잔소리. 하여튼 잔소리하는 것만큼은 대왕급이라니까."

노골적으로 얼굴을 찡그린 밀라이아가 두 손을 쫙 펼쳐 귀를 막았다.

듣기 싫다는 것이 역력하게 드러나는 그 태도에 실소를 머금은 공작이 갑자기 그녀를 향해 팔을 뻗었다.

슥슥.

'어?'

정수리에 와닿는 묵직한 느낌에 밀라이아의 눈이 동그랗게 뜨였다.

"뭐, 뭐, 뭐예요? 지금 감히 내 머리카락을 쓰다듬은 거예요?"

후다닥 뒤로 물러난 밀라이아가 빽 고함을 질렀다.

정수리에서부터 시작된 이유를 알 수 없는 열기가 삽시간에 발끝까지 쭉 퍼져 나가는 것이 느껴졌다. 마치 한차례 말을 달리기라도 한 것처럼 심장이 빠르게 뛰었다.

가쁜 호흡을 내뱉으며 사납게 노려보자, 살피듯 저를 바라보던 남자의 눈매가 부드럽게 풀리는 것이 보였다.

"네. 감히 그랬습니다."

속삭이는 듯한 음성에 밀라이아의 눈초리에서 스르르 힘이 빠졌다. 어쩌다 웃을 일이 있어도 입꼬리만 보일 듯 말 듯 들어 올릴 뿐, 대체로 차가운 인상의 남자가 저리 풀어지는 모습은 대단히, 그러니까…… 인상적이었다.

'뭐야, 저거. 반칙이잖아. 저 얼굴에다 대고 어떻게 화를 내?'

왠지 억울한 기분으로 가슴 위에 손을 얹는데, 갑자기 등 뒤에서 웃음기 어린 소리가 들렸다.

"어머, 우리 딸, 매일 싫은 척만 하더니 의외로 에스페라 공작과 사이가 좋네? 이런 이른 새벽에 단둘이 산책이라니."

"핫, 어마마마?"

황급히 돌아본 곳에는 진갈색 머리카락을 곱게 틀어 올린 한 여인이 서 있었다.

느긋하게 뒤를 돌아본 공작이 천천히 허리를 숙였다.

"창공의 드높음을 경배하라. 오랜만에 뵙습니다, 왕비 전하."

"네, 오랜만입니다, 에스페라 공작. 그동안 잘 지냈나요?"

"두 분 전하의 은덕에 힘입어 잘 지냈습니다. 전하께선 어떠하신지요?"

"본 비妃야 늘 그만하지요. 국왕 전하께서도 그렇고요. 그보다 우리 왕세녀 말인데……. 밀라?"

왕비의 얼굴 가득 차오른 미소를 보며 속으로 한숨을 삼킨 밀라이아가 말했다.

"네, 어마마마."

"훨씬 보기 좋구나. 그래, 젊은 애가 데이트도 좀 하고 그래야지. 물론 시간이 너어무 이르긴 하지만 말이다."

"아니에요! 데이트는 무슨! 전 그냥……!"

"그냥 뭐? 설마 또 궁을 빠져나갔다가 공작에게 잡혀 왔다고 말하려는 건 아니겠지?"

순간 왕비의 눈이 날카롭게 번뜩이는 게 느껴져, 밀라이아는 다시 한번 서둘러 손사래를 치며 답했다.

"아이, 그럴 리가요. 전 그냥, 어, 그렇지, 야외수업을 받던 중이었어요. 오늘따라 아침부터 공부가 너무 하고 싶더라고요. 그렇죠, 공작?"

"네, 뭐."

시큰둥하게 답하는 공작과 그런 그를 노려보는 밀라이아를 번갈아 가며 바라보던 왕비가 생글 웃음을 지었다.

"어머, 그렇구나. 수업도 하고 데이트도 하고, 일석이조네."

"그냥 수업이지 데이트는 아니라니까요? 애초에 에스페라 공작은 내 취향도 아니란 말이에요."

짜증 섞인 변론에, 묵묵히 사태를 관망하던 남자가 느릿느릿 말을 보탰다.

"일전에도 말씀드렸지만, 왕세녀 저하 역시 신의 취향은 아니십니다."

"아오, 알고 있거든요!"

공작을 돌아보며 빽 소리 지른 밀라이아는 크게 심호흡을 하고는 다시 왕비를 향해 말했다.

"보세요, 공작도 아니라고 하잖아요?"

"호호, 그래. 알았다, 알았어. 시간이 시간인지라 내가 오해를 좀 했나 보구나. 그럼 공부 열심히 하렴. 다음에 또 봐요, 에스페라 공작."

유쾌하게 웃은 왕비가 밀라이아의 어깨를 부드럽게 토닥인 뒤 돌아섰다.

아무리 봐도 제 말을 믿는 것처럼 보이지는 않았으나 그래도 별 탈 없이 넘어간 게 어디냐 싶어서, 밀라이아는 작게 한숨을 내쉬며 옆을 돌아보다 멈칫했다. 저를 바라보는 공작의 표정이 심상치 않았던 탓이다.

검게 드리운 속눈썹 그늘 아래, 에메랄드 색 눈동자가 불길한 불꽃을 품은 채 활활 불타오르고 있었다. 어쩐지 오싹한 그 눈빛은 마치, 뭐랄까…… 그래, 반년 전까지 그녀를 가르치던 르뮈엔 후작이 가끔 보여 주던 것과 비슷했다. 난 지금부터 네게 공부를 어마어마하게 시킬 거라는 의미를 담은 그런 눈빛.

'헉, 저 표정을 공작에게서 보게 될 줄은 몰랐는데. 갑자기 왜 저런 눈빛이람?'

온몸을 엄습해 오는 불길한 예감에 떨리는 마음을 감추며 마주 바라보는데, 손가락으로 턱을 쓰다듬은 공작이 말했다.

"생각이 바뀌었습니다. 그냥 안으로 들어가시지요."

"왜, 왜요?"

"아침부터 공부가 너무 하고 싶으셨다면서요? 스승 된 자로서 마땅히 저하께서 보여 주신 수업에 대한 열정에 보답해 드려야 하지 않겠습니까?"

"내, 내가 언제 열정을 불살랐다고……."

"아, 진도는 걱정 마십시오. 그동안 빠진 부분까지 아주 확실하게 보충해 드릴 테니 말입니다."

한 음절 한 음절 딱딱 끊어 말한 공작이 휙 돌아섰다.

밀라이아는 뒤도 돌아보지 않고 걷는 남자를 보며 눈썹을 찌푸렸다. 마음 같아서는 모르는 척 침실로 직행하고 싶으나, 단호한 저 뒷모습을 보아 자칫 그랬다가는 후폭풍이 어마어마할 것 같았다.

'아, 치사하게 진짜…….'

"같이 가요!"

한숨을 내쉰 밀라이아가 서둘러 그를 따라 걸었다.

종종걸음으로 공작을 따라가는 그녀의 뒤로 잿빛 그림자가 길게 늘어져 있었다.

"……래서, ……는 것이 왕도입니다. 듣고 계십니까, 저하?"

"네에에. 듣고 있어요."

밀라이아는 무거운 눈꺼풀을 간신히 들어 올리며 늘어지는 목소리로 답했다.

지난밤 잠을 제대로 못 잔 후유증이 이제야 나타나는 것인지, 몰래 팔을 꼬집어 봐도 그때뿐 좀처럼 맑은 정신을 유지하기가 어려웠다. 묵직하게 깔리는 공작의 음성이 마치 감미로운 자장가처럼 들려왔다.

졸음이 덕지덕지 묻어나는 대답을 들은 공작의 입가에 문득 의미심장한 미소가 스치고 지나갔다.

하지만 그는 언제 그랬느냐는 듯 금세 무표정한 얼굴로 책을 한 장 넘기며 말했다.

"악몽 때문에 고생이 많으시군요. 아무래도 지난밤 잠을 거의 못 주무셨나 봅니다. 하긴 거기에 밤 나들이까지 더해졌으니 피곤하실 만도 하네요."

"네."

"이제 얼마 안 남았습니다. 힘드시겠지만 조금만 더 버티십시오. 곧 자유를 맛보실 수 있을 겁니다. 전하도, 그리고 저도 말입니다."

'거창하게 뭘 또 자유씩이나……. 그럴 거면 그냥 좀 일찍 끝내 주든가. 아, 졸려. 당장 침대에 뛰어들 수 있으면 소원이 없겠네.'

자꾸만 감기려는 눈을 부릅뜬 채 속으로 투덜거린 밀라이아는 손가락으로 눈꼬리 근처를 꾹꾹 누르며 답했다.

"그래요. 그러니 얼른 마저 얘기해 봐요. 그 자유 좀 맛보게."

"그러지요. 어쨌든 그러하므로, 훌륭한 국왕이 되기 위해서는 항시 언행에 신중하셔야 하고, 한 번 입 밖으로 꺼내신 말씀은 반드시 지키셔야 하며, 늘 ……하셔야 하고, ……하셔야 합니다. 이해하셨는지요?"

"네에."

"하면 신을 이번 탄신 연회의 파트너로 삼아 주시겠습니까?"

"그러죠, 뭐…… 응? 뭐라고요? 방금 뭐라고 했어요?"

갑자기 잠이 확 달아나는 기분이 들어서, 밀라이아는 눈을 동그 랗게 뜬 채 맞은편에 앉은 남자를 쳐다보았다.

그는 입가에 슬쩍 미소를 머금은 채 그녀를 바라보고 있었다.

"감사합니다, 저하. 성심을 다해 모시겠습니다."

"아니, 잠깐만! 모시긴 뭘 모셔요! 이건 무효예요! 잠시 너무 피곤해서 반사적으로 답한 것뿐이라고요!"

"방금 전에 말씀드리지 않았습니까. 한 번 입 밖으로 꺼내신 말씀은 반드시 지키셔야 한다고 말입니다. 저하께서도 분명 이해했노라 답하신 걸로 기억합니다만."

"와, 자꾸 이럴 거예요? 그건 그런 의미에서 나온 얘기가 아니잖……."

"흠. 이제 잠은 좀 깨신 모양이군요. 하면 잠시 차라도 한 잔 드시지요."

폭포수처럼 쏟아지는 말을 아무렇지도 않게 잘라 낸 공작이 화로 위에 올려 두었던 주전자를 들어 빈 찻잔에 차를 따랐다. 그러고는 황당해하는 얼굴로 입만 벙긋거리는 그녀에게 잔을 건네며 말했다.

"드시면서 들으십시오. 한 가지만 마저 말씀드리고 오늘 수업은 마치겠습니다."

"……아, 정말. 후우. 알았어요."

'와, 진짜, 이런 식으로 빈틈을 치고 들어오다니. 자기가 무슨 전설의 레노아 백작이라도 돼?'

밀라이아는 당장에라도 따지고 싶은 마음을 꾹꾹 누르며 순순히 찻잔을 입가로 가져갔다. 한마디도 지지 않는 공작의 성격상 여기서 무어라 하면 그만큼 수업 시간만 더 늘어날 것이 분명했다.

"에드워드 3세 전하의 가장 위대한 업적이자 최악의 실수라 불리는 것을 답해 주십시오."

"설마 내가 그 정도도 모를까 봐요? 무연탄 매장지의 발견이잖아요."

"맞습니다. 하면 그게 왜 최악의 실수라 불리는지도 아십니까?"

"레드드래곤의 분노라고도 불리는 무연탄 산지의 대규모 화재 사건 때문이죠. 그로 인해 우리는 대륙 간 전쟁을 겪을 뻔했고, 또한 대신관들을 잃었……. 흠흠. 이 정도면 될까요?"

'아, 깜짝이야. 하마터면 큰일 날 뻔했잖아?'

백 년 전 그 사건에 대해 언급하는 자는 신분의 고하를 막론하고 처벌받는 것이 원칙.

자칫 큰 실수를 저지를 뻔했다는 생각에, 밀라이아는 긴 한숨을 내쉬며 가슴을 쓸어내렸다. 아무리 제가 왕세녀라 한들 금기를 범한 자에 대한 처벌에 예외는 없으니까.

설마 일부러 그런 건가 싶어 올려다보자, 공작은 탐색하는 듯한 눈초리로 그녀를 바라보다 느릿하게 고개를 끄덕였다.

"네. 그만하면 됐습니다. 반년 전에 비하면 장족의 발전이시군요."

"……흥, 당연하잖아요. 그동안 내가 얼마나 혹독하게 배웠는데."

지난 반년간의 고생을 떠올리며 보란 듯 입술을 삐죽인 밀라이아는 문득 떠오르는 생각에 불쑥 물었다.

"한데 공작은 왜 그렇게 여왕 시대를 자주 언급해요? 사실 나는 그 시대 별로 안 좋아하거든요. 암울하기도 하고, 알다시피 그런 일도 있었고 해서 말이죠."

'게다가 잊을 만하면 반복되는 꿈속에 나오는 여자 역시 여왕이지.'

속으로 중얼거린 밀라이아는 얼굴을 찌푸리며 두어 모금 마신 찻잔을 탁자 위에 내려놓았다. 아니, 내려놓으려고 했다. 은으로 만든 받침 접시가 때마침 불쑥 내밀어지지 않았더라면.

'헉, 깜짝이야. 어떻게 알았지?'

한번 들어 올린 찻잔은 받침 접시 위가 아니라 손만 뻗으면 바로 닿을 수 있는 곳에 내려놓는 것이 그녀의 오랜 버릇.

그러나 혹시라도 책잡힐까 그동안 공작 앞에서는 의식적으로 행동해 단 한 번도 보여 주지 않은 습관이었는데, 대관절 어찌 알고 이렇게 딱 맞춰서 받침 접시를 내민 것인지 도저히 알 수가 없었다.

하지만 그녀가 놀란 눈으로 바라보는 걸 아는지 모르는지, 공작은 무표정한 얼굴로 말했다.

"그럼 오늘 수업은 여기서 끝내겠습니다. 수고하셨습니다."

"수고했어요, 공작."

이제 해방이라는 생각에 방긋 웃으며 답하자, 공작은 무표정한 얼굴로 고개를 까딱해 보이고는 그대로 자리에서 일어났다. 언제 친근하게 굴었느냐는 듯 몹시 사무적인 모습이었다.

밀라이아는 책을 챙겨 휭하니 사라지는 공작의 뒷모습을 보며 피식 웃었다. 평소였다면 뭐 이리 태도가 휙휙 바뀌냐며 한마디 타박이라도 했을 테지만, 지금은 그저 한시바삐 침대에 뛰어들고 싶은 생각밖에 없었다.

까막까막 감겨 오는 눈꺼풀을 간신히 밀어올리며 침실로 향한 그녀는 옷을 갈아입자마자 곧바로 침대에 뛰어들었다. 시녀를 불러 잠시 낮잠을 자겠노라 일러둔 뒤였다.

'제발, 푹 좀 자자. 이번에는 꿈같은 거 꾸지 말고.'

하지만 그것은 이루어질 수 없는 소원이었다.

'여긴 또 어디지?'

밀라이아는 낯선 공간을 둘러보며 크게 심호흡했다. 분명 베개에 머리를 대자마자 잠에 빠져들었는데, 갑자기 허공에 붕 뜨는 듯한 느낌이 들어 눈을 떠 보니 어느새 이런 알 수 없는 장소에 서 있는 것이 아닌가.

'이상하다. 분명 처음 보는 곳인데 왜 이렇게 익숙한 느낌이지?'

조심스럽게 주위를 둘러본 그녀는 왠지 모를 기시감에 눈썹을 찡그렸다.

끝이 보이지 않을 정도로 너른 방 안은 온갖 호화로운 물품으로 가득 차 있었다. 바닥에 깔린 카펫이며 각종 가구, 하다못해 장식품 하나하나까지, 모두 지나치게 고풍스럽기는 했으나 어지간한 귀족들조차 쉽게 가질 수 없는 최고급품들이었다.

'이런 건 왕실에서나 쓸 수 있을 물품들인데……. 가만.'

그러고 보니 방의 구조가 어젯밤 꿈속에서 보았던 여왕의 집무실과 비슷했다.

설마 하는 마음에 창가로 달려간 밀라이아는 노을에 붉게 물든 바깥의 풍경이 기억 속의 그것과 같은 걸 확인하고는 한숨을 푹 내쉬었다. 어젯밤 한차례 악몽을 꾸었기에 당분간은 괜찮을 줄 알았는데, 이제는 쪽잠에서조차 같은 꿈을 꾸고 있는 모양이었다.

'하아, 그냥 좀 편하게 잠들고 싶다……. 어라, 근데 뭔가 좀 다르네?'

평소였다면 이쯤에서 폭도들의 함성이 들려와야 하는데, 창밖은 소란스럽기는커녕 고요하기만 했다. 방 안을 가득 채우고 있어야 할 귀족들 역시 그림자조차 보이지 않았고.

'그럼 이건 다른 꿈인가?'

고개를 갸웃하며 다시 한번 창밖을 살피는데, 문득 노을로 붉게 물든 정원을 나란히 걷고 있는 한 쌍의 남녀가 눈에 들어왔다.

그중 여인의 모습을 확인한 밀라이아의 눈이 반짝 빛났다.

'여왕이잖아?'

여왕의 위치를 다시 한번 확인한 후 서둘러 집무실을 빠져나온 그녀는 발소리를 죽이며 조심조심 두 사람의 뒤를 쫓았다. 아직까지는 딱히 나쁜 쪽으로 흐를 기미도 없겠다, 반년 만에 처음으로 등장한 새로운 꿈은 어떤 내용일지 궁금했다.

'어라, 저자는…….'

여왕과 함께 걷는 남자의 얼굴을 확인하려 눈을 가늘게 뜨는 순간, 남자의 이야기에 가만히 귀 기울이던 여왕이 조심스럽게 입을 여는 것이 보였다.

"저, 길리안 대법관. 그 건은…….'

'길리안 대법관?'

갑자기 들려오는 익숙한 이름에 절로 눈썹이 찌푸려졌다.

길리안가라면 에스페라가와 더불어 왕국에 넷밖에 존재하지 않는 공작가 중 하나.

정원의 구조도 그렇고 낯익은 가문 명도 그렇고, 그동안 애써 알 수 없는 여왕이라 일컬었지만 역시 눈앞의 여자는 백 년 전 재위했던 글로리아 여왕이 맞는 모양이었다.

물론 밀라이아보다 후대의 여왕일 수도 있겠으나, 여왕과 청년이 입은 옷이 백 년 전 유행하던 모양인 걸로 보아 그럴 확률은 극히 낮았다.

'이게 다 에스페라 공작 때문이야. 하도 여왕, 여왕 해 대니까 자꾸 그 시대의 꿈만 꾸게 되는 거라고.'

그녀가 속으로 투덜거리는 사이, 바람결에 흩날리는 하늘색 머리카락을 부드럽게 쓸어 넘긴 청년이 여왕을 돌아보며 답했다.

"네, 전하."

"그 건은, 음…… 그렇게 하기보다는 다른 방식으로 접근하는 게

낮지 않을까요?"

"어떤 식으로 말씀이십니까?"

"고의 생각으로는 그런 경우 왕국법 제17조보다 제58조를 적용하는 게……. 후우. 아니에요. 뜻대로 처리하세요."

'뭐야? 답답하게.'

밀라이아는 소심하게 말을 돌리는 여왕을 보며 눈살을 찌푸렸다. 명색이 군주인데 제 의견 하나 제대로 피력하지 못하다니, 저래서야 여왕이라는 직위가 아깝다 싶었다.

'대체 말은 왜 더듬거리는 거야? 거기다 주장은 왜 또 하려다 마는 건데. 저러니 귀족들에게 얕보이지 않을 수가 있겠어?'

한심하기 짝이 없는 모습에 속으로 중얼거리는데, 말없이 여왕을 응시하던 청년이 들고 있던 서류를 덮으며 답했다.

"네, 전하. 하면 전부 이대로 승인하시는 걸로 알고 처리하도록 하겠습니다."

"……네."

입술만 잘근잘근 깨물던 여왕이 천천히 고개를 끄덕이자, 청년은 서류를 동그랗게 말아 한 손에 쥐고는 자유로운 반대쪽 손을 그녀에게 내밀었다.

"시간이 꽤 지났군요. 궁까지 모셔다드리겠습니다."

"아, 아니에요. 바쁜 사람을 계속 잡아둘 순 없죠. 혼자 갈 수 있으니 신경 쓰지 않아도 돼요."

"아닙니다. 전하를 모시는 것보다 중요한 일이 어디 있겠습니까?"

"……고마워요."

작은 목소리로 답한 여왕이 청년의 손 위에 머뭇머뭇 제 것을 얹었다.

또다시 한숨이 나왔다.

'싫으면 싫다고 딱 자를 것이지, 저게 뭐 하는 짓이람? 눈빛은 왜 또 저렇게 흔들려? ……응? 흔들린다고?'

그제야 드는 생각에, 밀라이아는 새삼스러운 눈으로 여왕을 훑어보았다.

곱게 빗어 내린 백금발과 볼썽사납기는 해도 나름대로 신경 쓴 것 같은 옷차림, 흔들리는 보랏빛 눈동자, 그리고 평소 창백하기만 하던 얼굴에 은은하게 도는 붉은 기운.

어쩐지 여왕을 이루고 있는 모든 것이 영 예사롭게 보이지가 않았다. 특히 흔들리는 저 보라색 눈동자, 부드럽게 웃는 얼굴로 저를 에스코트하는 청년을 향한 바로 저 눈빛이.

'설마?'

머릿속을 스치고 지나가는 추측에 눈을 반짝이는데, 갑자기 건너편에서 누군가가 걸어오는 소리가 들렸다.

잠시 후 모습을 드러낸 흑발의 남자는 나란히 선 두 남녀를 알 수 없는 눈빛으로 바라보다 말했다.

"여왕 전하, 여기 계셨군요."

"……페르디난드 공작."

남자를 향한 여왕의 목소리는 좀 전에 청년에게 들려주었던 그것과는 확연하게 다른 울림을 갖고 있었다.

싸늘한 그 음성에 담긴 감정들을 눈치챘을 법도 하건만, 페르디난드 공작이라 불린 남자는 조금의 표정 변화조차 없었다. 깊게 가라앉은 잿빛 눈동자는 한 치의 흔들림도 없이 냉랭하기만 했다.

'호, 이러다 공작가란 공작가는 다 만나고 다니겠네.'

밀라이아는 에스페라 공작의 그것과 똑 닮은 흑발을 보며 속으로 피식 웃었다.

여왕의 심정이 어떻건 그녀로서는 그와의 조우가 꽤 반가웠다. 한때 정적政敵 관계였던 길리안가와 달리 처음부터 저를 지지해 왔던 가문의 이름이어서 그런가, 왠지 친밀하게 느껴지기도 했고.

"전하께서 몹시 분주하신 것 같아, 금일 정무 회의는 신들이 알아서 처리했습니다. 여기 회의록입니다."

"뭐, 뭐라고요? 지난번에 분명 오늘 회의는 내일로 미룬다고……."

"흠? 날짜가 다시 바뀌었노라 전언을 보냈는데 받지 못하셨는지요?"

"……그런 것, 받지 못했어요."

반 박자 느린 대답에 한쪽 눈썹을 들어 올린 남자가 말했다.

"아무래도 중간에 뭔가 문제가 있었던 모양이군요. 즉시 책임자를 찾아 엄벌에 처하겠습니다."

"지금 그게 중요……!"

저도 모르게 소리를 높이던 여왕이 멈칫했다.

두 눈을 꼭 감은 채 가볍게 심호흡을 한 그녀는 잠시 후 가라앉은 목소리로 말했다.

"알았어요. 그 일은 공작에게 맡기도록 하지요."

"좋습니다. 하면 그 일은 신이 알아서 처리할 터이니, 전하께서는 오늘의 안건에 대해 속히 결재를 내려주십시오. 급한 사안들이니 서둘러 주셨으면 합니다."

"……그리하지요."

"아, 그리고……."

두 걸음 뒤에 서 있는 청년을 흘끗 쳐다본 공작이 허리를 숙여 작게 속삭였다.

"밀회는 남들의 시선이 없는 곳에서 하시는 편이 좋겠습니다. 아무리 그래도 형제를 두고 저울질하시는 건 보기가 좀 그렇지 않습니까?"

난데없는 말에 여왕의 얼굴이 당혹감과 분노로 붉게 물들었다.

하지만 남자는 그런 여왕을 보는 둥 마는 둥 하며 그대로 몸을 일으켜 돌아섰다.

'와, 이 시대의 페르디난드 공작은 내가 아는 공작이랑은 엄청 다르네?'

늘 '허허' 웃는 중년 남자의 모습을 잠시 떠올린 밀라이아는 뚜벅 뚜벅 멀어지는 공작을 보며 속으로 혀를 내둘렀다. 아무리 그래도 일국의 여왕인데 너무 막 대한다 싶었다. 툭하면 제게 이기죽거리는 에스페라 공작조차도 저 정도로 무례하게 군 적은 없었는데.

"……그만 가죠."

"네, 전하."

복잡한 눈빛으로 공작이 사라진 곳을 바라보던 여왕이 청년을 돌아보며 말했다.

갑작스러운 방해꾼의 출현 때문일까?

여왕은 궁 앞까지 그녀를 데려다준 청년이 길게 인사말을 늘어놓은 뒤 손등에 입 맞추고 돌아설 때까지도 의례적인 감사만 표했을 뿐 별말이 없었다. 잠시 그가 사라진 쪽을 바라보기는 했지만 역시 그뿐이었고.

그 바람에 흥밋거리를 놓친 밀라이아는 회의록을 아무렇게나 내려놓고는 침대에 눕는 여왕을 외면하며 주변을 둘러보았다. 마음 같아서는 다른 곳을 좀 살펴보고 싶은데, 아무리 다리를 놀려 봐도 여왕에게서 일정 거리 이상 벗어날 수가 없었다. 아무래도 이번 꿈의 법칙은 그런 모양이었다.

"나란 애는 왜 늘 이 모양일까. 결국 오늘도 말 한마디 제대로 못했잖아."

'알긴 아는구나?'

밀라이아는 팔로 눈가를 가린 채 중얼거리는 여왕에게 속으로 쏘아붙이며 현 상황에 대해 고민했다.

'대체 이 꿈은 또 뭐람? 악몽이 아닌 점은 다행인데, 뭐가 뭔지 도무지 알 수가 없잖아. 원래 꿈은 다 이런 건가?'

하지만 그렇다고 보기에는 반년 전 악몽이 시작되기 전까지 그녀는 한 번도 이런 식으로 꿈을 꿔 본 적이 없었다.

짜증이 났다. 어째서 툭하면 이런 꿈을 꾸는 건지 알 수가 없었다. 새로운 내용에 흥미로웠던 것도 잠시뿐이지, 매일 이런 식으로 꿈을 꿔서야 어디 몸이 남아나겠냔 말이다.

"이러니 페르디난드 공작이 날 무시하는 게 당연하지. 정무회의에서 따돌림당하는 여왕이라니, 정말 한심해……."

"그럼 가서 바꾸든가. 그렇게 울고 있으면 상황이 바뀌니? 제 말마따나 한심해서 원."

울고 있는 여자를 보자 짜증이 확 솟구쳐 올라서, 밀라이아는 어차피 그녀에게 제 말이 들리지 않을 거라는 사실을 알면서도 날카롭게 대꾸했다. 저라면 저런 상황에서 절대 울고만 있지는 않을 터였다. 차라리 목숨을 담보로 한판 시원하게 싸워 본다면 모를까.

"그도 분명 나를 멍청하다 생각할 거야. 하긴 왜 안 그렇겠어. 나를 지지한다 말하는 귀족들조차 실은 제 이득만을 챙기는 판국인데."

"그럼 만족할 만큼 이득을 줘여 주든가 뭔가를 보여 줘서 충성을 이끌어 내야지. 그렇게 가만히 있으면 뭐가 달라지니?"

신경질적으로 맞받아치는데, 갑자기 머리 위로 검은 그림자가 드리워졌다.

왠지 모를 기시감에 고개를 들어 올린 밀라이아는 까만 복면으로 얼굴을 가린 남자를 발견하고는 저도 모르게 비명을 질렀다.

"꺄악!"

제법 큰 소리가 방 안을 짜랑짜랑 울렸지만, 팔로 눈을 가린 채 울고 있는 여왕이나 그녀 뒤로 슬금슬금 다가가고 있는 복면인 모두 그 소리를 듣지 못한 듯했다.

밀라이아는 품에서 단검을 꺼내드는 암살자를 보며 저도 모르게 외쳤다.

"글로리아! 일어나! 어서 일어나란 말이야!"

그 외침이 통했음인가?

아무렇지도 않게 밀라이아를 통과한 인영이 침대 맡으로 다가섰을 때, 수상한 인기척을 느낀 듯 여왕이 갑작스레 몸을 일으켰다. 그 바람에 움찔한 복면인이 사이드 테이블을 툭 건드렸다.

와장창!

바닥으로 낙하한 화병이 요란한 소리를 내며 산산이 부서졌다.

"누, 누구……!"

"쯧."

짜증스레 혀를 찬 암살자가 그대로 단검을 내리꽂았다.

"악!"

"여왕 전하!"

굳게 닫혀 있던 문이 쾅 소리를 내며 열렸다.

흡사 연극과도 같은 일이 밀라이아의 눈앞에서 펼쳐졌다.

깊숙이 꽂아 넣은 검을 거칠게 잡아 뽑는 암살자와 피를 뚝뚝 흘리며 쓰러지는 여왕, 침착하게 검을 꺼내드는 기사와 여왕에게 달려가는 또 다른 기사, 그리고 우왕좌왕하는 시녀들.

검을 뽑은 기사가 암살자를 상대하는 동안, 서둘러 달려간 다른 기사가 늘어진 여왕의 몸을 안아들었다. 어쩔 줄 몰라 하는 시녀들에게 어서 왕궁의를 불러오라며 버럭 고함을 지른 기사는 황급히 휘장을 잡아 뜯어 상처 부위를 강하게 압박했다.

새하얀 천이 삽시간에 붉게 물들었다. 아무래도 상태가 영 심상치 않은 듯했다.

"전하! 정신 차리십시오!"

"경⋯⋯."

"조금만 버티십시오, 전하! 곧 왕궁의가 올 겁니다!"

"이 일은 비밀로⋯⋯ 왕제에게는⋯⋯ 부디⋯⋯."

멍하니 서서 여왕과 기사의 대화를 듣던 밀라이아는 문득 시야가 흐릿해지는 것을 느끼고는 거칠게 눈을 비볐다. 여왕의 말이 늘어질수록 눈앞이 점점 어둡게 변하고 있었다.

"전하!"

주위를 가득 메운 소음들이 조금씩 멀어졌다. 누군가가 몸을 억지로 잡아끄는 듯한 감각이 전신을 감쌌다. 강제로 끌려가는 것만 같은 그 느낌에 속이 울렁거렸다.

그리고 눈을 떴을 때, 그녀는 이미 낯익은 침대 위로 돌아와 있었다.

"글로리아……."

밀라이아는 후두둑 떨어지는 눈물을 닦으며 천천히 몸을 일으켰다. 피 흘리며 죽어 가던 여왕을 떠올리자 가슴 한구석이 쿡쿡 쑤셨다.

'왜 이러는 거지? 너무 생생해서 그랬던 건가?'

기분이 이상했다. 아무리 눈앞에서 죽어 가는 모습을 보았다 해도 그래 봐야 꿈속의 인물이 아닌가. 한데 왜 이런 느낌이 드는 건지 알 수가 없었다. 그것도 그나마 악몽 속에서 좋지 못한 기억으로만 마주쳤을 뿐, 한 번도 깊게 생각해 본 적이 없는 사람이었는데.

'그래. 깊게 생각할 게 뭐 있어? 아무리 그래 봐야 꿈속의 인물일 뿐인걸. 평소와는 다른 방식이라 조금 놀라기는 했지만, 어차피 진짜로 벌어진 일도 아닐 테고.'

밀라이아는 고개를 세게 저어 악몽의 잔재를 털어 내며 침대에서 벗어났다. 비록 또다시 꿈을 꾸는 바람에 여전히 몸이 무거운 상태이긴 했으나, 그래도 조금이나마 자고 일어난 덕분인지 아까보다는 한결 나았다.

'그런데 난 왜 매일 죽는 꿈만 꾸는 거지? 돌에 맞아 죽질 않나,

검에 찔려 죽질 않나. 이러다가 나중에는 독살도 나오는 거 아냐?'

저는 죽음 같은 건 전혀 두려워하지 않는다고 생각했는데, 아니 애초에 그런 건 한 번도 가정해 본 적조차 없다고 생각했는데, 잊을 만하면 한 번씩 이런 꿈을 꾸는 걸로 볼 때 아무래도 그게 아니었던 모양이다. 그렇지 않고서야 반년 가까이 툭하면 이런 꿈을 꿀 이유가 없잖은가.

'나약하게 굴지 말자, 밀라이아. 나는 그녀와는 달라. 만일 그 상황에 처하더라도 절대로 그녀처럼 되지는 않을 거야. 귀족들에게 휘둘리는 국왕이라니, 그게 무슨 꼴불견이냐고.'

고개를 절레절레 저으며 줄을 당긴 밀라이아는 시녀들에게 옷을 가져오라 이르고는 창밖을 돌아보았다. 생각보다 꽤 오랜 시간을 잠들었던 건지, 어느새 해가 서쪽으로 상당히 기울어 있었다.

'으으, 쓸데없는 걱정은 그만하고 일어나 하자. 오늘 내로 처리해야 할 것만 해도 수십 건이야.'

쌓여 있는 서류들을 떠올린 밀라이아가 슬쩍 한숨을 내쉬었다.

생일 연회까지는 앞으로 열흘. 할 일이 산더미였다.

간절한 바람이 이루어지기라도 한 걸까? 아니면 일에 치여서 몹시 피곤했던 탓?

둘 중 진짜 이유가 있었는지 아니면 그저 단순한 우연의 일치였는지는 알 수 없었지만, 어쨌든 밀라이아는 여왕이 피습당하는 꿈을 꾼 이후로 한동안 아무 일 없이 평온하게 잠들 수 있었다.

그러나 이제야 겨우 편안한 밤을 보내고 있다며 즐거워한 것도 잠시, 밀라이아는 결국 사흘 만에 또다시 험난한 꿈의 세계로 떠날 수밖에 없었다. 일과를 마치고 잠자리에 들었을 때, 눈을 감자마자 허공에 붕 뜨는 듯한 느낌이 재차 온몸을 감쌌으니까.

'하아, 또야?'

짜증이 훅 밀려왔다. 그러잖아도 피곤에 절어 있는데 또 꿈이라니. 그나마 즐거운 내용이라면 모를까, 보나 마나 여왕이 죽는 모습이나 반복되지 않겠느냔 말이다.

'하, 그래. 이번에는 또 어떤 내용인가 보자.'

신경질적으로 중얼거리며 눈꺼풀을 들어 올린 밀라이아는 갑자기 쑥 다가오는 얼굴에 놀라 비명을 질렀다. 아니, 질렀다고 생각했다. 고함은 쳤으되 입술이 마음대로 움직이지 않았기에 실제로 비명을 질렀다고 보기는 어려웠던 탓이다.

'악, 깜짝이야. 어차피 날 볼 수도 없으면서 왜 얼굴은 들이밀고 그래?'

반사적으로 가슴에 손을 얹으려던 밀라이아는 미동도 않는 몸에 놀라 멈칫했다. 소리가 안 나오는 걸로도 모자라 몸마저 마음대로 움직여지지 않다니 기분이 영 나빴다.

"깨어나셨군요."

'이건 또 새로운 방식이네. 이래서야 답답해서 어떻게 버틴담? 소리야 그렇다 쳐도 몸도 못 움직이면 어쩌자는 거야?'

속으로 투덜거리는데, 아직 변성기가 지나지 않은 듯한 남자아이의 목소리가 거듭해서 들려왔다.

"어찌 답이 없으십니까? 이제 저와는 말조차 섞기 싫으시다는 겁니까?"

'설마 나한테 말을 거는 건가?'

뭔가 이상하다는 것을 인지하는 순간, 좀 전과는 다른 의미에서 경악성이 흘러나왔다. 아니, 사실은 이것 역시 그저 생각에 그쳤을 뿐 여전히 소리는 밖으로 새어 나가지 않았다.

하지만 밀라이아는 지금 그 사실에 대해 고심해 볼 겨를이 없었다. 그녀는 현재 '이쪽 세계'에서 자신을 볼 수 있는 사람이 있다는 사실에 무척 놀라고 있었으니까.

'이게 어떻게 된 거지? 침대 휘장이나 천장 무늬로 봐서는 여왕의 침실이 확실한데.'

"하, 됐습니다. 누님께 뭘 기대한 제가 잘못이죠. 깨어나신 걸 확인했으니 저는 이만 물러납니다."

'뭐라고? 누님?'

이해할 수 없는 상황에 머릿속이 뒤죽박죽 헝클어지는 순간, 제 멋대로 움직인 입술이 두 마디를 토해 냈다.

"에디, 잠시만……!"

'뭐, 뭐야, 이거?'

소리 없는 비명이 흘러나왔다. 어째서 몸이 제멋대로 움직인단 말인가?

밀라이아는 당장에라도 기절하고 싶은 마음을 애써 억누르며 마구잡이로 떠오르는 생각을 정리했다. 어째서 이 소년은 자신을 누님이라고 부르는 것인지, 입술 사이에서 흘러나오는 이 목소리는 왜 이리도 익숙한지, 그리고 어째서 몸이 제멋대로 움직이는 건지 등에 대해서.

'방금 내가 말한 거 맞지? 이게 대체 어떻게 된 거야?'

시야에 걸리는 머리카락이 곧게 뻗은 생머리라는 점이나 입술 사이로 흘러나오는 목소리가 익숙한 것으로 볼 때, 인정하기 싫지만 그것들이 가리키는 사실은 단 하나였다. 지금 그녀는 여왕의 몸에 들어와 있다는 것. 몸을 마음대로 움직일 수 없다는 사실로 보아 여왕의 몸에 씌거나 한 건 아닌 듯했지만, 그것을 제외한다면 현재 그녀는 이 세계에 속한 사람이나 진배없었다.

'이게 대체 어떻게 된 거지?'

꼬리에 꼬리를 무는 의문에 혼란스러워하는데, 막 돌아서려던 소년이 인상을 찌푸리며 그녀를 노려보았다. 기껏해야 열너덧 살 정도로 보이는 남자아이는 몹시 화가 난 것처럼 보였다.

"뭡니까? 갑자기 애칭이라니. 죽음의 위기를 겪으시더니 뭔가 심경의 변화라도 일으키신 겁니까?"

"……무례하군요, 왕제. 됐습니다. 이만 가 봐도 좋아요."

머뭇거리던 입술이 싸늘한 한마디를 토해 냈다.

가느다랗게 흘러나오는 그 음성은 몹시 쌀쌀맞았지만, 밀라이아는 여왕의 심장이 입술과는 다른 말을 하고 있다는 사실을 깨달았다. 놀랍게도 그녀는 현재 다른 사람, 즉 여왕과 감각을 공유하며 그 시선에 따라 세상을 바라보고 있었다.

'뭐야, 이거. 왠지 좀 오싹한데?'

말이 제멋대로 튀어나가는 것도 그렇고 시선이며 감각을 공유하는 것도 그렇고, 마치 한 몸에 두 사람이 있는 것만 같은 기분에 소름이 돌았다.

"에디……."

한참 동안 동생이 사라진 쪽을 바라보던 여왕이 풀기 없는 목소리로 중얼거렸다.

미안함과 답답함으로 복잡하게 얽힌 감정이 그녀의 심장을 타고 밀라이아에게로 전달되었다.

'뭐 이런 꿈이 다 있담? 평소처럼 그냥 관찰자나 될 것이지, 이건 마치 내가 악령이라도 된 것 같잖아.'

밀라이아는 스멀스멀 밀려오는 불쾌감에 속으로 불평을 늘어놓았다.

포장하지 않은 내면이 그대로 전해져 오는 걸로 보아 여왕은 그녀가 감정을 공유받고 있다는 사실을 모르는 듯했으나, 제 것이 아니되 제 것처럼 느껴지는 마음들을 그대로 전달받는 건 생각보다 꽤나 힘겨운 일이었다. 상당히 거북하기도 했고.

'그나저나 여왕은 왜 이러는 거야? 이렇게 미안해할 거면 애초에 쌀쌀맞게 대하지를 말든가. 보아하니 왕제는 전혀 모르는 거 같던데.'

돌아가는 정황으로 보아하니 아무래도 뭔가 숨겨진 속사정이 있는 모양이었다. 그것도 여왕만이 알고 있는 무언가가.

'에디라고 하는 걸 보면 에드워드 3세일 텐데, 그럼 이쪽도 역시 왕위 계승권 때문인가? 에스페라 공작이 말해 준 바에 따르면 당시 여왕의 부군 자리를 놓고 꽤나 치열한 다툼이 있었다고 했으니 말이지.'

밀라이아는 공작에게 수없이 들었던 이야기들을 떠올리며 여왕이 천천히 몸을 일으키는 것을 지켜보았다.

'한데 여긴 아까부터 왜 이렇게 아픈 거지? 설마 이거, 지난번 꿈에서 이어지는 내용인가?'

조금 전 왕제의 얘기도 그렇고 검에 찔린 상처 부위로 짐작되는 부근이 아픈 것도 그렇고, 어쩐지 이번 꿈은 사흘 전과 연결되는 내용 같았다.

"으……."

욱신거리는 가슴 부위를 손으로 누른 여왕이 고통스러운 신음을 흘렸다. 팔만 뻗으면 시녀를 부를 수 있음에도 굳이 혼자 움직이려는 모습이 꽤 딱해 보였다.

그 모습을 보자 가슴이 무거워졌다. 분명 연결된 감각을 통해서 전해져 오는 통증은 상당히 큰데, 이걸 아무에게도 말하지 않는다니. 그것은 마치 혈육보다도 가까워야 할 침실 시녀들조차 믿을 수 없다는 것처럼 느껴졌다.

'뭐야, 이거. 한낱 꿈 주제에 사람 기분을 왜 이리 얄궂게 만들어?'

가볍게 투덜거리는 것으로 무거운 마음을 애써 털어내는 동안, 준비를 마친 여왕은 마지막으로 매무시를 점검한 뒤 방을 나섰다.

아직 다 낫지 않은 상처의 아픔이 하나로 연결된 감각을 타고 밀라이아에게로 전해져 왔다.

'허, 이 상태로 태연하게 움직인다고?'

밀라이아는 새삼스러운 기분으로 여왕이 하는 양을 지켜보았다.

가슴의 통증이 생각보다 적지 않음에도, 그녀는 입술을 짓씹는 것 외에는 신음 소리 하나 흘리지 않았다. 사정을 모르는 사람이 본다면 다쳤다는 사실조차 알아채지 못할 만큼 차분한 모습으로.

'그동안 한심하게 본 게 조금 미안해지는데.'

갑자기 여왕이 다르게 보여서, 밀라이아는 다소 놀라운 마음으로 그녀를 관찰했다. 늘 주변인들에게 치이는 모습을 보고 형편없는 인물이라 판단했었는데, 생각보다는 꽤나 강단 있는 사람인 것 같았다.

'아니 그런데, 정말 해도 해도 너무한 것 아닌가?'

아무리 힘없는 여왕이라고 해도 그렇지, 솔직히 지금 이 상황은 말도 안 됐다. 다른 것도 아니고 일국의 여왕이 죽다 살아났는데 어찌 아무도 곁에 없을 수가 있단 말인가.

물론 동생인 에드워드 왕제가 와 있었으니 잠시 사람을 물렸던 거라고 볼 수도 있겠지만, 그렇다면 그가 돌아간 다음에는 왕궁의 뭇 신하들이 나타나야 하는 것이 정상이었다.

한데 그러기는커녕 막 정신을 차린 여왕이 홀로 남아 있는데도 아무도 들여다보지 않다니.

'대체 얼마나 왕실을 업신여겨야 이럴 수 있는 거지?'

어처구니없어 하며 속으로 중얼거리는 사이, 여왕은 아픈 몸을 겨우겨우 이끌고 옆방으로 걸어가 조용히 문을 닫았다. 그러고는 엿듣는 인기척이 없나 확인한 후, 액자 뒤에 숨겨진 금고에서 두툼한 책자 한 권을 꺼내 펼쳐들었다.

'갑자기 뭘 적으려는 거지? 설마 살생부라든가……'

그동안 지켜봐 온 바로는 그럴 리 없었지만, 만일 그게 사실이라면 이제는 여왕을 완전히 다른 눈으로 봐도 될 것 같았다.

밀라이아는 흥미진진한 기분으로 깃펜에 잉크를 적시는 여왕을 관찰했다. 감정만이 넘어올 뿐 생각까지 공유되는 것은 아니기에 뭘 적으려는 건지는 알 수 없었으나, 비밀 장소에 숨겨 둘 정도라면 그게 무엇이 되었든 간에 꽤나 흥미로운 내용일 것 같았다.

왕국력 357년 3월 5일.

'에이, 일기장이었어?'

'그럼 그렇지'라는 생각에 피식 웃는데, 동글동글한 필체로 날짜를 적어 넣은 여왕이 다시금 깃펜을 놀리는 것이 보였다.

왕국력 357년 3월 5일.

죽을 뻔한 위기에서 간신히 살아났다. 다행이다. 지금 내가 사라진다면 저들은 분명 합심하여 에디마저 물어뜯을 테니까. 그리고 모두 불타 버리고 말겠지.

안 돼. 절대로 그런 일이 벌어지게 둘 수는 없다. 그 때문에 '여행' 계획도 실행한 것이 아닌가.

여행, 여행, 여행.

유일한 희망의 끈이기에 놓지 못하고 있기는 하지만, 아무리 생각해도 이 방법으로 해결책을 찾기는 요원한 것 같다. 오히려 예기치 못한 부작용만 낳았을 뿐.

본의 아니게 엮이게 된 그녀에게 미안하다.

내 삶을 보며 조금이나마 얻는 것이 있기를 바라고 있지만, 과연 그녀에게 도움이 될지는 모르겠다. 그녀는 나보다 훨씬 나은 처지의 왕녀, 아니, 왕세녀니까.

그나저나 이 부작용은 어떻게 해결해야 할까? 처음 자료를 모았을 때는 분명 시전자만이 연결된 상대를 볼 수 있는 일방형 마법이라 적혀 있었는데.

'뭐라고? 왕세녀? 마법?'

눈을 부릅뜨는 순간, 누군가가 몸을 억지로 밀어내는 것 같은 감각이 온몸을 감쌌다. 여왕이 습격을 당했던 그날 밤과 똑 닮은 느낌에 절로 다급한 비명이 터져 나왔다.

"안 돼! 잠깐만!"

하지만 꿈의 세계는 이번에도 그녀의 말 같은 건 들어주지 않았다.

잠시 어두워졌던 시야가 다시 밝아지고 천천히 눈을 떴을 때, 밀라이아는 또다시 익숙한 제 방으로 돌아와 있었다. 마치 언제 그런 꿈을 꾸었느냐는 듯이.

'아까 그 말, 대체 뭘까.'

밀라이아는 마지막으로 보았던 문구를 생각하며 입술을 잘근잘근 씹었다.

제 정체를 콕 집어낸 것처럼 '나보다 훨씬 나은 처지의 왕녀, 아니, 왕세녀'라 일컬은 것이 머릿속에서 떠나지가 않았다. 본의 아니게 엮이게 된 그녀에게 미안하다며, 제 삶을 보면서 얻는 게 있기를 바란다던 말도.

물론 아닐 가능성도 있었지만, 아무리 생각해도 밀라이아는 여왕이 말한 '그녀'가 자신일 것이라는 추측에서 벗어날 수 없었다. 왕녀의 몸으로 왕세녀의 자리까지 오른 사람이 과연 얼마나 되겠느냔 말이다. 아무리 예전보다는 여성이 왕위에 오르기 수월해졌다고 해도 그녀 역시 대단히 복잡한 과정을 거친 뒤에야 가능한 일이었는데.

'분명 마법이란 말을 했었지? 그럼 그동안 꿨던 꿈들이 전부 진짜였단 말이야?'

보통 사람이었다면 신성력조차 모두 사라진 시대에 마법이라니 무슨 말도 안 되는 소리냐 하겠지만, 밀라이아는 평민도 귀족도 아닌 왕족이었다. 그것도 모든 기밀에 접근이 가능한 차기 왕위 계승권자.

'분명 우리 왕실에도 아직까지 마법 시대의 유산들이 남아 있었지. 만일 여왕이 썼다는 마법이라는 게 그런 것 중 하나라면, 아까 그 얘기도 완전히 터무니없는 소리는 아니야.'

밀라이아는 머리카락을 뱅글뱅글 돌리며 생각에 잠겼다.

물론 현실적으로 생각하면 마법이란 소리보다는 그냥 꿈이라는 쪽이 훨씬 신빙성 있지만, 이상하게도 자꾸만 전자에 마음이 끌렸다. 그러잖아도 악몽을 꿀 때마다 이게 뭔가 의미 있는 꿈은 아닐까 의구심을 가졌던 그녀가 아닌가.

그도 그럴 것이, 밀라이아는 한 번도 제가 그리 자세하게 꿈을 만들어 낼 만큼 상상력이 풍부하다고 생각해 본 적이 없었다. 그것도 오늘처럼 내용이 이어지는 꿈을 꾼다거나 마법이라는 존재까지 가져다 붙일 정도라고는 더더욱.

'아냐, 그것도 이상해. 만일 그게 꿈이 아니었다고 쳐. 그럼 여왕이 돌에 맞아 죽은 건 어떻게 설명할 거야? 사서에는 그런 기록이 없잖아.'

'그럼 역시 그냥 꿈인가?'라고 고민하며 한숨을 내쉬던 밀라이아는 문득 창밖이 밝은 것을 깨닫고 놀라 시간을 확인했다. 분명 막 일어났을 때까지만 해도 어둑어둑했었는데, 어느새 일과를 시작할 때가 코앞으로 다가와 있었다.

'아, 모르겠다. 일단 준비부터 해야지. 오늘 첫 일정은 제왕학 수업이니까 늦으면 곤란해. 보나 마나 잔소리를 폭포처럼 쏟아 낼 거라고.'

밀라이아는 고개를 절레절레 저으며 줄을 당겼다. 여왕과의 일이 꿈이든 현실이든 간에, 당장은 에스페라 공작과 만날 일이 더 시급했다.

세 시간 뒤.

밀라이아는 막 잠에서 깼을 때보다 훨씬 더 피곤해진 얼굴로 책상에 쓰러지듯 엎드렸다. 오늘따라 뭐 그렇게 나갈 진도가 많은 건지, 공작이 잠시도 쉴 틈을 주지 않고 몰아치는 통에 육체적으로도 정신적으로도 몹시 피곤했다.

하나로 포갠 팔 위에 오른뺨을 기댄 채 의미를 알 수 없는 말을 중얼거리는데, 정수리 쪽에서 희미한 웃음소리와 함께 두꺼운 책을 탁 덮는 소리가 들려왔다.

"하면 십오 분만 쉬었다가 하지요. 수고하셨습니다, 저하."

"으…….. 공작도 수고했어요."

웅얼거리며 답하자, 공작은 그녀 쪽으로 좀 더 당겨 앉으며 말했다.

"어째 오늘따라 더 힘겨워하시는 것 같군요. 그리 피곤하십니까?"

"그냥, 요새 일이 좀 많았잖아요. 아우, 죽겠다. 우리 오늘은 그냥 여기까지만 하면 안 돼요?"

"안 됩니다."

"와, 너무 단호한 거 아니에요? 빼 달라는 것도 아니고 조금만 줄여 달라는 건데."

"그래도 안 되는 건 안 되는 겁니다. 자꾸 게으름 피우지 마십시오."

투정 섞인 말에도 공작은 단호했다. 물론 원래 그렇긴 했지만, 어쩐지 오늘은 더 그런 것 같았다.

"우와, 너무한다. 나만큼 부지런한 사람이 어디 있다고 그런 소리 해요?"

밀라이아는 엎드렸던 몸을 벌떡 일으키며 공작을 노려보았다. 게으름 피우지 말라니, 오자마자 숨 한 번 돌릴 틈도 주지 않고 쉴 새 없이 밀어붙인 사람이 할 소리는 아니었다.

"글쎄요, 그동안 하셨던 일들을 떠올려 보신다면 그리 말씀 못하실 것 같습니다만. 그보다 아까 그 얘기나 마저 하시지요. 무엇이 궁금하시다고요?"

"……."

그제야 수업을 막 시작할 무렵에 했던 대화가 생각나, 밀라이아는 눈매를 좁히며 공작을 흘겨보았다. 말을 돌리려는 의도가 빤히 보였으나, 지금 여기서 그걸 걸고 넘어간다면 제대로 된 답을 못 들을 가능성이 높았다.

"아, 진짜. 무슨 말을 못하게 해. 후, 여왕 말이에요."

"여왕이요? 글로리아 여왕 전하 말씀이십니까?"

"네. 뭐 좀 궁금한 게 생겼는데, 공작만큼 여왕 시대에 대해 많이 알고 있는 사람이 없는 것 같아서요."

"그렇습니까? 궁금하신 것이 무엇이온지요?"

늘 시큰둥하게 듣던 그녀가 여왕 시대에 대해 먼저 질문해 오는 것이 의외였던 듯, 공작은 흥미로운 눈초리로 밀라이아를 바라보았다.

"혹시 글로리아 여왕의 생몰연도에 대해 알아요? 정확한 사인死因이라거나."

"흠, 갑자기 그건 왜 물으시는 겁니까?"

에메랄드빛 눈동자가 번뜩이며 그녀를 응시했다. 비록 찰나의 순간 본 거라 확실하지는 않았지만.

"그냥, 생각해 보니 재위 기간이 몇 년 안 되었던 것 같은데 혹시 젊은 나이에 요절한 건가 해서요. 왕실 기록을 열람해 봐도 안 나와 있고."

가볍게 어깨를 으쓱해 보이자, 공작은 마치 생각을 읽어 내려는 사람처럼 그녀를 빤히 바라보다 답했다.

"왕국력 357년 3월입니다. 정확한 사인까진 모르고요."

"오, 그렇구나. 역시 공작은 알 거 같았…… 응? 뭐라고요? 357년 3월?"

밀라이아는 눈을 휘둥그렇게 뜨며 공작을 쳐다보았다. 왕국력 357년 3월이라니. 그건 여왕의 일기에 적혀 있던 날짜가 아닌가.

'그럼 설마 곧 폭동이 일어나는 건가? 아니면 혹시 그때 입은 상처가 덧나기라도 하는 거야? 통증이 심하긴 해도 곧 죽을 사람처럼 보이지는 않았는데.'

일기장에서 본 날짜가 3월 5일이었으니 남은 시간은 길어야 삼주 남짓.

반년 가까이 지켜봐 온 사람이 곧 죽을 거라는 얘기를 들어서일까, 기분이 영 좋지가 않았다. 어쩌면 그것은 그동안 꿔 왔던 악몽들이 한낱 꿈이 아닐 수도 있겠다는 생각을 하게 된 탓일지도 모른다. 그전에는 여왕이 수없이 죽는 모습을 지켜보면서도 별 감흥이 없던 그녀였으니까.

'기껏해야 나보다 서너 살밖에 안 많아 보였는데, 그리 젊은 나이에 가는 건가? 하긴, 그러니까 왕제에게 왕위가 넘어간 거겠……. 어라? 잠깐만. 뭔가 이상한데?'

왕실 연대기에 따르면 에드워드 3세가 즉위한 나이는 성년이 된 직후.

만일 에스페라 공작의 말대로 여왕이 357년 3월에 사망했다면 당시 왕제의 나이는 적어도 열여덟은 되어야 했을 텐데, 어젯밤 꿈에서 보았던 왕제는 기껏해야 열너덧 살 정도로밖에 보이지 않았다.

'뭐지? 공작의 말이 틀린 건가? 아니면 역시 그저 한낱 꿈이었을 뿐이거나.'

그 순간, 허공에 붕 뜨는 듯한 느낌이 온몸을 휘감았다. 익숙하면서도 낯선 그 감각에 두 눈이 크게 뜨였다.

'말도 안 돼, 설마 지금?'

필사적으로 버티려 했지만, 무언가가 잡아 누르듯 억지로 눈꺼풀이 닫혔다.

밀라이아는 검게 물들었다 이내 화려한 방 안으로 바뀌어 가는 풍경을 보며 버럭 소리를 질렀다.

"아, 진짜! 이제 그만 좀 해! 나도 좀 살자고!"

"……전하?"

"적당히 좀 해야 할 것 아냐! 자꾸 이러면 어쩌자는 건데! 오늘만 해도 벌써 두 번째야, 알아? 작작 좀 하라고!"

"저, 전하, 갑자기 그게 무슨 말씀이신지……."

"장난해? 무슨 말씀은 무슨……! 어, 어라?"

그리고 보니 입술 사이에서 흘러나오는 목소리가 무척 익숙하면서도 낯설었다.

저도 모르게 입을 틀어막던 밀라이아가 멈칫했다.

'방금, 움직였어……?'

절로 눈이 휘둥그레졌다.

활짝 열린 시야 속에 몹시 당혹스러운 표정으로 저를 바라보는 청년이 들어왔다. 놀라움으로 크게 뜨인 분홍색 눈동자는 분명 한 치의 오차도 없이 자신에게 꽂혀 있었다.

'이게 어떻게 된 일이지?'

머릿속이 온통 엉망으로 헝클어졌다.

갈피를 잃은 시선이 눈앞의 청년에게서 입을 틀어막은 손으로, 그리고 입고 있는 옷으로 향했다.

유행이 한참 지났지만 최고급 소재임이 분명한 공단 드레스를 확인한 눈길이 주변을 배회하다 마침내 방 한구석에 위치한 거울에 닿았다.

타닥.

땅을 박찬 다리가 거울 앞에 멈춰 섰다.

"아……."

신음과도 같은 음성이 흘러나왔다. 거울 속에 비친 모습은 자신이되 자신이 아니었기에.

허리까지 내려오는 치렁치렁한 백금발, 놀라움으로 크게 뜨여 있는 보라색 눈동자.

그것은 여왕의 몸이었다. 원인이라도 물어보게 잠깐 빌려 썼으면 좋겠다고 생각했던.

제3곡

sequéntĭa
속송

. . . .

1부

dies irae
운명의 날

dies irae
운명의 날

'이게 뭐야.'

황당함과 두려움이 뒤섞인 복잡한 심경이 온몸을 휘감았다. 멀찍이 떨어져 있던 관찰자에서 어느새 시야와 감정을 공유하는 유령이 되더니, 이제는 몸의 통제권마저 앗아 버린 불청객이 되었단 말인가.

잠깐만이라도 빌릴 수 있으면 좋겠다 바랄 때는 별생각이 없었는데, 막상 겪어 보니 이건 그동안의 일들과는 전혀 달랐다. 거리가 점점 좁혀졌어도 어디까지나 제삼자에 불과했던 과거와는 달리, 지금 그녀는 당사자의 자리에 내던져진 것이 아닌가. 그것도 아무런 예고나 마음의 준비도 없이.

'그럼 지금 내 몸은 어떻게 된 거지? 잠들어 있는 건가? 아니면 기절?'

선득한 한기가 느껴져, 밀라이아는 두 팔로 몸을 감싸 안으며 거울 앞에서 물러났다. 아무래도 지금 이 상황에 대해서 생각을 좀 해 봐야 할 것 같았다.

"전하? 괜찮으십니까?"

'아, 맞다. 이 사람도 있었지.'

빠르게 뛰기 시작하는 심장 위를 꾹 누른 그녀는 우선 숨부터 골랐다. 조용히 머릿속을 정리하기 위해서는 일단 저자를 안심시켜 내보내야 했다.

"미안해요, 길리안 대법관. 갑자기 뭔가 떠오르는 바람에 그만……. 많이 놀랐나요?"

'이만하면 여왕과 비슷했겠지?'

두근거리는 마음을 진정시키며 애써 미안한 듯한 미소를 그려 보이자, 잠시 그녀를 관찰하듯 바라보던 청년이 느릿하게 고개를 저었다.

"아닙니다, 전하. 별일 아니라 하시니 다행입니다."

'내가 더 다행이다. 후우.'

속으로 안도의 한숨을 내쉰 밀라이아는 평소 여왕의 말투를 생각하며 조심스레 입을 열었다. 첫 고비를 무사히 넘겼다 하여 아직 안심할 수는 없었다.

"그렇다면 다행이네요. 한데 길리안 대법관, 미안하지만 잠시 혼자 있을 수 있을까요? 못다 한 이야기는 조금 있다가 마저 하도록 하지요."

"그리하십시오. 하면 신은 밖에서 대기하고 있겠습니다."

"고마워요."

최대한 상냥하게 답하자, 청년은 별말 없이 예를 갖추고는 방을 빠져나갔다.

그제야 안도의 한숨을 내쉰 밀라이아는 생각에 잠긴 얼굴로 방 안을 서성거렸다. 떠오르는 의문이 너무 많아 도저히 그냥 앉아 있을 수가 없었다.

'대체 여왕은 지금 어디 있는 거지? 설마 통제권을 잃은 채 내가 하는 일을 지켜보고 있는 건가?'

자신이 그런 상황이었을 때는 처음에만 불쾌했을 뿐 이내 적응했는데, 거꾸로 여왕이 제가 하는 양을 지켜볼지도 모른다고 생각하자 영 꺼림칙했다. 이기적인 마음인 것은 알고 있으나 사생활을 누군가에게 보여 준다는 건 생각보다 더 기분 나쁜 일이었다. 제 감정까지 여왕에게 공유될 수 있다고 생각하니 더더욱.

'정말 그런 거면 진짜로 가만 안 놔둘 거야. 잔뜩 욕을 퍼부어 줄 거라고.'

이를 악물며 속으로 중얼거린 밀라이아는 문득 드는 생각에 멈칫 멈춰 섰다.

'그런데…… 혹시 이러다가 영원히 이 몸에 남아 버리게 되는 건 아니겠지?'

생각할수록 그럴지도 모르겠다는 느낌이 들었다.

분명 처음에는 여왕의 행동을 지켜보기만 했는데, 어느 순간 그 몸을 움직이지는 못해도 시선과 감정을 공유하게 되지 않았나. 그러다가 이제는 그 몸까지 직접 움직일 수 있게 되었다.

그렇다면 그 마지막은 분명—.

'아냐. 그럴 리가 없어. 그래 봐야 한낱 꿈인데 뭘. 잠에서 깨면 또 원래대로 돌아가 있을 거라고.'

하지만 이미 한 번 그런 생각을 한 탓인지, 머리카락을 뱅뱅 돌리는 속도가 빨라질수록 가슴 한쪽을 차지하던 불안감 역시 그 크기를 더해 가기만 했다. 종래는 얼음송곳이 박힌 것처럼 심장마저 차갑게 얼어붙었다.

'대체 뭐 때문에 이런 일이 나타난 거지? 저번에 여왕이 쓰던 일기를 생각해 보면 분명 뭔가를 알고 있는 것 같았는데……. 아, 맞다! 일기!'

입술을 짓씹던 것을 멈춘 밀라이아가 홱 돌아섰다. 그러고 보니 여왕의 몸을 움직일 수 있게 되었다는 사실에 놀라 그동안 이 갈며 했던 결심을 까마득히 잊고 있었다. 불과 몇 시간 전까지만 해도 통제권을 잠시라도 가져올 수만 있다면 어떻게든 여왕과 연락을 취해 보겠노라 생각했으면서도.

서둘러 곁문을 열고 침실로 향한 밀라이아는 지난번에 봤던 대로 액자 뒤 금고에서 두툼한 책자 한 권을 꺼내 펼쳐 들었다. 검은 가죽 표지로 장정한 일기장은 꽤 오랜 기간 써 온 것인 듯 절반 넘게 동글동글한 글씨가 빼곡하게 들어서 있었다.

'이거라면 분명 여왕이 보겠지. 그러니 빈 페이지에다 적어 두는 거야. 대체 무슨 일을 벌이고 있는 거냐고.'

침대 맡 탁자에서 깃펜을 뽑아 든 밀라이아는 깨끗한 페이지를 찾아 팔락팔락 종이를 넘기다 말고 천천히 손을 멈췄다.

친애하는 밀라이아.

'내 이름을, 알고 있었어?'

기분이 싸하게 가라앉았다. 지난번 일기의 내용으로 미루어 보아 여왕이 자신의 존재를 알고 있을 거라고 짐작은 했지만, 설마하니 이름까지 알고 있을 줄은 몰랐다.

'대체 어디까지 개입했던 거지?'

밀라이아는 깊게 가라앉은 눈으로 일기장을 훑었다. 본래는 용건 만 적어 두고 덮으려 했을 뿐 사적인 내용까지 읽을 생각은 없었는 데, 일단 제 이름을 확인한 이상 그럴 수는 없었다.

친애하는 밀라이아.

지금 이 상황에 대해 궁금한 것이 많을 줄로 압니다. 최근에 벌어진 일 들에 대해서도.

어리둥절할 그대를 위해 그동안의 일을 전부 일기장에 적었습니다. 그 간의 노력이 헛되지 않았다면 그동안 한 번쯤은 내가 일기 쓰는 것을 보았 을 것이고, 설사 그렇지 못했더라도 따로 안배해 둔 것이 있으니 언젠가는 이 글을 보게 되겠죠.

그러니 그대, 모쪼록 일기장을 처음부터 다시 읽어 주세요. 그러면 어째 서 이런 일이 벌어졌는지 모두 이해하게 될 겁니다.

부디 이 일기가 그대에게 조금이나마 도움이 되기를 바랍니다.

그 말 뒤에도 여왕의 전언은 아직 더 남아 있었지만, 밀라이아는 그 부분을 읽는 대신 일기장의 맨 앞 장을 펼쳤다. 아까부터 뒷골 이 계속 선득한 것이 아무래도 예감이 영 좋지가 않았다.

왕국력 353년 4월 27일.

어니스트 오라버니와 루안 오라버니에 이어 결국 아바마마마저 승하하셨다는 전갈이 왔다. 이제 남은 직계 왕족은 별궁에 피신해 있던 나와 에드워드뿐이다.

페르디난드 공작이 찾아와 이대로 왕국이 조각조각 나는 것이 보기 싫거든 한시바삐 왕이 되라 말했다.

싫은데. 정말 싫은데…….

왕국력 354년 8월 21일.

끔찍한 악몽을 꿨다. 두 번 다시 겪고 싶지 않을 정도로 지독한, 그런 악몽을.

왕국력 355년 5월 3일.

이 책 저 책을 뒤지다가 솔깃한 얘기를 하나 찾았다. 제국 황실에 모니크가와의 '피의 맹세'라는 마법이 존재하듯 우리 왕실에도 왕가의 피가 흐르는 사람만이 쓸 수 있는 마법이 존재한다는 것.

그렇잖아도 소원의 돌을 복원하는 것이 힘들었는데, 잘만 하면 수월하게 일을 처리할 수 있을 것 같다. 아무래도 이쪽을 한번 진지하게 파헤쳐봐야겠다.

'응? 소원의 돌?'

전혀 예상치 못했던 내용에 절로 눈이 크게 뜨였다.

소원의 돌.

그것은 지니고 있으면 소원이 이뤄진다는 속설을 가진 전설 속의 보물로, 정말 실존하는지에 대해서는 아직까지도 의견이 분분한 물건이었다.

대부분의 사람들은 소원의 돌이란 말 그대로 전설 속의 물건일 뿐이라 이야기했지만, 밀라이아는 그것이 실존한다는 사실을 알고 있었다. 그것은 바로 루아 왕실에 은밀히 내려오는 비보秘寶니까. 비록 그녀의 대代에서는 이미 효용가치를 잃은 물건이긴 했지만.

'하지만 이 시대에서는 아직 쓸 수 있을 텐데. 복원하는 게 힘든가?'

고개를 갸웃하며 눈길을 옮기던 밀라이아는 그 뒤의 한 페이지가 찢긴 것을 발견하고는 눈썹을 찡그리며 다음 내용을 읽었다.

왕국력 355년 12월 21일.

이게 사실일까? 정말로 원하는 사람과 영혼을 연결할 수가 있다고?

진짜로 그게 가능하다면 도전해 볼 이유는 충분하다. 네 번째 조각을 복원할 수 있는 자를 곧바로 찾을 수 있다는 소리니까. 문제는 자료 일부가 유실되어 버렸다는 건데……. 어쩌지? 완벽하게 복원할 방법이 없을까?

'뭐라고? 영혼을 연결해?'

그 문구를 보는 순간, 머릿속에 남아 있던 백지 부분에 대한 찜 찜함이 모조리 날아갔다.

소름이 쫙 끼쳤다. 오랫동안 한낱 꿈으로 치부했던 '이쪽 세계'로 의 이동이 그런 것이었단 말인가?

'영혼의 연결이라니……. 그럼 반년 전부터 나와 여왕이 마법으로 묶였단 말이야? 그것 때문에 내가 계속 이쪽으로 넘어왔다고?'

으스스한 한기가 느껴졌다.

밀라이아는 떨리는 손으로 옷자락을 움켜쥐며 거듭 생각의 범위를 넓혔다.

'뭐, 좋아. 아니, 절대로 좋지는 않지만 백번 양보해서 거기까진 좋다고 쳐. 그런데 요즘 들어 왜 더 심해진 건데?'

흔들리는 시선이 일기장의 한구석으로 향했다. '자료 일부가 유실되었다.'던 바로 그곳에.

오싹한 느낌이 목덜미를 스치고 지나갔다.

'설마 아니겠지? 아닐 거야. 내가 생각했던 그런 답일 리가 없어.'

가늘게 뜨인 눈이 일기장을 노려보았다. 이다음 내용을 보고 싶다는 마음과 그러기 싫다는 두려움이 가슴속에서 맹렬하게 충돌했다.

그렇지만 아무리 무서워도 현 상황을 명확하게 파악하지 않고는 아무런 행동도 취할 수가 없었다.

결국 한참을 망설이던 밀라이아는 하는 수 없이 다음 장을 펼쳐 읽었다.

왕국력 356년 7월 4일.

이게 뭐람? 나는 분명 네 번째 조각을 복원할 수 있는 사람을 찾았는데, 그래서 필시 대신관 중 하나가 선택될 거라고 생각했는데, 어째서 신과는 아무런 관계도 없어 보이는 미래의 왕녀가 연결된 건지 모르겠다. 무엇 때문에 백 년이라는 시간까지 뛰어넘었는지는 더더욱.

'어라, 설마 그거…….'

싸한 느낌이 가슴속을 스치고 지나갔다.

어쩐지 목이 타들어 가는 것 같아서, 밀라이아는 마른 입술을 축이며 아래로 눈길을 내렸다.

물론 백 년 뒤의 세상을 보는 것은 흥미롭지만, 지금 내게 중요한 건 그런 재미 따위가 아니다. 내게는 할 일이 있잖은가.

내게 '그 일'을 막을 능력이 없는 이상, 한시라도 빨리 소원의 돌을 복원해서 시간을 돌려야 한다. 그래서 아바마마께서 그리 어이없게 떠나시는 것을 막아야만 한다. 아바마마라면 나와 에디, 그리고 왕국민 모두를 오직 절망뿐인 붉은 지옥에서 벗어나게 해 주실 수 있을 테니까.

아무래도 내일은 '여행' 마법을 발동하기 전에 익혀 두었던 연결 해제 마법을 써야겠다. 그리고 다시 원래의 목적을 찾아 여행을 떠나야겠다. 하루라도 빨리 예전으로 돌아가기 위해.

'시간을 돌린다고? 소원의 돌로? 그게 그런 일까지 가능한 물건이었어?'

경악한 얼굴로 일기장을 노려보던 밀라이아는 크게 심호흡하며 구겨진 모서리를 잡아 폈다. 소원의 돌도 소원의 돌이었지만, 그보다는 자신이 왜 이런 사태에 처했는지 파악하는 것이 더 시급했다.

왕국력 356년 7월 9일.

며칠째 해제 마법을 사용 후 다시 '여행'을 발동해 봐도 자꾸만 첫날의 그 왕녀와 다시 연결된다.

대체 이유가 뭐지? 설마 이 왕녀에게 네 번째 조각의 실마리가 있는 건가?

일이 이렇게 된 이상, 아무래도 내일은 다른 방법을 써 봐야겠다. 소원의 돌을 복원할 수 있는 사람을 찾는 게 아니라 보다 큰 그림을 그려 보는 쪽으로.

왕국력 356년 7월 10일.

어째서 또 그 왕녀지?

'그러게. 나도 궁금하다. 설마 정말로 그것 때문은 아닐 테고.'

불만스러운 마음 반 불안한 마음 반으로 페이지를 넘기던 밀라이아는 갑자기 들려오는 노크 소리에 멈칫하며 일기장을 덮었다.

황급히 주위를 둘러보며 숨길 곳을 찾던 그녀가 서둘러 이불 속에 일기장을 던져 넣는 순간, 곁방에 누군가가 들어서는 소리가 들렸다.

열린 문 사이로 보이는 사람은 길리안 대법관이었다.

"결례를 용서하십시오, 전……. 음? 전하? 어디 계십니까?"

'아, 맞다. 저자를 잊고 있었네.'

그제야 잠시만 혼자 있고 싶다며 그를 몰아내 놓고는 까마득히 잊고 있었다는 사실이 떠올랐다.

밀라이아는 이불 속에 파묻혀 거의 보이지 않는 일기장을 흘끗 곁눈질하고는 돌아섰다.

"아, 여기예요. 잠시만…… 꺅!"

서둘러 돌아선 탓일까? 치렁치렁한 치맛자락에 다리가 걸렸다.

곧 다가올 충격을 생각하며 눈을 질끈 감는 순간, 강한 힘이 허리를 잡아채며 넘어지려는 그녀를 일으켜 세웠다.

"괜찮으십니까?"

"……후우. 네. 고마워요."

그제야 조금 정신이 돌아온 밀라이아는 천천히 눈을 깜빡이며 자신을 부축한 사람을 올려다보았다. 걱정스러운 빛을 가득 머금은 분홍색 눈동자가 그녀를 응시하고 있었다. 비록 그 색은 다르지만, 그녀가 아는 다른 남자처럼 맑고 영롱하게 빛나는 눈동자가.

'그러고 보니 에스페라 공작을 잊고 있었네. 분명 그와 수업을 하다 넘어왔는데.'

잊고 있었던 현실을 떠올리는 순간, 잠시나마 사라졌던 선득한 기운이 또다시 온몸을 덮쳤다.

바르르 떠는 그녀를 조심스레 살핀 청년이 말했다.

"정말 괜찮으십니까? 많이 놀라신 듯합니다만……."

"……아, 네. 괜찮아요. 한데 무슨 일이죠?"

잦아드는 목소리에 걱정스럽게 눈매를 일그러뜨린 그가 답했다.

"갑작스레 들어온 점 사죄드립니다. 실은 이만 돌아가 봐야 할 것 같아 인사를 드리려 하였습니다만, 몇 번이고 노크해 봐도 하답이 없으시어 혹시나 하는 마음에 들어왔습니다. 결례를 용서하십시오."

"아아, 그런가요? 그……."

무심코 고개를 끄덕이려던 밀라이아는 아직도 단단한 팔이 허리를 감고 있었다는 사실을 깨닫고는 놀라 뒷걸음질 쳤다. 아니, 정확하게는 그러려고 했다. 청년의 등 뒤에서 들려오는 목소리가 없었더라면.

"흠. 분명 밀회는 남들의 시선이 없는 곳에서 하시라 말씀드리기는 하였습니다만, 정말로 그리하실 줄은 몰랐군요."

"……페르디난드 공작."

신음 같은 음성을 내뱉으며 청년의 품에서 벗어난 밀라이아가 천천히 소리가 들려온 쪽을 돌아보았다.

싸늘하게 빛나는 잿빛 눈동자와 걱정 반 의아함 반이 뒤섞인 분홍색 눈동자, 그리고 혼란스러워하는 보라색 눈동자가 공중에서 맞부딪혔다.

두근.

심장이 뛰었다.

'뭐야, 이거? 갑자기 왜 이러지?'

밀라이아는 점점 빠르게 뛰는 심장 위에 손을 얹으며 입술을 깨물었다. 잠시 정신을 놓았던 것뿐인데 갑자기 왜 이러는지 알 수가 없었다.

'너무 충격을 받아서 그런가? 아니면 당혹스러워서?'

입안이 바짝 말라붙었다.

'아냐, 아무리 봐도 그건 아닌 것 같은데. 그럼 뭐지? 혹시 여왕에게 지병이라도 있었나? 아니면 설마 마법의 부작용?'

머릿속이 뒤죽박죽 엉망으로 변해 갔다.

그럴수록 저를 바라보는 잿빛 시선도 더욱 따갑게만 느껴져, 밀라이아는 크게 숨을 들이쉬며 공작을 바라보았다. 조용히 생각을 정리하기 위해서라도 우선은 저자의 용건부터 들어줘야 할 것 같았다.

"……이번에는 또 무슨 일인가요?"

"그전에 자리를 좀 물려 주시는 것이 어떨는지요? 전하께서야 마냥 좋으실지 모르겠지만, 신의 입장은 달라서 말입니다."

"방금 그 말씀, 전하께 너무 무례한 것 아닌지요?"

황당해하는 그녀를 막아서듯 앞으로 나선 청년이 말했다.

밀라이아는 그럴 줄 알았다는 듯 피식 웃는 페르디난드 공작을

노려보며 몰래 주먹을 말아 쥐었다. 무어라 받아쳐 주고 싶은 마음
은 굴뚝같았으나, 그동안 지켜봤던 여왕의 행동을 돌이켜볼 때 지
금은 그저 조용히 감내하는 편이 옳았다.

"길리안 대법관."

"네, 전하."

"미안하지만 자리를 좀 비켜 주겠어요? 고孤가 바쁜 사람을 너무
오래 붙잡고 있었네요."

"……그리하겠습니다."

"고마워요."

밀라이아는 까칠한 누구와는 달리 재깍 고개를 숙여 보이는 남자
를 향해 살짝 미소 지었다.

생각을 알 수 없는 눈빛으로 그 모습을 바라보던 공작은 청년이
완전히 사라진 후에야 곁방을 가리키며 말했다.

"그럼 먼저 자리를 옮기실까요? 아무리 그래도 침실에서 대화할
수는 없으니 말입니다. 그것도 단둘이서는요."

"……그러죠."

'방금 저것도 비꼰 거지? 내가 길리안 대법관이랑 단둘이 침실에
있었다고 비아냥거리는 거잖아, 지금?'

갑자기 짜증이 확 솟구쳐 올랐지만, 밀라이아는 욱하는 기분을
억누르며 옆방으로 향했다. 어서 그를 내보내야 여왕의 일기를 마
저 읽어 볼 수 있었다.

거칠게 치맛자락을 갈무리하며 상석에 앉자, 어느새 오른편에 자
리 잡은 남자가 싸늘한 음성으로 물었다.

"대체 왜 그러신 겁니까?"

"뭐가요?"

"피오르 공작 말입니다. 분명 침묵하시라 했을 텐데요. 그런데도 굳이 그를 들쑤셔 놓은 이유가 뭡니까?"

"피오르 공작이라뇨? 갑자기 그게 무슨…….”

이 시기의 피오르 공작이라면 분명 에드워드 3세의 숙부를 말하는 것일 텐데, 소심하기 짝이 없는 여왕이 저를 반대하는 세력의 수장일 그를 어떻게 들쑤셔 놓았다는 건지 이해할 수가 없었다.

의아해하는 그녀를 보며 어이가 없다는 표정으로 크라바트주: 목에 매는 남성용 스카프를 잡아 흔든 남자가 말했다.

"모르는 척 넘기실 일이 아닙니다. 왕제 저하를 왕태제로 세우겠단 말씀은 대체 왜 하신 겁니까? 게다가 정무회의에 정식 상정을 하라니요. 그것 때문에 신이 얼마나 귀찮아진 줄 아십니까?"

"그런가요?"

입꼬리가 절로 스르르 올라갔다. 그동안 여왕에게 무례하게 구는 모습들을 봐 왔던 탓인지, 오만한 저 남자가 고초를 겪었다는 사실이 그렇게 통쾌할 수가 없었다. 그 소심하던 여왕이 못 본 새 그런 앙큼한 일을 벌였다는 사실도.

빙글거리는 그녀를 보며 눈썹을 찌푸린 남자가 말했다.

"전하께서 지금 어떤 마음이신지는 알겠으나, 이건 그리 간단한 문제가 아닙니다. 덕분에 지금 국정이 마비 상태가 된 건 알고 계십니까?"

"내가 알 리 있나요? 공작이 배려해 준 덕분에 내내 푹 쉬고 있었던 것을요.”

"빈정대지 마십시오. 대체 무슨 생각으로 그러신 거냐고 여쭈었습니다."

곧게 뻗은 눈썹 사이가 더욱 좁혀지는 것이 보였다.

그 모습을 보자 어쩐지 고소하다는 생각이 들어서, 밀라이아는 조금만 비꼬고 말려던 마음을 접고 부드러운 음성으로 입을 열었다. 웬만하면 여왕처럼 행세해 주려고 했는데 도저히 그럴 수가 없었다. 어디서 일개 공작 따위가 툭하면 왕족을 능멸하려 든단 말인가.

"이봐요, 공작. 그럼 내가 죽을지도 모르는 일에 순순히 동의했어야 하나요?"

"방금 뭐라고 하셨습니까?"

"내가 죽을지도 모르는 일에 순순히 동의했어야 하느냐고 물었어요. 왜요? 내가 뭐 틀린 말이라도 했나요?"

"……."

평소 여왕이 구사하던 것보다 훨씬 직설적인 답변에 공작은 잠시 침묵했다. 아마 그녀가 이렇게 나올 거라곤 전혀 생각지 못한 듯했다.

'흥, 그래 봐야 양쪽 계파 사이에서 저울질이나 하는 주제에 잘난 척은.'

그동안 공부한 바에 따르면 현재 이곳의 정계는 크게 세 곳으로 나누어져 있었다. 여왕을 지지하는 사람들과 왕제인 에드워드를 지지하는 자들, 그리고 중립을 표방하는 귀족들로.

그리고 눈앞의 남자는 바로 그중 세 번째 부류인 중립파의 수장이었다. 그녀의 기준으로는 이도 저도 아닌, 마치 박쥐와도 같은 존재.

"여…… 아니, 나도 내 목숨은 챙겨야죠. 그리고 중립파를 하기로 했으면 그만한 부담은 감수하기로 각오했던 것 아닌가요? 솔직히 말해서 공작은 중립이라는 명목하에 양 계파 모두에게서 이익을 취하고 있는 거잖아요? 그럼 압력이 들어올 때는 그만큼 또 받아 줘야 하는 거 아닌가?"

"허."

어이가 없다는 듯 실소를 흘린 남자가 몸을 슬쩍 앞으로 숙였다.

밀라이아는 매서운 눈빛으로 저를 응시하는 공작을 마주 노려보았다.

싸늘한 눈초리를 받아내는 시간이 길어질수록 이 시건방진 남자에 대한 분노가 점점 더 강하게 샘솟아 올랐다. 제가 아무리 세가 강한 귀족이라 해도 그렇지, 어쩜 이리도 위아래가 없을 수 있단 말인가.

얼마나 시간이 지났을까? 천천히 그녀에게서 시선을 거둔 공작이 등받이에 몸을 기대며 말했다.

"하고 싶은 말은 많지만 일단 넘어가지요. 한데 전하, 지금 전하께서 벌여 놓으신 일 때문에 선왕 전하의 추모제 문제가 계속 지연되고 있다는 건 아십니까?"

"네? 추모제요?"

"그렇습니다. 일전에 이 일로 한 번 보고를 드렸던 걸로 기억합니다만, 설마 잊고 계셨던 겁니까?"

"아, 아뇨. 그러고 보니 그게 이맘때쯤이었네요."

잠시 흥분했던 기분이 사그라지며 그 자리를 선득한 기운이 메웠다.

밀라이아는 터질 듯 두근거리는 심장 위에 손을 얹으며 애써 태연한 척 표정을 관리했다.

잠시 도를 넘었다고는 해도 어차피 그녀가 지금 들어와 있는 것은 여왕의 몸. 그러니 공작이 그녀의 정체를 알아챌 일은 없었다.

'설마 모르겠지. 조금 이상하다 여길 수는 있어도 누가 사람의 영혼이 바뀌었다고 생각하겠어?'

긴장을 가라앉히려 속으로 중얼거리는 그녀를 잿빛 눈동자가 차갑게 주시했다.

그 안에 담긴 무언가가 번뜩인다고 느낀 순간, 아무렇지도 않은 듯 표정을 편 공작이 말했다.

"이제 아시겠지요? 신이 왜 이런 소리를 하고 있는지 말입니다."

"……네."

마지못해 답하는 그녀를 날카로운 눈빛으로 쏘아본 남자가 물었다.

"그럼 어찌하시겠습니까? 추모제를 취소하시렵니까? 아니면 왕태제 문제에 대한 공식적인 견해 표명이라도?"

"견해 표명은 곤란해요. 공작도 잘 알고 있을 텐데요."

"그러시겠지요. 어느 쪽을 택하셔도 전하께는 손해일 테니 말입니다."

비웃듯 답한 공작이 계속해서 말했다.

"하면 방법은 하나뿐이로군요. 암살 시도의 여파 때문에 전하께서 아직 옥체 미령하신 고로, 안타깝지만 이번 추모제는 간략하게 넘어간다고 공표하면 되겠습니까?"

"그렇게 해요."

입술을 잘근잘근 깨물며 답하자, 공작은 무심하게 고개를 끄덕이고는 말했다.

"그럼 그 일은 그리 처리하겠습니다. 그런데…… 흠."

"또 뭔가요?"

절로 신경질적인 목소리가 튀어나와갔다. 그러잖아도 머리가 터질 지경인데, 여왕 행세까지 하며 공작을 상대하려니 뇌가 녹을 것만 같았다.

"전하께서 수습을 거부하셨으니 결국 이 모든 사태를 해결할 사람은 신이 된 셈인데, 그게 과연 신에게 얼마만큼 이득이 되는 건지 알 수가 없어서 말입니다. 하긴 뭐, 애초에 중립을 택한 신의 자업자득이니 그 정도는 감수해야겠지요."

무표정한 얼굴로 빈정거리는 공작을 보는 순간, 아슬아슬하게 유지해 오던 신경 줄이 뚝 하고 끊어졌다.

차마 내색하지는 못하고 있었지만, 그러잖아도 갑작스러운 상황에 상당히 불안해하던 밀라이아였다. 그런 그녀에게 공작이 거듭해서 보여 주는 무례한 태도는 불 위에 기름을 붓는 격이나 다름없었다.

"······이봐요, 페르디난드 공작. 대체 내게 뭘 바라는 거예요? 당장에라도 내가 죽어 줬으면 좋겠어요?"

"그건 또 무슨 망극한 말씀이십니까?"

태연한 얼굴로 묻는 공작을 향해 이를 드러낸 밀라이아가 말했다. 어차피 이런 상황에서 힘없는 여왕이 살아남는 방법이란 뻔했다.

"모르는 척하지 마요. 그래서 공작은 어느 쪽을 바라죠? 당장에라도 날 지지하는 가문의 영윤들 중 하나와 국혼을 치르면 될까요? 아니면 왕제를 왕태제로 올리겠다는 전교라도? 아, 그리고 보니 당신을 국서國壻로 삼는 방법도 있었군요. 안 그런가요?"

"여왕 전하."

"실권 없는 여왕과 권력을 틀어쥔 대공이라. 그것참 훌륭한 조합이군요. 답해 봐요, 페르디난드 공작. 당신은 어느 쪽을 원해요? 내가 어떻게 행동해 줘야 마음에 차겠냐고요."

반쯤 이성을 잃은 모습으로 씩씩거리는 밀라이아를, 공작은 물끄러미 바라보며 손가락으로 무릎을 톡톡 두드렸다. 곧게 뻗은 눈썹 아래 자리한 잿빛 눈동자는 깊은 생각에 잠긴 듯 짙게 가라앉아 있었다.

일정한 간격으로 들려오는 그 소리에 흥분이 조금씩 가라앉는 것이 느껴졌다.

'아, 이런. 너무 흥분했잖아. 감정을 드러내지 않는 건 기본 중의 기본이라고 그렇게 얘길 들었는데.'

거듭되는 무례한 태도에 화가 나 너무 막 나갔다는 생각이 들었다.

밀라이아는 재빨리 어지러운 척 머리를 부여잡았다. 이대로 계속 대화를 했다가는 정말 큰 사고를 칠 것 같았다.

"으……."

"무슨 일이십니까?"

"아, 미안해요, 공작. 갑자기 현기증이 나서요."

그러니 어서 그만 간다고 말해, 라는 표정을 짓자 공작은 슬쩍 눈썹을 치켜세우고는 답했다.

"그러셨군요. 하긴, 생각해 보면 전하께서는 추모제조차 간소화할 정도로 옥체 미령하신 상태였지요."

"네, 뭐, 그렇죠."

"알겠습니다. 오늘은 이만 물러가 드리지요. 쉬십시오."

"그래요."

'끝까지 비꼬기는.'

마지막까지 비아냥거리는 모습에 또다시 짜증이 났지만, 밀라이아는 속내를 감추며 얌전하게 답했다. 더는 그와 드잡이를 하고 싶지도 않은 데다, 말 돌리는 걸 눈치챘음에도 굳이 지적하지 않고 넘어가 주는 게 어딘가 싶었다. 에스페라 공작이었으면 분명 실컷 잔소리를 퍼부었을 텐데.

고개를 까딱하고 돌아서는 남자를 한번 노려본 밀라이아는 지친 몸을 끌고 다시 침실로 향했다. 갑자기 너무 많은 일을 겪어서인가, 몸도 마음도 너무 피곤했다.

'이대로 눈을 붙이면 돌아갈 수 있지 않을까?'

잠시 그렇게 해 볼까 하는 생각이 들었지만, 밀라이아는 이내 긴 한숨을 내쉬며 이불 속에 파묻힌 일기장을 꺼내들었다. 설령 그게 가능하다 하더라도 이렇게 찜찜한 상태에서 돌아가고 싶지는 않았다. 영혼의 연결이라느니 불완전한 마법이라느니 하는 말을 봐 놓고 그냥 돌아갔다가는 계속해서 미진한 기분이 남을 것이 분명했다.

'왜 자꾸 나와 연결되느냐 얘기까지 봤지?'

휙휙 페이지를 넘겨 원하는 곳을 찾아낸 그녀는 그다음 내용을 빠르게 훑어 내렸다.

왕국력 356년 7월 11일.

혹시나 해서 다시 한번 확실하게 범위를 지정해 봤지만 여전히 그 왕녀와 연결이 된다. 그렇다는 것은, 설마 이 문제를 해결할 수 있는 사람이 그녀뿐이란 이야기인 걸까?

안 돼. 그럴 리가 없다. 만일 그녀가 내가 찾는 사람이라면 백 년이라는 시간이 흐른 후에야 겨우 이 악몽에서 벗어날 수 있다는 얘기가 아닌가.

그래서는 안 된다. 절대로.

'몇 번이고 해제해 봤지만 매번 나와 연결이 되었다……. 왜지? 대신관이니 어쩌느니 하더니, 설마 그것 때문인가?'

고개를 갸웃한 밀라이아는 천천히 다음 장을 넘기려다 말고 멈칫했다. 그다음 페이지 역시 두어 장 정도가 뜯겨 나가고 없는 것을 발견한 탓이었다.

'여기도네. 왠지 쓸 만한 내용이 있었을 것 같은데.'

슬쩍 입맛을 다신 그녀는 일단 찢긴 페이지의 다음 장에 눈길을 주었다.

왕국력 357년 3월 5일.

죽을 뻔한 위기에서 간신히 살아났다. 다행이다. 지금 내가 사라진다면 저들은 분명 합심하여 에디마저 물어뜯을 테니까. 그리고 모두 불타 버리고 말겠지.

안 돼. 절대로 그런 일이 벌어지게 둘 수는 없다. 그 때문에 '여행' 계획도 실행한 것이 아닌가.

여행, 여행, 여행.

유일한 희망의 끈이기에 놓지 못하고 있기는 하지만, 아무리 생각해도 이 방법으로 해결책을 찾기는 요원한 것 같다. 오히려 예기치 못한 부작용만 낳았을 뿐.

본의 아니게 엮이게 된 그녀에게 미안하다.

내 삶을 보며 조금이나마 얻는 것이 있기를 바라고 있지만, 과연 그녀에게 도움이 될지는 모르겠다. 그녀는 나보다 훨씬 나은 처지의 왕녀, 아니,

왕세녀니까.

그나저나 이 부작용은 어떻게 해결해야 할까? 처음 자료를 모았을 때는 분명 시전자만이 연결된 상대를 볼 수 있는 일방형 마법이라 적혀 있었는데.

'이건 지난번에 봤던 그거네. 그럼 이 사이에 빈 건……'

두 개의 일기 사이에 있을 법할 내용을 추측해 보던 밀라이아는 이내 눈썹을 찡그리며 상념을 털어냈다. 그 안에 담겼을 이야기들이 궁금하기는 했지만, 어차피 찢긴 부분이 한둘인 것도 아닌 데다 만일 제가 봐야 할 내용이었다면 여왕이 남겨 두었을 거라는 생각이 들었던 탓이었다.

'뭐, 됐어. 그보다 원래는 일방형이었다고? 한데 어쩌다가 이 지경이 된 거지?'

의아한 마음으로 페이지를 넘긴 밀라이아는 그다음에 적혀 있는 내용을 찬찬히 읽어 내렸다.

왕국력 357년 3월 8일.

문제가 생겼다. 아무래도 습격을 받은 이후로 영혼의 연결이 크게 흔들렸던 것인지, 그녀가 이쪽으로 넘어오는 날이 하루 이틀 늘어갈수록 기력이 조금씩 쇠해지는 게 느껴진다.

불안한 마음에 그간 모아 두었던 자료를 뒤지기 시작했다. 자칫 둘 다 위험해지기라도 하면 큰일이니까.

'기력이 쇠해졌다고? 설마 감각을 공유했던 탓인가?'

밀라이아는 저도 모르게 신음을 흘리며 빳빳한 종이를 넘겼다.

왕국력 357년 3월 11일.

어렵사리 관련 자료를 찾았다. 해답도.

내게 남은 건 오직 절망뿐이다.

왜 하필 나지? 내가 뭘 그렇게 잘못했는데? 어째서 나만 늘 이렇게 희생해야 하는 거야?

그러나 아무리 찾아봐도 다른 방법은 없다. 나 아니면 그녀가 사라지는 것, 오직 그것밖에는.

'뭐라고? 어느 한쪽이 사라져?'

서늘한 한기가 등골을 타고 흐르는 것이 느껴졌다.

한순간의 선택으로 이런 대가를 치르게 될 것이라고는 꿈에도 생각지 못했다. 그때 내가 이 사실을 알았더라면 아무리 상황이 다급했더라도 불완전한 마법 같은 것은 시도하지 않았을 텐데.

그러나 어찌할까. 대의를 위해서는 내가 희생해야 하는 것을. 내가 산다면 악몽은 여전히 계속될 테지만, 그녀가 산다면 적어도 일말의 희망은 걸어 볼 수 있을 게다. 그토록 여러 번 시도해 본 '여행'에서 계속해서 그녀만이 지목된 이유가 있을 테니까.

살고 싶지만……. 나도 정말 살고 싶지만, 그리되면 결국 남는 것은 파멸뿐이다. 에디와 나, 그리고 왕국민까지도 모두 붉은 지옥 속으로 끌려들어가고 말 테지.

그러니 두려워하지 말자. 나는 그저 예정된 죽음보다 조금 더 일찍 떠난 것뿐이라고, 삼 년을 허수아비로 살았지만 그래도 처음이자 마지막으로 국왕다운 결정을 내린 거라고, 그러니 이른 죽음에 억울해하기보다는 이 일에 공연히 휘말리게 된 그녀에게 죄스러워해야 한다고……. 그렇게 생각하자.

그래. 사라져야 할 사람은 바로 나다.

'뭐라고?'

절로 입이 딱 벌어졌다.

물론 여왕의 몸으로 자유롭게 움직일 수 있다는 사실을 깨달았을 때부터 왠지 싸한 기분이 들긴 했지만, 그리고 일기를 읽을수록 조금씩 그런 느낌이 더 심화되기는 했지만, 그렇다고 해서 이런 결말을 보게 될 줄은 정말 몰랐다.

심장 부근이 얼음 화살이라도 맞은 듯 선득했다.

—혹시 글로리아 여왕의 생몰연도에 대해 알아요?

—왕국력 357년 3월입니다.

문득 에스페라 공작과 했던 대화가 떠올라, 밀라이아는 떨리는 눈으로 날짜 부분을 쳐다보다 겨우 다음 장을 넘겼다. 하얀 종이에는 그새 마음을 가다듬기라도 한 듯 다시 단정하게 돌아온 글씨들이 적혀 있었다.

왕국력 357년 3월 17일.

다행히 마지막으로 시도한 연결 해제 마법은 절반의 성공을 거두었다. 이제 내게 남은 것은 죽음을 기다리는 것뿐이다.

곧 이 몸을 차지하게 될 그녀를 위해 정리하자면, 불완전하게 영혼이 연결된 상태에서 어느 한쪽이 큰 충격을 받게 될 경우 두 사람 모두에게 타격이 간다고 한다. 그리고 그 결과는 둘 중 한쪽의 소멸.

이제 그녀의 영혼은 본래 있어야 할 곳에서 떨어져 나와 내 몸을 차지하게 될 것이다.

그리고 가엾은 내 영혼은, 슬프게도 주신의 곁으로조차 가지 못할 것이다. 마법의 반작용 때문에 육신을 단번에 떠나지 못하고 서서히 흩어지게 될 테니까.

'허튼소리.'

밀라이아는 이를 악물며 일기장을 노려보았다.

영혼이 떨어져 나와 여왕의 몸을 차지하게 될 거라니, 그게 무슨 말도 안 되는 소리란 말인가. 여왕의 영혼이 서서히 흩어져 사라질 거란 소리는 또 어떻고?

'이따위 헛소리를 끝까지 읽어야 하나?'

매서운 눈빛으로 일기장을 계속 노려보던 밀라이아는 슬쩍 한숨을 내쉬며 뒷부분에 시선을 주었다. 아무리 믿을 수 없고 화가 나더라도 일단 다 읽어 보기는 해야 할 것 같았다.

그래도 그녀에게는 희망이 있다. 내 영혼이 온전히 흩어져 연결이 끊어지고 나면 본래의 육신으로 돌아갈 수 있을 테니까. 기간은 적어도 일 년에서 길어야 삼 년을 넘기지는 않을 것이라 생각된다. 혹시 또 모르지, 악몽에서 벗어날 수 있는 방법을 찾다 이 사달이 일어났으니 어쩌면 '그 일'을 해결할 경우 더 빨리 돌아갈 수 있을지도.

하지만 나는…….

아냐. 아니다. 어차피 이 일의 시작도 끝도 온전히 나의 책임. 내가 저지른 일이고 또 선택한 길인데 감히 누굴 탓할 수 있겠는가. 그녀에게 사죄

하고 제발 도와 달라 빌어도 모자랄 판국에.

이 와중에 이런 말을 쓰기도 웃기지만, 그래도 그나마 다행이라고 해야 하려나? 그녀와 내 세상의 시간 차를 보건대, 내 몸에서 풀려난 그녀가 다시 본래의 세상으로 돌아간다 하더라도 시간은 그리 많이 지나 있지 않을 테니. 어쩌면 모든 일의 원인인 내가 죽은 이상 그녀가 돌아갈 때까지 아예 멈추어 있을지도 모른다.

자조 어린 문장들을 읽어 가던 보랏빛 눈동자가 크게 흔들렸다. 심장 부근을 맴돌던 선득한 한기가 이제는 머리끝부터 발끝까지 짙게 번져 나가고 있었다.

'말도 안 돼. 이런 일이 존재할 리가 없잖아.'

하지만 마냥 무시하기에는 이미 그녀가 겪어 왔던 많은 일들이 마음에 걸렸다.

밀라이아는 자꾸만 싸해지는 가슴 위에 손을 얹은 채 다음 장으로 시선을 옮겼다. 점점 불길한 느낌이 들었지만, 그래도 아직은 여왕의 이야기를 믿고 싶지가 않았다.

왕국력 357년 3월 18일.

의식을 놓는 시간이 점점 길어지고 있다. 아무래도 내게 남은 시간이 얼마 되지 않는 듯하다.

항상 벗어나고 싶었지만, 이렇게 갑자기 떠나게 될 줄은 몰랐다.

자꾸만 후회가 남는다. 나마저 가 버리고 나면 우리 에디는 어떡하지? 이럴 줄 알았으면 그때 뭔가 따뜻한 말이라도 해 주는 건데…….

그리고 다음 페이지에 적혀 있는 것은 밀라이아가 처음으로 읽었던 여왕의 편지였다. '친애하는 밀라이아'로 시작했던 바로 그것.

밀라이아는 크게 한숨을 내쉬며 천천히 자신이 읽었던 곳의 뒷부분을 읽기 시작했다. 어느샌가 의심, 분노와 더불어 착잡함, 그리고 무어라 형언할 수 없는 복잡한 심경들이 가슴속을 맴돌고 있었다.

미안해요, 밀라이아. 어떻게든 원래대로 돌이켜보려고 했으나 나로서는 역부족이었어요.

정말 미안합니다. 아무 죄도 없는 그대를 이 일에 끌어들여서.

어떤 식으로든 이 잘못에 대한 보상을 할 수는 없겠지만, 갑작스러운 일에 말려든 그대를 위해 작은 안배를 남겨 두었습니다. 왕세녀이니 이미 알고 있을 확률이 높겠지만, 그래도 혹시나 하는 마음에 자세히 설명해 둡니다.

혹시 집무실 안의 비밀 공간을 보았는지요? 만일 보지 못했다면, 북쪽 벽에 작게 새겨져 있는 독수리의 눈을 눌러 보세요.

그 안에 든 것은 왕가에 대대로 내려오는 보물로 이름은 '소원의 돌'이라고 합니다. 신성력으로 이루어진 물건으로, 비록 지금은 깨진 상태이나 오롯한 모양을 갖출 경우 소유자의 소원을 단 한 번 들어준다고 해요. 그것이 어떤 내용이든 간에, 심지어 시간을 거스르는 일까지도.

미안해요. 시간 내에 소원의 돌을 복원할 수 있었다면 그대가 이런 일에 휘말리지도 않았을 텐데. 그래도 그동안 열심히 노력한 끝에 지금은 총 여섯 개의 조각 중 세 개만 남았습니다.

일기를 보았으니 알겠지만, 내 생각에는 아무래도 그대가 네 번째 조각과 관련된 사람인 듯해요. 그러니 한번 살펴보세요. 만일 그대가 그것을 복원할 수만 있다면, 무엇이든 원하는 바를 이룰 수 있을 겁니다. 부디 완성할 수 있기를 바라요.

　일단 소원의 돌의 기능은 확인했다지만, 밀라이아는 지금 그것에
대해서 생각할 여유가 없었다.
　따끔거리는 눈을 두어 번 깜빡인 그녀는 긴장된 마음으로 시선을
내렸다.

　정말 미안해요, 밀라이아. 그저 용서를 구하기에도 한없이 모자라다는
것을 알고 있지만, 뻔뻔한 이 사람은 소원의 돌을 담보로 삼아 감히 그대
에게 한 가지 청을 하고자 합니다.
　엎드려 바라건대 그대, 부디 에디를 잘 돌봐 주세요. 정이라고는 한 번
받아 본 적 없는 가엾은 아이입니다. 어린 나이에 부모도 형제도 모두 잃
고 험한 세상에 홀로 남은 그 아이, 불쌍한 내 동생을 잘 돌봐 주세요.
　그리고…… 왕국을 잘 부탁해요. 이렇게 고개 숙여 간청합니다.
　미안해요. 무거운 짐을 떠넘기게 되어서. 정말 미안합니다, 밀라이아.
　어떤 말로도 용서를 구할 순 없겠지만, 그럼에도 이 말만큼은 그대에게
꼭 전하고 싶어요.
　noli metuere, una tecum bona mala tolerabimus두려워 마라,
좋은 일도 나쁜 일도 너와 함께 견딜 테니.
　비록 지금처럼 지켜보지는 못하겠지만, 이 영혼이 모두 흩어지는 그날
까지 함께하겠습니다. 그대에게 부디 행운이 있기를, 그리고 신의 가호가
함께하시기를.
　왕국력 357년 3월 19일, 글로리아 데 루아.

그 뒤부터는 전부 비어 있었다.

"하……."

위태롭게 들려 있던 일기장이 손아귀에서 빠져나가며 바닥으로 추락했다.

하지만 밀라이아는 거기에 신경 쓰지 않았다. 아니, 그럴 수가 없었다. 여왕의 말이 진실일 것이라는 생각이 머릿속에서 빙빙 맴돌고 있었으므로.

"말도 안 돼. 이런 게 사실일 리가 없잖아……."

차갑게 식어 버린 피가 심장을 타고 온몸 구석구석으로 번져 나갔다. 여왕의 영혼이 흩어질 때까지는 돌아갈 수 없노라는 말이 자꾸만 반복해서 떠올라, 밀라이아는 귀를 틀어막은 채 거세게 도리질을 했다.

믿고 싶지 않았다. 아니, 믿어서는 안 되었다. 그건 반드시 거짓이어야만 하니까. 그래야 제가 원래 세상으로 돌아갈 수 있을 테니까.

'그래, 간단하게 생각하자. 저건 신빙성이 없어. 잠시 몸을 움직이게 되었다 뿐이지, 내가 돌아가지 못한다는 보장이 어디 있느냐고. 생각해 보면 처음 감각을 공유하게 됐을 때도 걱정했지만 잘만 돌아갔잖아?'

입술을 잘근잘근 씹으며 스스로를 안심시킨 밀라이아는 그러고도 한참 동안 심호흡한 후에야 겨우 바닥에 떨어진 일기장을 들어 액자 뒤 금고에 넣었다.

'일단 자자. 자고 일어나면 모든 게 해결되어 있을 거야. 나는 내 방으로 돌아가 있을 거고, 여왕은 다시 자신의 몸을 되찾는 거지.'

아직 잘 시간이 되려면 멀었으나 그런 것은 중요하지 않았다. 혼자 남게 되자마자 스멀스멀 밀려오는 불안감을 피하는 것이 훨씬 절실했으니까.

'제발, 눈을 떴을 때는 모든 것이 원래대로 돌아가 있기를.'

"왜, 왜 또 그대로인 건데?"

다음 날 아침.

밀라이아는 눈을 뜨자마자 보이는, 곱슬기라고는 하나도 없는 백금발을 한 아름 손에 쥔 채 신경질적으로 중얼거렸다.

여왕의 일기를 본 이후 그녀는 어쩌면 돌아갈 수 있을지도 모른다 생각하며 거듭 잠을 청했지만, 아무리 잠을 자고 일어나도 몸은 여왕의 것 그대로였다. 깜빡 졸았다가 눈을 떠 봐도, 해가 지기도 전에 침실에 틀어박혀 잠이 들었다 깨어 봐도, 심지어는 결국 그렇게 하루가 지나고 새로운 아침이 시작되었음에도.

'이러다 정말 못 돌아가는 건 아니겠지?'

가슴이 서늘하게 내려앉았다. 한 번 눈을 감고 뜰 때마다 조금씩 덩치를 불려 가던 불안감이 어느새 온몸을 짓누르고 있었다.

길을 잃은 듯 막막한 기분에 한숨을 푹 내쉬는데, 노크 소리가 들리고 안으로 들어선 시녀가 슬슬 눈치를 살피며 입을 열었다. 작일昨日. 어제 기분이 좋지 않은 티를 팍팍 내며 물렸던 탓에 말 걸기가 두려운 모양이었다.

"여왕 전하, 페르디난드 공작이 뵙기를 청합니다."

"이런 시각부터 말인가? 후우. 고가 몸이 별로 좋지 않아 보지 못하겠다 전하도록."

"저……. 분명 전하께서 그리 말씀하실 거라고, 하지만 본인은 반드시 뵈어야겠다고 했습니다. 그러면서 그래도 아니 만나 주신다면 피하시는 걸로 생각하겠노라고……."

"뭐라고?"

짜증스레 머리카락을 위로 훅 분 밀라이아가 말했다.

"일단 기다리라 이르도록."

"네, 전하."

얌전하게 고개를 숙여 보인 시녀가 침실을 빠져나갔다.

밀라이아는 긴 한숨을 내쉬며 머리맡의 줄을 당겼다.

사실 마음 같아서는 손 하나도 까딱하고 싶지 않았지만, 어쨌거나 여왕의 육신을 입고 있는 이상 페르디난드 공작의 말마따나 마냥 피할 수는 없었다. 만에 하나라도 이 몸에 계속 머물러야 한다면 더 그랬다.

'그래도 조금은 버티다 가야지. 협박받자마자 재깍 달려가면 너무 지고 들어가는 것 같잖아.'

하나둘 안으로 들어서는 시녀들을 보며 속으로 중얼거린 그녀는 일부러 느릿한 동작으로 침대에서 내려섰다. 먼저 협박해 온 이상 이 정도 심술이야 각오했을 터. 아예 피할 수는 없겠지만, 조금 기다리게 하는 정도야 할 수 있을 게다.

"단장은 어떻게 해 드릴까요?"

"아, 오늘은……."

무심코 답하려던 밀라이아는 공연히 자신의 취향대로 골랐다가 의심을 살지도 모른다는 생각에 원래 하려던 말 대신 다른 이야기를 했다.

"……좀 피곤해서, 일일이 고르기가 귀찮군. 알아서 하도록."

"네, 전하."

가볍게 고개를 숙여 보인 시녀 하나가 웃으며 장신구들을 골라 왔다.

밀라이아는 그녀들의 손에 몸을 맡긴 채 천천히 눈을 감았다.

또 무슨 소리를 하려고 귀찮게 구나 이리저리 궁리하는데, 분주하게 움직이던 손을 멈춘 시녀가 말했다.

"다 됐습니다. 전하."

"그래. 수고했다."

밀라이아는 흘끗흘끗 눈치를 살피는 시녀들을 무시하며 거울을 살폈다. 백 년 전 유행이라 그런지 좀 촌스러워 보이기는 했으나 적어도 부자연스럽지는 않은 것 같았다.

전언을 받았던 때부터 거의 한 시간 정도가 지났을 때에야 침실을 나선 그녀는 여유로운 걸음걸이로 집무실에 들어섰다.

그녀를 돌아본 남자가 무표정한 얼굴로 들여다보던 서류를 내려놓으며 일어났다. 꽤 짜증이 났을 거라 생각했는데, 적어도 겉모습만 놓고 본다면 그런 기색이 전혀 없어 보였다. 심지어는 그녀가 늦을 거라는 걸 예상했다는 양 찻잔마저 홀로 비운 채였다.

"오셨습니까."

"네. 오래 기다렸나요? 몸이 좋지 않아서 준비하는 데 시간이 좀 걸렸네요."

"그러셨군요. 하긴 어제부터 영 안색이 좋지 않아 보이시긴 했습니다."

'가만 보니 에스페라 공작이랑 비슷한 식으로 말을 하네. 그러니까 지금 이 몸의 상태가 영 별로다 이거지?'

제 얼굴을 훑는 시선을 보며 픽 웃은 밀라이아가 느긋하게 자리에 앉았다. 이 정도 돌려치기쯤이야 그동안 수없이 단련된 탓에 몹시 익숙한 데다, 어차피 제 몸도 아니라 그런지 아무렇지도 않았다.

"앉아요. 듣자 하니 날 꼭 만나야겠다고 했다면서요?"

최대한 순진하게 들리도록 목소리를 꾸며 내 묻자, 공작은 생각을 읽을 수 없는 잿빛 눈동자로 그녀를 빤히 바라보다 말했다.

"어제 말씀드렸잖습니까. 못다 한 말씀은 오늘 마저 드리겠다고요."

"아, 네. 어제 어디까지 얘기했었죠?"

"내가 어떻게 행동해 줘야 당신의 마음에 차겠느냐…… 까지였던 걸로 기억합니다만."

'허, 그걸 정말 기억한단 말이야? 기억력 하나는 끝내주네.'

황당해하는 그녀를 만족스러운 표정으로 쳐다본 공작이 말했다.

"뭐, 그 얘기는 조금 뒤에 마저 하고, 지금은 당장 처리해야 할 일부터 말씀드리겠습니다. 갑자기 또 현기증이 나기라도 하시면 곤란하니 말입니다."

'얼씨구.'

노골적인 비아냥거림에 속으로 피식거리며 고개만 까딱해 보이자, 공작은 탁자 위에 놓아두었던 서류를 들어 그녀에게 건넸다.

"오늘까지 결재하셔야 하는 것들입니다. 살펴보시고 거기 하단에 서명해 주십시오."

'뭐라고? 서명?'

예상치 못한 얘기에 잠시 멈칫한 밀라이아는 일단 서류를 받아들며 빠르게 머리를 굴렸다.

아무리 일기장으로 봤다 해도 하루아침에 여왕과 똑같은 필체를 구사한다는 건 불가능한 일. 그렇다면 서명을 하는 대신 인장으로 찍어 줘야 그나마 정체를 들키지 않고 넘어갈 수 있을 텐데, 어떤 식으로 말을 해야 의심을 피할 수 있을지 알 수가 없었다.

'뭐라고 얘기해야 하지?'

눈으로는 서류를 살피면서 곰곰이 생각하는데, 문득 종이를 쥐고 있던 왼손, 정확하게는 그 가운뎃손가락에 끼워진 반지에 시선이 닿았다.

순간 머릿속에서 갑자기 장면 하나가 떠올랐다.

"어?"

"어찌 그러십니까?"

"아, 아무것도 아니에요. 잠시 다른 생각을 좀 해서요."

밀라이아는 저도 모르게 흘러나간 소리를 황급히 수습하며 슬그머니 공작을 살폈다.

'왜 평소와 다른 얘기를 하는 거지?'

여왕의 왼손에 끼워져 있는 것은 왕실의 문장이 새겨진 인장 반지.

불현듯 떠오른 몇 가지 기억 속에서, 여왕은 분명 페르디난드 공작이 넘긴 서류에 밀랍을 떨어뜨린 후 반지를 꾹 누르고 있었다. 깃펜을 들고 이름을 휘갈기는 것이 아니라.

'설마 그새 방침이 바뀌었을 리는 없을 텐데, 갑자기 왜 서명을 하라는 거지? 사람 당혹스럽게스리.'

그의 시선이 닿지 않도록 서류로 얼굴을 가린 밀라이아는 잘근잘근 입술을 깨물며 고민했다.

'혹시 내 정체를 눈치챈 건 아니겠지?'

그녀가 공작과 마주친 시간이라고 해 봐야 고작 이십 분 정도.

그것도 최대한으로 잡았을 때 그 정도인데, 겨우 그 시간 동안 평소와 조금 다른 모습을 보였다고 곧바로 정체를 의심한다는 건 뭔가 좀 이상했다. 상식적으로 생각해 봐도 그랬다. 누군가의 영혼이 다른 이의 육체에 들어갔다는 걸 믿을 사람이 과연 얼마나 되겠는가.

'그래. 그건 아닐 거야. 그냥 내가 좀 날카로워진 탓이겠지.'

불안한 기분을 애써 억누르는데, 무심한 눈초리로 그녀를 바라보던 공작이 말했다.

"다른 생각을 할 정도로 여유를 찾으신 건 다행입니다만, 속히 결재해 주시면 안 되겠습니까? 예상했던 것보다 시간을 많이 지체해서요."

"아…… 네. 미안해요."

밀라이아는 서류를 내려놓은 뒤 짐짓 여유로운 태도로 일어나 책상 쪽으로 향했다.

한쪽 구석에 놓여 있던 밀랍 상자를 집어 들자, 묵묵히 저를 관찰하던 잿빛 눈동자에 이채가 스치고 지나가는 것이 느껴졌다.

등골이 서늘해졌다.

'뭐야, 저 눈빛? 설마 정말로 나를 의심하고 있는 거야? 대체 무슨 근거로? 어제 잠깐 신경질을 부린 것만으로 알아차렸다는 건 말이 안 되잖아.'

뭘 실수한 건지 알 수 없어 답답한 기분이었지만, 어쨌든 당장은 의심을 피하는 게 우선이었다. 혹시라도 여왕과 제 영혼이 바뀐 사실을 알게 된다면 저자가 어찌 나올지 모르는 일이었으니까.

떨리는 손으로 초에 불을 붙여 밀랍을 녹인 밀라이아는 반지를 뽑아 서류에 인장을 찍었다. 그러고는 밀랍이 굳기를 기다렸다가 공작에게 넘겨주며 말했다.

"자, 받아요. 혹 더 처리해야 할 것이 있나요?"

"흠, 아니오. 오늘 처리하셔야 할 건 이게 다입니다."

무덤덤한 표정으로 서류를 받아 옆에 챙긴 공작이 말했다.

"어쨌든 어제의 하문에 뒤늦게나마 답을 올리자면, 신이 바라는 것은 예나 지금이나 오직 한 가지뿐입니다. 그게 무엇인지는 전하께서도 이미 잘 알고 계시겠지요? 그동안 누누이 말씀드렸으니 말입니다."

"아, 네."

또 다른 시험인가 싶어 조심스럽게 답하자, 공작은 그녀를 빤히 바라보며 입을 열었다.

"기억하신다, 라……. 하면 거기에 대해서는 더 말씀드릴 필요가 없을 거고, 신이야말로 전하의 생각을 여쭙고 싶군요. 어째서 요즘 들어 자꾸만 평소와 다른 행보를 보이시는지 말입니다."

"……."

밀라이아는 침묵했다. 그러지 않을 수가 없었다. 여왕의 삶을 제대로 알지 못하는 그녀로서는 삼 년 전의 약조가 무엇인지, 또 공작이 바라는 것이 무엇인지에 대해 아는 것이 전혀 없었으니까. 게다가 지금같이 의심을 사는 상황에서는 더 말을 조심할 필요가 있었다.

"어찌 답이 없으십니까? 설마 이제 와 약조를 저버리겠단 생각은 아니시겠지요?"

'그러니까 그 약조가 뭔데?'

가슴이 답답했다.

하나 그걸 캐물을 수는 없는 노릇이었으므로, 밀라이아는 최대한 의심 사지 않을 만한 대답만 골라서 짧게 내뱉었다.

"그런 건 아니에요."

"그렇습니까? 한데 신은 왜 요즘 들어 전하께서 그 점을 망각하신 것 같다는 생각이 자꾸만 드는 걸까요? 왕제 저하의 손을 잡고 살려 달라며 애원하시던 모습이 아직도 눈에 선한데 말입니다."

"……."

"그때 전하께서 말씀하셨지요. 중립을 지켜 달라고, 그래서 우리 두 사람, 그러니까 지금의 전하와 왕제 저하를 살려 달라고요. 기억하십니까?"

"아, 네…… 물론 기억, 하지요."

살기마저 감도는 목소리에 주춤하며 답하자, 슬쩍 몸을 앞으로 숙인 공작은 더욱 짙게 미소 지으며 말했다.

"하면 그때 신이 드렸던 말씀도 기억하겠군요. 아무 힘도 없는 전하를 위해 어째서 그렇게까지 해야 하느냐던 이야기 말입니다."

"……네."

"기억하신다니 다행입니다. 하긴, 비록 꽤 된 이야기이긴 하나 돌이켜 생각해 보면 그리 오래전에 있었던 일도 아니지요. 뭐, 그건 그렇고……."

무슨 말이 나올까 마른침을 삼키는 그녀를 잿빛 눈동자가 가볍게 훑었다. 꿰뚫어 보는 듯한 시선이 멈춘 곳은 백금색 머리카락을 장식한 에메랄드 머리핀 위였다.

의미를 알 수 없는 눈빛으로 그것을 물끄러미 바라보던 남자가 말했다.

"오랜만에 그 머리 장식을 하셨군요. 신의 기억에 그것은 선先왕비 전하께서 물려주셨던 걸로 남아 있는데, 무슨 바람이 들어 그걸 하셨습니까?"

'헉. 뭔가 사연이 있는 물건인가?'

어쩐지 싸한 기분이 들어서, 밀라이아는 애써 표정을 가다듬으며 대강 얼버무렸다.

"그냥, 시녀가 골라 줘서요."

자신 없는 답을 들은 공작의 눈이 날카롭게 번뜩였다.

"흠. 어제부터 정말 이상하시군요. 그 장신구에 누구보다도 의미를 많이 부여하던 전하께서, 시녀의 권유로 그걸 하고 나오시다니 말입니다."

'실수한 건가?'

선득한 가슴에 손을 얹은 그녀가 슬그머니 시선을 피하자, 공작은 계속해서 말했다.

"설마 그새 마음이 바뀌신 겁니까? 분명 연전에 아무것도 모르고 그걸 하십사 권유했던 시녀가 단숨에 궁 밖으로 내쳐졌던 것을 기억하는데 말이지요."

가슴이 철렁했다. 어쩐지 단장을 마치고 거울을 들여다보는 저를 시녀들이 계속해서 힐끔힐끔 쳐다보더라니, 그런 사연이 숨어 있는지는 몰랐다.

'후, 하필이면 왜 이런 것을 골라서…….'

속으로 한탄하던 그녀는 문득 드는 생각에 입술을 꽉 깨물었다.

'설마 공작이 여기까지 손을 쓴 건가?'

어제 저를 바라보던 표정을 떠올려보면 그럴 수도 있겠다 싶었다. 긴장감에 바짝바짝 목이 타들어 갔다.

저도 모르게 마른 입술을 축이는 그녀를 탐색하듯 바라보던 공작이 말했다.

"잠시 얘기가 끊겼습니다만, 다시 한번 여쭙고 싶군요. 그 머리 장신구나 기억한다 말씀하신 것으로 보아 분명 삼 년 전의 약조를 잊으신 건 아닐 텐데, 어째서 평소와 다른 행동을 보이시는지 궁금합니다."

"……."

"말씀해 보십시오. 설마 그새 뭔가 믿는 구석이라도 생기신 겁니까?"

"……아뇨, 별로 그런 건…….."

"그렇습니까? 그런데 저는 왜 꼭 그런 걸로만 느껴질까요?"

싸늘한 음성이 한 자 한 자 더해질 때마다 공작의 몸도 점점 더 앞으로 기울어졌다. 그럴수록 짙게 가라앉은 잿빛 시선도 조금씩 가까워졌다.

밀라이아는 점점 가까이 다가오는 남자의 얼굴을 바라보며 침을 꿀꺽 삼켰다. 코끝을 감도는 은은한 시트러스 향, 숨결이 느껴질 정도로 가까워진 거리에 심장이 미친 듯 빠르게 뛰었다.

그때, 팽팽하게 당겨진 분위기를 가르며 노크 소리가 들려왔다.

몹시 곤란하던 차에 들려온 그 소리는 마치 구원의 종소리와도 같았다.

아쉽다는 듯 혀를 찬 공작이 천천히 허리를 폈다. 그와 거의 동시에 안으로 들어선 시녀가 깊숙이 허리를 숙이며 말했다.

"전하, 오찬 시간이 한참 지났습니다. 왕제 저하께서 기다리고 계십니다만, 어찌할까요?"

"이런. 알겠다. 당장 가지."

밀라이아는 망설임 없이 답하며 서둘러 자리에서 일어났다. 물론 에드워드 왕제와 마주하는 것도 쉬운 일은 아니겠지만, 그보다는 지금 저를 뚫어져라 바라보고 있는 저 남자에게서 벗어나는 게 훨씬 시급했다.

"미안해요, 공작. 그래도 오늘 해야 할 정무는 다 끝냈으니, 사담은 나중에 마저……."

"오찬이라. 그것이 오늘이었군요. 이런, 하마터면 여왕 전하께 큰 무례를 저지를 뻔했습니다."

훅 치고 들어오는 말에 멈칫한 밀라이아가 물었다.

"네? 그게 무슨?"

"기억나지 않으십니까? 왕제 저하와 더불어 하교하실 것이 있다며, 일전에 신을 오찬에 초대하시지 않았습니까. 생각해 보니 그게 오늘이었군요."

'정말인가?'

밀라이아는 의심스러운 눈초리로 공작을 바라보았다. 벌써 두어 번 그런 일을 겪고 나니 지금 그가 사실을 얘기하는 건지 아니면 또다시 자신을 떠보려고 그러는 건지 분간할 수가 없었기 때문이었지만, 아무리 들여다봐도 잿빛 눈동자에서는 아무것도 읽어 낼 수가 없었다.

결국 그녀는 하릴없이 속으로 한숨을 내쉬고는 입을 열었다. 아무래도 대충 얼버무리며 회피하는 것 외에는 방법이 없을 것 같았다.

"어쨌든 오늘은 왕제와 단둘이 오찬을 즐기고 싶군요. 미안하지만 공작은 다음에 함께하도록 해요."

"흠. 알겠습니다. 전하의 뜻이 그러시다면 어쩔 수 없지요."

'하아. 살았다.'

속으로 안도의 한숨을 내쉰 밀라이아가 말했다.

"고마워요. 그럼 고는 이만……."

"대신 전하를 식당까지 에스코트해 드려도 되겠습니까? 이대로 보내 드리기는 영 아쉬워서요."

"……그렇게 해요."

끈질기게 달라붙는 남자에게 마지못해 답한 밀라이아는 그가 내미는 손 위에 머뭇머뭇 손을 얹으며 속으로 다시 한번 한숨을 내쉬었다. 좀 전과는 다른 의미의 한숨을.

'하아, 예법이고 뭐고, 그냥 확 떨쳐 내고 싶다.'

당장에라도 뿌리치고 싶은 마음은 굴뚝같았으나, 아쉽게도 주변의 시선 때문에 그리할 수가 없었다. 게다가 아무리 생각해도 여왕이라면 이런 상황에서 거절할 것 같지가 않았다.

"그럼 가 보실까요?"

"네."

굳은 얼굴로 답한 밀라이아는 잔뜩 긴장한 채로 걸음을 옮겼다. 무슨 꿍꿍이가 있지 않고서야 내내 무례하던 그가 새삼 에스코트를 청할 리 없었다.

대체 무슨 속셈인지 알 수 없어 마음 졸이며 간신히 식당에 도착한 밀라이아는 커다란 문이 열리고 저 멀리 앉아 있는 왕제를 발견했을 때에야 비로소 안도의 한숨을 내쉬었다. 이제야 좀 살 것 같았다.

"생각보다 일찍 오셨군요. 내일쯤에나 오시려나 했는데 말입니다."

"……미안해요, 왕제. 내가 시간을 깜빡했네요."

'하. 이놈이고 저놈이고 간에 죄다 사람을 우습게 보네. 내 것은 아니어도 어쨌거나 이 몸은 여왕인데 말이지.'

짜증을 억누르며 상냥하게 미소 짓는 그녀를 힐끔 쳐다본 공작이 말했다.

"왕제 저하를 뵙습니다. 그간 강녕하셨는지요?"

"오랜만입니다, 페르디난드 공작. 본인은 안녕합니다만, 공작은 어떤지요?"

"염려해 주신 덕분에 무탈합니다. 한데 어인 일로 두 분께서 오찬을 함께하시는지요? 아, 혹시 오늘이 그날이던가요?"

"그렇습니다. 공작도 함께하렵니까?"

'아, 안 돼…… 가 아니라, 상관없나?'

저도 모르게 눈썹을 찡그리던 밀라이아는 문득 든 생각에 표정을 바로 했다.

상호 간의 예절에 특히 까다로운 왕국의 예법상 초대장이 없는 손님은 즉흥적인 권유를 받는다 해도 정중하게 거절하는 것이 관례. 따라서 그녀가 초대를 취소하는 바람에 불청객이 된 공작으로서는 예법에 따라 왕제의 권유를 사양해야 했다.

그러니 굳이 걱정할 필요는 없어야 하는 것이 정상이었는데ㅡ.

"초대해 주셔서 감사합니다, 왕제 저하. 무한한 영광으로 알겠습니다."

'뭐, 뭐야. 왜 덥석 그러겠다고 하는 건데?'

그런 예법 따위 모른다는 듯 곧바로 왕제의 맞은편에 앉는 공작을 보자 몹시 혼란스러워졌다.

혹시 이 시대에는 그런 예법이 없는 건가 싶어 왕제를 돌아보았으나, 그녀로서는 소년의 떨떠름한 표정이 그저 공작이 껄끄러워 그런 것인지 아니면 그가 예법을 어긴 것을 불쾌하게 여긴 탓인지 알 도리가 없었다.

'설마 이걸 노리고 에스코트한다고 한 거였나?'

목이 죄는 듯한 기분으로 상석에 앉은 밀라이아는 옆에 대기하고 선 시종에게 되는 대로 몇 가지를 가리켰다. 슬쩍 돌아본 왕제 역시 대강 음식을 고르는 모양새라, 결국 수북이 쌓인 접시들을 찬찬히 살피며 선택하는 사람은 공작뿐이었다.

각자가 고른 음식을 작은 접시에 덜어온 시종들이 옆으로 물러난 뒤, 밀라이아는 공작의 눈치를 힐끔 살피며 포크와 나이프를 쥐었다. 그 뒤를 이어 왕제와 공작도 각각 식기를 집어 들었다.

불안한 고요가 사위를 감쌌다. 모두가 묵묵히 음식을 입에 가져갈 뿐 대화 한마디 없는 식당 안은 하다못해 옷자락 스치는 소리조차 없이 고요했다.

'이러다가 체하겠네.'

밀라이아는 무슨 맛인지도 모를 음식을 씹으며 다시 한번 공작의 눈치를 살폈다. 왕제와의 오찬 일정이 잡혀 있어 다행이라고 여겼던 것이 불과 십여 분 전이었는데, 설마하니 그가 이런 식으로 나올 줄은 몰랐다.

'그래도 오찬 뒤에는 공작을 떨궈 낼 수 있겠지? 단둘이 할 얘기가 있다고 하면 될 테니까.'

문득 드는 생각에 긴장을 조금 내려놓는 순간, 묵묵히 음식을 들던 왕제가 포크를 내려놓고는 냅킨으로 천천히 입가를 닦았다.

식사를 끝내려는 듯한 그 모습에 밀라이아는 다급한 표정으로 왕제를 불렀다. 그와 얼굴을 맞대는 것 역시 어색한 건 마찬가지지만, 그래도 공작과 단둘이 남는 것보다는 훨씬 나았다.

"에드…… 아니, 왕제, 왜 더 들지 않고요?"

"이 정도면 됐습니다. 입맛이 별로 없군요."

"그래도 조금만 더…….''

"됐다는데도요. 언제부터 누님이 제게 그리 신경 썼다고 그러십니까?"

짜증스럽게 되받은 소년이 자리에서 일어났다.

밀라이아는 공작에게 묵례한 뒤 홀가분한 표정으로 사라지는 왕제를 보며 침음을 삼켰다. 시종들이 있으니 단둘이라고 하기는 어려웠지만, 어쨌든 공작과 또다시 얼굴을 마주하게 된 현 상황이 몹시 껄끄러웠다. 좋은 참고 자료 겸 방패막이였던 사람이 사라져 버렸다는 점은 더더욱.

'어떡하지?'

지금까지는 숨이 막히는 와중에도 짬짬이 왕제의 행동을 참고하여 예법을 비교해 봤었는데, 이제는 그럴 수가 없어 혼란스러웠다. 그리 많이 다르지는 않아도 자잘한 동작 몇 가지에서 이미 상이한 점을 발견했던 탓에 더 그랬다.

하지만 그렇다고 해서 공작이 하는 행동을 그대로 따라할 수도 없었다. 또 어떤 식으로 저를 시험해 볼지 모르는 일이었으니까.

일단 잠시 내려놓았던 식기를 도로 집어 드는데, 묵묵히 음식을 들던 공작이 갑자기 손을 들어 올렸다.

밀라이아는 들릴락 말락 한 목소리로 시종에게 무어라 지시하는 공작을 보며 천천히 식기를 내려놓았다. 또 무슨 짓을 하려고 저러나, 라는 생각에 없던 입맛마저 싹 달아난 탓이었다.

'아, 모르겠다. 그냥 발뺌해야지. 아무리 그래도 여왕의 몸인데 설마 무슨 짓이야 하겠어?'

반쯤 체념한 그녀는 접시를 치운 시종들이 케이크와 차를 가져오는 모습을 말없이 바라보았다.

분명 에스페라 공작에게 이 시기에는 아직 각자의 취향까지 맞춰 음식을 내놓지는 않았다고 배웠는데, 지금 시종이 두 사람 앞에 내려놓는 케이크는 각각 다른 것이었다. 차 역시 그러했고.

'뭐지? 이것 또한 시험인가? 아니면 그저 단순히 제 취향에 맞는 걸 가져오라고 시킨 것?'

반사적으로 주위를 둘러본 밀라이아는 의심스러운 눈초리로 공작을 쳐다보았다.

일단 시종들의 표정을 살펴본 바로는 특별할 게 없는 것 같은데, 그렇다고 해서 무심코 넘기기에는 그녀가 알고 있던 지식과 다른 점이 존재한다는 사실이 마음에 걸렸다. 조금 전에 시종을 불러 뭔가를 따로 지시한 것 역시도.

작게 잘라 낸 케이크를 한 조각 맛본 공작이 말했다.

"음, 맛이 아주 좋군요. 전하께서도 어서 드셔 보십시오."

"……아뇨. 난 됐어요."

"그러지 말고 조금만 드셔 보십시오. 식후의 입가심은 필수가 아
닙니까."

최악의 상황만은 피하려 거절해 봐도 공작은 요지부동이었다. 급
기야는 극구 사양하는 그녀에게 직접 포크를 건네기까지 했다.

그 바람에 하릴없이 포크를 받아 든 밀라이아는 난감한 기분으로
케이크를 바라보았다. 이걸 먹어야 하는지 말아야 하는지 도저히
갈피를 잡을 수 없었다.

"어찌 그러십니까? 설마 신이 무슨 짓이라도 했을까 봐 그러시는
겁니까?"

"아뇨, 그건 아닌데……."

"하면 어찌 그러시는지요?"

"……아무것도 아니에요. 후우."

공작에게 들리지 않도록 작게 한숨을 내쉰 밀라이아는 잠시 망설
이다 슬쩍 접시를 밀어냈다. 아무리 그래도 이건 손대지 않는 편이
나을 것 같았다.

그 순간, 싸늘한 목소리가 공간을 갈랐다.

"모두 물러가라."

"네, 각하."

곧바로 허리를 숙여 보인 시종들이 썰물처럼 식당 밖으로 빠져나
갔다.

삽시간에 둘만 남게 된 상황에, 밀라이아는 굳은 얼굴로 공작을
바라보았다. 잔뜩 긴장한 탓에 그녀는 자신이 지금 다시 한번 심한
모욕을 당했다는 것조차 인지하지 못하고 있었다.

"전하, 혹시 그거 아십니까?"

"뭐, 뭘 말인가요?"

"옛날 옛적, 지금으로부터 오백 년도 더 된 옛날, 아직 이 나라가 세워지기도 전이었던 그때에는 마법이라는 것이 존재했답니다."

"네? 마법이요?"

"그렇습니다. 마법."

부드러운 목소리로 답한 공작이 천천히 자리에서 일어났다. 그러고는 뒷짐을 진 채 밀라이아의 주변을 뚜벅뚜벅 걸으며 말했다.

"어쨌든 그렇게 까마득한 옛날, 어떤 마을에 청년 하나가 살고 있었습니다. 무척 성실한 데다 성격도 좋은 그 청년은 수많은 마을 처녀들의 마음을 사로잡고 있었지만, 그중 누구와도 짝을 이루지 않았습니다. 어느 날 마을 앞에 불쑥 나타난 신비로운 여인을 사랑하고 있었기 때문이었지요."

'대체 무슨 말을 하려고 이러는 거지?'

밀라이아는 의미 모를 소리만을 늘어놓는 공작을 보며 마른침을 삼켰다. 서두를 길게 늘어놓는 모습이 왠지 불길했다.

"청년은 여인에게 구혼했지만 거절당했고, 결국에는 상사병에 걸리고 말았습니다. 그리고 어느 날, 시름시름 앓던 그 앞에 여인이 나타나 말했습니다. 당신의 마음을 받아들이고 싶지만 그럴 수가 없다고. 자신은 다른 시간에서 온 사람이라고 말입니다."

'뭐? 다른 시간에서 온 사람?'

심장이 선득했다.

저도 모르게 가슴 위에 손을 얹는 그녀를 일별한 공작이 말했다.

"처음에는 믿을 수 없었지만, 여인이 보여 주는 몇 가지 마법 때문에 청년은 결국 그 말을 믿게 되었습니다. 그럼에도 자신은 그녀를 사랑한다는 사실 또한 깨닫게 되었죠."

"……."

"결국 두 사람은 연인이 되었고 잘생긴 아들도 하나 두게 되었습니다만, 안타깝게도 여인에게 허락된 시간은 곧 끝이 나고 말았습니다. 그리고 본래의 시간으로 돌아가기 전, 여인은 청년에게 한가지 마법을 알려 주었죠. 그것은 바로 원하는 사람을 찾아볼 수 있는 마법이었습니다."

'원하는 사람을 볼 수 있는 마법? 설마 그거……'

서늘한 기운이 머리끝부터 발끝까지 흘렀다.

하지만 밀라이아가 당황하거나 말거나, 공작은 계속해서 그녀의 주위를 왔다 갔다 하며 말했다.

"여인이 그리웠던 청년은 가끔 마법을 사용해 연인의 무사함을 확인하곤 했습니다. 그리고 여인이 남기고 간 유일한 아이에게도 가르쳐 주었죠. 이후 그 마법은 대대손손 청년의 핏줄에게 전승되었고, 그중 한 아이가 왕국을 하나 세우게 됩니다. 루아라는 이름의 왕국을요."

"네? 와, 왕국이요?"

"네. 뭐, 여기까지는 그저 흔하디흔한 이야기입니다만……."

어느새 밀라이아의 옆에 우뚝 멈춰 선 공작이 싸늘한 눈빛으로 그녀를 내려다보며 말했다.

"이 이야기를 떠올리는 순간 갑자기 한 가지 궁금한 점이 생기더군요. 실례가 되지 않는다면 전하께 그 답을 여쭈어도 되겠습니까?"

"그게…… 뭔가요?"

온 힘을 짜내 간신히 내뱉은 한마디에 남자의 입술이 가볍게 호선을 그렸다.

"그건 말입니다……."

"네, 네에."

숨 막히는 긴장감에 파르르 몸을 떠는 순간, 갑자기 그녀를 확 끌어당겨 귓가에 입술을 가져다 댄 공작이 차갑게 얼어붙은 목소리로 물었다.

"너, 누구냐."

온몸에 소름이 돋았다. 숨이 턱 막히고, 심장이 미친 듯 빠르게 뛰기 시작했다.

등골을 타고 식은땀이 흐르는 것이 느껴져, 밀라이아는 핏기가 싹 가신 얼굴로 입술을 잘근잘근 씹었다.

'어떻게 알아차린 거지?'

곧바로 부인하지 않았던 순간 때는 이미 늦었으므로, 이제 와 그게 무슨 소리냐며 모르는 척 되물을 수는 없었다.

하나 그렇다고 해서 이대로 침묵할 수도 없었다. 그것은 제가 여왕이 아니라고 자인하는 것이나 다름없었으니까.

'어떡하지? 뭐라고 답해야 하는 거야?'

혼란에 빠진 밀라이아가 이러지도 저러지도 못하는 모습을 무표정하게 바라보던 공작이 작게 속삭였다.

"말투, 손짓, 걸음걸이, 음식 취향, 그리고 무엇보다 그 머리 장식. 당신을 구성하고 있는 모든 것들은 전부 그동안 내가 보아 온 여왕 전하의 것이 아니다. 게다가 전하께서는 내게 단 한 번도 중립을 지켜 달라 부탁하신 적이 없었지. 살려 달라고 하신 적은 더더욱."

"그, 그건⋯⋯."

"좀 전에 왕실에는 마법이 하나 존재한다고 했었지? 처음에는 그
냥 좀 이상하다 여겼지만, 그 마법을 기억해 내니 알 것 같더군. 하
여 본인은 몇 가지 간단한 시험을 해 보았고, 지금은 확신했다. 당
신은 내가 깔아 놓은 함정을 거의 빠짐없이 밟아 버렸으니까."

"⋯⋯."

온몸이 뻣뻣하게 굳었다. 그런 게 아니라고 변명을 해야 하는데,
이제는 뭐라고 말을 꺼내야 할지조차 알 수가 없었다. 하얗게 변해
버린 머릿속은 이미 혼돈 그 자체였다.

입만 벙긋거리는 그녀를 향해 허리를 숙인 공작이 속삭였다.

"그러니 이제 대답해 보시지. 당신이 누구인지."

"나, 나는⋯⋯."

"그래, 넌?"

식은땀이 흘렀다.

잿빛 눈동자에 어른거리는 선득한 기운이 자꾸만 입안을 말라붙
게 해, 밀라이아는 용기를 간신히 쥐어짜 내며 목소리를 가다듬었
다. 아무리 그가 확신에 차 있다 해도 일단은 최대한 발뺌해 볼 생
각이었다.

"난⋯⋯ 공작이 무슨 소리를 하는지 모르겠군요. 내가 누구냐니
요? 설마 본인이 섬기는 주군을 몰라서 묻는 건가요?"

"주군? 하, 그렇지. 적어도 그 몸만큼은 전하의 것일 테니. 하나
내가 말하는 것은 그 안에 들어 있는 사람이다. 너도 잘 알고 있을
텐데?"

"아뇨, 잘 모르겠네요. 공작이 무슨 의도로 이런 말을 하는지도요."

거칠어지려는 호흡을 가다듬으며 또박또박 답하자, 공작은 '하' 하고 헛웃음을 흘렸다. 그러고는 한 손으로 그녀가 앉아 있는 의자의 등받이를 짚으며 깊숙이 허리를 숙였다.

삽시간에 가까워진 거리에 밀라이아가 침을 꿀꺽 삼켰다.

그 순간, 하얗게 이를 드러낸 남자가 으르렁대는 듯한 목소리로 말했다.

"말장난은 여기까지 하지. 어차피 제대로 된 얘기를 할 생각은 없어 보이니 그냥 듣도록."

"……."

"너는 여왕 전하가 아니다. 하지만 아쉽게도 그걸 입증할 방법은 없지. 좀 전에 해 준 마법 이야기 역시 반쯤 부스러진 양피지에서 우연히 읽었던 것뿐이니 말이다. 너 또한 그러한 사실을 알고 있기에 이리도 발뺌하는 것이 아닌가?"

밀라이아는 침묵했다. 기세에서 완벽하게 눌린 지금으로써는 공작의 말을 조용히 경청하는 것 외에 그녀가 할 수 있는 일은 아무것도 없었다.

"솔직하게 얘기하지. 본인에게 여왕 전하의 생사 여부는 중요하지 않다. 하나 네가 차지하고 있는 그 몸, 그 존재는 아직 내게 필요하다."

자칫 위험할 수도 있는 이야기를 아무렇지 않게 던진 남자가 계속해서 말했다.

"네 입으로 말했듯, 본인은 지금 중립파라는 명목하에 양 계파 사이에서 이득을 취하는 중이다. 즉 내게는 지금의 균형이 나쁘지 않다는 소리지. 그러니 제안하겠다. 내게 협력하도록. 그리한다면

나 역시 너의 정체를 눈감아 주겠다."

"난……."

"단, 가부를 결정하기 전에 한 가지를 명심하는 게 좋을 거다. 이 제안을 거절하는 즉시 본인은 너를 적으로 간주할 것이라는 사실을. 그렇게 되면 어떤 일이 벌어질지는 알고 있겠지? 뭐, 모르겠다면 직접 겪어 봐도 좋고."

이야기를 마친 공작이 천천히 몸을 일으켰다.

"생각이 정리되면 얘기하도록. 충고하건대 되도록 빨리하는 게 좋을 거야. 네 행동으로 보아 언제 들켜도 이상하지 않은데, 그리되면 본인은 이 사실에 대해 전혀 모르는 사람이 되어 있을 테니."

비웃듯 입꼬리를 들어 올린 남자는 남은 볼일 따위는 없다는 듯 곧바로 뒤돌아섰다.

밀라이아는 뚜벅뚜벅 걸어 나가는 공작을 보며 입술을 꽉 깨물었다. 한마디 반박도 하지 못한 제가 한심했던 탓도 있었지만, 그보다는 이 일을 어떻게 해결해야 하는지에 대한 고민이 컸기 때문이었다.

결국 손대지 못한 케이크 접시와 찻잔을 그대로 물린 그녀는 침실로 돌아와 생각에 잠겼다.

총체적으로 난국인 상황이었으나, 그중에서도 가장 큰 문제는 두 가지였다. 정말로 시간이 지나기를 기다리는 것 외에는 여왕의 몸에서 벗어날 방법이 없는지와, 만일 그것이 사실이라면 공작에 대한 대처는 어떻게 하느냐는 것.

'아냐, 간단하게 생각하자. 아직은 여왕의 말을 믿을 수 없어. 고작 하루 여기에 머물렀다고 해서 내가 돌아가지 못한다는 보장이 어디 있느냐고. 처음 감각을 공유하게 됐을 때도 걱정했지만 잘만 돌아갔잖아? 그러니 이번에도 마음 쓸 것 없어.'

밀라이아는 그렇게 중얼거리며 자신을 안심시켰다. 가슴속에서 들려오는 말은 그게 아니었지만, 그렇게라도 하지 않으면 불안해 미칠 것 같았다.

'분명 돌아갈 수 있을 거야. 제발 그래야만 해.'

사흘 뒤.

퀭한 얼굴로 눈을 뜬 밀라이아는 곧게 떨어지는 머리카락을 신경 질적으로 돌리다 벌떡 몸을 일으켰다.

달려가다시피 해서 방 한쪽 구석에 놓인 거울 앞에 선 그녀는 기 이하게 빛나는 보라색 눈동자와 익숙하면서도 낯선 이목구비를 보 며 이를 악물었다. 인정하고 싶지는 않지만 이제는 이것이 현실임 을 받아들여야 했다.

풀리려는 다리를 움직여 방문을 연 그녀는 놀란 표정으로 황황히 허리를 숙이는 시녀들에게 말했다.

"당장 목욕할 채비를 갖춰 줘. 갈아입을 옷도 준비하고."

"네, 전하."

"그리고 페르디난드 공작에게 전갈을 보내 내가 보잔다고 전하 도록. 시간은 빠를수록 좋다 하고."

"명을 받듭니다."

재차 허리를 숙이는 시녀들을 일별한 밀라이아는 곧장 방문을 닫고는 다시 한번 찬찬히 거울을 살폈다.

'당분간은 저 모습에 익숙해져야 하는 건가.'

한숨이 나왔다. 원래 세계의 제 몸과 주변 사람들에 대한 걱정은 둘째 치더라도, 그동안 익히 보아 왔던 여왕의 처지는 대단히 한심스러운 수준이었으므로. 아니, 한심스러운 게 무언가. 자칫하면 목숨마저 왔다 갔다 하는 상황인 것을.

그러나 여왕의 육체에 묶여 버린 지금으로써는 일단 그녀의 이름으로 사는 것밖에 달리 방도가 없었다. 돌아갈 길을 찾기 위해 사흘 내내 궁리해 봤음에도 나오는 답은 결국 여왕이 제시한 방법뿐이었으니까. 물론 어디까지나 여왕의 말이 사실이라는 전제하에서였지만.

'좋아, 글로리아. 일단은 이게 현실이라고 받아들여 주겠다. 괜히 시간만 흘려보내는 건 내 취향이 아니니까. 그러나 아직 네 말을 전부 신뢰하는 건 아니야. 내가 직접 알아내기 전까지는 아무것도 믿지 않겠어.'

눈앞에 보이는 백금발의 여인을 매섭게 쏘아본 밀라이아는 어느새 나타난 시녀들의 손에 순순히 몸을 맡겼다. 낯선 육신임에도 피부에 와닿는 따뜻한 물의 감촉은 평소 제가 느꼈던 것과 그리 다를 바가 없었다.

'분노와 황당함, 그리고 그 밖의 모든 기분은 이 웃기지도 않는 사태가 전부 끝난 후에 쏟아내 주겠다. 그러니 글로리아, 너는 네 축원대로 내가 어떻게 하는지 곁에서 지켜보도록 해.'

물에 비친 제 모습을 다시 한번 바라본 밀라이아는 물기 머금은 백금발을 가볍게 쓸어 넘기며 사납게 웃음 지었다.

비록 사흘 전에는 처참하게 당했을지라도 그녀는 밀라이아 데 루아, 장차 왕국을 이끌어 나갈 왕세녀였다. 그런 제가 고작 이런 일로 나약하게 쓰러질 수는 없었다.

'페르디난드 공작. 어디 한번 해 보자고.'

향기 나는 물로 머리카락과 몸을 헹군 밀라이아는 때마침 공작이 알현실에 도착했다는 전갈에 다시 한번 날카로운 미소를 지었다. 아무리 최대한 빨리 보자고 했어도 그렇지, 이렇듯 곧장 찾아온 것을 보면 그 역시 몸이 달기는 했던 모양이었다.

꼼꼼하게 머리를 말리고 옷을 갈아입은 그녀는 코끝을 맴도는 짙은 장미 향에 잠시 눈썹을 찡그리다 방을 나섰다.

기세 좋게 출발한 것과는 달리 사흘 내내 방에만 틀어박혀 있던 몸은 힘겨움을 전신으로 표현하고 있었지만, 그럼에도 그녀는 후들거리는 다리로 꼿꼿하게 걸음을 옮겼다. 모처럼 한 결심인데 이렇게 주저앉을 수는 없었다.

"으……."

알현실 앞에 도착한 그녀는 핑 도는 머리를 슬쩍 짚으며 시녀들에게 문을 열라 지시했다. 보나 마나 한바탕 기싸움을 해야 할 텐데 벌써 이렇게 약한 모습을 보여서는 곤란했다.

"창공의 드높음을 경배하라. 에르네스토 라 페르디난드가 여왕 전하를 뵙습니다."

"좋은 아침이에요, 페르디난드 공작."

부드럽게 인사를 받은 밀라이아는 곧장 사람들을 밖으로 물렸다.

지금부터 할 대화를 누가 들어서는 곤란했다.

모두가 사라지자, 좀 전까지만 해도 정중하게 예를 갖췄던 공작은 곧바로 표정을 바꾸며 물었다.

"그래, 생각은 정했나?"

"그래요."

"사흘이라. 예상보다 늦었군."

"그런가요? 그 정도는 느긋하게 기다릴 줄 알았는데. 생각보다 성격이 급하군요."

질책 어린 음성을 여유롭게 되받은 밀라이아가 계속해서 말했다. 어느샌가 긴장으로 두근거리던 심장 박동이 침착하게 가라앉아 있었다.

"일단 한 가지 짚고 넘어가죠. 그래요, 나는 글로리아가 아닙니다. 어차피 서로가 아는 마당에 끝까지 발뺌할 필요는 없겠죠."

"쓸데없는 서론은 빼지."

"좋아요. 그럼 바로 본론으로 넘어가죠. 공작의 제안을 받아들이겠어요. 단, 한 가지 조건이 있어요."

"조건이라. 지금 그쪽이 내게 그런 걸 제시할 입장은 아닐 텐데."

"글쎄요, 과연 그럴까요?"

의미심장한 미소를 지어 보인 밀라이아가 말했다.

"사흘 동안 곰곰이 생각해 봤어요. 당신이 나를 돕겠다는 이유가 무엇인지. 물론 그때 듣기는 했지만, 혹시 그것 말고도 또 다른 이유가 있는 것은 아닌가 하고 말이에요. 그랬더니 답이 보이더군요."

"무슨 답 말인가?"

'흥, 건방지게 말끝마다 따박따박 하대하기는. 어디 이 말을 듣고

도 그런 소리를 할 수 있나 보자고.'

속으로 코웃음을 친 밀라이아가 말했다.

"당신에게는 내 존재가 그냥 필요한 게 아니에요. '반드시' 있어야 하는 거죠. 안 그런가요?"

확신에 찬 말에 슬쩍 눈썹을 찌푸린 공작이 물었다.

"그렇게 생각하는 이유가 뭐지?"

"당신은 중립파니까요."

"좀 더 자세히 얘기해 보도록."

곧바로 이어지는 말에 속으로 미소 지은 밀라이아가 답했다.

"나는 이 시대의 예법이나 정치 상황 같은 건 잘 몰라요. 그러나 한 가지는 알 수 있었죠. 당신이 그렇게 중립을 지킬 수 있었던 건 여왕의 속내를 알고 있었기 때문이라는 것. 동생에게 왕위를 물려주겠다는 여왕의 다짐, 그게 바로 당신에게 반드시 필요한 조건인 거죠."

밀라이아는 미간을 더욱 좁히는 공작을 보며 슬쩍 입꼬리를 들어 올렸다.

아무리 돌아갈 방법을 궁리하고 있었다 하더라도, 그녀는 지난 사흘 동안 그것만 찾고 있지는 않았다. 지금 공작에게 얘기하는 것 역시 그때 떠올린 생각 중 하나였다.

"여왕이 권력을 지키려는 생각이 조금만이라도 있었다면 일이 이 정도까지는 되지 않았겠죠. 적어도 국혼을 무기로 지지 세력 정도는 확보할 수 있었을 테니까요. 그리고 사실 그보다 더 확실한 방법이 있죠. 안 그런가요?"

무표정한 남자의 얼굴 위로 작은 얼굴이 하나 떠올랐다.

앨런 데 루아.

밀라이아 자신이 몹시 사랑했던, 그리고 또 그만큼 증오했던 하나뿐인 남동생의 이름.

아직도 눈을 감으면 떠오른다. 저와 똑 닮은 얼굴에 한가득 걸려 있던 애정 어린 미소가.

어려서부터 시름시름 앓았던 탓에 늘 침대에서 벗어나지 못했던 그 아이는, 어쩌다 한 번 바람궁에 들를 때면 힘이 없어 잘 들리지도 않는 팔을 한사코 활짝 벌려 그녀를 맞이해 주곤 했었다.

―어서 와요, 누님!

하얗게 말라붙은 입술 사이로 새어 나오던 또랑또랑한 목소리, 저와는 다르게 멀쩡한 누이를 보면서도 질투하기는커녕 마냥 행복해하던 모습.

신이 잃어버린 천사가 아닐까라는 생각이 들 정도로 어여뻤던 아이였지만, 밀라이아는 그런 동생을 마냥 사랑하지만은 않았다. 언제나 예뻐하면서도 미워했다. 오직 남자아이라는 이유만으로, 또 글로리아 여왕의 선례가 별로 좋지 않았다는 이유만으로 침대에서 벗어나지도 못하는 그를 지지하는 귀족들에 대한 분노 때문에.

어쩌면 여왕 역시 자신과 같은 심정이 아니었을까. 아무리 하나뿐인 동생이라 해도 그보다는 자기 자신의 안위를 더 중시할 수밖에 없는 것이 인간의 본능인데, 여왕은 정말 한순간이라도 저를 위협하는 동생이 밉지 않았을까?

"무슨 얘기를 하고 싶은 건가."

"몇 해 전의 불미스러운 일로 남은 직계 왕족은 오직 여왕과 왕제 둘뿐. 일개 왕녀일 때는 그럴 수 있었다 쳐도, 이미 즉위한 지 삼년이 넘었는데 아직도 왕제를 지지하는 세력이 자신을 위협하고 있다……. 이 경우 여왕이 선택할 수 있는 최선책은 무엇일까요?"

짙은 미소를 머금은 채 바라보자, 공작은 불쾌감이 묻어나는 음성으로 말했다.

"불경한 발언을 할 거면 그만두지."

"그러죠. 어쨌든 요는 이거예요. 여왕에게는 이 상황을 타개할 만한 여러 개의 선택지가 있었고, 그것들은 지금 내 손에 쥐여졌다는 것. 그리고 나는 여왕과는 달리 그 모든 카드를 활용할 생각이 충분하다는 것. 나는 내 일신의 안위가 가장 중요한 사람이라서요."

대수롭지 않게 건넨 말은 일견 가벼웠으나, 그 안에 내포된 의미만큼은 그렇지 않았다.

물론 여왕의 바람대로 될 수 있으면 왕제를 지켜 줄 생각이지만, 그것은 어디까지나 제 목숨이 보장되었을 때에나 가능한 일이었다. 그녀에게는 무사히 돌아가 백 년 뒤의 왕국을 이끌어 나갈 의무가 있었으니까. 지금 이 시대의 왕국이 아니라.

그도 그럴 것이, 현 상황에서 에드워드 왕제만 없다면 의외로 일은 쉬웠다.

그 경우 남는 직계 왕족은 오직 여왕뿐이므로, 대부분의 귀족은 정통성에서 크게 밀리는 방계 왕족을 내세우기보다는 여왕과 연을 이으려고 덤빌 확률이 높았다. 만일 그녀가 왕제파를 포용하는 모습을 보여 주기라도 한다면 더더욱.

"흠, 그래서?"

"아직도 설명이 더 필요한가요? 이런. 생각보다 머리 회전이 느린 사람이었군요, 당신."

부러 얄밉게 웃어 보이자, 곧게 뻗은 남자의 눈썹이 꿈틀거리는 것이 보였다. 평소 에스페라 공작에게 종종 써먹곤 하던 수법이었다.

"하는 수 없죠. 좀 더 차근차근 설명하는 수밖에. 난 일신의 안위를 위해 당신이 필요해요. 그리고 당신 역시 내 존재가 반드시 필요하죠."

"적당히 하고 본론으로 넘어가지."

"성질 급하기는. 따라서 일전에 당신이 제안한 것처럼 판을 짤 수는 없어요. 우리는 서로의 존재가 필요하니까요. 난, 당신에게 조종당하는 꼭두각시로서가 아니라 동등한 위치의 협력자로서 거래하길 원해요."

거기까지 말을 마친 밀라이아는 어쩔 거냐는 듯한 눈초리로 공작을 바라보며 빙긋 미소 지었다. 좀 전까지 얘기한 것들만 놓고 보면 외려 제가 더 밑질 것이 없는 상황이었지만, 그럼에도 그녀가 이런 제안을 하는 이유는 하나였다. 자신은 어차피 몇 년 뒤에 돌아갈 사람이라는 것.

'길어야 삼 년이라고 했었지.'

그때까지만 버티면 되는데 굳이 왕제를 없애는 강수를 두고 싶지는 않다. 게다가 만일 그랬다가 혹시 원래 제 세상이 잘못되기라도 하면 큰일이었다. 그녀는 에드워드 3세의 혈손 중 하나였으니까.

'그렇지만 공작에게는 굳이 이런 말을 해 줄 이유가 없으니까, 할 수 있을 때 적당히 양보하는 척해 두는 게 좋겠지.'

까만 속내를 숨기며 미소를 유지하는데, 무표정한 얼굴로 무릎을 톡톡 두드리던 남자가 갑자기 픽 웃는 것이 보였다.

"있는 대로 티를 내고 다니기에 멍청한 줄로만 알았더니, 생각만큼 어리석은 인물은 아니었군."

"이제라도 알았다니 다행이네요."

"동등한 위치의 협력자라……. 좋다. 그리하지. 그럼 이제 네 조건을 말해 보도록."

'거의 넘어왔군.'

"간단해요. 나는 당신이 내 정체를 눈감아 주는 것 정도로 그치는 게 아니라 완전무결한 여왕으로 대하길 바라요."

단호한 울림을 담은 말에 가볍게 고개를 끄덕인 공작이 말했다.

"어렵지 않군. 받아들이겠다. 단."

"단, 뭐죠?"

"내가 너를 여왕 전하로 대접해 주는 건 어디까지나 이 협력 관계가 유지된다는 조건하에서다. 협의 없이 일방적으로 계약을 파기할 경우 그 뒷감당은 어디까지나 오롯이 네 몫이라는 말이다. 알아들었나?"

"명심하죠."

"좋다. 거래 성립이군."

'흐응, 분명히 좋다고 했겠다.'

밀라이아는 무표정한 얼굴로 답하는 공작을 보며 천천히 입꼬리를 들어 올렸다. 첫 만남부터 내내 오만하게 굴던 그라면 반드시 함정에 걸려들 터, 재수 없는 저 남자에게 한 방 먹일 생각을 하자 절로 웃음이 나왔다.

"그럼 이제 정말로 본론으로 들어가 볼까요?"

"아직도 할 얘기가 남았나? 그게 뭐지?"

"무례하군요, 공작. 감히 여왕에게 하대를 쓰다니."

싸늘한 목소리에 남자의 얼굴이 설핏 굳었다.

"……뭐라? 무례?"

"그래요, 무례. 분명 좀 전에 본인 입으로 약조하지 않았던가요? 나를 완전무결한 여왕으로 대하겠다고."

어처구니없다는 표정을 짓던 공작이 갑자기 입을 딱 다물었다. 곧게 뻗은 검은 눈썹이 확 찌푸려지는 모습이 무척 고소했다.

인상을 찡그린 채 침묵하던 그가 잠시 후 물었다.

"후, 그 외에는?"

"그건 앞으로 '여왕'으로서 얘기하죠."

단호한 대답에 재차 침묵하던 남자가 갑자기 자리에서 벌떡 일어났다.

밀라이아는 미간을 잔뜩 좁힌 채 뚜벅뚜벅 걸어오는 남자를 보며 삐딱하게 입꼬리를 들어 올렸다.

검은 예복을 빈틈없이 갖춰 입은 남자에게서는 알 수 없는 위압감이 느껴졌지만, 왕세녀로 살면서 이미 수없이 비슷한 느낌을 받아 본 그녀에게 이 정도 압박감쯤은 별문제가 되지 않았다. 아니, 애초에 갑자기 여왕의 몸에 들어온 일로 혼란스러운 상태가 아니었다면 지난번같이 속수무책으로 당하는 일도 없었을 터였다.

'어디, 이자의 그릇이 얼마나 되나 볼까.'

냉소적인 보라색 눈동자와 가라앉은 잿빛 시선이 허공에서 마주쳤다.

서로의 눈빛을 탐색하는 짧은 시간이 지나고, 낮고 높던 눈높이가 삽시간에 뒤바뀌었다.

펄럭하는 소리와 함께 한쪽 무릎을 꿇은 공작이 그녀를 향해 정중하게 고개를 숙이고는 말했다.

"창공의 드높음을 경배하라. 가장 높이 나는 분, 고귀하신 여왕 전하께 신 에르네스토 라 페르디난드가 인사 올립니다. 부디 관용을 베푸시어 좀 전의 결례를 용서하여 주십시오."

'훗. 그럼 그렇지.'

밀라이아는 승리의 미소를 무표정한 가면 뒤로 능숙하게 감추며 고개를 까딱였다.

"그리하지요. 앞으로 잘 부탁해요, 페르디난드 공작."

"자비로우신 처분에 감사드립니다. 하면 이제 그 '본론'을 여쭈어도 되겠는지요?"

"좋아요. 내가 공작에게 바라는 것은……."

깊게 숨을 한 번 들이쉰 밀라이아가 말했다.

"에드워드 왕제의 죽음입니다. 그의 존재를 없애 줘야겠어요."

"……방금, 뭐라고 하셨습니까?"

고개를 번쩍 든 공작과 밀라이아의 눈이 허공에서 맞부딪혔다. 핏기 없는 입술이 부드럽게 호선을 그렸다.

황망해하는 공작의 모습은 밀라이아에게 있어서 요 근래 최고로 웃음을 준 일이었다. 그의 앞에서 차마 소리 내어 웃지 못했다는 점이 무척 유감일 정도로.

자꾸만 삐져나오려는 웃음을 억누르며 간신히 대화를 마친 그녀는 방으로 돌아오자마자 곧장 폭소를 터뜨렸다.

물론 유능한 사답게 금세 행간을 파악해 내긴 했으나, 그래도 잠시 잠깐 공작의 얼굴을 스치고 지나갔던 표정은 정말이지 혼자 본 것이 아까울 정도로 가관이었다.

"아, 재밌었다. 오랜만에 정말 실컷 웃었네. 에스페라 공작에게 배운 말솜씨를 이렇게 써먹게 될 줄 누가 알았겠어?"

밀라이아는 여전히 웃음기 남은 얼굴로 소파에 털썩 주저앉으며 작게 중얼거렸다. 빈속에 실컷 웃기까지 한 탓에 기운이 하나도 없었지만, 오랜만에 즐거웠으니 그 정도는 괜찮았다.

'그러고 보니 공작은 잘 지내고 있으려나? 내 생일 연회는 지났을까? 아무리 시간의 흐름이 다르다고는 해도 겨우 사흘 뒤였으니 말이야.'

문득 드는 생각에 웃음기가 확 사그라졌다.

'아냐. 어쩌면 내가 돌아갈 때까지 시간이 멈추어 있을지도 모른다고 했잖아? 지난번 공작과 수업할 때의 일이나 그 뒤 일주일간 있었던 일들을 생각해 보면 정말 그럴지도 몰라.'

제발 그랬으면 좋겠다, 라고 작게 중얼거린 밀라이아는 소파의 등받이에 몸을 기대며 한 손으로 머리카락을 뱅뱅 돌렸다.

'뭐, 됐어. 그간의 시간 차를 생각해 보면, 아예 멈추지는 않는다 해도 기껏해야 며칠 정도 잠든 걸 거야. 그 정도면 적당한 선에서 마무리가 가능해. 물론 생일 연회가 걸려 있으니 소동도 일어날 테고, 아바마마랑 어마마마께서……'

문득 머릿속을 스치고 지나가는 얼굴에 고개를 휘휘 저은 밀라이아가 벌떡 일어났다.

'정신 차리자, 밀라이아. 그 일은 그때 가서 해결해도 늦지 않아. 그러니 당장은 무사히 돌아갈 일만 생각하자고. 혹시 또 알아? 여기서 잘하고 돌아가면 세상이 더 좋게 변해 있을지.'

한숨을 내쉰 그녀는 벽에 걸린 액자로 다가가 그 뒤에 숨겨진 금고를 열었다.

그 안에는 여왕이 남기고 간 일기장이 들어 있었다.

한 장 한 장 페이지가 넘어갈수록 마음이 차츰 무겁게 가라앉기 시작했다. 처음에는 그저 그간의 정황을 다시 한번 파악해 보려고 펼쳐 들었을 뿐이었지만, 빼곡하게 적힌 일기를 읽으면 읽을수록 며칠 전에는 느끼지 못했던 여왕에 대한 연민이 가슴속을 조금씩 채웠다.

글로리아 데 루아. 왕국 최초의 여왕.

마지막 순간까지도 왕국민과 동생만을 걱정하던 그녀, 그러나 이리 치이고 저리 치이기만 하다 결국 아무것도 해 보지 못하고 사라져 버린 그녀가 왠지 안쓰러웠다. 물론 그렇다고 해서 그녀가 제게 한 짓을 용서하겠다는 건 아니었지만 그래도.

noli metuere, una tecum bona mala tolerabimus두려워 마라, 좋은 일도 나쁜 일도 너와 함께 견딜 테니.

동글동글한 글씨로 쓰여 있는 문구 위를 조심스럽게 쓸어 본 밀라이아는 책상 앞으로 다가가 깃펜을 적셨다. 그런 뒤 일기장의 마지막 페이지를 펼쳐 또박또박 글씨를 적어 가기 시작했다.

친애하는 글로리아.

당신의 말을 믿고 싶지 않은 마음은 아직도 남아 있지만, 아쉽게도 제 머리는 이제 그만 현실을 받아들이라고 속삭이는군요.

솔직히 말하겠어요. 나는 당신이 밉습니다. 이 말도 안 되는 세상 속에 나를 던져 놓고 사라져 버린 당신, 비록 내 세계에서는 찰나에 불과할지라도 어쨌거나 몇 년이라는 세월을 헌신해 달라고 종용하는 당신, 그런 당신을 내가 어찌 좋아할 수가 있을까요. 내 세상과 내 사람과 그 외 소중한 모든 것들에게서 나를 떨어뜨려 놓은 당신을.

어쩌면 내게 그런 칭호를 내려준 신의 뜻이 여기에 있는 것일지도 모르지만, 미리 말해 두겠어요. 나는 당신처럼 일방적인 희생은 할 수 없다는 사실을요.

이용할 수 있는 거라면 그것이 무엇이든 가차 없이 써먹을 것이고, 정 안 되겠다 싶으면 도망쳐 버릴지도 모릅니다. 내 목숨을 지키기 위해서라면 누구든 버릴지도 몰라요. 그것이 설사 당신이 그토록 간절하게 부탁하고 간 왕제라 할지라도 말이에요.

그래요, 글로리아. 그럼에도 나는 당신이 되겠습니다.

비록 본래 내 세상의 왕국은 아니지만, 당신이 바라던 대로 왕제를 끝까지 지켜줄 수 있을지도 모르겠지만, 그래도 최선을 다해 왕국을 이끌며 글로리아라는 이름으로 살아가 보도록 하겠습니다. 당신의 세상을 위해서, 그리고 백 년 뒤에 펼쳐질 내 왕국을 위해서.

지켜봐요, 내가 어떻게 해 나가는지. 당신의 영혼이 모두 흩어지는 그날까지, 그리하여 내가 당신의 이름을 내려놓고 본래의 세상으로 무사히 돌아가는 그날까지 우리는 늘 함께일 테니.

지금부터 시작될 이곳에서의 내 모든 삶을, 장례조차 치르지 못하고 떠나간 당신에게 바칩니다.

들어 줘요. 당신의 삶에 바치는 레퀴엠, 한때나마 생을 공유했던 여왕을 위한 나의 진혼곡을.

왕국력 357년 3월 25일, 밀라이아 데 루아.

말라 가는 잉크 위로 어두운 그림자가 덮였다. 속살을 모두 감춘 일기장이 금고 속으로 얼굴을 숨기고, '탁' 하는 소리가 작은 공간을 울렸다.

짙은 어둠만이 그 뒤에 남았다.

제3곡

sequéntĭa
속송

. . . .

2부

quĭes ante procéllam
폭풍 전의 고요

quĭes ante procéllam
폭풍 전의 고요

반쯤 열린 창 사이로 시원한 바람이 불어왔다. 살랑거리는 커튼 자락이 꽃잎처럼 풍성하게 흐드러졌다.

길게 드리운 천이 이리저리 흔들리는 모습을 바라보다가, 밀라이아는 문득 느껴지는 기척에 옆을 돌아보았다. 어느새 하늘색 머리카락의 청년이 곁에 다가와 있었다.

"창공의 드높음을 경배하라. 루시어스 라 길리안이 여왕 전하를 뵙습니다."

"어서 와요, 길리안 대법관."

밀라이아는 조금씩 두근거리기 시작하는 심장 박동을 느끼며 희미하게 미소 지었다.

불과 일주일 전까지만 해도 여왕의 몸에 뭔가 지병이 있는 건 아닌가 걱정했지만, 이제 그녀는 이 기현상의 원인을 파악한 뒤였다. 알고 보면 간단한 문제였는데 갑자기 환경이 바뀐 탓에 미처 생각이 미치지 못했다.

'그래, 여왕은 이 사람을 좋아했었지.'

언젠가 연둣빛 정원에서 보았던 두 사람의 모습이 떠올랐다. 첫사랑을 앞에 둔 소녀처럼 설레던 여왕의 얼굴도.

그러니 여전히 그녀의 잔재가 남은 몸이 이 청년 앞에서 반응하는 건 어찌 보면 지극히 당연한 일이었다.

"지난번에는 미안했어요. 갑자기 몸이 좀 좋지 않아져서 결례를 했네요."

"아닙니다. 당연히 전하의 안위가 우선이지요. 하면 지금은 괜찮으신 겁니까? 더 쉬셔야 하는 것은 아닌지요?"

"괜찮아요. 며칠 동안 푹 쉬었는걸요. 아, 일단 앉아요. 하마터면 또 결례를 할 뻔했네요."

"아닙니다."

부드럽게 답한 청년이 맞은편에 앉았다. 말투며 행동 하나하나가 누구와는 다르게 몹시 정중했다.

밀라이아는 줄을 당겨 시녀에게 찻잔 하나를 더 가져오라 이른 뒤 눈앞의 남자를 찬찬히 살펴보았다.

하늘의 빛깔을 담은 기다란 머리카락과 보석 같은 색채를 발하는 옅은 분홍색 눈동자, 그리고 이지적이면서도 미형美形으로 생긴 이목구비. 전체적으로 여자들에게 꽤나 인기 있을 법한 인상이었다.

'뭐, 저 정도면 반할 만도 하려나? 태도도 저만하면 다감한 편이고, 젊은 나이에 대법관에 오른 걸 보면 능력도 상당히 출중할 테니 말이지.'

문득 드는 생각에 밀라이아는 청년을 새삼스러운 눈으로 다시 한

번 살펴보았다.

하지만 금세 알아챌 수 있었던 여왕의 마음과는 달리 저를 부드럽게 응시하는 분홍색 눈동자에서는 좀처럼 감정을 읽어 낼 수가 없었다. 좀 더 정확하게는, 뭔가가 숨겨져 있는 것 같기는 한데 그게 뭔지 딱 집어낼 수 없었다고나 할까.

왠지 씁쓸한 기분에 입맛을 다시는데, 어느새 돌아온 시녀가 새 찻잔과 주전자를 내려놓았다.

그제야 여왕에 대한 생각을 접은 밀라이아는 주전자를 들어 빈 찻잔에 손수 차를 따랐다.

"자, 받아요."

"감사합니다, 전하."

공손하게 찻잔을 받아 드는 청년을 보자 문득 그와는 몹시 대조적인 흑발의 남자가 떠올랐다.

'그 남자라면 당연하다는 듯이 받아 들었겠지. 쯧. 말투만 정중하게 바뀌면 뭐 해? 하는 행동은 여전히 그 모양인데.'

속으로 혀를 찬 밀라이아는 찻잔 옆에 나란히 놓인 케이크 접시를 무심코 돌아보다 멈칫했다. 어차피 협력 관계가 되었으니 별 상관없기는 했지만, 눈앞의 접시를 보자 어째서 그날 페르디난드 공작에게 들켰는지 불현듯 깨달은 탓이었다.

'그러고 보면 여왕, 딱히 가리거나 선호하는 음식이 없었겠구나.'

당시에는 혹시 여왕이 싫어하거나 못 먹는 음식일까 봐 촉각을 곤두세웠지만, 생각해 보면 설사 그렇다 한들 그 사실을 페르디난드 공작이 알 리가 없었다. 왕권이 탄탄하게 안정된 시대에 사는 자신과는 다르게 늘 불안정한 위치에 있는 그녀가 굳이 제 기호를 드러내 위험을 자초하지는 않았을 테니까. 아마 좋아하는 것이든 싫어하는 것이든 표현하지 않고 묵묵히 먹었을 테지.

'하, 완전히 당했네.'

공작 역시 그러한 사실을 알고 있었을 것이 분명했으므로, 그날 그가 보여 주었던 행동들은 전부 냉정한 계산을 바탕으로 했던 것이 틀림없었다. 말 그대로 자신의 정체를 이미 어느 정도 간파했기에 쓸 수 있었던 고도의 속임수.

'역시 만만치 않은 남자야.'

한숨을 내쉬며 찻잔을 내려놓자, 생각에 잠긴 얼굴로 묵묵히 차를 마시던 청년이 물었다.

"어찌 그러십니까? 뭔가 불편하신 점이라도 있으신지요?"

"아, 아무것도 아니에요. 그보다 무슨 일로 고를 보자 한 건가요? 뭔가 급하게 처리할 일이라도 있는 건가요?"

"네. 실은 근위 기사들에 대한 판결이 내려졌다는 말씀을 드리고자 찾아왔습니다. 여기 보고서입니다."

"아아, 그렇군요. 고마워요."

밀라이아는 곧바로 청년이 내미는 서류를 받아 들어 내용을 확인했다.

그 안에 적힌 글줄은 몇 장 되지 않는 종이의 무게만큼이나 짧은 것이었다. 여왕 시해 미수 사건과 관련된 모든 근위 기사들에게 여왕이 내린 관대한 처벌에 따라, 오늘 아침부로 전원 근신령을 내리고 감옥에서 방면했다는 내용.

'그렇게 허술하게 죽을 뻔하고도 고작 근신령만을 내렸다고? 다른 곳도 아니고 가장 경계가 삼엄해야 할 침실에서 죽임을 당할 뻔

했는데?'

기가 막혀 말조차 나오지 않을 지경이었지만, 이미 사후 처리까지 끝난 일을 이제 와 뒤집을 수는 없었다. 그저 말도 안 되는 처분을 내린 여왕을 속으로나마 탓하는 수밖에.

'바보 같은 글로리아. 이런 식으로 하니까 그렇게 무시당하고 살았지. 하다못해 저 남자 일도 그래. 그리 갈 거였으면 한번 고백이라도 해 볼 수 있었잖아? 물론 그랬으면 지금 내가 더 힘들어졌을 테지만.'

속으로 한숨을 삼킨 밀라이아가 말했다.

"길리안 대법관."

"네, 전하."

"혹 이번 처분에 대해 어찌 생각하는지 들을 수 있을까요? 왕실 소관이라 마음대로 처리하긴 하였습니다만, 알다시피 왕국 법상의 규정들과는 다른 처분인지라……. 혹 법관들의 반발이 있을까 저어되는군요."

"반발이랄 게 있겠습니까. 말씀하신 대로 그는 오롯이 전하의 소관이신 것을요."

예상 밖의 대답에 눈이 크게 뜨였다. 보나 마나 은근한 비웃음이 돌아올 거라 생각했는데.

"어…… 그런가요?"

"물론입니다. 물론 고작 직위 해제 정도로 끝난 것에 대해 불만을 품는 자들도 있습니다만, 그렇다고 해서 감히 전하의 권한을 넘볼 수는 없는 노릇이지요. 너무 심려치 마십시오."

"그렇다면 다행이네요."

단호한 대답을 들은 밀라이아가 살며시 웃었다. 하도 무시당하는 꼴만 봐서 왕권이 아예 바닥인 줄로만 알았는데, 적어도 왕실 고유의 권한만큼은 아직 존중되고 있는 모양이었다.

'잘하면 예상했던 것보다는 조금 수월하겠는데.'

좀 전에야 그런 줄 모르고 여왕을 탓했다지만, 근위 기사단에 대한 권한이 전부 그녀에게 있다면 이야기가 달랐다. 어쩌면 조용히 넘어가려는 생각에서 한 여왕의 관대한 처분이 뜻밖의 호재로 작용할 수도 있을 것 같았다.

'외부의 반발은 무시할 수 있으니 남은 건 내부뿐인데……. 일이 이렇게 된 이상 내가 다소 세게 나간다 한들 대놓고 반발할 수는 없겠군. 본디 두 번의 용서란 없는 법이니까.'

그래 봐야 수많은 걱정 중 겨우 하나를 덜어 냈을 뿐이었으나, 그럼에도 무거웠던 어깨가 한결 가벼워지는 것이 느껴졌다. 그러잖아도 왕제의 일이 터지면 어찌해야 하나 고민하던 참이라 더 그런 것일지도 모른다.

조금은 편안해진 기분으로 케이크를 작게 잘라 입에 넣는데, 문득 한 가지 생각이 머릿속에 떠올랐다.

'한데 여왕은 저자의 어디가 그리도 좋았던 걸까.'

외모로 보면 분명 여자들에게 꽤 인기 있을 상이기는 했지만, 길리안 대법관은 여왕이 마음에 두기에는 여러모로 위험한 인물이었다. 그는 여왕파의 수장인 길리안 공작의 아들이자 여왕의 구혼자를 자처하는 길리안 대공자의 동생이었으니까.

'하긴, 그러니까 마음속으로만 몰래 품고 있었겠지.'

하필이면 이런 자를 좋아해 표현조차 못해 본 여왕을 애도하며 포크를 내려놓은 밀라이아는 눈앞의 청년이 눈치채지 못하도록 슬쩍 시간을 확인했다. 혹시라도 수상하게 여기는 자가 있을까 싶어 그리 즐기지도 않는 차를 마시며 오전 내내 시간을 죽인 터. 이제 더는 궁금증을 참기가 힘들었다.

'슬슬 가 볼까?'

살짝 매무새를 정돈한 그녀는 촌스럽기 짝이 없는 차림새에 절로 터져 나오려는 한숨을 눌러 삼키고는 말했다.

"이런, 벌써 시간이 이렇게 되었군요. 이만 집무실에 가 봐야 할 것 같은데, 혹시 더 해야 할 얘기가 남았나요?"

"아닙니다."

"그래요. 그럼 고는 먼저 일어나 볼게요. 다음에 또 봐요."

"……네, 전하. 다음에 뵙겠습니다."

어쩐 일인지 반 박자 늦게 답한 청년은 그제야 자리에서 일어나 한쪽으로 비켜섰다.

그 모습을 일별하며 몸을 일으킨 밀라이아는 두근거리는 가슴에 손을 얹은 채 단호하게 밖으로 향했다.

여왕은 여왕이고 자신은 자신. 아무리 여왕의 이름으로 살기를 결심했다 한들 모든 것을 그녀의 방식대로 맞출 수는 없었다.

자꾸만 빨라지려는 걸음을 애써 잡아채며 겨우 집무실에 도착한 그녀는 시녀들을 전부 물린 뒤 텅 빈 방 안을 한번 둘러보았다. 그러고는 엿보거나 듣는 사람이 있을세라 꼼꼼하게 주위를 점검한 후에야 서둘러 안쪽으로 걸음을 옮겼다.

북쪽 벽에 돋을새김으로 새겨진 왕가의 문장, 날개를 활짝 편 독수리 조각 앞에 다가선 그녀가 붉은 눈을 꾹 눌렀다.

올록볼록하게 튀어나와 있던 돌이 옆으로 밀리며 숨겨져 있던 작은 공간이 모습을 드러냈다. 그 안에 든 물건도.

반투명한 막으로 뒤덮여 있는 꽃 모양의 물체, 그리고 그 안에 들어 있는 푸른 보석.

세 장의 꽃잎밖에 없는 그것은 그녀가 보았던 것과는 조금 다른 생김새였지만, 반투명한 막이나 내부의 푸른 보석을 보아 소원의 돌이 분명했다.

"후우."

저도 모르게 한숨이 새어 나왔다.

'소원의 돌이라……. 이걸 복원하면 정말 시간을 되돌릴 수 있는 걸까?'

흠집이라도 갈세라 주의하며 돌을 살펴보던 그녀는 마치 무언가가 뚝 떨어져 나간 것처럼 울퉁불퉁한 부분을 유심히 들여다보았다. 총 세 군데에 존재하는 그것은 위치로 보나 모양으로 보나 꽃잎이 있어야 할 부분처럼 보였다.

'여기도 꽃잎이 있었다고 치면 총 여섯 장. 그럼 옛이야기 속 내용이랑 똑같게 되네. 그래서 세 조각이 남았다고 한 거군.'

여왕의 말을 상기한 밀라이아는 고개를 갸웃하며 부러진 부분을 다시 한번 살펴보았다. 실물을 보고 나니 앞으로 해야 할 일은 대강 알 것 같은데, 어째서 자신이 네 번째 조각을 복원할 사람이라고 지목된 것인지는 알 수가 없었다.

'하필이면 왜 나일까? 말로만 신의 특별한 사랑을 받는 아이지, 내가 할 수 있는 게 뭐가 있다고.'

문득 저를 지지하는 귀족들에게 들었던 이야기를 떠올린 밀라이아는 눈썹을 찡그리며 소원의 돌을 내려놓았다.

그녀가 살던 시대에는 대신관이라는 단어를 언급하는 것 자체가 금기시되었기에 떠올리는 것조차 꺼림칙했지만, 여왕이 살던 이 시기만 해도 분명 신성력이라는 것이 존재했었다. 대신관이라는 거물들 역시도.

오래전, 천 년보다도 훨씬 더 예전에는 신관이라면 누구나 신성력을 쓸 수 있었다고 한다.

그러나 세월이 흐르고 사람들의 신앙심이 점점 옅어지면서 신성력을 쓸 수 있는 신관들도 차츰 줄어들었다. 그 결과 지금 여왕이 사는 시대에는 신성력을 쓸 줄 아는 신관이 고작 여섯밖에 남지 않았다고 했다.

사람들은 그 위대한 능력에 대한 경외심을 담아 그들을 대신관이라고 불렀다.

하지만 백 년 전 문제의 '그 사건'이 발생하면서 대륙은 더 이상 새로운 신성력을 품을 수 없게 되었다. 주신의 마지막 뿌리라 불리는 오직 한 명의 대신관만이 백 살이 넘도록 살아남아 대륙을 떠돌아다녔을 뿐, 그 사건 이후로 새로운 대신관은 결코 태어나지 않았다.

'그래, 그 바람에 앨런을 치유할 수가 없었지.'

신성력이란 대상의 생명력을 극대화하는 것이라 들었으니 나서부터 허약했던 동생에게 과연 쓸모가 있었을지는 확신할 수 없다.

하지만 앨런이 태어났을 때 마지막 대신관은 이미 주신의 품으로 돌아간 후였으므로 더는 신의 힘에 의지할 수가 없었다. 오직 인간의 힘으로 치유하는 수밖에는.

—오오, 참으로 사랑스러운 왕녀님이로군요. 그것 아십니까? 왕

녀께서는 신의 특별한 사랑을 받고 태어나셨습니다.

문득 앨런이 태어나기 전 마지막으로 왕국을 방문한 대신관이 해 주었던 얘기가 떠올라, 밀라이아는 슬쩍 눈썹을 찌푸리며 생각에 잠겼다.

그 말, 그리고 앨런을 지지하는 귀족들 때문에 밀라이아는 어려서부터 많은 연구에 참여해야 했지만, 혹시 왕녀에게 신성력이 있는 것이 아닐까 추측하던 사람들은 결국 그녀에게는 아무것도 존재하지 않는다는 결론을 내렸다. 어렸을 적부터 그녀가 가꾸는 꽃은 유달리 싱싱하기는 했으나 오직 그뿐, 정작 본인이나 주변 사람이 아플 때에는 아무런 일도 일어나지 않았으니까.

그러니 분명 제가 이걸 직접 복원할 수 있는 것은 아닐 텐데—.

'그럼 대신관을 포섭해야 하는 건가? 이 시기에는 아직 여섯 명이 존재하고 있을 테니까…… 어라, 잠깐만.'

문득 한 가지 생각이 떠올라, 밀라이아는 눈썹을 찡그리며 머리카락을 손가락으로 뱅뱅 돌렸다.

'그러고 보니 그게 있었지.'

백 년 후에는 모두가 알고 있으나 현재는 오직 여섯만이 공유하고 있는 사실 한 가지. 그것을 잘 활용하면 대신관을 끌어들이는 건 생각보다 수월할 듯도 한데, 문제는 그들을 찾을 방법이 없다는 것이다.

'에휴. 길을 알면 뭐 한담? 데려올 수단이 없는데.'

푹 하고 한숨을 내쉰 밀라이아는 소원의 돌을 조심스레 들어 비밀 장소에 도로 넣었다. 이 넓은 대륙에 단 여섯밖에 존재하지 않는 사람을, 그것도 늘 방랑하는 바람에 어디에 있는지도 파악하기 힘들다는 대신관들을 어떻게 찾아서 데려온단 말인가. 더욱이 호시탐탐 여왕을 노리는 귀족들과 보물의 존재를 알면 분명 가만있지 않을 타국의 눈까지 피하면서.

'아무래도 일단은 내 사람을 만드는 게 먼저겠군. 그래야 어찌 수소문이라도 해볼 수 있을 테니 말이지.'

또다시 한숨이 나왔지만, 그래도 그나마 이게 어딘가라는 생각도 동시에 들었다. 최악의 경우 길어도 삼 년만 버티면 돌아갈 수 있을 테고, 혹시 그사이에 소원의 돌을 복원할 경우 그보다 더 일찍 복귀할 수도 있을 테니까. 게다가 어차피 여왕의 이름으로 살기로 한 이상 이 건이 아니어도 해야 할 일은 얼마든지 쌓여 있었다.

'기운 내자. 위기는 곧 기회라고, 여왕의 일을 봐주면서 겸사겸사 내 이득도 챙기면 되잖아. 이참에 국왕 노릇을 예행연습한다 치지, 뭐.'

짝, 하고 가볍게 볼을 두드린 밀라이아가 책상 앞에 앉았다. 깊게 가라앉은 보라색 눈동자가 굳은 의지를 품고 있었다.

몇 시간 뒤.

그간 여왕이 처리한 사안들을 하나둘 살펴보면서 현 상황을 대강 파악한 밀라이아는 뻑뻑한 눈가를 문지르며 서류 뭉치를 내려놓았다.

'뭐가 이리 복잡해? 으으, 머리야.'

금세 끝낼 수 있을 줄 알았는데, 작금의 판세를 파악하는 데는 생각보다 오랜 시간이 걸렸다. 그나마도 이쪽 일에는 이골이 났기에 가능했던 거지, 그렇지 않았다면 지금보다도 훨씬 더 많은 시간이 소요됐을 터였다.

'어쨌든 그럭저럭 봐 두긴 했으니까, 공작이 허튼소리를 하는지 아닌지 정도는 알 수 있겠지. 조만간 내 사람도 하나 건질 수 있을 것 같고.'

그것만 해도 고생한 보람은 충분하다 생각한 밀라이아는 앞으로 해야 할 일을 정리한 종이를 마지막으로 한번 훑어본 뒤 비밀 장소에 넣었다.

독수리 조각이 제대로 맞물렸는지 꼼꼼하게 확인한 그녀는 흔적이 남지 않도록 책상 위를 말끔하게 정리하기 시작했다.

색색의 잉크와 깃펜을 가지런히 늘어놓은 후 튀어나온 서류철이 없도록 줄을 맞추고 있을 때, '똑똑' 하고 노크 소리가 들려왔다.

"들어와요."

약속했던 시간에서 한 치의 틀림도 없는 방문에 픽 웃으며 말하자, 잠시 후 문이 열리고 익숙한 흑발의 남자가 안으로 들어섰다.

풀을 빳빳하게 먹인 하얀 셔츠에 잿빛 베스트, 폭이 좁은 검은 바지와 허벅지를 덮는 검은 재킷, 그리고 옷자락에 수놓인 잿빛 늑대의 문장.

늘 그렇듯 빈틈 하나 없어 보이는 차림새의 젊은 공작은 꼭 다문 입술며 슬쩍 내리깐 시선이 자칫 몹시 오만해 보일 수 있는 인상이었지만, 온몸 가득 흐르는 자신감 때문인지 혹은 그 지위가 주는 무게감 때문인지 그것이 그리 심하게 느껴지지는 않았다. 아니면 그와 비슷한 인상의 다른 공작 때문에 이미 익숙해진 탓이거나.

"여왕 전하를 뵙습니다. 그간 무탈하셨는지요?"

"흐응, 누가 들으면 굉장히 오랜만에 보는 줄 알겠네요. 분명 어제도 봤던 것 같은데."

"뭐, 그만큼 신이 전하를 불안하게 여기고 있다고 이해하시면 되지 않겠습니까? 예법도, 말투도, 그리고 무엇보다……."

"무엇보다?"

"바로 지금 그 태도를 말입니다."

아무렇지도 않게 지적한 공작이 어깨를 으쓱하며 다시 입을 열었다.

"아니 그렇습니까? 진짜 전하께서 평소에 어찌하시는지 한 번이라도 보셨더라면 지금처럼은 못하실 텐데요."

"이런, 공작. 뭔가 착각하는 모양인데, 나를 여왕처럼 살게 하고 싶은 생각이라면 지금이라도 접는 게 좋을 거예요. 나는 여왕 행세를 하는 거에 동의한 거지, 그녀와 똑같이 살겠다고 한 적은 없으니까."

거기에서 잠시 말을 끊은 밀라이아는 공작이 했던 것처럼 어깨를 으쓱해 보이며 다시 입을 열었다.

"하지만 일단 알겠어요. 당분간은 좀 더 주의하죠. 너무 급격히 변하는 것도 별로 좋지는 않을 테니까."

"좋습니다. 하면 소모적인 대화는 이쯤하고 그만 나가 볼까요? 명목상 오늘 만남은 만찬 알현이 아닙니까."

"그러죠."

부드럽게 팔을 뻗은 그녀가 공작이 내민 손 위에 제 것을 얹자, 일련의 움직임을 유심히 쳐다보던 남자가 말했다.

"기본적인 것은 맞습니다만, 손의 각도가 틀렸습니다. 지금처럼 평평하게 얹는 것이 아니라 호선을 그리듯 오므리십시오. 손가락 마디와 마디 사이에 공간이 존재하도록, 서로의 손끝만 살짝 닿는 정도로요."

"으음, 이렇게요?"

"그렇습니다. 팔꿈치는 조금 더 아래로 내리시고요. 네, 됐습니다."

작일昨日 밀라이아는 공작과의 거래를 성공적으로 마친 뒤 왕제에 대한 언급과 더불어 제게 이 시대의 예법을 가르쳐 줄 것을 요구했다. 적어도 외형상으로는 누구도 그녀를 의심하지 못하도록 하기 위해서.

아무리 귀족 중의 정점인 왕족으로서 고급 예법을 모두 완벽하게 익힌 상태라 해도, 그녀가 살던 때의 예법은 이 시대의 것과는 조금씩 차이가 있었기에 교정은 필수였다.

어차피 여왕의 몸을 입고 있는 이상 쉽사리 정체를 들키지는 않을 테지만, 설사 그렇다 한들 정통 예법을 구사하던 여왕이 갑자기 자잘한 실수를 거듭한다면 뭔가 이상해 보일 것이 분명하잖은가.

'하필 이자에게 배워야 하는 게 조금 그렇긴 하지만, 뭐 어쩌겠어? 현 상황에서 믿을 사람은 공작밖에 없는걸.'

그래도 되도록 지적은 받기 싫었으므로, 밀라이아는 내딛는 걸음 하나까지도 주의하며 식당으로 향했다.

다행히 걷는 방식은 크게 다르지 않은 듯 목적지에 도착해서 상석에 앉을 때까지도 공작은 별말이 없었다.

'음, 이렇게 하면 되는 건가?'

어떤 음식이든 높은 지위의 사람이 먼저 손댄 후에야 아랫사람이

건드릴 수 있는 탓에 여러모로 신경이 쓰였다.

밀라이아는 처음을 제외하고는 공작이 취하는 모습을 힐끔힐끔 참고하며 전채 요리와 수프를 들었다.

그리고 생선 요리를 받았을 때—.

"전하, 잠시 자리를 물려 주시지요."

"……모두 물러가 있도록."

'그래도 이번엔 의견은 묻네? 지난번에는 제 맘대로 물러가라 하 더니.'

속으로 피식 웃은 그녀가 가볍게 손을 젓자, 고개를 숙여 보인 시종과 시녀들이 일사불란하게 밖으로 향했다.

밀라이아는 사람들이 모두 나간 것을 확인한 뒤에야 공작을 돌아 보며 물었다.

"이번엔 또 어디가 문젠가요?"

"전반적으로 봤을 때는 나쁘지 않습니다만, 사소한 몇 가지는 교 정하셔야겠습니다."

포크와 나이프를 손에 쥐어 보인 공작이 말했다.

"우선 손목은 지금보다 더 세우셔야 합니다. 보아하니 전반적으 로 평각을 유지하시려는 경향이 있는데, 현재의 예법은 그렇지 않 습니다. 좀 더 각을 세우고 우아하게 곡선을 그려야 하지요."

"그렇군요. 하면 이런 식으로 쥐면 되나요?"

"아니오. 좀 더 부드럽게 곡선을 그리십시오. 이렇게."

밀라이아는 공작의 손동작을 주의 깊게 관찰하며 그대로 따라 했다.

'이거야 원, 어릴 때가 생각나네.'

예법을 익히기 위해 고되게 노력했던 시절들이 떠오르자 왠지 한숨이 나왔다.

허탈해지려는 마음을 추스르며 몇 번씩 손동작을 되풀이해 보았지만, 백 년 뒤의 예법이 온몸에 배어 있는 그녀에게 있어서 이 시대의 것은 마치 안 맞는 옷처럼 불편했다. 지나치게 과장되고 화려하다는 느낌 때문에 더.

그 때문일까? 몇 번을 반복해도 진전이 없는 그녀를 보며 미간을 찌푸린 공작이 갑자기 자리에서 일어났다.

두어 걸음 만에 옆에 다가온 그는 무엇을 하려는지 슬쩍 고개를 숙여 보이고는 말했다.

"결례를 용서하시길."

"앗?"

갑작스레 손목을 감싸 오는 부드러운 힘에 저도 모르게 외마디 비명이 나왔다.

하지만 공작은 굳어 버린 그녀를 모르는 척 손목을 감싸 쥔 손에 힘을 주어 올바른 자세를 만드는 것에만 열중했다.

"보이십니까? 나이프는 이런 식으로, 이렇게 쥐는 겁니다."

"아, 네⋯⋯."

"그럼 포크도 한번 잡아 보십시오. 각도는 오른손과 똑같이 유지하시고요."

"이, 이렇게요?"

밀라이아는 자꾸만 달아오르는 볼을 애써 감추며 공작이 가르쳐 준 대로 자세를 잡았다.

비록 왕세녀로서 숱한 귀족 영윤들의 구애를 한 몸에 받아 오던 그녀였지만, 그렇다고 해서 이성과의 신체 접촉에 익숙한 것은 아니었다. 아니, 오히려 그렇기에 더 낯설었다. 감히 허락도 없이 왕세녀의 몸에 손을 댈 만큼 간이 큰 자들은 아무도 없었으니까.

"아뇨, 이렇게. ……네, 맞습니다. 그런 식으로 하시면 됩니다."

"하면 이제 이것 좀 놔주겠어요?"

잡힌 손목을 흘낏 눈짓하며 말하자, 잠시 그녀를 관찰하듯 바라보던 공작이 입꼬리를 슬쩍 들어 올렸다.

"뭡니까. 설마 의식하시는 겁니까? 전하께서, 신을요?"

"……."

"다른 남자와 밀회하는 장면을 보여 줘 놓고 이제 와 이러시면 곤란합니다. 포기하시지요. 신은 남첩이 될 생각 같은 건 없습니다."

"……그런 거 아니거든요? 그리고 내가 언제 그런 짓을 했다고 그래요?"

"그럼 참으십시오. 밖에서 슬슬 궁금해할 것 같은데, 속성으로 익히기에는 이 방법이 최고라서요."

정작 중요한 답은 쏙 빼놓은 채 제 할 말만을 늘어놓는 남자를 보자 좀 전까지만 해도 민망하던 기분이 짜증스러움으로 급변했지만, 애석하게도 무어라 반박할 여지가 없었다. 그의 말마따나 정교한 동작을 익히는 데 있어서 직접 자세를 잡아 주는 것보다 더 효율적인 방법은 없었으니까.

작게 심호흡하며 침묵하자, 냅킨이며 접시의 위치를 미세하게 조정해 준 남자가 그녀의 등 뒤로 돌아가며 말했다.

"여기까진 됐습니다. 다음으로 넘어가죠. 일단 생선을 발라내 보십시오."

"네."

밀라이아는 그가 확인하기 쉽도록 천천히 팔을 움직여 생선의 살을 발라냈다.

하지만 좀 전에 배운 것처럼 우아한 곡선을 그리며 손을 놀리는 와중에도 그녀의 정신은 온통 등 쪽에 가 있었다. 눈에 보이지 않아서 그런가, 뒤에서 들려오는 목소리가 자꾸만 신경을 곤두서게 한 탓이었다.

"좋습니다. 그럼 이제 입으로 가져가는 동작을 알려드리지요."

'이번엔 또 무…… 뭐, 뭐 하는 거야, 지금?'

마치 뒤에서 끌어안는 것과도 같은 자세로 양 손목을 감아오는 공작 때문에 흠칫 몸이 굳었다. 좀 전에도 어쩔 수 없이 손목을 잡혔다지만, 지금 이 상황은 그때와는 또 달랐다.

은은한 시트러스 향이 마치 온몸을 감싸는 것처럼 주위를 덮어 왔다. 관자놀이를 스치는 가느다란 머리카락의 느낌에 입술이 바르르 떨렸다.

"자, 보십시오, 왼손을 이렇게 움직여서……."

"꺅!"

밀라이아는 저도 모르게 잡힌 손을 크게 떨치며 비명을 질렀다.

익숙하지 못한 타인의 체온도 코끝을 맴도는 낯선 향도 그럭저럭 버텨 낼 수 있었으나, 귓가에 와닿는 숨결만큼은 이겨 낼 도리가 없었다. 따스한 바람이 스치고 지나간 곳에서부터 소름이 오스스 피어올랐다.

"이건 또 새로운 식사 예절이로군요."

날쌘 동작으로 날아가는 포크를 잡아챈 남자가 피식 웃으며 말했다.

"하지만 전하, 이곳에서는 포크와 나이프가 항상 어깨 아래에 위치해야 합니다. 너무 당연한 사항인지라 신이 그만 미처 말씀드리지 못했군요."

"……."

놀리는 것이 분명한 말에도 밀라이아는 침묵했다. 짙은 굴욕감과 패배감이 가슴속을 뱅뱅 맴돌고 있었다.

'말도 안 돼. 이 내가 기세에서 완전히 밀리다니. 첫 만남 때야 워낙 경황이 없어서 그랬다 쳐도, 지금은…….'

입술을 잘근잘근 씹으며 패배감을 곱씹는데, 어느새 옆으로 옮겨 온 공작이 포크를 내려놓는 것이 보였다.

잠시 그 모습을 일별한 밀라이아는 좀 전보다 한결 가라앉은 목소리로 말했다. 차마 계속 예법을 교정할 생각이 들지 않은 탓이었다.

"……오늘은 이만 됐어요. 다음에 다시 배우도록 하죠."

"그러실 필요 없습니다. 방금 그게 마지막이었거든요."

"……그런가요?"

"네. 그럼 이제 사람들을 다시 불러도 되겠습니까? 식사 예법은 분명 신의 헌신에 힘입어 똑똑히 외워 두셨을 거라 믿습니다."

'아, 진짜.'

능글맞게 구는 모습에 새삼 분노가 다시 차올랐지만, 예법을 교정받는 동안 심력을 너무 소모한 탓인지 화를 낼 기운조차 없었다.

가만히 고개만 끄덕여 동의를 표시하자, 공작은 마지막 동작을 다시 한번 천천히 보여 준 뒤 줄을 당겼다. 그러고는 언제 그랬느냐는 듯 태연하게 자리로 돌아가 반쯤 채워진 와인 잔을 입가로 가져갔다.

밀라이아는 반쯤 식은 생선 접시를 잠시 내려다보다 그때까지도 손에 쥐고 있던 나이프를 내려놓았다. 원래도 별로 없던 입맛이 아예 사라진 느낌이었다.

그때, 문이 열리고 물러갔던 시종과 시녀들이 안으로 들어섰다.

"이건 치우고 다음 접시를 내오도록."

"네, 전하."

'신의 헌신에 힘입어' 분명히 외워 두셨을 거라는 말은 의외로 정확해서, 만찬이 진행되는 내내 밀라이아는 좀 전의 기억에서 벗어날 수가 없었다. 아니, 그러기는커녕 손놀림이 점점 공작의 것과 닮아갈수록 그때의 느낌도 더욱 짙어져 갔다. 손목에서 전해져 오던 화끈거림도, 그리고 귓바퀴에서부터 온몸으로 뻗어 나가던 찌르르한 자극도.

'으으, 생각하지 말자. 그건 그냥 수업이었던 거야. 에스페라 공작에게 받는 것과 다를 바 없는.'

속으로 중얼거리며 몰래 입술을 깨문 밀라이아는 머릿속에서 좀 전의 기억을 털어내려고 애쓰면서 묵묵히 식사를 계속했다.

어찌 보냈는지도 모를 시간이 모두 지나가고 디저트 접시마저 물리고 나자, 공작은 그제야 생각났다는 듯 두터운 서류 하나를 내밀고는 말했다.

"오늘자 회의록입니다. 살펴보시고 의문 사항이 있으면 말씀해 주십시오. 사본이니 굳이 돌려주실 필요는 없습니다."

"그러죠."

밀라이아는 무표정한 얼굴로 그가 내민 종이 뭉치를 받아 들었다. 듣는 귀를 의식해 그리 말했을 뿐 그 안에 담긴 내용은 아마도 어제 부탁한 사항들일 것이 분명했다.

'돌려줄 필요는 없다 했으니, 며칠 내로 모두 읽은 뒤 태워 버리면 되겠군.'

묵묵히 서류를 챙긴 뒤 일어서자 곧바로 몸을 일으킨 남자가 손을 내밀었다.

배운 대로 손가락을 동그랗게 말아 공작의 손 위에 얹으며 그녀는 다짐했다. 오늘은 갑작스러운 신체 접촉에 놀라는 바람에 기세에서 밀리고 말았지만, 다음 예법 교정 때는 반드시 이 굴욕감을 갚아 주고 말겠노라고.

다음 날.

밤새도록 공작이 건넨 서류를 살펴본 밀라이아는 오후 늦은 시간이 되어서야 간신히 업무에 풀려났다. 실권 없는 여왕이라 해도 어쨌거나 일국의 국왕인 탓에 할 일이 제법 많았던 탓이었다.

서둘러 방에 돌아와 주위를 물린 그녀는 밤새도록 읽었던 서류를 마지막으로 다시 한번 들춰 보며 내용을 복기했다.

'여왕파랑 왕제파는 선왕 때까지만 해도 같은 파벌이었으나 여왕의 즉위 문제를 두고 지금처럼 갈라지게 되었다……. 에스페라 공작에게 들었던 얘기와 다름 없군. 후, 어쩐지 그놈이 그놈처럼 보이더라 했다.'

안하무인이던 양 계파의 사람들을 떠올리며 혀를 찬 그녀는 아무래도 앞으로의 삶이 그리 평탄치는 않겠다는 생각에 한숨을 푹 내쉬었다. 여왕의 이름으로 살기로 결심했을 때 이미 각오하긴 했지만, 막상 마주친 현실은 생각했던 것보다 훨씬 더 심했다.

'그러잖아도 내 사람을 구하기가 힘들겠다고 생각은 했다만, 이러면 믿을 수 있는 자가 정말로 공작하고 곧 복귀한다는 유모밖에 없단 소리잖아. 그나마도 진정 신뢰할 수 있는 사람인지는 한참 지켜봐야 알 테고.'

밀라이아는 굽슬굽슬하던 제 것과는 달리 곧게 떨어지는 머리카락을 뱅글뱅글 돌리며 다시 한번 한숨을 쉬었다. 곱씹으면 곱씹을수록 막막했다.

'왕권을 유지하기 위해 가장 중요한 것은 재물, 군사, 그리고 인재. 다행히 이 시대에도 부유한 것 같으니 재물은 됐고, 최측근 문제는 일단 페르디난드 공작으로 버텨 본다 치면 남은 것은 군사인가? 근위 기사단이야 어찌어찌 장악할 수 있다고 쳐도, 수도 방위 기사단은 어쩐다지? 역시 피오르 공작을 쳐내는 것밖에는 방법이 없나?'

수도방위 기사단의 장을 맡고 있는 피오르 공작을 떠올리자 머리가 지끈거렸다. 아무래도 근시일 내에 새끼 독수리 은닉 작전을 시작해야 할 것 같았다.

마지막으로 여왕파 사람들에 대한 내용을 한번 훑어본 밀라이아는 혹시 빠뜨린 것이 없나 꼼꼼하게 확인한 후에야 서류를 향초에 가져다 댔다.

매캐한 연기와 함께 확 피어오르는 주홍빛 불꽃은 무척 홀가분해 보였지만, 그 모습을 바라보는 그녀의 머릿속은 여전히 복잡했다.

'페르디난드 공작은 당분간 드러내 놓고 날 도와줄 수 없으니, 관건은 여왕파야.'

현재는 여왕파의 수장이지만 원래는 왕당파에 맞서는 귀족파 전체의 장이었다던 또 다른 공작을 떠올린 그녀가 눈썹을 찌푸렸다. 이러니저러니 해도 어쨌거나 겉으로는 자신에 대한 지지를 표방하고 있는 자이니만큼, 앞으로 그와의 관계를 어떻게 이끌어 가느냐에 따라 이 삶의 난이도가 결정될 듯했다. 더욱이 그자는 여왕의 외삼촌이라지 않는가.

'되게 골치 아프네. 여왕이 괜히 이리저리 치인 게 아니었구만?'

왼손으로 관자놀이를 꾹꾹 누른 그녀는 서류가 한 줌 잿더미가 된 것을 확인하고는 품에서 손수건을 꺼냈다. 그런 뒤 넓게 펼친 그것으로 바닥에 떨어진 재를 쓸어 담았다.

그때, 노크 소리가 들렸다.

밀라이아는 재빨리 손수건을 갈무리하며 문가를 돌아보았다. 조심스럽게 안으로 들어선 시녀가 허리를 숙이는 모습이 보였다.

"여왕 전하, 페르디난드 공작이 알현을 청합니다. 어찌할까요?"

"또? 어제 만찬까지 함께해 놓고 또 무슨 할 말이 남았다고……. 어쨌든 알았다. 소알현실로 안내하도록. 간단한 다과도 준비해 주고."

"네, 전하."

혹시라도 잦은 만남을 수상하게 여길까 부러 탐탁지 않은 어조로 답한 밀라이아는 아무래도 영 내키지 않는다는 양 미적거리다 방을 나섰다.

그리 길지 않은 복도를 걸어 알현실에 도착하자 오늘도 여전히 빈틈없는 차림새의 공작이 보였다.

밀라이아는 마치 기다렸다는 듯 차와 쿠키를 내오는 시녀들을 힐 끔 돌아보고는 말했다.

"고를 보자 했다고요?"

"아, 추모제 때문에 말입니다. 일전에 간략하게 하자 말씀드리기 는 했지만, 그래도 대략적인 규모나 일정은 준비해야 하지 않겠는 지요?"

"……그런 건 미리미리 좀 얘기해 주지 그랬어요. 어제 한꺼번에 처리했으면 편했을 텐데."

평소 여왕이 하듯 짓눌린 목소리로 답한 밀라이아는 그제야 느 릿느릿 찻잔과 접시를 내려놓고 사라지는 시녀들의 뒷모습을 지그 시 노려보았다. 이제 며칠 후면 한 사람이 복귀한다지만, 한시바삐 믿을 수 있는 측근 시녀들을 만들어 놓지 않고서는 내내 피곤할 것 같았다.

그런 기분은 마찬가지였던 듯, 시녀들이 나간 방향을 힐끔 돌아 본 공작은 그제야 등받이에 몸을 기대며 말했다.

"이제 좀 편안하게 대화할 수 있겠군요. 간밤엔 편안히 주무셨습 니까? 더 도움이 필요하신 부분은 없는지요?"

"일단은 없어요. 내용은 다 외웠고. 덕분에 잠은 잘 못 잤네요."

"그러시군요. 하면 예법을 교정하는 김에 추모제 문제도 처리해 볼까요? 핑계 김에 가져온 얘기이긴 합니다만, 전하께서도 아시다 시피 허투루 해서는 곤란한 일이 아닙니까."

"그건 그렇죠. 으음. 하면 기왕 간략하게 하기로 한 것, 왕제와 함께 단둘이 묘소를 방문하는 건 어때요? 지난번에 부탁한 일도 쉽 게 해결할 수 있을 것 같은데."

천천히 찻잔을 들어 올리며 말하자, 그녀가 취하는 동작을 유심히 살피던 공작이 고개를 끄덕이며 말했다.

"응용력이 좋으시군요. 훌륭합니다. 그리고 추모제는…… 뭐, 나쁘지 않군요. 어차피 왕가의 행사에 신경 쓰는 사람은 그리 없으니 문제없이 진행할 수 있을 겁니다."

"왕가의 행사에 신경 쓰는 사람은 없다……. 이걸 지금 다행이라고 여겨야 하는 건가요?"

황당해하며 묻자 공작은 어깨를 으쓱해 보이고는 답했다.

"글쎄요. 전하께는 몰라도 신에게는 나쁘지 않습니다만. 아, 찻잔을 내려놓을 때는 그것보다 좀 더 느리게 움직이셔야 합니다. 네, 그 정도로요. 그럼 마부만 준비하면 되겠군요."

"기밀은 확실히 보장되는 거겠죠?"

"물론입니다. 문제는 근위 기사들이 지나치게 분발해 주었을 때의 일인데, 그자들이 그럴 리는 없으니 그리 걱정할 필요는 없겠군요."

"……하아. 이것도 다행이라고 해야 하나요?"

생각할수록 한심하다는 기분이 들어서, 밀라이아는 한숨을 푹 내쉬며 쿠키를 집어 들었다.

부스러기가 떨어지지 않도록 작게 한 입을 베어 무는 그녀를 보며 피식 웃은 공작이 답했다.

"아뇨, 그건 다행이라고 하셔서는 안 될 것 같습니다만. 아무래도 이번 일을 끝낸 뒤 대대적으로 단속하심이 좋겠습니다."

"네, 그래야죠."

"그럼 추모제 일은 그렇게 처리하는 걸로 하지요. 아, 다과 예절은 이만하면 됐습니다. 딱히 더 손댈 필요는 없겠군요."

"그런가요? 이건 안심하고 다행이라 할 수 있겠네요."

실소를 머금으며 답한 밀라이아는 찻잔을 기울여 목을 축였다.

그 말에 동조한다는 듯 다시 한번 픽 웃어 보인 공작 역시 묵묵히 찻잔을 기울였다.

처음으로 평온한 침묵이 흘렀다.

'이게 얼마 만에 느껴보는 평화로운 기분이지? 그것도 저자와 같이 있으면서?'

어쩐지 놀라운 기분이 들어서, 밀라이아는 원래 하려던 말 대신 다른 이야기를 꺼냈다. 잠시만 더 이 여유로움을 만끽하자는 생각이 든 데다가, 지금 꺼내려는 화제 역시 어차피 한 번쯤 짚고 넘어가야 할 일이었기 때문이었다.

"저, 공작?"

"말씀하십시오."

"레티시아 백작 부인에 대해서 얘기해 주겠어요?"

"전하의 유모 말씀이십니까? 아, 그러고 보니 곧 돌아온다고 했었지요."

생각에 잠긴 듯 팔걸이를 톡톡 두드리던 남자가 잠시 후 다시 입을 열었다.

"레티시아 백작 부인은 전하의 탄생 직후 유모로 뽑혀 궁에 들어왔습니다. 그 후 전하께서 다섯 살이 되셨을 무렵 구름궁의 시녀장으로 임명되어 지금은 본궁 전체를 총괄하고 있습니다만, 현재는 남편의 병구완 때문에 잠시 궁을 떠난 상태입니다."

"그렇군요. 하면 그 남편은 다 나은 건가요?"

"아니오. 두 달 전 사망했습니다. 하나 장례와 기타 문제 때문에 이제야 환궁하는 것으로 압니다."

"그렇군요. 유감이네요."

짧은 답변에 고개를 끄덕여 동조를 표시한 공작이 계속해서 말을 이었다.

"레티시아 백작 부인은 온화해 보이는 인상과는 달리 제법 강단이 있는 사람입니다. 자기 주관도 뚜렷한 편이고요. 그 바람에 본래의 여왕 전하와는 사이가 그렇게까지 돈독하지는 않았습니다. 정확한 이유는 모르나 아마도 서로 성향이 맞지 않았던 탓이겠지요."

"그렇군요."

밀라이아는 가볍게 고개를 끄덕이며 잠시 생각에 잠겼다.

'그렇다면야 정체를 들킬 염려는 줄겠지만……. 아무래도 고민을 좀 해 봐야 하겠는걸? 쯧, 유모라기에 그나마 수월하게 끌어들일 수 있겠다 생각했더니.'

"소속 계파는요?"

"왕당파 출신입니다. 현재는…… 글쎄요, 굳이 따지자면 중립파라 해야 할까요?"

"아, 이해했어요. 고마워요."

요 이틀 동안 열심히 파악했던 내용을 떠올린 밀라이아는 간단히 수긍하고는 쿠키 한 조각을 집어 입으로 가져갔다. 왕당파 출신이라면 일단 안심이기는 했지만, 제 사람으로 삼을 수 있을지 여부는 아무래도 직접 만나 본 후에야 알 수 있을 것 같았다.

'그럼 백작 부인 문제도 대충 됐고, 남은 건 하나뿐인가?'

입가에 짙은 미소가 걸렸다.

순수한 즐거움에서 나온 것이라기에는 무언가 다른 감정을 품고 있는 웃음에 공작의 눈이 가늘게 좁혀졌다.

"뭡니까, 그 표정은."

"그냥, 앞으로 있을 일을 생각하니까 즐거워서요."

"……그렇습니까?"

"네. 그보다 이제 뭘 더 교정하면 되죠? 일단 두 가지는 끝냈고, 의상은…… 이게 맞나요? 정말로?"

제가 입은 옷을 내려다본 밀라이아의 얼굴이 미묘하게 일그러졌다.

아무리 백 년 전의 것이라고 해도 그렇지, 여왕이 입고 다니는 옷들은 정말이지 단추 하나까지도 눈에 차지 않았다. 반년간 꿈을 통해 오가며 직접 눈으로 보지 않았더라면 시녀들이 자신을 놀리는 것이 아닌가 의심했을지도 모른다.

그럼에도 혹시나 하는 마음에 물어본 것이었지만, 공작은 그런 그녀의 기대를 박살 내며 무덤덤한 얼굴로 답했다.

"좀 특이하기는 해도 맞습니다. 최초의 여왕이신지라, 최대한 기존 국왕의 정복과 유사하게 만들기 위해 몹시 고생하였다 들었습니다."

"……그렇군요. 후우. 그럼 이것도 됐, 됐고……. 이제 뭘 더 하면 될까요?"

"사소한 동작 같은 건 됐습니다. 일일이 교정하기도 어렵고 그리 거슬리는 점도 없으니까요. 그냥 보일 때마다 한 번씩 말씀드리는 정도로 해결하면 될 듯합니다."

"네, 그리고요?"

거듭되는 물음에 공작은 생각에 잠긴 얼굴로 탁자를 톡톡 두드리며 답했다.

"글쎄요. 발음이나 억양도 괜찮으신 편이고……. 가끔 어휘가 튀기는 하지만, 그거야 스스로 익히셔야 하는 부분이니 딱히 신이 도와드릴 일은 없는 것 같습니다. 아, 글씨체는 좀 더 연습하셔야겠더군요."

"그래요? 다행이네요. 그럼 한 가지만 더 보충하면 되겠군요."

밀라이아는 자꾸만 삐져나오려는 웃음을 애써 삼키며 무표정한 얼굴로 말했다. 자칫 빠져나갈 구석을 만들어 줘서는 곤란했다.

"마지막 한 가지요? 그게 뭡니까?"

"춤이요. 지금이야 회복을 핑계로 두문불출하고 있다지만, 그래도 명색이 여왕인데 언젠가는 춤출 일이 있지 않겠어요?"

"춤이라. 분명 맞는 말씀입니다만, 신의 눈에는 어째서 전하께서 다른 의도를 품고 있으신 것처럼 보일까요?"

"네? 다른 의도라니요?"

"뭐, 모르신다면 됐습니다. 그럼 일단 간단하게 설명부터 할까요?"

최대한 순진무구하게 되물은 것이 통한 것인지, 공작은 대수롭잖게 화제를 넘겨버리고는 손가락으로 무릎을 톡톡 두드리며 말했다.

"현재 사교계에서 유행하는 춤은 네 종류입니다. 사라넬로, 밀로카, 파르비아, 그리고 플루엘라. 이 중 모르시는 것이 있습니까?"

"아뇨. 다행히 모두 아는 거네요. 동작은 한번 맞춰 봐야겠지만."

"그나마 다행이군요. 그럼 시간 끌 것 없이 바로 맞춰 보시지요. 공간이 다소 협소하긴 하나 언제 또 기회가 올지 모르니 말입니다."

"좋아요."

빙긋 웃어 보인 밀라이아가 자리에서 일어났다.

소파가 놓인 곳을 피해 빈 공간에 멈춰 서자, 어딘가 내키지 않는다는 듯한 표정으로 다가온 남자가 천천히 팔을 내밀며 춤의 시작을 알리는 첫 동작을 취했다.

그리고—.

마침내 전쟁의 서막이 올랐다.

❖ ❖❖ ❖

"왼쪽, 오른쪽, 왼쪽, 오른쪽. 좋습니다. 그런 식으로 4박자에 맞춰서, 다시 왼……."

"어머, 또 밟아 버렸네. 미안해요, 공작. 예전에 배웠던 거랑은 조금씩 달라서 그런지 자꾸만 발이 꼬이네요."

밀라이아는 전혀 미안하지 않은 표정으로 사과의 말을 늘어놓았다.

'흥, 뭐가 어쩌고 어째? 통나무? 벽꽃?'

네 종류의 춤을 모두 점검하며 공작과 발을 맞춰 본 지도 어느덧 삼십여 분. 그녀가 본격적으로 전투태세에 들어간 지도 제법 시간이 흘렀다.

사실 그녀도 처음부터 발을 밟을 생각은 아니었다. 아니, 솔직히 말하면 그럴 생각은 있었으나 차마 실행에 옮기지는 못하고 있었다. 느물거리며 약을 올리던 어제와는 달리 담백하게 이것저것 정보를 주는 모습에 왠지 좀 미안한 기분이 들어서.

그래서 그냥 얌전히 배우기만 할까 망설이고 있었는데, 춤의 첫 동작을 취하자마자 공작이 던진 말은 잠시나마 약해졌던 가슴에 다시 불을 지폈다.

왜 이렇게 뻣뻣하냐며 통나무도 그녀보다는 낫겠다고 하질 않나, 이런데도 춤 선생은 아무런 말도 없었느냐고 하질 않나. 종국에는 아무래도 경험이 거의 없어 보인다며 설마 벽꽃주: 춤 신청을 받지 못해 늘 벽 근처에만 서 있는 여자를 일컫는 말이었냐고 묻기까지.

그동안 순순하게 군 것은 이때를 위한 포석이었다는 양 신경 줄을 마구 긁는 말들은 조금이나마 남아 있던 양심의 가책을 완전히 날려 버렸고, 그때부터 밀라이아는 최선을 다해 춤을 익혔다. 일단 자신이 알고 있는 것과 다른 점을 모두 파악해야 안심하고 복수할 수 있을 테니까.

그렇게 삼십 분이 지난 뒤, 온 신경을 기울여 스텝과 동선을 모두 외우는 데 성공한 그녀는 그때부터 실수인 척 그의 발을 밟기 시작했다. 과하게 다치지는 않을 정도로, 그러나 적당히 체중을 실어서 꾹꾹.

그러니 아무리 그녀가 평평한 신발을 신었다 해도 아파해야 정상일 텐데—

"물론 그러시겠지요. 괜찮습니다. 발 밟기는 벽꽃들의 기본 소양이니까요."

"뭐라……."

"그럼 여기서부터 다시 가지요. 왼쪽, 왼쪽, 오른쪽, 오른쪽. 흠? 안 따라오고 뭐 하십니까?"

'저 남자는 발등이 쇠로 만들어지기라도 했나. 왜 저렇게 멀쩡해?'

벌써 두어 번 발을 밟혔음에도 눈썹 하나 까딱 않는 남자를 보자 새삼 오기가 솟구쳐 올랐다.

벽꽃이라니! 어쩌다 한 번씩 연회에 참석할 때면 쏟아지는 춤 신청에 숨조차 제대로 돌릴 시간이 없던 자신이었는데!

'두고 보자. 걷기도 힘들게 만들어 줄 테니까.'

무덤덤한 남자를 지그시 노려본 밀라이아는 딱딱한 리드에 몸을 맡긴 채 다시 한번 발을 밟을 기회를 노렸다.

"마지막으로 왼쪽, 오른쪽. 좋습니다. 이제 플루엘라만 맞춰 보면 되겠군요. 허리를 곧게 펴시고 팔은 어깨 정도 높이로 드십시오. 네, 그렇게요. 그럼 왼쪽부터 하나 둘 셋, 하나……."

"으앗?"

이때다 싶어 발에 힘을 실은 그때, 갑자기 몸이 휘청하며 뒤로 넘어가는 것이 느껴졌다. 어느새 사라진 남자의 발등 대신 허공을 힘껏 밟아 버린 발이 균형을 잃고 미끄러진 탓이었다.

'안 돼!'

반사적으로 눈을 감으며 몸을 웅크리는 순간, 허리에 감겨 있던 팔에 힘이 꽉 들어가며 그녀를 지탱했다.

어느새 어깨를 감싸온 또 다른 손이 쓰러지려는 몸을 일으켜 세우는 것이 느껴졌다.

"이런, 조심하셔야지요."

나긋나긋하게 들려오는 목소리는 지나치게 가까웠다.

정수리에 와닿는 따스한 바람과 코끝을 감도는 낯선 향에 머리카락이 쭈뼛 곤두섰다. 고요하던 심장의 박동이 조금씩 빨라지는 것이 느껴졌다.

흔들리는 시선이 저를 담은 잿빛 눈동자로 향했다.

새벽녘 하늘과도 같은 그 색채는 무척이나 고요했지만, 밀라이아는 잔잔한 그 눈동자 속에서 일순간 스치고 지나가는 웃음기를 보았다.

참을 수 없는 민망함에 얼굴이 확 달아올랐다. 뒤늦은 깨달음에 분노가 치밀어 오른 건 그다음이었다.

'뭐야, 설마 내 움직임을 읽고 발을 치운 거야?'

"그러게 좀 살살 밟으시지 그러셨습니까. 다치신 곳은 없습니까?"

"……네. 괜찮아요."

"다행입니다. 그보다 일부러 밟으실 정도라면 춤은 다 익히셨겠군요. 하면 오늘 수업은 여기까지 하는 것으로 하고 신은 이만 물러가겠습니다. 하아, 이럴 때는 한가하신 전하가 몹시 부럽군요."

"뭐라고요? 이봐요, 공…….."

"그럼 쉬십시오. 근시일 내에 다시 찾아뵙겠습니다."

비뚤하게 웃어 보인 남자가 돌아섰다.

"하……."

밀라이아는 부글거리는 가슴을 부여잡으며 방을 나서는 공작을 노려보았다. 분명히 어제의 일을 복수하려고 시작한 일이었는데, 어째서 매번 자신이 당하는 건지 알 수가 없었다.

'아, 진짜 얄미워. 어떻게 제대로 복수할 방법이 없을까?'

곱게 빗은 머리카락을 뱅뱅 돌리며 한참 동안 방 안을 왔다 갔다 하던 그녀는 소맷자락 사이로 삐죽 튀어나온 천 조각을 발견한 뒤에야 천천히 걸음을 멈췄다.

'그러고 보니 이걸 깜빡하고 있었네.'

한숨을 내쉰 밀라이아는 그제야 조금 진정된 표정으로 소매 속에 넣었던 손수건을 꺼냈다. 갑자기 들이닥친 시녀 때문에 이걸 처리한다는 걸 깜빡하고 있었다.

창가로 걸어가 재를 탈탈 터는데, 문득 저 아래 절뚝거리며 걷는 한 사람이 보였다. 인상을 잔뜩 찌푸린 채 외궁 쪽으로 멀어져 가는 남자는 분명 흑발이었다.

'뭐야, 공작이잖아. 아까는 안 아픈 척하더니, 허세였던 거였어?'

아하하.

갑자기 웃음이 터져 나왔다. 좀 전까지만 해도 온몸을 휘감고 있던 짜증과 분노가 사그라지며 가슴이 시원해지는 것이 느껴졌다. 마치 십 년 묵은 체증이 쑥 내려가는 듯한 그런 기분.

밀라이아는 후련해진 얼굴로 깨끗하게 턴 손수건을 접어 소매 속에 넣었다. 이것으로 어제의 일과 오늘의 굴욕감에 대한 복수는 끝. 짜증스럽던 마음도 모두 풀렸겠다, 이제는 다시 힘차게 앞날에 대한 대비를 시작할 때였다.

'기운 내자. 돌아가는 그날을 위해 열심히 일해야지.'

매무시를 가다듬는 손길이 무척이나 가벼웠다.

방을 나서는 그녀의 걸음걸이에 경쾌함이 한가득 묻어 나오고 있었다.

며칠 뒤.

이제는 거의 완벽하게 이 시대의 예법에 적응한 밀라이아는 공작에게 배웠던 것처럼 손으로 우아한 곡선을 그리며 깃펜을 집어 들었다.

빈 종이에 여왕 특유의 동글동글한 글씨체를 흉내 내어 몇 번이고 서명을 되풀이하며 연습하고 있을 때, 노크 소리가 들리고 잠시 후 안으로 들어선 시녀가 말했다.

"여왕 전하, 레티시아 백작 부인과 영애가 알현을 청합니다."

"들라 하도록."

연습 종이를 슬쩍 접어 서류철 속에 집어넣으며 답하자, 잠시 후 금갈색 머리카락을 단단하게 틀어 올린 중년 여인과 갓 스물 정도로 보이는 젊은 여자 하나가 안으로 들어섰다. 따스해 보이는 다갈색 눈동자에 검은 상복 차림의 두 여인은 누가 봐도 모녀 사이로 보이는 미인들이었다.

'드디어 왔구나. 여왕의 유모라는 자가.'

밀라이아는 입가에 은은한 미소를 머금은 채 중년 여인을 찬찬히 살펴보았다.

안으로 들어섰을 때부터 눈을 반짝반짝 빛내며 저를 바라보고 있는 영애와는 달리, 예를 갖추는 백작 부인의 표정은 차분하게 가라앉아 있었다. 전반적으로 감도는 분위기하며 무감정한 눈빛하며, 아무래도 여왕과 그리 사이가 좋지는 않았다던 공작의 말이 틀리지는 않은 모양이었다.

"창공의 드높음을 경배하라. 가장 높이 나는 자, 고귀하신 여왕 전하께 세라피나 수 레티시아가 인사 올립니다. 그간 강녕하셨는지요?"

"어서 와요, 백작 부인. 부군의 일은 유감입니다. 고인의 명복을 빌어요."

부드럽게 답하자, 여인은 다시 한번 고개를 숙여 예를 표하고는
말했다.

"감사합니다, 전하. 하옵고 송구합니다. 불민한 일을 당하셨다는
이야기를 듣고도 곧장 달려오지 못한 신을 벌하여 주십시오."

"그게 어인 말인가요? 이런 시기에 돌아와 준 것만으로도 고마운
것을요."

"그리 말씀해 주시니 그저 감읍할 따름입니다. 아, 이쪽은 말씀
드렸던 제 딸, 클로에라고 합니다."

"클로에 수 레티시아가 고귀하신 여왕 전하를 뵙습니다."

한 걸음 앞으로 나선 영애가 차분한 태도로 예를 갖췄다. 그러나
고요하게 가라앉은 표정과는 달리 다갈색 눈은 별빛처럼 반짝이며
밀라이아를 향하고 있었다.

들어올 때부터 계속 따라붙는 시선에 어쩐지 부담스러운 기분이
들었지만, 밀라이아는 속마음을 능숙하게 감추며 빙긋 웃었다.

"반가워요, 레티시아 영애. 그러잖아도 백작 부인의 편지를 받고
무척 궁금해하던 참이랍니다."

"네? 저를요?"

"네. 자, 일단 앉아요. 부인도요. 잠시 차라도 한잔하지요."

"네, 전하."

밀라이아는 순순히 자리에 앉는 두 여인을 보며 속으로 안도의
한숨을 내쉬었다. 공작의 귀띔을 받은 이후로 어떤 식으로 그들을
대해야 할까 며칠 내내 고민했었는데, 다행히 별문제 없이 대화가
진행되는 것을 보면 지금 그녀의 태도가 본디 여왕이 했던 것과 그

리 다르지는 않은 모양이었다.

'아직까진 잘하고 있어. 앞으로도 계속 생각한 대로만 하자.'

아무리 사이가 별로 안 좋았다 해도 유모는 유모.

잘만 끌어들인다면 든든한 우군이 되어 줄 위치에 있는 사람이었지만, 여왕의 유모란 그만큼 제 정체를 들키기 쉬운 상대였다. 아무리 데면데면했다고는 해도 이십 년 넘게 지켜봐 온 사람이 하루 아침에 달라진 것을 보면 분명 뭔가 이상하다고 생각할 테니까.

'그나마 죽은 백작의 병구완을 하느라 반년 가까이 궁을 비웠기에 망정이지, 안 그랬으면 일이 더 힘들 뻔했어.'

그럼에도 혹시나 하는 마음에, 밀라이아는 며칠 전 백작 부인이 딸을 데려와도 되겠느냐는 전갈을 조심스럽게 보냈을 때 흔쾌히 허락을 했었다. 그래도 일대일로 만나는 것보다는 그쪽이 낫지 않겠나 하는 생각이 들어서.

긴장을 풀어내려 몰래 숨을 들이쉬는데, 어느새 줄을 당겨 다과를 가져올 것을 지시한 백작 부인이 말했다.

"송구하나 한 가지만 여쭙겠습니다. 전하, 대체 이게 어찌 된 일입니까? 암살을 당하실 뻔했다니요?"

"자세한 정황은 고도 잘 모르겠어요. 배후는 결국 밝혀내지 못했거든요. 뭐, 정확하게는 캐낼 생각조차 못했다고 해야겠지만요."

"……그렇군요. 하면 옥체는 강녕하신 것입니까? 어디 미령하신 곳은 없는지요?"

걱정스러운 물음에 빙긋 웃은 밀라이아가 말했다.

"이젠 괜찮아요. 조만간 정무에도 다시 복귀할 예정이랍니다."

"그렇습니까. 참으로 다행입니다. 주신의 가호가 함께하셨군요."

"정말 그랬죠. 걱정해 줘서 고마워요."

밀라이아는 부드럽게 답하며 백작 부인의 얼굴을 유심히 살폈다. 지금 저 말이 빈말인지 아니면 뭔가 속셈을 담은 얘기인지, 그것도 아니면 진심에서 우러나온 것인지를 파악해야 그다음에 취할 행동도 결정할 수 있었다.

"하온데 전하, 배후마저 캐내지 못했다면 궁내부는 어찌 처분하셨는지요? 창조차 없는 침실에 침입했다면 분명 내부의 조력이 있었을 텐데⋯⋯."

"당일 당직자들을 묻는 거라면, 경황이 없어 일단은 구금만 해 두었습니다. 아마도 조만간 풀어줘야겠지요. 모두가 그러기를 원할 테니까요."

일부러 비꼬듯 이야기하자, 여인의 표정이 잠시 허물어졌다.

밀라이아는 눈을 크게 뜨는 영애를 일별하며 백작 부인의 얼굴을 찬찬히 살폈다. 과연 제 편이 될 수 있을까 시험해 볼 겸 던진 말이었는데, 잠깐 동요를 보였던 것만 봐서는 무어라 확신할 수가 없었다.

'만만치 않을 거라 생각은 했지만 역시나네.'

새어 나오려는 한숨을 삼키며 천천히 등받이에 몸을 기대는 순간, 조심스러운 노크 소리가 들려왔다.

곧이어 안으로 들어온 시녀들이 세 사람의 앞에 각각 찻잔과 케이크 접시를 내려놓았다.

바짝 긴장한 태도로 바쁘게 움직이는 시녀들과 감시하듯 엄격한 표정으로 그들을 응시하는 백작 부인, 그리고 여전히 눈을 빛내며 자신을 바라보는 영애.

무심하게 사람들을 훑던 보랏빛 시선이 영애의 앞에서 멈췄다.

그 안에는 어느새 서늘한 무관심 대신 당혹스러움과 의아함이 담겨 있었다.

'아까부터 왜 저렇게 열심히 쳐다보는 거지? 혹시 내가 뭐 실수한 거라도 있나?'

고개를 갸웃하며 바라보자, 다갈색 눈이 더욱 반짝 빛나는 것이 보였다.

밀라이아는 시녀들이 모두 나간 것을 확인한 뒤 예법에 어긋나지 않도록 조심조심 잔을 들어 올리며 물었다.

"음, 레티시아 영애?"

"네? 아, 네, 전하!"

"혹시 고에게 뭔가 할 얘기라도 있나요? 아까부터 계속 쳐다보던데."

"아, 아뇨. 없습니다."

"흠, 그래요? 이상하네."

고개를 갸웃하자, 잠시 머뭇거리던 영애가 말했다.

"저……. 솔직하게 말씀드려도 될까요?"

"물론이죠."

허락이 떨어지는 순간, 얌전하던 영애의 표정이 돌변하며 폭포수처럼 빠르게 말이 쏟아져 나왔다.

"사실은 아까부터 말씀드리고 싶었는데요, 전하, 정말 예쁘세요! 인형 같아요! 완전 제 스타일이에요!"

"……네?"

멍하니 되묻자, 발그레하니 볼을 붉힌 영애가 더 빠르게 외쳤다. 딱딱하게 얼굴을 굳힌 백작 부인은 이미 안중에도 없는 듯한 태도였다.

"백금발이라니! 그것도 그냥 흐릿한 금발이 아니라 이렇게 반짝반짝 빛나는 금발이라니! 전 이런 색은 소설 속에서나 존재하는 줄 알았어요! 정말 예뻐요! 최고예요!"

"……클로에."

"거기다가 보라색 눈동자라니! 으앙, 정말 부러워요! 진짜 보석 같아요! 너무너무 예쁘고 신비롭고 또…….."

"클로에, 그만하거라. 전하께서 당혹스러워하시잖니."

"아니, 사람이 어쩜 이리 예쁠 수가 있죠? 너무 아름다우세요! 같은 여자지만 정말 반해 버릴 것 같은 거 있죠!"

"클로에!"

조용조용 만류하던 백작 부인이 급기야 소리를 질렀지만, 영애는 붉으락푸르락하는 어미의 얼굴을 보는 둥 마는 둥 하며 계속해서 말을 쏟아냈다.

"아우, 어머니, 어머니는 어쩜 이런 분을 혼자만 알고 계셨을 수가 있어요? 그럼 그렇지. 어쩐지 그동안 왕궁에 데리고 가 달라 그렇게 졸라도 안 된다고 하시더라. 정말 치사한 거 알아요?"

"하아, 클로에."

"이제 전하의 시녀로 들어가면 그 머리카락이랑 얼굴이랑 다 만져 볼 수 있는 거지요? 옷도 제가 골라서 입혀 드릴 수 있는 거고요? 아이, 신나! 행복해! 상상만 해도……."

"……전하, 송구하나 잠시 결례를 범해도 되겠습니까."

"네? 아, 네. 그렇게 해요."

여전히 얼떨떨한 기분으로 고개를 끄덕이자, 침착하게 감사를 표한 백작 부인이 천천히 몸을 일으켰다. 그러고는 번개와 같은 속도로 팔을 뻗어―.

"아악! 어머니!"

영애의 귀를 쭉 잡아 당겼다.

"어미가 누누이 얘기하지 않았더냐. 입은 무겁게, 귀는 신중하게! 왕궁에서는 늘 그를 되새기며 조심하고 또 조심하라 그리 일렀거늘!"

"으앙, 놔줘요! 아프단 말이야. 그리고 누군 안 그러려고 했나, 뭐?"

"어허, 네가 그래도!"

"그치만 너무 예쁘시잖아요! 어떻게 저런 분을 앞에 두고 얌전하란 말이에요? 내가 예쁜 거라면 사족을 못 쓰는 거 알면서!"

눈앞에서 벌어지는 한 편의 연극과도 같은 상황에 저도 모르게 입이 헤벌어졌다.

표정 관리조차 잊고 멍하니 두 사람을 응시하는 밀라이아를 흘끗 돌아본 백작 부인이 슬쩍 고개를 숙이며 말했다. 한 손으로는 여전히 영애의 귀를 잡아 비튼 채였다.

"송구합니다, 전하. 천녀賤女가 불민하여 여식의 교육을 잘못시킨 탓이니, 부디 이 아이의 몫까지 신을 벌하여 주십시오."

"아, 아뇨. 그럴 필요는 없어요. 별일도 아닌데요, 뭐."

황급히 손사래를 치자 백작 부인은 한숨을 내쉬고는 말했다.

"자비로우신 처분에 감사드립니다. 하면 오늘은 이만 물러가도 되겠습니까? 이 아이는 신이 명일까지 잘 교육해 오겠습니다."

"아, 네. 그리하세요."

"감사합니다. 가장 높이 나시는 분께, 창공의 무궁함이 함께하시기를."

우아하게 인사를 마친 부인이 돌아섰다.

밀라이아는 어미의 손에 질질 끌려 나가면서도 연신 '너무 예뻐요!', '사랑해요!' 등을 외치는 영애를 질린 눈으로 바라보았다. 차분하기 그지없는 백작 부인과는 달리 지나치게 방방거리는 그녀 때문에 정신이 하나도 없었다. 두 사람을 만나기 전에 이것저것 계산하며 생각했던 말들을 깡그리 잊어버렸을 정도로.

'이것 참, 완전히 말려 버렸네.'

헛웃음이 나왔지만, 생각보다 기분은 그리 나쁘지 않았다.

'딸의 귀를 잡아끌며 잔소리를 늘어놓는 어미라……. 들은 것보다 훨씬 인간적이잖아? 게다가 그 딸은 예쁜 것이라면 사족을 못 쓰는 성격이란 말이지?'

그렇다면 방법이야 충분하지, 라고 중얼거린 밀라이아의 눈이 반짝 빛났다.

서슴없이 딸의 귀를 비트는 백작 부인이나 아프다고 비명을 지르면서도 할 말은 따박따박 늘어놓는 영애를 보아하니 모녀 사이도 제법 돈독할 터. 잘만 하면 생각보다 훨씬 수월하게 두 사람을 제 편으로 끌어들일 수 있을 것 같았다.

'좋았어. 이 정도면 충분히 훌륭한 성과야.'

첫 단추를 그럭저럭 잘 꿰었다는 생각에 스르르 웃음이 나왔다. 잠시나마 중압감을 내려놓은 그 미소는 영애의 말처럼 무척이나 아름다웠다.

그날 저녁.

어둑어둑해진 창밖을 보며 슬슬 하루의 일과를 정리하던 밀라이아는 뜻밖의 사람으로부터 알현 요청을 받았다. 예법 과외도 끝이 났고 레티시아 백작 모녀도 만났으니 당분간은 저를 찾을 사람이 없을 거라 생각했는데, 잠시만이라도 좋으니 시간을 내주십사 하며 만남을 청해 온 사람은 뜻밖에도 길리안 대법관이었다. 여왕이 좋아했던 바로 그 청년.

'길리안 대법관이 웬일이지? 정무에 복귀하기 전까지 그쪽 일은 더 안 봐도 되는 줄 알았는데.'

의아한 기분이 들었지만, 밀라이아는 일단 그를 안으로 들이라 말했다. 알현을 요청하기에는 다소 늦은 시간이었으나 그렇다고 해서 길리안가의 사람을 박대할 수는 없었다.

"루시어스 라 길리안이 여왕 전하를 뵙습니다. 늦은 시간에 알현을 청함을 용서하여 주십시오."

"괜찮아요. 이쪽으로 앉아요."

"감사합니다."

고개 숙여 감사를 표한 청년이 맞은편에 조용히 앉았다. 일을 마치고 막 온 듯 다소 피곤해 보이는 얼굴이었다.

"그래, 무슨 일로 고를 보자 한 건가요? 시간이 시간이니만큼 혹 좋지 못한 일일까 걱정이 앞서네요."

조심스러운 물음에 청년은 서둘러 답했다.

"심려를 끼쳐 드려 송구합니다. 하나 걱정하실 만한 일은 아니니 심려치 마십시오."

"아아, 그런가요? 그렇다면 다행이네요."

한결 편안한 기분으로 등받이에 몸을 기대는데, 뭔가를 고민하듯 눈썹을 슬쩍 찌푸린 그가 손가락으로 턱을 문지르는 모습이 눈에 들어왔다.

'뭐야, 대체 무슨 일이기에 저러는 거지?'

의아한 눈길로 바라보자, 청년은 그제야 시선을 눈치챈 듯 목을 가다듬고는 말했다.

"송구합니다, 전하. 실은 오늘 올라온 사건 중 결재받아야 할 것이 있어 뵙기를 청하였습니다. 전해 드려야 할 것도 있고요."

"그렇군요. 하면 서류를 이리 넘겨주겠어요? 얼른 보고 결재할게요."

"여기 있습니다. 번거롭게 해 드려 송구합니다."

"아니에요. 공무인데요."

부드럽게 웃으며 서류를 받아 든 밀라이아는 찬찬히 내용을 읽어 가다 고개를 갸웃했다. 재판에 회부된 시점을 봐도 그렇고 사안의 경중을 따져 봐도 그렇고, 아무리 봐도 굳이 이 시간에 가져올 만큼 중대한 사건으로는 보이지 않았던 탓이다.

'뭐지? 혹시 내가 발견하지 못한 뭔가가 숨겨져 있는 건가?'

혹시나 하는 생각에 다시 한번 내용을 꼼꼼하게 훑어보았지만, 아무리 살펴봐도 서류 안의 사건은 그저 평범했을 뿐 특별한 점은 보이지 않았다.

"……여기요."

"감사합니다, 전하."

알쏭달쏭한 기분으로 인장을 찍어 넘기자, 청년은 공손하게 서류를 받아 들어 옆에 내려놓고는 잠시 머뭇거리다 조심스럽게 상자 하나를 내밀었다. 연녹색 리본을 곱게 묶은 그것의 뚜껑에는 길리안가의 문장이 찍혀 있었다.

"이게 뭔가요?"

의아한 얼굴로 묻는 그녀를 보며 소맷자락을 슬쩍 만지작거린 청년이 답했다.

"기력 회복에 좋다는 약초입니다. 약소하나 정성스레 준비한 것이니 부디 가납嘉納하여 주십시오."

"약초요? 갑자기 이런 건 왜?"

"편찮으셨다 하셨잖습니까. 한시바삐 건강을 회복하셔야지요. 전하께서는 이 나라를 이끌어 갈 어버이가 아니십니까."

"아아, 그랬군요. 고마워요, 길리안 대법관."

부드럽게 감사를 표한 그녀가 상자를 제 쪽으로 끌어당기자, 청년은 뭔가를 망설이는 듯한 표정으로 한참을 머뭇거리다 말했다.

"그리고…… 이건 형님이 전하께 보내는 서찰입니다."

"네? 형님이라면, 설마 대공자를 얘기하는 건가요?"

"……그렇습니다."

순간 인상이 확 찌푸려지는 것이 느껴져, 밀라이아는 서둘러 표정을 수습하며 청년이 내미는 연보랏빛 편지 봉투를 바라보았다.

그동안 여왕에게 했다는 짓들을 떠올려 보면 저것 역시 말도 안 되는 내용일 터. 이번에는 또 무슨 소리를 써 놨기에 동생까지 보냈나 싶었다.

"그렇군요. 그냥 보내도 됐을 텐데 굳이 그대가 직접 들고 온 것을 보면, 아무래도 대공자가 고의 답을 반드시 받아 오라 이른 모양이로군요."

"……그렇습니다. 송구합니다, 전하."

머뭇거리며 답한 청년이 슬그머니 눈을 아래로 내리깔며 시선을 회피했다.

밀라이아는 눈길을 피하는 그를 날카롭게 쏘아보며 다소 거칠게 편지를 받아 펼쳤다.

그 안에 적힌 것은 역시나 뻔뻔하기 그지없는 요구였다. 아네스가의 연회에 참석해야 하는데 파트너가 없다며, 그녀 몫의 드레스를 준비해 놓았으니 함께 참석하자는 내용.

'웃겨, 정말. 제가 뭔데 내게 드레스를 선물한다는 거야? 게다가 뭐? 드레스를 준비해 놨으니 함께 연회에 참석하자고? 내가 자기 정인이라도 돼?주: 이성에게 옷을 선물한다는 것은 상대방에게 호감이 있다는 표시이며, 그렇게 보내온 옷을 입는다는 건 선물 받은 사람 역시 상대방에게 호감이 있다는 표시이다'

저도 모르게 힘이 들어간 손이 편지지의 가장자리를 세게 움켜쥐며 구김을 만들었다.

짜증스럽게 한숨을 토해 낸 그녀의 시선이 눈앞의 청년에게로 향했다.

그는 딱딱하게 굳은 얼굴로 테이블 모서리에 눈길을 고정한 채 침묵하고 있었다. 적어도 기꺼이 제 형의 심부름을 한 건 아닌 모양이었다.

"길리안 대법관."

"……네, 전하."

"대공자에게 고맙지만 초대는 사양한다고 전해 줘요. 보다시피 아직 요양 중인지라, 연회 참가는 무리일 것 같네요."

불편한 심기를 숨기며 최대한 부드럽게 말한 그녀는 끝이 구겨진 편지지를 도로 접어 봉투에 넣었다. 그러고는 그것을 도로 청년에게 건네며 물었다.

"혹 저 약초도 대공자가 보낸 건가요?"

"아닙니다. 저것은…….""

"그럼 됐어요. 어쨌든 이 편지는 대공자에게 도로 돌려줘요. 드레스 역시 마음만 받겠다 전해 주고요."

날카롭게 나가려는 목소리를 억지로 가다듬으며 이야기하자, 그는 언제 숙이고 있었느냐는 듯 고개를 들어 그녀를 바라보았다.

채 감추지 못한 짜증이 보랏빛 시선을 타고 그의 것과 공중에서 얽혀들었다.

'아, 이런.'

황급히 시선을 거두려는 순간, 그녀보다 한발 앞서 눈을 내리깐 청년이 차분한 음성으로 답했다.

"그리하겠습니다."

"……고마워요. 더 할 얘기가 있나요?"

"아니오. 없습니다."

"그래요. 그럼 이만 자리를 파해도 될까요? 좀 쉬고 싶네요."

명백한 축객령에 멈칫한 그가 천천히 일어나 고개를 숙였다.

멀어지는 하늘색 그림자에 잠시 시선을 주다가, 밀라이아는 한숨을 푹 내쉬며 등받이에 편안하게 몸을 기댔다. 예상치 못했던 방문에 심력을 쏟은 탓인지 몹시 피로했다.

'저건 궁내부에 보내야겠군.'

크림색 상자를 힐끗 바라보며 속으로 중얼거리는데, 문득 그가 앉아 있던 옆자리에 놓여 있는 종이 뭉치가 눈에 들어왔다. 결재를 받아야 한다며 들고 왔던 서류였다.

'뭐야, 놓고 간 건가? 급하다더니?'

잠시 저걸 어찌할까 고민하던 밀라이아는 천천히 몸을 일으켜 종이 뭉치를 집어 들었다.

어차피 슬슬 침실로 돌아갈 생각이었겠다, 아직 멀리 가지는 않았을 테니 겸사겸사 따라가 볼 작정이었다. 뭐, 정 보이지 않거든 시종을 시켜 전달하면 되고.

집무실을 나와 출구 쪽으로 걷는데, 때마침 복도 저편에 하늘색 머리카락의 청년이 서 있는 것이 보였다.

'역시 멀리 가지는 않았군.'

덕분에 일이 편하게 되었다 생각하며 걸음을 재촉하던 밀라이아는 문득 보이는 모습에 놀라 우뚝 멈춰 섰다. 벽에 기대선 채 뭔가를 읽고 있던 청년이 불현듯 그것을 쭉쭉 잡아 찢는 것이 아닌가.

'설마 저거…….'

종이의 색깔을 확인한 밀라이아가 눈을 크게 뜨는 순간, 갑자기 뒤에서 말소리가 들려왔다.

"여기 계셨군요, 전하."

"흡!"

반사적으로 튀어나오려는 비명을 간신히 삼키며 뒤를 돌아본 밀라이아는 상대를 확인한 후에야 긴 숨을 토해 냈다.

"백작 부인이었군요. 후우."

"송구합니다, 전하. 인기척을 낸다 하였는데, 아무래도 신이 놀래 드린 모양입니다."

"아니에요. 잠시 딴생각을 하다 그만."

밀라이아는 가볍게 손사래를 치며 힐끗 뒤를 돌아보았다. 혹시 제가 보고 있던 것을 들켰을까 걱정이 된 탓이었지만, 다행히도 청년이 서 있던 자리에는 자그마한 종잇조각 하나만이 떨어져 있을 뿐 아무도 존재하지 않았다.

'아무래도 서류는 사람을 시켜 보내 줘야겠네.'

속으로 중얼거린 밀라이아가 백작 부인을 돌아보며 물었다.

"한데 무슨 일인가요?"

"아, 실은 아까 딸아이 때문에 정작 중요한 말씀은 하나도 드리지 못했던 것이 떠올라서요. 잠시 찾아뵙는 것이 낫겠다 생각하였습니다."

"아아, 그러네요. 하면 마침 침실로 가던 중이었으니 함께 가죠."

"네, 전하."

깊숙이 고개를 숙여 보인 백작 부인이 한 걸음 뒤로 물러났다.

밀라이아는 천천히 발걸음을 옮기며 백작 부인과 해야 할 말들을 머릿속으로 정리했다. 이래저래 늘어난 일정 때문에 상당히 피곤하긴 했지만, 오늘로 적아敵我를 확정 지을 수 있다면야 그 정도쯤 충분히 감수할 수 있었다.

이 생각 저 생각을 하며 침실에 도착한 그녀는 잠시 시녀에게 서류를 넘길까 고민하다 그냥 안으로 들어섰다. 제가 보기에는 별것 아니었지만, 혹시라도 민감한 사안일지 모르니 봉인해서 보내 주는 편이 나을 듯했다.

"이제 되었나요?"

"네, 전하. 우선 송구하다는 말씀부터 올리겠습니다. 아까는 신이 흥분하여 그만 추태를 보여 드렸습니다."

"괜찮아요. 재미있었는걸요."

처음에는 몹시 당혹스러웠던 것이 사실이지만, 생각하면 생각할수록 우스웠다. 그토록 차분해 보이는 백작 부인에게서 그런 딸이라니. 정말이지 너무나도 안 어울리는 조합이 아닌가.

연신 '예뻐요!'를 외치던 영애를 떠올리자 슬그머니 웃음이 터져 나왔다.

하지만 민망해하는 백작 부인의 앞에서 크게 웃어 버릴 수는 없는 노릇이었으므로, 밀라이아는 자꾸만 새어 나오는 웃음을 애써 부드러운 미소로 바꾸며 말했다.

"그리고 솔직히 말해 조금 놀랐답니다. 아무래도 고가 그동안 백작 부인을 잘 모르고 있었던 것 같다고나 할까요?"

"……송구합니다, 전하. 앞으로는 처신에 주의하겠습니다."

"아뇨, 백작 부인을 탓하자는 게 아니에요. 고는……. 아니, 나는."

잠시 말을 멈춘 밀라이아는 어려운 이야기를 꺼내려는 양 일부러 입술을 달싹거리며 호흡을 골랐다. 백작 부인의 됨됨이를 들었을 때부터 괜찮을까 고민했었고 지금도 여전히 이 방법이 통할지 염려되기는 했지만, 당장은 이것 외에 그녀를 제 편으로 만들 수단이 없었다.

"나는…… 그런 인간적인 모습이 싫지 않았어요, 유모."

복받쳐 오르는 감정을 참듯 조용조용 말하자, 백작 부인은 조금 놀란 얼굴로 그녀를 바라보았다.

"전하?"

"늘 차갑다고, 언제나 멀다고만 느꼈었는데……. 처음으로 유모와 조금 가까워진 듯한 기분이었어요. 그래서 정말 기뻤답니다. 영애가 무척 부럽기도 했고요."

'제발 넘어와라.'

속으로 간절히 빌며 슬쩍 곁눈질해 보았지만, 백작 부인은 여전히 조금 놀란 얼굴이었을 뿐 더 이상의 표정 변화가 없었다.

하나 그렇다고 해서 여기서 멈출 수는 없는 노릇이었으므로, 밀라이아는 조마조마한 속내를 감추며 계속해서 말했다.

"과거에는 아바마마와 어마마마가 계셨다지만, 지금은 아니잖아요. 이제 내 곁에는 유모 말고 아무도 없어요. 그러니 영애만큼은 아니더라도…… 나를 좀 편하게 대해 줬으면 좋겠어요. 그래야 나도 유모를 편하게 대할 수 있을 테니까요."

"……송구합니다, 전하."

침묵하던 백작 부인이 그제야 천천히 고개를 숙이며 사죄했다.

"그동안 전하께서 그리 생각하고 계셨을 줄은 몰랐습니다. 제대로 보필하지 못한 신을 벌하여 주십시오."

"벌이라뇨? 그동안 표현을 제대로 못한 내 탓이죠. 마음 터놓기가 무섭다고 피하기나 하고."

"어인 말씀이십니까. 그건……."

"또또, 또 그런다. 이제부터는 편하게 대해 달라고 부탁한 게 방금 전인데. 아니면 혹 내가 이러는 게 싫은 건가요? 그렇다면 얘기해요. 상처받지 않을 테……."

"그럴 리가 있겠습니까. 분부 받잡겠나이다."

"고마워요."

밀라이아는 생긋 미소를 지으며 안 그러는 척 백작 부인의 얼굴을 면밀히 살폈다. 조금이라도 마음을 움직이는 데 성공한 것인지 아니면 그저 의무감에서 답한 것인지를 알아내기 위해서였지만, 아쉽게도 그녀는 오래도록 궁정에서 버틴 사람답게 아무런 표정 변화가 없었다.

'에잇, 역시 쉽지 않군. 하는 수 없지. 당분간 이 태도를 유지하면서 영애 쪽을 좀 더 공략해 보는 수밖에.'

속으로 중얼거리는데, 잠시 침묵하던 백작 부인이 말했다.

"오랫동안 궁을 비웠으니 한시라도 빨리 일을 시작해야겠군요. 내일부로 복귀해도 되겠습니까?"

"그렇게 해요. 유모가 돌아와 준다니 몹시 든든하네요."

"그리 말씀해 주시니 감사합니다. 하옵고 딸아이는…….."

"말벗 겸 전속 시녀로 받아들이겠어요. 유쾌한 영애라, 함께 있으면 무척 즐거울 것 같네요."

"황공합니다. 하면 침실 담당으로 배정하면 되겠습니까? 많이 부족하기는 해도 심성이 나쁜 아이는 아니니, 맡겨만 주신다면 최선을 다해 전하를 보필할 것입니다."

"그게 좋겠네요. 마침 한자리가 공석이기도 하고."

의미심장하게 웃는 그녀를 보며 딱딱하게 얼굴을 굳힌 백작 부인이 말했다.

"하옵고 전하, 송구하나 잠시 궁을 비운 사이 궁내부의 기강이 다소 흐트러진 듯합니다. 이를 바로잡아도 되겠는지요?"

"물론이죠. 하나 적당한 선으로 부탁해요. 그러잖아도 한 번쯤

궁을 단속해야겠다 생각하던 참이긴 한데, 유모도 알다시피 아직
은 내 입장이 좀 곤란해서요."

"그리하겠습니다."

"좋아요. 유모만 믿을게요."

"최선을 다하겠습니다."

밀라이아는 깊숙이 허리를 숙여 보이는 여인을 미소 띤 얼굴로
바라보았다. 궁내부의 단속을 어떤 식으로 하느냐에 따라 좀 더 정
확하게 판별할 수 있겠지만, 적어도 지금까지의 그녀는 적보다 아
군에 가까워 보였다.

'그래도 아직은 신뢰하면 안 돼. 왕당파 출신이라고는 해도 지금의
여왕까지 지지하는지는 모르는 일이니까. 게다가 나는 그녀가 무조
건적으로 왕에게 충성을 바치던 인물이었는지, 아니면 단순히 선왕
과 정치적 이해관계가 맞아서 지지했던 축인지도 아직 모르잖아?'

조금씩 풀어지려는 경계심을 다잡으며, 밀라이아는 백작 부인을
향해 다시 한번 생긋 웃었다.

다음 날.

조심스럽게 부르는 목소리에 잠에서 깬 밀라이아는 눈을 뜨자마
자 보이는 금갈색 물결에 화들짝 놀라 몸을 일으켰다.

저도 모르게 외마디 비명을 질렀지만, 반사적으로 터져 나온 그

소리는 입술 밖으로 나가지 못하고 목 안에서 뱅뱅 맴돌았다. 너무 놀라 입술마저 굳어 버린 탓이었다.

하얗게 질린 그녀를 보며 눈을 크게 뜬 여자가 말했다.

"괜찮으세요, 전하?"

"……레티시아 영애로군요. 후우. 한데 영애가 여긴 어떻게?"

"실은 오늘부로 전하의 전속 시녀로 임명받아서요. 직접 깨워 드리고 싶어서 억지로 들어온 건데, 이렇게 놀라실 줄은 몰랐어요. 정말 죄송해요, 전하. 많이 놀라셨나요?"

조곤조곤 건네는 말에 혼란스럽던 정신이 차츰 돌아왔다.

그제야 놀란 마음을 조금 가라앉힌 밀라이아는 영애가 괴어 주는 베개를 받침 삼아 침대 머리에 기대어 앉았다. 늘 시녀가 깨우러 오기 전에 먼저 일어나곤 했었기에 이런 일이 없었는데, 오늘은 웬일로 인기척조차 느끼지 못하고 푹 자 버린 모양이었다.

깔깔한 입술을 축이며 팔을 뻗자 대기하고 있던 또 다른 시녀가 공손하게 쟁반을 내밀었다.

물컵을 들어 천천히 입을 헹군 밀라이아는 시녀가 내민 작은 대야에 물을 뱉어 낸 뒤 꼼꼼하게 입가를 닦아 내고서야 영애를 돌아보며 말했다.

"놀라긴 했지만 괜찮아요. 그래도 이런 경험은 한 번으로 충분하니까, 다음부터는 다른 방법으로 부탁할게요."

"네, 전하."

"그래도 그렇게까지 나를 생각해 줬다니 기분은 좋네요. 반가워요, 영애. 앞으로 잘 부탁해요."

생긋 웃으며 말하자, 시무룩하던 영애의 얼굴이 언제 그랬느냐는 듯 활짝 펴졌다.

"그럼요! 저도 잘 부탁드려요, 전하!"

"그래요. 그럼 이제 일과를 시작해 볼까요?"

천천히 침대에서 내려온 밀라이아는 반짝이는 영애의 눈빛을 뒤로한 채 세안을 마쳤다. 그다음 밤새 입었던 옷을 갈아입고서, 발목까지 내려오는 가운을 걸친 채 거울 앞에 앉았다.

그동안 내내 곁을 지키던 영애는 그녀가 앉자마자 기다렸다는 듯 브러시를 손에 들었다. 그러고는 백금색 머리카락을 한 움큼 들어 올려 조심조심 빗어 내리다가, 갑자기 체념한 듯한 얼굴로 푹 한숨을 내쉬었다.

"아, 미치겠네……."

"어찌 그러나요, 영애?"

"아우, 안 되는데……. 으, 그러니까…… 송구합니다, 전하. 제가 정말 참아 보려고 했는데, 아무래도 그러지 못할 것 같아요."

"그게 무슨 얘기죠?"

슬쩍 고개를 기울이며 묻자, 영애는 지금까지의 고분고분하던 모습을 한 번에 날려 버리며 잔뜩 흥분한 목소리로 말했다.

"아니 세상에, 어쩜 이리 머릿결마저 좋으실 수가 있어요? 어제부터 꼭 한 번 만져 보고 싶었는데, 정말 최고예요! 생각했던 것보다 훨씬 부드러운 거 있죠!"

"……그래요? 고의 눈에는 영애의 머릿결이 훨씬 좋아 보이는데요?"

"아니에요! 저 같은 건 전하에 비하면 아무것도 아닌걸요! 으앙, 어쩌면 말씀까지 이리 예쁘게 하실 수가 있어요? 어떡해. 정말 반해 버릴 것 같……."

"클로에!"

문가에서 들려오는 엄격한 목소리에 폭포수처럼 쏟아지던 말이 뚝 멈췄다.

입술을 꾹 다문 영애가 눈을 굴리며 눈치를 살폈다.

어느새 가까이 다가온 백작 부인이 정중하게 예를 갖추고는 말했다.

"감히 전하의 안전에서 목소리를 높인 결례를 용서하십시오. 세라피나 수 레티시아가 고귀하신 여왕 전하를 뵙습니다. 간밤은 평안하셨는지요?"

"괜찮아요, 유모. 그리고 지난밤에는 덕분에 잘 잤답니다."

"그러셨습니까. 다행이군요."

희미하게 미소를 짓는 백작 부인을 향해 마주 웃어 보인 밀라이아가 물었다.

"한데 이른 아침부터 어쩐 일인가요?"

"페르디난드 공작이 알현을 청하고 있습니다. 어찌할까요?"

"이 시간에 말인가요? 그자는 요즘 들어 왜 이리 자주……. 후우. 급한 일이라고 하던가요?"

"그것까지는 잘 모르겠습니다."

"흠. 알겠어요. 단장을 마치는 대로 가겠다고 전해 줘요."

어깨를 으쓱하며 답하자, 백작 부인은 곧장 고개를 숙여 보이고는 말했다.

"네, 그리 전달하겠습니다. 하옵고 전하, 송구하나 잠시 결례를 범해도 되겠습니까?"

"음? 네, 그렇게 해요."

이번에는 또 어찌 그러나 싶어 잠시 의아했지만, 밀라이아는 굳이 그 이유를 묻는 대신 선선히 승낙을 표했다.

그러자 백작 부인은 곧장 영애를 매서운 눈초리로 쏘아보며 말했다.

"당장 나오너라, 클로에. 감히 교육 과정조차 마치지 못한 시녀가 여왕 전하의 시중을 들다니, 네 정녕 제정신이냐?"

"으앙, 잘못했어요, 어머니. 그렇지만 전하가 너무 뵙고 싶어서…… 이 주일은 너무 길단 말이에요."

'그랬구나. 어쩐지.'

그제야 의문이 풀린 밀라이아는 울상을 짓는 영애와 딱딱하게 얼굴을 굳힌 백작 부인을 번갈아 가며 바라보다 피식 웃었다. 아직 온전히 신뢰할 수는 없었지만, 그럼에도 맹목적으로 자신을 따르는 영애가 싫지 않았다. 비록 가끔 사람을 당혹스럽게 하고 다소 철이 없을지라도.

그래서 그녀는 시무룩한 표정으로 작별을 고하는 영애를 저지하며 말했다.

"기왕 온 것, 오늘은 시중을 들어 주고 가요. 대신 다음에는 교육을 끝낸 후에 보는 걸로 하고요."

"네? 저, 정말요?"

"그래요. 혹 이 일로 누가 뭐라고 하거든 고가 명을 내렸다고 해요. 그럼 되겠죠, 유모?"

"……물론입니다. 깊으신 배려에 감사드립니다."

밀라이아는 무뚝뚝하게 감사를 표하는 백작 부인을 향해 생긋 미소 지었다. 그러고는 한결 얌전해진 영애의 손에 머리카락을 맡긴 채 느긋하게 눈을 감았다.

머리를 빗고 화장을 마치고, 샐러드와 빵으로 간단하게 아침 식

사를 마친 뒤에야 미적 감각이라고는 눈곱만큼도 느껴지지 않는
여왕의 정복으로 갈아입은 그녀는 펑퍼짐한 옷을 안타깝게 바라보
는 영애를 뒤로한 채 방을 나섰다.

갑자기 헛웃음이 나왔다. 연신 '예뻐요!'를 외치는 영애조차도 차
마 이 옷만큼은 좋다고 해 줄 수 없는가 보다, 라는 생각이 들어서.

'짜증 나는 이 장미 향도 그렇고, 그냥 확 다 바꿔 버려?'

울컥 치밀어 오르는 충동을 억누르며 알현실에 들어서자 느긋하
게 찻잔을 기울이던 공작이 일어나 예를 갖췄다.

"창공의 드높음을 경배하라. 여왕 전하를 뵙습니다."

일부러 늦게 왔음에도 눈썹 하나 까딱 않는 남자를 마주하는 순
간, 이유는 알 수 없으나 갑자기 절뚝거리며 걷던 그날의 모습이
떠올랐다.

그 바람에 웃음이 터진 밀라이아는 생글거리는 얼굴로 인사를 건
넸다.

"좋은 아침이에요, 공작."

"호오, 오늘은 기분이 몹시 좋아 보이시는군요. 어제 레티시아
백작 부인이 복귀했다더니, 일이 잘 풀리신 모양이지요?"

"네, 뭐, 그럭저럭요. 한데 이 시각에 무슨 일인가요? 뭔가 안 좋
은 일이라도 생겼나요?"

고개를 갸웃하며 묻자, 공작은 별일 아니라는 듯 가벼운 어조로
답했다.

"아, 별것은 아니고…… 밤샘 업무를 마치고 퇴궁하는 길에 추모
제 날짜가 확정되었다고 말씀드리려 잠시 들렀습니다."

"아, 그래요? 언제인가요?"

"사흘 뒤입니다. 왕제 저하께는 따로 전갈이 갈 예정입니다."

"그렇군요. 알겠어요."

'그럼 이제 당분간 감옥살이를 해야 하나?'

제 편의를 위해 이른 아침부터 찾아온 공작에 대한 어이없음도 잠시, 저도 모르게 한숨이 나왔다.

평탄한 미래를 위해서는 반드시 거쳐야 하는 일이었으나, 그렇다고 해서 감옥 같은 생활을 겪는 것이 기꺼울 리는 없었다. 주위를 둘러싼 이들에게 일거수일투족을 감시당하는 것은 생각보다 몹시 피곤한 일이었으니까.

"어찌 그러십니까? 뭔가 마음에 들지 않는 점이라도 있으신지요?"

"아뇨. 그런 건 아니고, 그냥 앞일을 생각하니 좀 답답해서요. 이게 뭐람? 오자마자 일만 실컷 하고. 수도 구경조차 제대로 한번 못 해 봤잖아?"

한탄하듯 중얼거리자, 생각을 읽을 수 없는 잿빛 눈동자가 그녀를 물끄러미 응시했다.

밀라이아는 반항적인 눈초리로 공작을 마주 바라보았다.

분명 철이 없다느니 어쩌느니 하며 빈정거리는 소리가 나올 거라는 생각에서였지만, 공작은 의외로 별말 없이 손가락으로 무릎을 톡톡 두드리고는 말했다.

"그럼 가시지요, 수도 구경."

"네?"

"그토록 소원이라시는데 한 번쯤 못 가볼 것도 없지 않겠습니까. 일어나시지요. 신이 모시겠습니다."

"그게…… 정말인가요?"

의심을 가득 품은 보랏빛 시선과 여전히 생각을 읽을 수 없는 잿빛 눈길이 허공에서 맞부딪혔다.

믿을 수 없다는 표정으로 저를 바라보는 여인을 마주 응시하던 남자의 얼굴에 순간 미소가 걸렸다.

한 시간 뒤.

내궁을 탈 없이 빠져나온 것으로도 모자라 외궁마저 무사히 통과한 밀라이아는 맞은편에 앉은 공작을 보며 애매한 표정을 지었다. 생각보다 무척 수월하게 빠져나온 것을 기뻐해야 하는 건지, 아니면 예상보다도 훨씬 허술하기 그지없는 왕궁의 경비에 슬퍼해야 하는 건지 알 수가 없었던 탓이다.

'에이, 모르겠다. 일단은 즐겨야지.'

속으로 한숨을 내쉰 그녀는 머릿속을 어지럽히는 상념을 털어 내며 창밖의 풍경에 시선을 주었다.

'저기 저 거리는 이 시대에도 있었구나. 저 건물도. 오, 이쪽 거리는 아예 다르네? 하긴 여긴 전부 신시가지였지.'

백 년 후와는 상당히 다른 풍경들을 보며 연신 감탄하는 사이, 어느새 귀족 지구의 중심가로 보이는 곳에 도착한 마차가 부드럽게 멈춰 섰다.

그제야 창에서 시선을 뗀 밀라이아는 너른 모자챙을 어색하게 만지작거리며 공작을 돌아보았다. 돌돌 말아 올린 머리카락을 감추기 위해서는 어쩔 수 없는 조치였으나, 그녀의 시대에서는 한참 유행이 지난 스타일이었던 탓에 자꾸만 신경이 쓰였다.

한발 먼저 밖으로 내려선 공작이 손을 내밀었다.

그 손을 잡고 마차에서 내린 밀라이아는 그녀가 살던 시대보다 한참 전임에도 몹시 번화한 거리를 보며 다시 한번 눈을 빛냈다. 고풍스러운 옛 양식대로 지어진 건물이며 왔다 갔다 하는 사람들이 몹시 신기했다.

"보시다시피 이곳은 귀족 지구에서도 중심가에 속하는 곳입니다. 저쪽으로 조금만 걸어가면 중앙 광장이 나오지요."

"그렇군요. 그럼 광장부터 가 봐요."

흥분한 기색을 애써 감추며 말하자 공작은 잠시 그녀를 바라보다 이내 걸음을 옮겼다.

성큼성큼 걷는 그를 따라 밀라이아도 종종걸음을 놓았다.

귀족 지구 한가운데에 자리 잡은 중앙 광장은 제법 많은 수의 사람들로 붐볐다. 귀부인과 영애들은 하녀들을 뒤에 단 채 이곳저곳을 둘러보고 있었고, 아마도 집사일 것으로 보이는 자들과 그를 따르는 하인들은 상점들을 돌아다니며 분주하게 걸음을 옮겼다.

고풍스러운 양식으로 지어진 건물들이 모여 원을 이루고 있는 광장의 중심에는 대리석으로 만든 분수대가 자리하고 있고, 여섯 개의 길목 입구에 세워진 역대 왕들의 조각상 근처에는 잠시 휴식을 취하는 듯 사람들이 옹기종기 모여 있었다. 데이트를 즐기는 듯 한가로이 걷는 남녀도 보였다.

백 년 후만큼은 아니어도 충분히 깔끔하고 호화로운 광장의 모습을 쓱 둘러본 밀라이아는 가장 먼저 보석 가게로 향했다. 무심하게 따라붙는 잿빛 시선이 어쩐지 신경 쓰였지만, 어쨌거나 여왕의 몸으로 쉽지 않은 외출을 감행한 이상 단순히 구경만 하고 돌아갈 생각은 없었다.

제법 커다란 가게 안에 들어서자 종업원으로 보이는 남녀가 곧바로 깊숙이 허리를 숙이며 그들을 반겼다.

제국에서 건너온 최신 유행―물론 이 시대의 기준으로―을 따른 것인지, 유리로 만들어진 진열대에 반짝이는 세공품들이 쭉 놓여 있는 것을 확인한 밀라이아의 눈이 반짝 빛났다.

'오, 이때도 세공 기술 자체는 나쁘지 않은데.'

진열대를 가볍게 훑은 그녀가 그중에서도 가장 뛰어나 보이는 물건을 발견하고는 무어라 말하려던 순간, 때마침 가게 안으로 들어서던 귀부인 하나가 호들갑스럽게 외치는 소리가 들렸다.

"어머나, 페르디난드 공작 각하 아니신가요? 이런 곳에서 뵐 줄은 몰랐는데. 각하께서 보석 가게엔 어인 일이신지요?"

"고, 공작 각하시라고요? 이럴 수가! 귀하신 분께서 이런 곳까지 들러 주시다니, 실로 영광입니다!"

무척 반갑다는 듯한 얼굴로 다가오는 여인과 허둥지둥 허리를 숙이는 종업원을 돌아본 공작의 얼굴이 미미하게 찌푸려졌다.

"지나가던 길에 잠시 들른 것뿐이니 시끄럽게 굴 것 없다. 그리고 그쪽 부인은…… 누구시더라?"

"클레멘스 남작가의 애너벨 클레멘스입니다. 남작의 둘째 며느리이지요."

"그렇군. 어쨌든 반갑소."

‘이런.’

밀라이아는 까칠하게 반응하는 공작을 보며 속으로 한숨을 삼켰다. 혹시라도 이런 일이 있을까 봐 문장이며 그 외에 신분을 식별할 수 있는 것들은 전부 떼어 놓고 왔는데, 설마하니 시작부터 정체를 들킬 줄은 몰랐다.

‘설마 이 몸도 알아보는 건 아니겠지?’

남작 부인도 아니고 중간 성조차 없는 것을 보면 그럴 가능성은 낮았지만, 만일을 대비해서 나쁠 건 없었다.

밀라이아는 모자의 챙을 좀 더 아래쪽으로 끌어내리며 공작의 곁에서 벗어났다.

그렇지만 이미 때는 늦은 듯, 여인은 호기심 어린 표정으로 그녀를 힐끔 돌아보고는 말했다.

“일행이 있으셨군요. 실례했습니다, 각하. 한데 저분은 누구신지……? 혹 친척 누이라도 되시는지요?”

“클레멘스 부인, 호기심이 과하군. 본 공公이 그것까지 답해 줘야 할 의무가 있소? 그것도 오늘 처음 보는 부인에게?”

“……아. 송구합니다, 각하. 결례를 용서하십시오.”

“되었으니 그만 가 보시오.”

집요하게 따라붙는 시선에서 보호하듯 밀라이아를 가린 공작이 부드러운 어조로 물었다.

“그대, 마음에 드는 건 골랐소?”

‘뭐야, 이 인간. 갑자기 왜 이래?’

답지 않게 다정한 목소리에 절로 소름이 돋았다.

마주치는 자색 시선에 담긴 뜻을 눈치채지 못했을 리 없건만, 공작은 그럼에도 입가에 부드러운 미소를 머금은 채 말했다.

"얼핏 보아하니 저것이 마음에 든 것 같던데, 한번 착용해 보겠소? 아름다운 모습을 직접 보고 싶군."

"……그럴까요?"

무슨 꿍꿍이인가 싶어 영 미심쩍기는 했지만, 밀라이아는 일단 공작의 말에 장단을 맞췄다. 갑자기 안 하던 짓을 하는 걸 보면 분명 뭔가 바라는 바가 있을 터. 제 정체만 들키지 않는다면 못 맞춰 줄 이유도 없었다.

당연하다는 듯 손을 뻗자, 서둘러 달려온 종업원이 진열대에서 반짝이는 자수정 목걸이를 꺼내 내밀었다.

"그쪽 말고 이리로."

"옙, 각하."

밀라이아는 몹시 자연스러운 태도로 목걸이를 받아 드는 공작을 보며 슬쩍 입꼬리를 들어 올렸다. 평소와는 전혀 다른 행동에 적응이 영 안 되기는 했지만, 까칠하기 짝이 없는 저 남자가 답지 않게 다정하게 구는 모습도 생각보다 썩 나쁘지는 않게 느껴졌다.

"잠시 실례하겠소."

그녀 쪽으로 몸을 기울인 공작이 목 뒤로 팔을 둘렀다.

훅 다가오는 시트러스 향에 흠칫하는 순간, 기다란 손가락이 목덜미를 스치고 지나갔다. 귓가에 와닿는 따스한 숨결에 솜털이 오스스 솟아올랐다.

"후우……."

차오르는 숨을 천천히 내쉬는데, 어느새 고리를 채우고 머리카락을 정리해 준 공작이 느릿하게 몸을 일으켜 세웠다. 그러고는 몹시 흡족한 표정으로 고개를 끄덕였다.

"완벽하군. 아름답소."

"……고마워요."

한 박자 늦은 대답에 공작의 눈썹이 꿈틀했다.

덕분에 빠르게 정신을 되찾은 밀라이아는 언제 당황했냐는 듯 태연한 얼굴로 종업원 남자가 대령하는 거울 앞에 섰다.

챙에 가려 반밖에 보이지 않는 얼굴 아래, 조명을 받아 더욱 눈부시게 빛나는 목걸이가 걸려 있었다.

영롱하게 빛을 발하는 보라색 보석의 주위를 투명한 다이아몬드가 마치 해바라기와도 같은 모양으로 촘촘히 둘러싸고 있고, 백금 위에 다이아몬드를 알알이 박아 장식한 줄이 자수정의 청아함에 화려함을 더했다. 몹시 아름다운 목걸이였다.

"예쁘다……."

지금은 조금 덜하다지만, 만일 모자를 벗고 본다면 이 목걸이는 분명 그녀의 눈동자 색과 어우러져 한층 아름다움을 더할 것이 틀림없었다. '달의 눈물'이라고도 불리는 자수정은 지금 이 육체와는 정말이지 딱 맞아떨어지는 보석이었으니까.

"마음에 드오?"

"네."

"다행이군. 하면 이것과 저 귀걸이, 그리고 머리 장식까지 해서 구입하는 걸로 하지. 청구서는 본가로 보내도록."

"옙! 감사합니다, 공작 각하!"

'응? 이걸 본인이 사겠다고? 왜?'

의아한 눈으로 공작을 돌아보는 순간, 입을 딱 벌린 채 자신과 공작을 바라보고 있는 여인의 모습이 눈에 들어왔다.

'아무래도 며칠 내로 소문이 파다하게 퍼질 것 같은데. 뭐, 어차피 상대가 나인 건 모르니 상관없으려나?'

어깨를 으쓱한 밀라이아는 목걸이를 풀어 종업원에게 건네주고는 말했다.

"그럼 이만 나갈까요?"

"벌써 말이오? 왜 더 고르지 않고?"

"괜찮아요. 보석 가게가 여기만 있는 것도 아니고."

"하긴 그렇군. 그럼 이만 나갑시다."

다정스레 답한 공작이 손을 내밀었다.

커다란 그 손바닥 위에 우아하게 손을 내려놓은 밀라이아는 저를 힐끔거리는 부인을 피해 슬쩍 모자챙을 잡아 내리며 문으로 향했다. 잠시 스쳐 지나갔을 뿐인데도 향수 냄새가 꽤나 진했다.

'어, 그러고 보니 공작이 특이한 거네. 여왕도 그렇고 저 여자도 그렇고, 이 시대는 향수를 짙게 뿌리는 게 유행이었던 것 같은데.'

의외라는 생각에 슬쩍 올려다보자, 미소 띤 얼굴로 문을 나선 남자가 언제 그랬느냐는 듯 웃음을 지우며 물었다.

"뭡니까, 그 표정은?"

"……그러는 공작이야말로 뭔데요, 그 행동은? 그러다 사교계에 소문이라도 나면 어쩌려고 그래요?"

"설마 걱정해 주시는 겁니까? 신의 평판이 나빠지기라도 할까 봐서요?"

"아니거든요? 걱정은 무슨."

까칠한 대답에 그럴 줄 알았다는 듯 픽 웃은 공작이 말했다.

"그 일은 신이 알아서 처리할 터이니 신경 쓰지 마십시오. 그건 그렇고, 아까 그 보석은 마음에 드십니까?"

"뭐, 그럭저럭?"

어깨를 으쓱해 보이자, 공작은 가볍게 고개를 끄덕이며 말했다.

"잘됐군요. 하면 안심하고 대금을 청구해도 되겠습니다."

"……뭐라고요?"

'그럼 그렇지. 아까 그건 그냥 보여 주기용이었구만?'

어쩐지 안 하던 짓을 하더라, 라고 속으로 중얼거린 밀라이아는 보란 듯 눈썹을 찡그리며 답했다.

"어차피 거저 달라고 할 생각도 없었거든요? 알겠으니 빼먹지 말고 청구서나 보내요. 보증서랑 같이."

"좋습니다. 흠. 그럼 소기의 목적은 대충 달성한 것 같으니, 이제 제대로 변장하러 가 보실까요?"

"응? 그게 무슨 소리예요?"

"일단 따라 오시지요. 모자를 푹 눌러 쓸 필요 없이 편안히 다니실 수 있게 해 드리겠습니다."

씩 웃어 보인 공작이 성큼성큼 걸음을 옮겼다. 조금씩 달라붙는 시선을 의식한 밀라이아도 말없이 종종걸음을 놓았다.

잠시 후.

"……꼭 이렇게 해야 했어요?"

"나름대로 잘 어울립니다만, 어찌 그러십니까?"

"아니, 하필이면 왜 남장이냐고요. 그것도 시종으로!"

밀라이아는 불만스러운 표정으로 볼을 부풀리며 말했다.

편안하게 돌아다닐 수 있게 해 주겠다는 호언장담에 넘어가 따라
간 곳에서 건네받은 물건들은 다름 아닌 가발과 남성용 복장 일습
이었다. 그것도 귀족가의 시종들이나 입는 그런 옷.

물론 그것뿐이었다면 그나마 불만이 적었겠지만, 변장을 마치고
나왔을 때 눈에 들어온 공작의 모습은 그녀로 하여금 불평을 토해
낼 수밖에 없도록 만들었다. 어떻게 만든 것인지는 몰라도, 무척이
나 못생긴 얼굴에 천박해 보일 정도로 화려한 옷차림으로 변신한
그는 누가 봐도 졸부 귀족의 모습이었으니까.

'와, 이런 식으로 복수하겠다 이거지?'

다른 방법도 많았을 텐데 하필이면 귀족과 시종으로 변장한 것을
보면, 아무래도 그동안 저를 대하며 쌓인 스트레스를 오늘 다 풀어
버리겠다는 심보가 아닐까 싶었다. 시종으로 분장한 상태에서는
그가 무슨 소리를 하든 참아야 할 테니까.

"그야 전하의 미모는 평범한 변장으로는 가리기가 힘들거든요.
참으로 귀찮게도 말입니다."

"……지금 그거 욕이죠?"

"아뇨, 칭찬입니다. 오해 마시기를."

'욕이구만?'

밀라이아는 온화한 말과는 달리 의미심장하게 올라간 공작의 입
꼬리를 보며 속으로 중얼거렸다. 아무래도 그는 하루에 한 번씩 그
녀를 긁지 않으면 입안에 가시라도 돋는 모양이었다.

'그렇다면 나도 질 수 없지.'

속으로 전의를 다진 그녀는 짐짓 우습다는 듯 손으로 입가를 가
리며 말했다.

"그런데, 풋, 진짜 못생기긴 했네요. 아아, 오해는 말아요. 공작의 미모가 뛰어나다는 사실은 나도 알고 있으니까요."

"……그것참 감사한 말씀이로군요."

"별말씀을. 한데 그런 변장은 대체 어떻게 하는 거예요?"

"글쎄요, 그건 일급 기밀이라서. 그럼 이제 가 보실까요? 참, 지금부터는 신을 백작님이라 부르십시오. 말투도 바꾸시고요."

"알았어요."

픽 실소를 지은 밀라이아는 앞서 걷는 공작을 따라 서둘러 걸음을 옮겼다.

혹시 남장이 들키는 것은 아닐까 걱정했지만, 광장을 메운 수많은 사람 중 쭈뼛거리며 거리를 걷는 그녀에게 신경 쓰는 자는 아무도 없었다.

그럼에도 잔뜩 긴장한 채 공작을 따르던 밀라이아는 그가 들어서는 가게를 뒤늦게 알아차리고는 속으로 낭패감을 삼켰다. 들키려고 작정한 것도 아니고, 하필이면 왜 좀 전에 들렀던 바로 그 가게란 말인가. 보석을 취급하는 곳이라면 굳이 이곳이 아니어도 충분히 많을 텐데.

그렇지만 그건 그저 기우였던 듯, 좀 전까지만 해도 눈도 마주치지 못하던 종업원은 안으로 들어서는 공작을 확인하자마자 얼굴 가득 반가운 미소를 지었다. 심지어는 아직 가게 안에 남아 있던 클레멘스 부인도 그랬다.

"아니, 신체루스 백작님! 이게 얼마 만입니까! 좀 더 자주 들러 주시지 않고요!"

"어머, 백작님. 오랜만에 뵙습니다."

"오오, 클레멘스 부인이 아니십니까. 이런, 부인께서 오셨다면 쓸 만한 건 이미 다 빠졌겠습니다?"

'정직한 백작님주: 신체루스sincerus는 신어로 '정직하다'라는 의미이다 좋아하시네. 존재 자체가 거짓이구만.'

웃기지도 않는 가명 속으로 이죽거리던 밀라이아는 곧바로 이어지는 대화를 들으며 눈을 가늘게 떴다. 어딘가 좀 수상쩍기도 했거니와, 말하는 품새로 보아 하니 아무래도 한두 번 만난 사이가 아닌 듯했다.

"호호, 아니에요. 최상급 달의 눈물이 들어왔다 해서 찾아왔는데 아쉽게도 한발 늦었지 뭐예요? 참, 그렇지! 그러고 보니 백작님께선 페르디난드 공작 각하와 막역한 사이라고 하시지 않았던가요?"

"그랬지요. 한데 그건 왜 물으십니까?"

"실은 좀 전에 각하께서 다녀가셨거든요. 달의 눈물을 사 가셨는데 말이에요, 친구분이시라니까 드리는 말씀이지만 글쎄, 웬 정체 모를 여자를 데리고 오신 거 있죠? 몹시 다정해 보이시던데요?"

"호오. 그랬습니까?"

'이야, 보자 보자 하니까 가관이네.'

눈을 빛내며 여자와 대화하는 공작을, 밀라이아는 황당한 눈길로 쳐다보았다. 좀 전만 해도 누구냐고 되묻던 여자와 주거니 받거니 대화를 나누질 않나, 본래의 자신과 막역한 사이라고 하고 다니질 않나, 급기야는 제 스캔들에 대한 관심까지 보이질 않나. 이제는 단순히 미심쩍던 것을 떠나서 무슨 말이 더 나올지 흥미로워지기까지 했다.

"아, 그럼 백작님께서 각하께 저희 가게를 소개해 주신 거로군요! 정말 감사합니다!"

"그쯤이야 뭐. 그보다 그 친구는 만족하던가?"

"워낙 점잖은 분이라 별다른 말씀은 없으셨습니다만, 아마도 그러신 것 같았습니다. 그런데 백작님, 혹시 그 여자에 대해 아십니까? 듣자 하니 각하께서는 약혼녀나 누이도 없으시다고 하던데요. 게다가 공론화된 적만 없을 뿐, 사실 그분은 가장 유력한 국서 후보……."

"어허! 그게 얼마나 민감한 사안인 줄 알고 함부로 입을 놀리는 건가? 다른 것도 아니고 국혼에 관한 이야기일세. 자네 같은 사람이 왈가왈부할 거리가 아니야."

거짓말쟁이 백작으로 분扮했을 때는 인격마저 다르게 설정한 것인지, 평소였다면 분명 냉랭하게 끊었을 공작은 거들먹거리는 말투로 남자의 말을 잘랐다.

'아니지, 어쩌면 저게 원래 성격일 수도 있잖아?'

기가 막혀 뚱하니 바라보는데, 흥미진진한 표정으로 두 사람의 대화를 듣던 클레멘스 부인이 말했다.

"어차피 국혼에 대한 것은 공공연한 비밀이잖아요? 후보가 각하 한 분만 있는 것도 아니고."

"뭐, 그건 그렇습니다만."

"사실 저는 각하께서 되실 거라 여겼는데, 아까 정체 모를 여자를 데리고 오신 걸 보니 생각이 달라지더군요. 이리 되면 아무래도 길리안 대공자가 제일 유력해지겠네요. 혈통으로 보나 지위로 보나 가장 우월하니 말이에요."

"흠. 일리 있는 말씀이로군요."

밀라이아를 의식해서일까, 공작은 좀 전과는 달리 말을 아끼며 여자의 수다를 대강 받아넘겼다.

하지만 여자는 그런 눈치는 전혀 채지 못한 듯 상기된 얼굴로 계속해서 말을 쏟아냈다. 아무래도 뜻밖에 얻게 된 가십 때문에 몹시 신난 듯했다.

"역시 그렇죠? 아무래도 길리안가의 세가 더 하늘 높은 줄 모르고 치솟겠네요. 사실 저는 대공자보다는 사공자가 더 마음에 드는데 말이죠. 그 왜 있잖아요? 얼마 전에 대법관이 된."

'길리안 대법관? 그자의 얘기가 갑자기 여기서 왜 나와?'

눈을 가늘게 뜬 채 바라보자, 공작은 옆으로 슬쩍 한 발짝을 옮겨 밀라이아를 반쯤 막아서며 말했다.

"하늘색 머리카락의 공자 말이지요? 물론 알고 있습니다."

"네, 바로 그 공자 말이에요. 아무리 봐도 우리 줄리아의 남편감으로 딱인 것 같은데, 안타깝게도 형님들이 전부 짝을 찾기 전까지는 결혼 생각이 없다고 딱 자르지 뭐예요? 휴. 전하께서 빨리 국혼을 치르셔야 어떻게 말이라도 넣어 볼 텐데 말이죠."

"그렇군요. 부디 좋은 결과가 있으시길 바라겠습니다."

밀라이아를 힐끔 돌아보며 답한 공작이 선반을 톡톡 두드리며 종업원을 돌아보았다.

"그나저나 이미 손님들이 다녀가서 그런지 오늘은 썩 마음에 드는 게 없군. 좀 더 특이한 보석은 없나? 블루 다이아몬드라든가 퍼플 사파이어 같은 것 말일세."

"아이고, 그런 건 없습니다. 그건 왕실에나 납품해야 하는 귀한 보석들이 아닙니까. 그러지 마시고, 이 목걸이는 어떠신지요? 제국산 최고급 루비로 만든 것입니다."

"제국산? 어느 영지에서 나온 것이지?"

거만한 물음에 과장된 동작으로 엄지를 들어 올린 남자가 말했다.

"역시 백작님이십니다. 잘 모르는 분들은 제국산이라고만 하면 그저 좋다고 사 가시거든요. 하지만 이건 정말 최고급이 확실합니다. 여기 보증서를 보십시오. 누앤산이라고 적혀 있지요?"

"그렇다면 확실하군. 좋네. 이것과 세트로 만든 장신구까지 모두 매입하도록 하지. 하고, 혹 누앤산 다이아몬드나 나이라산 사파이어는 없는가?"

"다이아몬드는 없고, 사파이어는 어제 막 들어온 좋은 놈이 있습니다. 이것입니다. 세공이 꽤나 독특하지요?"

"좋군. 이것도 계산하게."

흔쾌한 답변에 진열대에 늘어놓은 보석들을 구경하던 클레멘스 부인이 샐쭉한 목소리로 말했다.

"이런, 저더러 쓸 만한 건 다 가져간다고 하시더니, 어째 백작님께서 가져가신 것들이 훨씬 나은 것 같은데요? 자네 이러긴가? 나도 나름 단골인데, 이런 식으로 차별하기야?"

"아이고, 아닙니다. 부인께서 가져가신 것도 훌륭한 물품이 아닙니까. 누앤산 다이아몬드가 얼마나 귀한 건데요."

"이런. 어쩐지 다이아몬드가 없다 했더니, 부인께서 가져가신 겁니까? 달의 눈물에 다이아몬드까지, 오늘은 손해가 영 막심한데요?"

아쉽다는 듯 혀를 차는 공작을 본 부인은 그제야 만족한 듯 호호 웃으며 한 걸음 뒤로 물러났다.

"그럼 백작님, 요것들 말고 더 필요하신 건 없으십니까?"

"내가 언제 최상급 빼고 취급하는 것 보았나? 나머지는 다음에 좋은 물건이 들어오면 사도록 하겠네."

"넵, 알겠습니다. 그럼 결제는 늘 하시던 방식대로……?"

"당연한 얘길 하는군. 여기 있네."

"아이고, 감사합니다. 역시 백작님만큼 화통하신 분이 없다니까요?"

씩 웃은 남자는 공작이 툭 던져 주는 주머니를 확인해 보지도 않고 그대로 받아 넣었다. 처음 들어설 때부터 그리 느껴지기는 했지만, 액수조차 확인하지 않고 집어넣는 것을 보면 역시 하루 이틀 본 사이가 아닌 듯했다.

'뭔가 수상한데? 보석을 사들이는 거야 문제가 아니지만, 변장을 하고 드나들었다는 건 본래 신분으로는 알려져서는 안 되는 일이라는 거 아닌가?'

밀라이아는 종업원과 대화를 주거니 받거니 하며 보석을 챙기는 공작을 미심쩍은 눈길로 바라보았다. 생각하면 생각할수록 뭔가 의심스러웠다.

'대체 뭐지? 비자금 조성인가? 아니면 자금 세탁? 그것도 아니면, 설마 어디 숨겨 둔 연인이라도 있나? 정부라든가.'

점점 짙어지는 의심에 슬쩍 눈썹을 찌푸리는 순간, 껄껄 웃으며 거래를 마무리한 종업원이 의미심장한 표정으로 말했다.

"그러고 보니 이번에도 새로운 미동이군요. 그새 또 바꾸신 겁니까?"

"아아."

"어디 보자…… 취향이 좀 바뀌신 듯도 하고. 어쨌든 제법 예쁘장한 아이로군요. 저런 아이는 또 어디서 얻으셨답니까?"

'뭐? '이번에도' 새로운 미동이라고? 설마 공작, 진짜 남색가인

건 아니겠지?'

갑자기 스치고 지나가는 생각에 밀라이아는 의심스러운 눈초리로 공작을 쳐다보았다.

하지만 그런 그녀의 생각을 아는지 모르는지, 공작은 그녀 쪽으로는 시선조차 주지 않은 채 태연한 얼굴로 답했다.

"오며 가며 얻었네. 왜, 관심 있나? 자네도 하나 소개해 줄까?"

"아이고, 아닙니다. 천한 놈이 어찌 감히 고상하신 백작님의 취향을 따라 하겠습니까."

"하긴 그렇군. 그럼 수고하게. 좋은 물건이 들어오면 빼놓는 거 잊지 말고."

거만하게 고개를 까딱해 보인 공작이 여자 쪽을 돌아보며 말했다.

"그럼 먼저 들어가 보겠습니다, 클레멘스 부인. 다음에 또 뵙지요."

"네, 다음에 뵈어요."

"또 들러 주십시오, 백작님. 좋은 놈으로 잔뜩 준비해 두겠습니다."

"암. 당연히 그래야지."

굽실거리는 종업원에게 공작은 거들먹거리는 말투로 답하고는 휙 돌아섰다.

기가 찬 얼굴로 그를 따라 밖으로 나온 밀라이아는 주위에 사람이 없는 것을 확인하자마자 말했다. 물론 목소리는 한껏 낮춘 채였다.

"와, 나는 무슨 한 편의 연극이라도 보는 줄 알았지 뭐예요? 좀 전까지만 해도 초면이던 사람들과 실은 그렇게 친밀한 사이였다니 말이에요. 하긴 그보다 더 놀라운 사실이 있군요. 남색가였다니. 어쩐지 이 몸에게 티끌만큼도 관심이 없어 보이더라 했어요."

은근슬쩍 말투를 바꾸는 그녀를 물끄러미 바라보던 공작이 말했다.

"흠? 뭔가 오해하는 모양인데, 나는 남색가가 아니다. 그리고 네 게 관심 또한 많지. 다만 그것이 이성에 대한 것이 아닐 뿐."

"……뭐라고요?"

갑자기 짜증이 솟구쳐 올랐다. 그렇다는 말은 결국 그녀에게서는 여성적인 매력이 느껴지지 않는다는 소리가 아닌가.

'흥, 누구는 뭐 자기한테 관심 있는 줄 아나?'

어차피 상대에게 별생각 없던 건 그녀도 마찬가지였지만, 그럼 에도 왠지 기분이 나빴다. 지금 그녀가 둘러쓰고 있는 껍데기는 제 것이 아니라 여왕의 몸일 뿐임에도 그랬다.

"잘됐네요. 이쪽도 그런 관심 따위는 사양이거든요?"

"다행이군. 일전에도 말했지만, 본인은 남첩이 되고 싶은 생각은 없는지라."

"뭐래. 누가 삼아 주기나 한댔나? 뭐, 어쨌든 그건 그렇고……."

어째서 정체를 숨기고 다니느냐, 라고 물으려던 밀라이아는 혹 시나 하는 생각에 본래 하려던 말 대신 다른 이야기를 꺼냈다. 만 에 하나라도 그가 하는 일이 불법적인 것이라면, 공연히 아는 티를 내서 긁어 부스럼을 만들 필요는 없었다. 물론 아무렇지 않게 보여 주는 것을 보아 그럴 가능성은 희박했지만, 아직까지 둘 사이의 관 계가 불안정한 이상 경계하고 또 경계해서 나쁠 것은 없었으니까.

"그럼 아까 그 얘기는 다 뭐죠? 남색가가 아니라면, 예전에 데리 고 다닌 미동들은 대체 뭔데요?"

"호, 네가 내게 그리 관심이 많은 줄은 미처 몰랐군. 이것 참 영 광인데."

"뭐라는…… 꺅!"

어깨를 잡아끄는 거센 힘에 몸이 휙 옆으로 쏠렸다.

저도 모르게 비명을 지르는 순간, 등을 감싸 안은 팔이 그녀를 재빨리 안쪽으로 끌어당겼다.

한 치의 틈도 없이 밀착한 두 사람의 곁으로 서늘한 바람이 스치고 지나갔다. 마차였다.

"후우……."

"괜찮으십니까?"

놀란 가슴을 쓸어내리는데, 귓가에 나지막한 소리가 들려왔다. 놀리는 기색이 싹 사라진 그 음성은 예상 외로 따뜻했다.

살랑이는 바람에 특유의 시트러스 향이 밀려왔다. 밀착한 몸에서 전해져 오는 따스한 온기, 속삭이듯 달래듯 온몸을 감싸 오는 달콤한 향에 쿵쿵 심장이 뛰었다.

"아, 네. 고마워요, 공…… 아니, 백작님."

조심스레 밀어내자, 공작은 아무렇지도 않게 그녀를 놓아주고는 먼지 앉은 옷을 툭툭 털어 내며 말했다.

"사업차 함께 다녀야 할 여성들을 지금 전하처럼 변장시켜 데리고 나온 겁니다. 물론 진짜 시종도 있고요."

"사업차…… 라고요?"

"네. 그럼 이제 다른 곳으로 가 볼까요? 옷 가게는 어떠십니까? 남장 상태라 조금 그러려나요?"

"……아니에요. 가 봐요, 옷 가게."

그 사업이라는 것이 대체 무엇인지, 또 어떤 사업이기에 여성들과 함께 다녀야 한다는 건지 궁금했지만, 밀라이아는 더는 아무것도 묻지 않은 채 공작을 따라 걸음을 옮겼다. 굳이 캐묻기도 그런

데다, 어차피 물어봐야 답해 주지도 않을 것 같았다.

골목을 빠져나와 옷 가게와 차 가게, 자수용품점과 과자점, 모자 가게, 심지어는 제국 황후가 유행시킨 이래 각광받고 있다는 애완 동물용품점까지 모두 섭렵한 그녀는 마지막으로 평민 지구까지 전부 살펴본 후에야 반쯤 탈진한 몸으로 마차에 올랐다. 오래도록 돌아다닌 탓인지 몹시 피곤했다.

부드럽게 굴러가는 마차 안으로 붉은 햇살이 드리워졌다. 하루의 끝을 알리는 그 빛에 온몸이 노곤하게 풀렸다. 어느새 조금 친숙해진 거리에 땅거미가 내리고 있었다.

'아아, 보람찬 하루였다…….'

밀라이아는 스르르 감기려는 눈꺼풀을 들어 올리며 창문에 비치는 제 모습을 물끄러미 바라보았다. 이제는 좀 눈에 익을 만도 하건만, 노을을 받아 붉게 물든 생머리는 여전히 어딘가 낯설었다. 자수정처럼 빛나는 보라색 눈동자도.

"아, 눌렸네."

어색한 기분에 연신 제 모습을 살펴보던 그녀는 문득 창문에 비친 제 머리카락이 장시간 착용했던 가발 때문에 눌려 있다는 걸 깨달았다.

조금이라도 사태를 수습해 보려 손으로 이리저리 머리카락을 쓸어 넘기는데, 맞은편에서 웃음기 어린 목소리가 들려왔다.

"그런다고 원상 복구가 되겠습니까? 그냥 두시지요. 어차피 전하께 그렇게까지 신경 쓰는 사람도 없잖습니까."

"……."

"그보다 지금은 안 들키고 돌아갈 걱정을 하셔야 하지 않겠습니까? 발각되기라도 하는 날에는 암행을 나오신 것까지 전부 들통나 버릴 텐데요."

욱하는 기분도 잠시, 예상치도 못한 말에 밀라이아는 당혹스러운 목소리로 되물었다.

"뭐예요, 그 말은? 설마 나더러 알아서 돌아가란 소리예요?"

"뭘 그리 놀라고 그러십니까? 농담입니다. 잡음 하나 없이 모셔 다 드릴 터이니 걱정하지 마십시오. 별로 어려운 일도 아닌걸요."

"……다행이긴 한데, 마냥 다행이라고만 할 수는 없어 슬프군요. 어쨌든 그건 그렇고……."

문득 궁을 빠져나올 때 있었던 일이 떠올라, 밀라이아는 눈을 가늘게 뜨며 물었다.

"한데 공작은 어째서 내게 이런 모습을 선선히 보여 주는 거죠? 자칫하면 위험해질 수도 있는데?"

"호오, 설마 전하께서 신에게 위협을 가할 수 있다고 생각하시는 겁니까?"

'하, 이 작자가?'

가소롭다는 듯 바라보는 눈초리에 울컥 짜증이 났지만, 밀라이아는 원래 세계에서처럼 화를 내는 대신 조용히 눌러 삼켰다. 언젠가는 시건방지기 짝이 없는 이자에게도 응분의 대가를 내려 줘야겠지만, 아직은 때가 아니었다. 어쨌거나 지금 그녀가 활용할 수 있는 패는 그밖에 없잖은가.

'왕제의 일이 해결되는 즉시 근위 기사단부터 쇄신해야겠어. 공작이 알고 있다면 다른 파벌들 역시 왕궁의 허술함을 알고 있을 터. 자칫하다가는 내 목숨이 위험해.'

속으로 단단히 다짐하는데, 손가락으로 무릎을 톡톡 두드린 공작이 불쑥 물었다.

"그래서, 오늘 하루는 어떠셨습니까? 수도를 감상하신 소감이라도 말씀해 주시지요."

"소감이라. 글쎄요……."

오늘 있었던 일을 잠시 돌아본 밀라이아는 복잡한 마음을 감추며 가벼운 어조로 답했다.

"생각보다 격차가 더 커 보이더군요. 그래서 소감은 아무래도 추모제를 더 단시간 내에 끝내야 할 것 같다…… 정도?"

"……그렇군요. 흠."

생각을 읽을 수 없는 눈빛으로 그녀를 바라보던 공작이 별안간 크게 숨을 내쉬었다. 깊게 가라앉은 재색 눈동자에서 알 수 없는 무언가가 일렁이고 있었다.

'뭐지, 저 눈빛은?'

눈을 가늘게 뜨는 순간, 잠시 새어 나간 그것을 빠르게 갈무리한 남자가 말했다.

"좋습니다. 최선을 다해 협조하죠."

"……그래요. 그럼 앞으로 잘 부탁해요."

생긋 웃어 보인 밀라이아가 손을 내밀었다.

제게 내밀어진 손을 잠시 내려다보던 공작이 천천히 손을 뻗어 맞잡았다.

'썩 마음에는 들지 않지만……. 당장은 어쩔 수 없지.'

맞잡은 두 손의 향방이 어찌 될지 아직은 알 수 없지만, 어쨌든 지금은 이 손을 믿을 수밖에 없다. 설사 나중에는 서로 다른 길을 걸을지라도.

크게 숨을 들이쉬며 머릿속을 맴도는 생각을 밀어낸 밀라이아는 아직도 단단히 잡혀 있는 손을 부드럽게 풀어냈다. 어느새 노을에 잠긴 왕궁이 저 멀리 모습을 드러내고 있었다.

"……이제 다시 돌아갈 시간이로군요."

"아쉬우십니까?"

"아니요."

단호하게 답한 그녀가 창밖으로 시선을 돌렸다. 조금씩 가까워지는 왕궁을 바라보는 시선에는 공허한 그리움이 담겨 있었다.

'아쉬울 것도 답답할 것도 없지. 어차피 내가 돌아갈 곳은 여기에 없는걸. 그러니 좀 더 분발하자, 밀라이아. 하루라도 빨리 집으로 돌아갈 수 있도록.'

석양에 물든 수도의 거리, 조금씩 내려앉는 땅거미를 헤치며 집으로 향하는 사람들.

하루의 노곤함을 풀어내려 바삐 걸음을 옮기는 그들 사이에서, '집'으로 향하는 밀라이아의 눈빛이 어둡게 빛났다.

지는 해의 주홍빛 물결이 왕궁으로 향하는 마차를 감싸고 있었다.

제3곡

sequéntǐa
속송

. . . . . .

3부

gradátim
한 걸음 한 걸음씩

gradátim
한 걸음 한 걸음씩

또르르.

맑은 물방울이 곧게 뻗은 콧날을 타고 아래로 떨어져 내렸다. 입술 위로 떨어진 그것이 붉은 입술에 윤기를 더했다.

서둘러 다가온 보드라운 천이 물방울을 말끔하게 닦아 냈다.

조심스럽게 다가온 작은 칼이 눈썹을 가늘고 곧게 다듬었다. 솜털까지 빠짐없이 정리한 칼이 사라진 자리를, 은은한 향기를 머금은 천이 함뿍 적시며 지나갔다.

여러 겹의 화장수를 두른 매끄러운 피부 위에 폭신한 스펀지가 하얀 가루를 덧입혔다. 코끝을 맴도는 파우더 향에 굳게 닫혀 있던 눈꺼풀이 열리며 보랏빛 눈동자가 모습을 드러냈다.

"파우더는 그만 되었다. 향수도 마찬가지고. 선왕 전하를 추모하는 자리인데 화장은 자제해야지."

"알겠습니다, 전하."

"예복을 가져오도록. 검은색으로. 참, 왕제는?"

"이미 준비를 마치신 것으로 알고 있습니다."

"그래? 하면 서둘러야겠군."

고개를 끄덕인 밀라이아가 허리를 곧게 펴자, 빗을 집어든 시녀 하나가 허리까지 내려오는 백금발을 곱게 틀어 올려 검은 리본으로 단단하게 고정시켰다.

밀라이아는 삐져나온 가닥 하나 없이 단정하게 정리된 머리카락을 꼼꼼하게 살펴본 뒤 자리에서 일어나 가운을 벗었다.

'그래도 이거 하나만큼은 마음에 드네.'

이전의 여왕은 아무래도 자신의 약점이라 할 수 있는 여성성을 최대한 드러내고 싶지 않았던 듯 코르셋을 거의 착용하지 않았으므로, 밀라이아 역시 그 단계는 생략한 채 곧바로 검은색 예복을 입었다. 몸을 꽉 죄는 속옷이 없어서 그런지 차림은 마음에 들지 않아도 숨을 쉬는 것만큼은 무척 편안했다.

"다 됐습니다, 전하."

"어디 보자……. 음, 괜찮네. 모두 수고했어."

마지막으로 거울을 한번 살펴보고서, 밀라이아는 밖으로 향했다.

긴 복도를 지나 궁 밖으로 나오자 입구에 대기하고 있는 두 대의 마차가 보였다. 날개를 활짝 편 독수리의 문장이 새겨져 있는 그것들은 열흘 전 그녀가 탔던 마차와 달리 꽤나 화려했다.

"창공의 드높음을 경배하라. 여왕 전하를 뵙습니다!"

"땅 아래 모든 것에게 찬연한 광휘를. 좋은 아침입니다, 여러분."

자분자분하게 답한 그녀가 돌아보자, 두 개의 마차 중 하나의 앞에 서 있던 백금발의 소년이 보일락 말락 하게 고개를 숙였다.

예를 갖췄다고 하기에는 조금 모호한 태도였지만, 밀라이아는 거기에 대해서는 별말 없이 그저 반갑게 인사를 건넸다.

"오랜만입니다, 왕제. 그간 잘 지냈나요? 지난번 만찬 이후로 처음 만나는 것 같군요."

"네."

"다행이네요. 그날은 그리 가 버리는 바람에 마음이 영 좋질 않았답니다. 다음에는 끝까지 함께해요."

살갑게 건네는 말에도 왕제는 얼굴만 일그러트릴 뿐 아무런 답이 없었다.

"어찌 답이 없나요? 혹 어디가 미령하기라도 한 건가요?"

"……."

"흐음, 아무래도 별로 담소를 나누고 싶은 마음이 아닌가 보군요. 하긴 날이 날이니만큼 그럴 만도 하지요. 미안해요. 내가 경솔했어요."

순순히 사과의 말을 건넨 밀라이아는 고개를 팩 돌리는 왕제를 일별하며 제가 타야 할 마차 쪽으로 다가갔다. 어차피 조금 있으면 고생길이 훤히 열릴 텐데 굳이 여기서 옥신각신하며 심력을 소모할 필요는 없다는 생각에서였다.

대기하던 기사의 손을 잡고 디딤판에 발을 딛는데, 갑자기 뒤에서 날카로운 음성이 들려왔다.

"뭡니까, 갑자기?"

"……?"

천천히 돌아서자, 여왕과 똑 닮은 소년이 몹시 짜증스러운 표정으로 머리카락을 쓸어 넘기는 모습이 보였다.

그게 무슨 말이냐 되묻는 그녀를 신경질적으로 노려본 왕제가 불쾌감 가득한 목소리로 말했다.

"무시할 거면 확실하게 무시하든가, 뜬금없이 왜 자상한 척이냔 말입니다. 왜요, 몇 년 내내 쥐뿔만큼도 없던 우애가 갑자기 샘솟기라도 하셨습니까?"

'아무것도 모르는 주제에 떠들기는.'

밀라이아는 되지도 않는 말을 늘어놓는 소년을 보며 슬쩍 눈썹을 치켜세웠다. 마음 같아서는 얄미운 말만 내뱉는 저 입술을 한 대 쥐어박아 주고 싶었다.

'하여간 이놈이나 저놈이나……. 뭐, 됐어. 어차피 잠시 후면 저리 굴고 싶어도 그러지 못할 테니까.'

몰래 숨을 들이쉬며 마음을 가라앉힌 밀라이아는 애써 미소 띤 얼굴로 답했다.

"무슨 말을 하는 건지 모르겠군요. 그러지 말고 자세한 얘기는 다녀와서 마저 하는 것이 어떨까요? 시간이 제법 늦었는데."

"자세한 얘기는 무슨……. 하, 됐습니다. 출발이나 하시죠."

팩 짜증을 부린 소년이 마차에 올랐다.

그 모습을 지그시 바라보던 밀라이아 역시 제 몫의 마차에 올랐다.

외궁을 지나 수도로 들어서자 어느새 조금은 친숙해진 풍경이 창밖으로 펼쳐졌다.

만일 지금 이 길이 초행이었다면 꽤 흥미로워 했을지도 모르나, 열흘 전 페르디난드 공작과 함께 수도를 한번 훑어본 덕분에 그녀는 상당히 여유로운 태도로 거리를 감상할 수 있었다.

'저기 저 거리가 중심가였지. 저기는 그때 그 보석 가게고. 어라,

그러고 보니…….'

밀라이아는 창밖으로 스쳐 지나가는 보석 가게의 간판을 보며 고개를 갸웃했다.

'그러고 보니 공작, 청구서를 보낸다더니 소식이 없네. 하긴 내가 그런 것까지 걱정해 줄 필요는 없나? 그 짠돌이가 어련히 알아서 보낼까 봐서.'

그렇게 호기롭게 계산하라 할 때는 언제고, 가게 밖으로 나오자마자 대금 청구를 할 거라던 모습이 떠올라 픽 웃음이 나왔다. 어차피 사 달라고 할 마음도 없었으나 너무 황당했다고나 할까. 거짓말쟁이 백작인지 뭔지 하는 이름으로 물 쓰듯 보석을 사들이는 것을 본 뒤에는 더 그랬다.

'그건 그렇고, 오늘 계획은 과연 어떻게 될까? 되도록 잘 풀렸으면 좋겠는데.'

생글거리며 웃은 것도 잠시, 어제 공작과 나눈 이야기가 떠오르자 왠지 초조해졌다.

지난밤 그는 늘 여유롭던 평소와는 다르게 다소 굳은 얼굴로 찾아와 말했다. 어쩌면 계획을 수정해야 할지도 모르겠노라고.

—갑자기 그게 무슨 소린가요? 계획을 수정해야 할지도 모른다니?

—실은 추모제를 간소하게 치르겠노라 했을 때 상당한 반발을 예상했습니다만, 의외로 큰 잡음 없이 결정이 나 이상하게 생각했던 적이 있습니다. 하여 새끼 독수리 은닉 작전을 추진하는 한편 저들의 행동을 주시하고 있었는데, 명확한 증거는 없으나 아무래도 움직임이 수상쩍게 느껴집니다. 차라리 계획을 조금 미루는 것이 어떻겠습니까? 굳이 위험 부담을 무릅쓰고 강행할 필요는 없지

않습니까.

신중하게 의견을 묻는 공작에게 밀라이아는 답했다. 우선은 그냥 진행하는 걸로 하되, 만에 하나라도 저들이 예상했던 것과 다른 행동을 보일 경우 곧바로 계획을 철회하고 다음 기회를 노리는 걸로 하자고. 그리고 공작 역시 그에 찬성했다.

그러니 남은 것은 오직 저들이 어찌 나오느냐는 것뿐인데―.

'과연 어떻게 될까? 계획대로 진행? 아니면 다음 기회로?'

"후우……."

두근거리는 가슴을 진정시키려 크게 숨을 내뱉은 밀라이아는 마차의 문을 열려다 말고 멈칫했다. 아무도 없기를 바랐던 초록빛 공간에 검은색의 물결이 한가득 펼쳐져 있는 것이 보였기에.

'오늘은 글렀구나.'

좀 전과는 다른 의미의 긴 한숨이 터져 나왔다.

자그마한 창밖으로 보이는 면면만 해도 이미 세 계파가 모두 몰려온 상태.

늘 안하무인에다 시정잡배처럼 구는 이들만 봤기에 사실 조금 낮춰 보고 있었는데, 아무리 그래도 전부 정계에서 잔뼈가 굵은 인물들이니만큼 그리 수월하게 봐서는 안 될 듯했다.

'앞으로는 좀 더 주의해야지. 생각해 보면 아직 경험이 적은 나보다야 저들이 훨씬 눈치도 빠를 것 아냐.'

차갑게 식은 머리로 마음을 다잡는데, 밖에서 노크 소리가 들려왔다. 아직도 내리지 않는 그녀가 걱정된 듯했다.

"네, 나가요."

아쉬움을 털어 내며 답한 밀라이아는 찬찬히 매무시를 가다듬은 뒤 마차의 문을 열었다. 기회를 날려 버린 건 날려 버린 거고, 기왕 일이 이렇게 된 이상 다른 무언가라도 얻어 내야 했다. 책잡히지 말아야 하는 건 물론이고.

"창공의 드높음을 경배하라. 유스네르 라 길리안이 고귀하신 여왕 전하를 뵙습니다."

"루카스 라 피오르가 가장 높이 나는 분께 인사 올립니다."

"에르네스토 라 페르디난드가 여왕 전하께 인사 올립니다. 가장 높이 나는 분께 창공의 무궁함이 함께하시기를."

정중하게 고개를 숙이는 세 공작을 물끄러미 바라보던 밀라이아가 말했다.

"세 공작 모두 오랜만이네요. 한데 여기까지는 무슨 일로 찾아온 건가요? 분명 이번 추모제는 간소하게 치르겠노라고 했는데."

불쾌감 섞인 목소리에, 거들먹거리며 한 발 앞으로 나선 피오르 공작이 말했다.

"본래는 전하의 뜻에 따르려고 하였으나, 아무리 그래도 선왕 전하의 기일인데 달랑 두 분만 가시게 두기는 좀 그래서 말입니다. 아마 선왕 전하께서도 지나치게 조촐한 것보다는 이쪽을 더 좋아하실 겁니다."

"맞습니다. 하옵고, 옥체 미령하신데 궁 밖으로 나오셨다가 혹 무리라도 하시는 것이 아닌가 싶어 왕궁의들을 데려오느라 그리되었습니다. 하니 왕명을 어겼다 하여 너무 진노치는 마십시오. 그저 충심에서 벌인 일일 뿐, 전하의 위엄에 도전코자 한 건 아니니까요."

으르렁거리며 서로 치고받을 때는 언제고 말을 보태는 길리안 공작을 보자 코웃음이 나왔다. 게다가 제 몸이 걱정되어 그랬다니.

이거야말로 지나가는 개도 비웃을 소리가 아닌가.

'무슨 꿍꿍이야? 설마 이제 와서 조카랍시고 걱정하는 건 아닐 텐데 말이지. 아, 아닌가? 제 아들과 결혼시켜야 하니 걱정해 줄 이유는 충분하다고 봐야 할지도?'

속으로 삐죽거린 밀라이아는 일부러 모욕감을 감추듯 눈을 질끈 감았다 뜨고는 말했다.

"……알겠습니다. 대신 선왕 전하께 먼저 조용히 인사를 드리고 싶으니, 그대들은 왕제가 도착하거든 함께 오도록 해요."

"그리하겠습니다."

고개만 까딱해 보이는 길리안 공작과 피오르 공작, 그리고 무표정한 얼굴로 예를 갖추는 페르디난드 공작. 세 사람의 모습은 그들이 지닌 정치적 색깔만큼이나 제각각이었다.

'앞으로 저들을 다스려야 한단 말이지…….'

옅은 흥분감이 온몸을 휘감았다.

한쪽으로 물러서는 공작들을 흘낏 쳐다보고서, 밀라이아는 연둣빛 공간 속으로 발을 들였다.

'오랜만이네, 여기.'

봄철의 싱그러움이 펼쳐진 대지에 하얗고 노란 꽃들이 흐드러지게 피어 있었다. 연녹색 잔디가 폭신하게 발을 감싸고, 귓가를 스치는 햇살은 무척이나 따스했다.

넓게 펼쳐진 평지와 살랑살랑 불어오는 바람, 거리를 두고 따라 들어오는 기사들의 발걸음 소리 외에는 새나 풀벌레 울음 하나 없이 고요한 그곳. 왕실 묘지.

귀족들과 거리가 멀어져서인가, 잔뜩 긴장했던 몸이 조금씩 풀려

가는 것이 느껴졌다. 풀 내음 머금은 바람이 코끝을 타고 청량하게 맴돌았다.

찬찬히 주변의 풍경을 눈에 담은 밀라이아는 독수리 형상의 석비
石碑들을 둘러보며 안으로 향했다. 역대 왕의 이름과 그 업적이 새겨져 있는 조각들은 마치 그들의 안식처를 지키는 수문장인 양 위풍당당했다.

독수리 조각을 여러 개 지난 후에도 하염없이 안쪽으로 향하던 걸음이 드디어 한 곳에서 멈췄다. 그곳은 글로리아와 에드워드의 아버지이자 선대 왕이었던 루크 5세의 무덤이었다.

「훌륭한 왕이자 인자한 아버지였던 루크 5세, 이곳에 잠들다.」

그 문구를 시작으로 석비를 빼곡하게 채운 수식어들을 쓱 훑어본 밀라이아는 천천히 고개를 숙여 묵념했다. 그 뒤를 따라 근위 기사들도 하나둘 눈을 감았다.

모두가 숙연한 분위기였지만, 입고 있는 육신의 아버지라고는 해도 실제로는 선왕과 아무런 관계가 없는 밀라이아만큼은 별 감흥이 없었다. 그저 파기된 계획에 대한 아쉬움 때문에 가라앉은 표정을 유지하고 있었을 뿐.

'그런데 왜 아직도 잠잠하지? 이쯤 되면 올 때가 됐는데.'

설마 뭐가 잘못된 건 아니겠지, 라는 생각에 고개를 드는데, 때마침 멀리서 검은 물결이 다가오는 것이 보였다. 연초록 세상을 까맣게 덮어 오는 사람들의 선두에는 햇살을 받아 황금색으로 빛나는 백금발의 소년이 서 있었다.

'일단 됐군.'

비록 작전은 실패했으나 들키지는 않은 터.

안도감과 안타까움이 뒤섞인 한숨을 몰래 내쉬고서, 밀라이아는 언제 그랬느냐는 듯 점점 가까워지는 왕제를 향해 상냥하게 미소 지었다.

제게 일어날 뻔했던 일을 모르는 덕분인지 그는 살짝 찡그린 얼굴이었다.

"어서 와요, 왕제. 공작들에게 정황 설명은 들었나요? 원래 계획과는 조금 달라졌지만, 고는 이 편이 더 나은 것 같네요. 제대로 된 추모 분위기도 나고 말이에요."

"그렇군요."

"일단 선왕 전하께 인사드리세요. 행사는 그 이후에 시작하지요."

"네."

짤막하게 답한 왕제가 그녀를 지나쳐 석비 앞에 섰다. 그를 따라 돌아서려던 밀라이아의 눈이 페르디난드 공작과 마주쳤다.

찰나의 순간, 서로를 담은 눈빛에서 무언의 대화가 오갔다. 왕제에 대한 얘기는 나중에 하자는 식의.

'그래, 일단은 이 일부터 무사히 마치자. 자세한 대화는 이번 일을 모두 무마하고 해도 늦지 않아.'

소리 없는 대담을 마친 밀라이아가 돌아섰다. 웅장한 기상을 담은 독수리 모양 석비 아래로 검은 파도가 고요하게 밀려들고 있었다.

한 시간 뒤.

짧은 행사를 마치고 무사히 묘지 입구로 돌아온 밀라이아는 묵례하는 사람들을 지나쳐 마차 앞에 섰다. 근위 기사의 에스코트를 받으며 디딤판에 발을 얹은 그녀는 그대로 마차에 오르려다 말고 돌아서서 말했다.

"본디 따로 통보하려 했습니다만, 많은 분들이 여기 있는 고로 지금 말해도 될 것 같군요. 고가 요양을 이유로 쉰 지도 벌써 보름이 훌쩍 넘었습니다. 하여 명일부터는 정무에 복귀할 생각입니다. 그동안 모두 수고 많았어요."

본래는 이번 계획을 구실 삼아 정계에 복귀하려고 했는데, 그것이 무산된 이상 어쩔 수 없이 무난한 방법을 택해야 했다.

'말투나 예법도 어느 정도 익혔겠다, 이쯤에서 돌아간다 선언하는 게 자연스러워.'

어차피 계획이 날아간 것 암살 후유증을 명분 삼아 좀 더 사태를 지켜보는 건 어떨까 생각도 해 보았지만, 그 경우에는 아무래도 뭔가를 하려 할 때마다 한계가 존재할 듯했다. 현장에서 직접 보고 들으며 판단하는 것과 제삼자를 통해 전해 듣는 것에는 확연한 차이가 있으니까.

담담하게 통보하는 그녀를 향해 걱정스러운 표정을 지어 보인 길리안 공작이 말했다.

"좀 더 쉬시는 편이 낫지 않겠습니까? 그리 급한 일도 없는데 벌써부터 복귀하실 필요가 무에 있습니까."

"아뇨, 휴식은 이만하면 충분합니다. 물론 고가 없어도 모두가 알아서 잘해 줄 거라 믿습니다만, 그래도 명색이 국왕인데 너무 오랫동안 자리를 비워도 곤란하지요. 그러니 그 마음만 받겠습니다. 걱정해 줘서 고마워요, 길리안 공작."

"흐음, 정히 그러시다면야 어쩔 수 없지요. 알겠습니다."

어쩔 수 없다는 듯 물러서는 남자를 향해 부드럽게 미소 지어 보인 밀라이아가 말했다.

"그래요, 그럼 정무회의에서 봅시다. 아, 페르디난드 공작?"

"말씀하십시오."

"잠시 시간을 좀 내주었으면 하는데, 괜찮은가요? 명일 회의에 참석하기 전에 그래도 몇 가지는 알아 둬야 할 것 같군요."

"……알겠습니다. 그리하지요."

노골적으로 귀찮다는 표정을 지어 보이는 남자를 보며 속으로 흡족한 미소를 지은 밀라이아는 못마땅한 얼굴로 노려보는 왕제를 못 본 척하며 마차에 올랐다.

이만하면 서로 그럭저럭 평소와 같은 태도를 연기한 터. 의심 사지 않고 공작과 약속을 잡는 데 성공했으니 이제 이 일의 뒷수습만 끝마치면 될 듯했다.

어느새 눈에 익은 수도의 거리를 달려 하늘궁으로 돌아온 밀라이아는 시녀들에게 손님맞이를 지시한 뒤 곧장 소알현실로 향했다.

푹신한 의자에 기대어 앉아 기다리자 잠시 후 노크 소리가 들리고 곧이어 흑발의 남자가 안으로 들어섰다.

"여왕 전하를 뵙습니다."

"어서 와요, 페르디난드 공작."

부드럽게 인사를 받은 밀라이아는 그가 맞은편에 앉자마자 곧바로 대화를 시작했다.

"긴말할 것 없이 바로 본론으로 넘어갑시다. 저들이 이렇게 나온 이유가 뭐죠? 정황으로 보아 우리의 계획을 들킨 것 같지는 않은데 말이에요."

"네. 눈치챈 건 아닐 겁니다. 그랬다면 신이 지금 여기에 있지도 못할 테니까요."

하긴 그랬다. 두 사람이 세운 계획, 일명 '새끼 독수리 은닉 작전'의 일차 목표는 왕제를 납치하여 안가에 숨겨 두는 것이었으니까. 그는 왕위 계승 서열 일 위이니만큼, 만일 이 작전이 들켰다면 공작은 아마 즉시 반역죄로 체포되었을 것이 분명했다.

곧장 수긍한 밀라이아가 말했다.

"그야 그렇죠. 하면 이유가 뭔가요? 뭔가 짐작되는 거라도 있나요?"

"아무래도 여왕 전하와 왕제 저하를 단둘이서만 두기 싫어서가 아닐까 싶습니다만. 두 분이 사이가 안 좋으면 안 좋을수록 그들에게는 이득이니까요. 뭐, 신에게도 그리 나쁠 건 없고 말입니다."

"그건 너무 당연한 얘기 같은데. 다른 이유는 없어요?"

밀라이아는 고개를 갸웃하며 되물었다. 공작이 해 준 이야기는 이미 서로 데면데면하게 구는 여왕과 왕제를 봤을 때부터 익히 짐작했던 사실이었으니까.

백 년 후에도 단지 여자라는 이유만으로 반대파와 힘겨운 싸움을 겨뤄야 했던 그녀였다. 한데 그보다 더 인식이 안 좋았을 이 시기야 오죽했겠는가. 여왕파의 입장에서는 당연히 왕제가 눈엣가시일 테고, 왕제파의 입장에서도 여왕이 왕제랑 친해지는 건 막고 싶은 것이 당연했다. 어린 왕제를 좌지우지하려면 보호자가 없는 쪽이 편할 테니.

의아해하는 그녀를 보며 엷게 미소 지은 공작이 말했다.

"이해가 빠르시군요. 하나 아마 그 이유가 맞을 겁니다. 전하께서 이곳에 오시기 전, 정무회의의 가장 큰 논란거리는 국혼 문제였거든요."

"아하. 뭐, 그렇다면야."

가볍게 고개를 끄덕인 밀라이아가 허리를 곧게 펴며 말했다.

"그럼 그 문제는 더 염려하지 않아도 되겠군요. 어쨌든 수고가 많았어요. 좋은 기회를 날린 게 아쉽기는 하지만, 그래도 공작 덕분에 무난하게 뒤처리를 끝낸 것 같군요."

"별말씀을."

"하면 당분간 이 계획은 보류하도록 합시다. 뭐든 만전을 기해서 나쁠 건 없겠죠."

"그리하겠습니다. 하면 전하, 앞으로는 어찌하실 요량입니까? 일차로 세운 계획이 무산되었으니 차후의 목표를 논의해야 할 것 같습니다만."

차분한 물음에 얕게 한숨을 내쉰 밀라이아가 답했다.

"하는 수 없죠. 정공법으로 나가는 수밖에."

본래 새끼 독수리 은닉 작전의 목표는 왕제가 공식적으로 실종된 틈을 타 구심점을 잃은 그의 지지자들을 일거에 쓸어내는 것. 하나 그 계획이 무산된 이상 할 수 있는 방법은 하나뿐이었다.

"그러시다면……."

"아까도 얘기했지만, 우선은 내일부터 정무회의에 참석하겠어요. 그리고 추후 어떻게 할지는, 글쎄요. 좀 더 시일이 지난 뒤에 다시 얘기하는 걸로 하죠. 난 이곳 상황을 좀 파악해야겠으니."

"아직 신을 온전히 믿지는 못하시겠단 말씀이군요. 뭐, 좋습니다. 하면 명일 안건이나 알려 드리면 되겠습니까?"

"네."

다소 매정하게 들릴 법한 긍정에도 공작은 그저 어깨만 한번 으쓱해 보이고는 말했다.

"안건이라고 해 봐야 별것 없습니다. 보나 마나 또 서로 멍멍, 왈왈 거리기나 하겠죠. 그나마 중요한 안건은 당일 발의로 올려 버리니 미리 알 수가 없고 말입니다. 그러니 일단은 직접 오셔서 한번 겪어 보십시오. 백 번 듣는 것보다야 한 번 보시는 편이 낫지 않겠습니까?"

"그야 그렇죠. 알겠어요. 그럼 내일 봅시다."

가볍게 고개를 끄덕이자, 공작의 입가에 희미한 미소가 슬쩍 맺혔다 사라졌다.

"네, 그럼 내일 뵙겠습니다. 그때까지 부디 평안을 즐기시기를."

아무리 그래도 설마 그 정도일까 싶었는데, 공작의 말은 한 치의 틀림도 없는 사실이었다. 그의 말대로 두 계파가 멍멍, 왈왈 거리는 꼴을 보고 있노라니 머리가 지끈지끈 아팠다.

"……따라서 그 건은 곤란합니다. 우리 귀족들도 어려운 점이 한둘이 아닌데, 굳이 하찮은 평민들을 위해 그렇게까지 애쓸 필요가 있겠습니까?"

"맞소이다. 그러잖아도 요즘 하찮은 것들이 돈 좀 벌었답시고 날치며 돌아다니는 꼴이 참으로 눈꼴시었소. 이참에 평민들은 귀족 지구 출입을 아예 금하는 것이 어떠하오?"

"피오르 공작 각하의 말씀이 참으로 옳습니다. 전하께서는 어찌 생각하십니까? 마땅히 찬성하시겠지요?"

'하찮은 평민이라……. 나라의 근간인 백성들을 고작 그따위 말로 일컫는단 말이지?'

밀라이아는 조금씩 뜨거워지는 가슴 위에 손을 얹으며 애써 담담하게 답했다.

"아뇨. 우선 현행을 유지하되, 출입 금지는 허락하지 않겠습니다. 다음으로 넘어가죠."

"흠, 아쉽지만 어쩔 수 없지요. 그럼 페르디난드 공작, 다음 안건을 들려주시오."

세 계파의 꼬락서니를 살피던 그녀의 눈동자에 서서히 분노가 서렸다. 그저 온갖 사안에서의 충돌을 뜻하는 거라 생각했을 뿐, 공작이 말하던 '멍멍, 왈왈'이라는 소리가 설마하니 말 그대로의 의미였을 줄은 몰랐다.

'그러니까, 각각 신념이 있어서 갈린 게 아니라…… 정말 제 이득을 위해서 이합집산한 것뿐이로구나.'

한마음 한뜻으로 말을 주고받는 귀족들을 보자 절로 입이 앙다물어졌다. 물론 중립파야 상호 밀약 때문에 그런다고 볼 수도 있었지만, 그렇다 해도 이런 자들이 백 년 전의 조상이었다는 사실 자체가 짜증스러웠다.

'이런 자들이 스스로 귀족이라 일컫는단 말인가? 나라의 근간인 백성들에 대한 존중이나 지배하는 자의 의무감이라고는 눈 씻고 찾아도 볼 수 없는 언사와 행동까지, 아무리 봐도 한낱 범부나 다를 바 없는 저들이?'

앨런과 왕위를 놓고 다투는 와중에도 만일을 대비해 차기 국왕으로서 교육받았던 그녀였다. 그렇게 지배자로서의 몸과 마음가짐을 누누이 강조받으며 자라 왔던 그녀에게 지금 저들이 보여 주는 모습은 무척이나 실망스러운 것이었다.

'그래, 얼마나 엉망인지 한번 지켜나 보자.'

한 손으로 턱을 괸 밀라이아는 무표정한 얼굴로 귀족들의 대화를 말없이 듣기 시작했다.

그렇게 한마음으로 우기는 꼴도 보고 별것도 아닌 걸로 기를 쓰고 싸워 대는 꼴도 보며 한심해하길 한 시간여.

슬슬 파장 분위기로 접어들던 회의장에서 갑작스럽게 터져 나온 돌발 입안立案은 점점 지쳐 가는 기색이던 사람들을 다시금 불타오르게 만들었다. 물론 밀라이아의 흥미도.

"한동안 잠잠한가 하더니, 갑자기 왜 또 말도 안 되는 소립니까? 왕제 저하를 왕태제로 삼자니요?"

"어째서 이게 말이 안 되는 소리입니까? 모름지기 나라가 안정되기 위해서는 국본國本을 튼튼히 해야 하는 법. 가뜩이나 직계 왕족이 전무하다시피 한 상황에서 후계 구도를 단단하게 다지는 것보다 중요한 일이 어디 있단 말씀이십니까?"

"맞습니다. 과거에는 연치年齒가 적으시어 정무를 보기엔 다소 무리셨다고는 하나, 왕제 저하께서도 이제는 어언 열다섯이십니다. 지금부터 국정에 참여하신다면 몇 년 뒤에는 훌륭한 후계자로 성장하실 수 있을 겁니다. 더욱이 전하께서도 일전에 그리하겠다 말씀하시지 않았습니까."

"맞소이다. 대관절 전하께서 이미 윤허하신 사항에 반기를 드는 이유가 무엇이오? 혹시 뭔가 노리는 거라도 있는 게요?"

피오르 공작의 일갈에 슬며시 눈썹을 찡그린 길리안 공작이 상석 쪽을 돌아보았다.

차갑게 가라앉은 눈동자가 일순 사납게 번뜩이는 모습에, 밀라이아 는 어쩔 줄 모르는 척 황급히 그에게서 시선을 거두었다. 본래의 여왕 이라면 분명 그랬을 것이라는 계산이 순간적으로 선 덕분이었다.

'페르디난드 공작이 언급했을 때는 통쾌하다고 생각했는데, 그게 이런 식으로 돌아올 줄은 몰랐네. 누가 이 몸에 직접 들어올 줄 알 았나, 뭐? 하긴 알았어도 만류할 방법도 없었겠지만.'

속으로 투덜거리며 주위를 둘러보는 사이, 여전히 그녀를 노려보 는 길리안 공작을 대신해서 여왕파 귀족 중 한 사람이 입을 열었다.

"그리 급하게 일을 처리할 필요가 있습니까? 전하께서도 젊으시 고 왕제께서도 아직 연치 어리신데 말입니다."

"맞습니다. 그 일이야 천천히 논하면 될 터. 그보다는 전하의 국 혼 문제가 시급하지 않겠습니까?"

'또 이런 식으로 얘기가 튀는군.'

밀라이아는 재빨리 반박하는 여왕파 귀족들을 보며 속으로 한숨 을 삼켰다. 이곳에 오기 전에도 귀에 못이 박힐 정도로 듣던 말이 었는데, 백 년이라는 시간을 뛰어넘었음에도 또 비슷한 소리를 듣 고 있어야 하다니.

"말 돌리지 마십시오! 왕태제 건은 전하께서도 이미 윤허하셨던 일이 아닙니까? 대체 언제까지 이 문제를 질질 끄실 생각입니까?"

"케네스 백작, 말이 조금 심하군. 그리고 말을 돌린다니, 그럴 리 가 있겠는가? 당연히 나올 만한 시기이니 국혼 얘기를 꺼낸 것이지."

어느새 그녀에게서 시선을 거둔 길리안 공작이 말했다.

"여왕 전하께서 즉위하신 지도 벌써 삼 년이라는 시간이 지났네. 즉위 초반에야 그런 것까지 신경 쓰실 여유가 없었다 해도 지금은 사정이 다르지 않은가. 이미 춘추 스물이 넘으셨네. 당연히 국혼 이야기가 나오는 것이 정상 아닌가? 본 공은 오히려 매번 이런 식으로 국혼 이야기를 막으려 드는 백작의 의도가 의심스러운데."

"그런 이야기가 아니잖습니까!"

"그게 아니면 뭔가? 설마 전하께 평생 홀몸으로 사시라는 불충한 소리를 하려는 건 아니겠지?"

"그건……!"

무어라 반박하려던 백작이 천천히 입을 다물었다.

그제야 느긋한 태도로 상석을 돌아본 길리안 공작이 말했다.

"전하, 부디 국혼에 대해 진지하게 고려해 주십시오. 케네스 백작의 말마따나 나라가 안정되기 위해서는 국본이 튼튼해야 하는 법이고, 국본이 튼튼하기 위해서는 왕실에 적통 왕족이 많아야 하는 법입니다. 하나 아무리 그렇다 한들 아직 열다섯밖에 되지 않으신 왕제 저하더러 후사를 보시라 할 수는 없는 노릇이 아닙니까."

"……알겠어요. 숙고하죠."

하는 수 없다는 듯 고개를 끄덕이자, 길리안 공작은 허튼 생각은 하지 말라는 양 그녀를 잠시 바라보다 시선을 돌렸다.

밀라이아는 보란 듯 시무룩한 표정을 지은 채 말했다.

"오랜만에 나왔더니 좀 피곤하군요. 고는 먼저 일어나겠어요. 나중에 회의록이나 좀 가져다줘요."

"이런. 송구합니다, 전하. 아직 옥체 미령하신 걸 잊고 신들이 과하게 전하를 붙들어 두었군요. 들어가십시오. 신이 따로 찾아뵙겠습니다."

"고마워요, 페르디난드 공작."

'오늘은 이만하면 되겠지? 처음부터 너무 달라진 모습을 보여 줄 필요는 없으니까. 어차피 돌아가는 정황은 대강 파악했으니 되었고.'

천천히 자리에서 일어나는 밀라이아의 입가에 보일락 말락 한 미소가 스치고 지나갔다. 비록 그것을 본 사람은 아무도 없었지만, 그 웃음에는 분명 앞날에 대한 기대감이 실려 있었다.

몇 시간 뒤.

저녁을 들고 돌아오던 밀라이아는 시녀가 안절부절못하며 전해 주는 소식을 듣고는 짜증스러운 기분으로 소알현실로 향했다.

방 안에 들어서자 세 명의 남자가 방만한 자세로 앉아 있는 것이 보였다. 그새 제 아비들로부터 언질을 받은 듯 기세등등하게 찾아온 그들은 다름 아닌 여왕의 구혼자들이었다.

"전하, 국혼을 진지하게 고려하기로 하셨다는 게 사실입니까?"

"당연히 저희 중 하나를 뽑아 주시겠지요? 설마하니 이제 와 부랴부랴 청혼하는 어중이떠중이들을 택하시지는 않을 거라 믿습니다."

"설마 전하께서 그러시기야 하겠습니까? 몇 년 동안 순정을 바친 저희를 두고 그러실 리는 없지요."

당연하다는 듯 떠드는 소리에 밀라이아는 헛웃음을 삼키며 속으로 이를 갈았다.

'뭐 이런 무례한 작자들이 다 있지? 이것들은 내가 국왕으로 보이기는 하는 건가? 그래, 많이 봐줘서 공작들까지는 그럴 수 있다 쳐. 한데 숭어가 뛰니 망둥이도 뛴다고, 이제는 작위도 없는 일개 귀족 나부랭이조차 감히 이리 안하무인으로 굴다니.'

왕국법에 따르면 왕실모독죄는 최소 작위 강등.

그럼에도 아비의 권력만을 믿고 이처럼 하룻강아지처럼 날뛰는 모습이 실로 어이가 없었다. 화가 났음은 물론이고.

"한데 그럼 저희도 청혼서를 다시 보내야 하는 겁니까?"

"흠. 조금 귀찮긴 해도 형식상 그래야 하지 않겠나? 아무리 내정이 되어 있다 해도 뭐든 절차라는 게 있는 법이니."

'허, 정말 가지가지 하는군. 내정이라니, 누가 뽑아 주기나 한댔나?'

눈매를 확 일그러뜨리며 축객령을 내리려던 밀라이아는 문득 드는 생각에 잠시 입을 다물었다.

'그러고 보니 저자가 길리안 공작의 장자였지? 그렇다는 얘기는 여왕의 사촌이기도 하단 소리일 테고.'

그동안 여왕이 요령껏 피해 왔다고는 해도, 혈통으로 보나 정치적 역학관계를 보나 사실상 국서國婿로 가장 유력한 자는 바로 길리안 대공작이었다. 물론 페르디난드 공작을 비롯한 몇몇 대귀족들 역시 국서 후보로 거론된다지만, 그들이 굳이 길리안 공작과 척을 지면서까지 나설 이유는 없을 테니 더 그랬다.

'차라리 그자가 대공자라면 조금 나았으려나.'

여왕이 좋아하던 청년은 길리안 공작의 사四남.

왕제를 보호해야 한다는 이유를 접어 두고서라도, 장차 작위를 물려받을 확률이 높은 대공자가 구혼자를 자처하는 이상 그녀는 결코 길리안 대법관에 대한 마음을 드러낼 수 없었을 것이다. 혹시 장남이었다면 얘기가 조금 달랐을지도 모르겠으나, 그는 장남은커녕 차남도 삼남도 아닌 사남이었으니까.

"그러고 보니 전하의 답변을 미처 듣지 못하였군요. 전하께서는 어찌 생각하십니까? 역시 신들 중 한 사람을 뽑으시겠지요?"

'그래. 내가 당장은 한 수 접어준다. 네 아비들의 권력이 필요한 건 사실이니까. 하나 두고 보자. 왕실의 권위를 바로 세우는 날, 내 네놈들부터 가장 먼저 처단해 줄 터이니.'

속으로 다짐한 밀라이아는 엷은 미소를 띤 채 잠깐 동안 무난하게 들릴 수 있는 답변을 골랐다.

그때, 노크 소리가 들렸다.

잠시 후 등장한 사람은 다름 아닌 레티시아 백작 부인이었다.

주위를 한번 둘러보는 것으로 모든 정황을 파악한 그녀는 곧장 밀라이아에게 깊숙이 고개를 숙여 보이고는 말했다.

"송구합니다, 전하. 신이 부족하여 이런 일을 겪으시게 하였군요."

명백히 돌려 치는 그 말에 이를 드러낸 대공자가 물었다.

"이런 일? 그게 무슨 뜻이요, 백작 부인?"

"몰라서 묻는 겁니까? 정식 알현 요청도 하지 않고서, 그것도 전하의 허락도 없이 이리 다짜고짜 들이닥치다니요? 이런 행동은 자칫 반역으로 보일 수도 있음을 정녕 모르냐 말입니다."

"말이 좀 심하지 않소? 반역이라니! 아무리 당신이 전하의 유모라 해도 할 말이 있고 못할 말이 있는 거요."

으르렁거리는 남자의 말은 숫제 협박에 가까웠지만, 백작 부인은 한 치의 흔들림도 없었다.

딱딱하게 얼굴을 굳힌 그녀가 대꾸했다.

"말씀 잘하셨습니다. 아무리 사사롭게는 전하와 사촌지간이라 해도 이리 격식 없이 행동해서는 아니 되지요. 어서 전하께 용서를 구하십시오."

"하."

똑똑 떨어지는 목소리에 질린다는 표정을 지은 대공자가 잠시 후 밀라이아를 향해 슬쩍 고개를 숙여 보였다.

"송구합니다, 전하. 결례를 용서하십시오."

"네. 뭐, 괜찮아요."

"자비로우신 말씀에 감사드립니다. 하면 다음에 다시 뵙지요. 오늘은 이만 물러가겠습니다."

다시 한번 고개를 까딱해 보인 남자가 자리에서 일어났다. 못마땅한 표정으로 백작 부인을 노려본 두 영윤 역시 그 뒤를 따랐다.

밀라이아는 성큼성큼 걸어 나가는 세 사람을 바라보며 작게 한숨을 내쉬었다. 얼핏 '하여튼 꼬장꼬장한 여자라니까.'라는 말이 들린 듯도 했지만, 문 닫히는 소리에 겹쳐 제대로 들은 것인지 확신할 수는 없었다.

"고마워요, 유모."

아직까지 아군이라고 단정할 수는 없지만, 그래도 그녀가 돌아오니 훨씬 편하구나 싶었다.

진심이 담긴 목소리에 잠시 멈칫한 백작 부인이 답했다.

"왕실의 위엄을 위해 한 일일 뿐입니다."

"그래서 더 고마워요. 그동안은 누구도 그런 얘기, 해 주지 않았거든요."

일부러 힘없이 웃어 보이자, 백작 부인의 얼굴이 딱딱하게 굳는 것이 보였다.

"……송구합니다, 전하. 신이 전하를 계속 보필했어야 했는데……."

"아니에요. 지금 이렇게 와준 것만 해도 충분한 것을요. 그보다 영애의 교육은 잘되어 가고 있나요?"

"아직 많이 부족하나 최선을 다해 노력하고 있습니다. 아마도 며칠 내로 전하를 보필할 수 있을 것입니다."

"그렇군요. 잘 됐네요. 사실 나는 영애가 굉장히 마음에 들었거든요."

언제 힘없이 웃었느냐는 듯 밝게 답한 밀라이아가 계속해서 말했다.

"그런데 정말 유모와는 성격이 많이 다르네요. 미리 언질을 받지 않았다면 모녀 사이인지도 몰랐을 거예요. 아, 혹시 기분 나빴다면 미안해요. 난 그저 영애가 참 밝아서, 같이 있는 사람까지 즐겁게 해 준다는 얘기를 하고 싶던 거였어요."

"아닙니다, 전하. 하옵고 한낱 아랫것에게 사과라니요, 당치도 않으십니다."

짐짓 엄한 표정으로 답한 백작 부인이 한결 누그러진 목소리로 말했다.

"그리고…… 클로에에 대한 말씀은, 그리 봐주시니 진심으로 감사드립니다. 비록 덜렁거리는 데다 제 눈에 예뻐 보이는 것 앞에서는 정신이 나가는 푼수입니다만, 제 딸이라서 하는 말이 아니라 참으로 심성이 곧고 착한 아이입니다. 그렇기에 무리한 청인 줄 알면서도 곁에 두어 주십사 말씀 올린 것이기도 하고요."

"그랬군요. 고마워요, 유모. 여러모로 신경 써 주어서."

"아닙니다. 당연히 해야 할 일을 한 것뿐인데요."

딱딱하게 답한 여인이 문득 생각났다는 듯 당혹스러운 목소리로 말했다.

"참, 이 말씀을 올린다는 것을 깜빡했군요. 페르디난드 공작이 찾아왔습니다. 전하께 전해 드려야 할 것이 있다고 했습니다만……. 늦게 말씀드려 송구합니다."

"그래요? 하면 어서 들라고 해요. 그리고 그리 미안해할 건 없어요, 유모. 공작도 눈이 있으니 대강 알겠죠."

부드럽게 웃어 보이자, 백작 부인은 그제야 조금 밝아진 얼굴로 방을 나섰다.

잠시 후 흑발의 남자가 안으로 들어섰다.

"여왕 전하를 뵙습니다."

"어서 와요, 공작. 그리고 기다리게 해서 미안해요. 일이 좀 있었거든요."

"아아, 대충 알 만합니다. 영윤 셋이 씩씩거리면서 나가는 걸 보았거든요."

피식 웃은 공작이 뚜벅뚜벅 걸어와 맞은편에 앉았다.

한 아름 들고 온 종이 다발 중 하나를 뽑아 그녀에게 건넨 그가 말했다.

"오늘자 회의록입니다. 살펴보셔도 별 얘기는 없을 겁니다만 뭐, 어쨌든 달라 하셨으니까요."

"아아, 하루만 봤는데도 대강 알 만하더군요. 보나 마나 또 영양가 없는 소리나 늘어놓고들 있었겠죠."

"잘 아시는군요. 그나마 가장 쓸 만한 얘기가 그거였지요. 그 지
긋지긋한 왕태제 건 말입니다."

"아하. 그래도 이번에는 국정이 마비될 정도는 아닌 것 같던데
요? 비록 내 눈물겨운 희생이 있었지만 말이죠."

밀라이아는 오후에 들었던 길리안 공작의 반협박을 떠올리며 입
꼬리를 비틀었다.

좀 전의 사건만큼이나 불쾌했던 일이었으나, 그 자리에서 국혼을
고려하겠다고 답하지 않았다면 길리안 공작이 어찌 나왔을지 모르
는 일이었다. 그러니 일단 일차 목표를 달성하기 위해 그를 제 편으
로 끌어들여야 하는 밀라이아로서는 그밖에 달리 방도가 없었다.

'흥, 어차피 숙고의 기간이 얼마나 걸릴지는 모르는 거잖아? 당
장에 행동으로 옮기겠다고 약속한 것도 아닌데.'

속으로 중얼거리는데, 속마음을 꿰뚫어 보기라도 한 듯 물끄러미
그녀를 바라보던 공작이 말했다.

"그래도 고려하는 시늉은 하셔야 하지 않겠습니까? 좀 전의 일을
봐도 그렇고 이미 회의에서 하신 말씀을 봐도 그렇고, 모르쇠로 일
관하시기엔 여러모로 걸리는 게 많습니다만."

"그런가요? 흐음. 국혼이라…… 다른 두 공작의 생각이야 뻔하고,
공작은 어떻게 생각해요? 내가 적극적으로 나섰으면 좋겠어요?"

"아니요."

한 치의 망설임도 없이 떨어지는 대답은 무척 단호했다.

저도 모르게 숨을 훅 들이쉬자, 그는 언제 그랬느냐는 양 입꼬리
를 들어 올리며 말했다.

"전하께서는 언젠가 돌아가실 분이 아닙니까. 그렇다면 멀쩡한 남자 하나가 홀아비가 되는 셈인데, 신이 어찌 국혼에 찬성할 수 있겠는지요?"

"아하, 그래서 반대하는 거다?"

짜증스럽게 입김을 위로 훅 분 밀라이아가 말했다.

"하면 공작이 희생하는 건 어때요? 어차피 사실도 알고 있겠다, 별로 충격받을 것도 없을 듯한데."

"정중히 사양하겠습니다. 말이야 바른 말이지, 신이 뭐가 부족해서 전하 같은 여자와……."

"뭐라고요?"

"아 참, 이것들을 전해 드린다는 걸 깜빡했군요. 받으십시오. 전하께 온 청혼서입니다."

빙글거리며 말을 자른 남자가 한 아름 들고 왔던 종이 다발을 통째로 밀었다.

잠시 어이없는 눈초리로 그를 노려보던 밀라이아는 이내 긴 숨을 내쉬며 아래로 시선을 옮겼다.

'그래, 뭘 기대하겠어. 이 작자와 쓸데없이 말싸움을 벌인 내 탓이지.'

"굉장히 빠르지 않습니까? 오후에 얘기가 나왔는데 벌써 이만큼 이라니 말입니다."

"하, 정말 그렇군요."

쟁반 위에 한가득 쌓여 있는 편지 봉투들을 보자 실소가 터져 나왔다. 길리안 공작의 태도로 보아 짐작은 하고 있었지만, 아무리 그래도 이렇게까지 발 빠르게 움직일 줄은 몰랐다.

밀라이아는 산더미같이 쌓인 각양각색의 봉투들을 쓱 살펴보았다.

그곳에 찍힌 문장들은 공작에게 받았던 파별별 세력 구조도의 내용에 따르면 팔 할 이상이 여왕파 가문의 것이었다. 간간이 중립파 가문의 것으로 보이는 문장이나 백 년 후에는 존재하지 않는 곳인지 그녀가 알아볼 수 없는 가문의 것도 섞여 있었지만 대부분은 그랬다.

'어느 것을 읽어 볼까? 어차피 내용은 거의 비슷할 텐데.'

일렬로 쭉 늘어놓은 봉투들을 훑어보던 그녀는 문득 드는 생각에 공작을 돌아보며 물었다.

"그래서 중립파가 뽑아 둔 후보는 누구죠?"

"……호오. 그새 그것까지 파악하신 겁니까?"

놀라워하는 듯한 남자의 반응에 눈썹을 찡그린 밀라이아가 답했다.

"뻔한 걸 왜 물어요? 현 상황대로라면 보나 마나 길리안가에서 대공 자리를 가져갈 텐데, 중간에서 이득을 취해야 하는 중립파가 그걸 가만히 두고 볼 리가 없잖아요? 게다가 그런 대안이 없었다면 그쪽이 처음부터 내게 국혼을 고려하란 소리도 안 했겠죠."

코웃음 치는 그녀를 빤히 바라보던 공작이 다소 과장된 동작으로 박수를 쳤다. 그러나 일견 가벼워 보이는 겉모습과 달리, 잿빛 눈동자는 깊게 가라앉아 있었다.

"이것 참, 전하께서는 신의 생각보다 훨씬 뛰어난 분이셨군요. 원래 어떤 지위에 계셨는지 궁금할 정도입니다."

"……그건 알아서 뭐 하게요? 별로 중요한 것도 아닌데."

"물론 그렇습니다만, 갑자기 탐이 나서요. 계획을 철회하고 이제라도 후보로 나설까 하는 생각이 들 정도로 말입니다."

무심하게 내뱉는 목소리는 평소보다 훨씬 낮게 들렸다. 마치 시간의 흐름은 상대적인 것이라 말하던 에스페라 공작의 음성처럼.

어쩐지 공기가 무거워지는 듯한 기분이 들어서, 밀라이아는 황급히 공작에게서 눈을 떼며 부러 가벼운 어조로 답했다.

"뭐야, 언제는 본인이 뭐가 부족해서 나 같은 여자와 엮이겠냐면서요? 설마 홀아비가 되고 싶었던 거예요?"

"……그럴 리가요."

"그럼 어서 뽑아 둔 후보나 얘기해 봐요. 어차피 짜고 치는 카드 게임인데, 괜히 엉뚱한 사람들을 만나면서 기운 뺄 필요는 없잖아요? 사람 상대하는 게 얼마나 피곤한데."

어깨를 으쓱하는 그녀를 물끄러미 바라보던 공작이 천천히 팔을 뻗어 호박색 봉투를 하나 집어 들었다.

밀라이아는 그가 내미는 봉투를 받아 그 위에 찍힌 밀랍 인장을 잠시 바라보았다. 푸른 깃털과 두 송이 백합이 새겨져 있는 문장은 분명 익숙한 가문의 것이었다.

'레노아가라. 훗. 재미있네, 이거.'

푸른 깃털과 두 송이 백합 문장은 레노아가의 것.

그녀의 세상에서, 레노아가는 백작가임에도 거의 공작가에 맞먹는 부를 축적한 것으로 유명했다. 그것도 영지의 위치가 좋다거나 비싼 산물이 나서가 아니라 오직 상행위를 통해서 이룩한 것으로.

사람들의 이야기에 따르면, 레노아가의 부의 시발점에는 에드워드 3세 시절의 가주가 있다고 했다. 그러니 아마도 여왕이 재위 중인 이 시점에는 아직 작위를 물려받지 못했을 확률이 높았다.

'어쩌면 그자가 지금 이 청혼서의 주인일 수도 있겠군. 지난번에

본 가계도에 따르면 이 시대의 레노아가에는 영윤이 둘밖에 없었
으니 말이야.'

봉인을 뜯어 미려한 서체를 확인한 밀라이아는 차분한 눈길로 그
아래 적힌 글자들을 훑어 내렸다.

다 읽은 종이를 곱게 접어 봉투 안에 갈무리하는 그녀에게 공작
이 물었다.

"어떠십니까?"

"뭐, 일단 문장력은 마음에 드는군요. 근시일 내에 한번 불러들
이도록 하죠."

"좋습니다. 나름대로 숙고하여 견실한 자로 골랐으니, 적어도 길
리안 대공자와 같은 일은 없을 겁니다."

팔걸이를 톡톡 두드리며 답한 공작이 계속해서 말했다.

"이만하면 당장 필요한 얘기는 다 말씀드린 것 같군요. 혹 더 하
실 말씀이 있으십니까?"

"아뇨."

"하면 신은 이만 물러가겠습니다. 다음 회의에서 뵙지요."

"그래요. 다음에 봅시다."

가볍게 답하자, 남자는 곧바로 일어나 알현실 밖으로 향했다.

멀어지는 그의 뒷모습을 잠시 바라보던 밀라이아는 어깨를 으쓱
하며 호박색 봉투를 들고 일어났다.

'그럼 우선 레노아가에 전갈부터 보내야겠군. 만일 이자가 문제
의 그 백작이 맞는다면, 한동안 일이 정말 재미있어지겠는데.'

방을 나서는 밀라이아의 입가에 은은한 미소가 걸렸다.

❖❖❖

토독, 토독, 토도독.

아침부터 내내 흐린가 싶더니, 급기야 빗방울이 하나둘 떨어지기 시작했다.

연녹빛 세상을 뿌옇게 물들이며 떨어지는 빗줄기를 물끄러미 바라보다가, 밀라이아는 창에서 시선을 떼며 작게 한숨을 쉬었다. 비 내리는 창밖을 보자 잊고 있었던 어린 시절의 추억이 떠올라서였다.

―밀라, 이리 와 보렴. 비 님이 오신단다.

―에이, 귀찮게. 그깟 비 따위가 뭐라고 그래요? 이것 봐요, 옷이 젖기만 하잖아.

―그렇게 생각하면 안 돼요. 여름에 내리는 폭우는 전염병을 유발할 수도 있지만, 지금처럼 이렇게 봄에 내리는 비는 아주 고마운 것이란다. 한 해의 농사가 성공하느냐 마느냐가 달려 있거든.

―그런 거예요? 그럼 오늘부터 비를 좋아해야겠네.

조곤조곤하게 일러 주던 어미의 목소리를 애써 머릿속에서 지워 내는데, 조심스레 다가온 레티시아 영애가 살며시 고개를 숙이는 것이 보였다.

"창공의 드높음을 경배하라. 클로에 수 레티시아가 여왕 전하께 인사 올립니다."

"어서 와요, 레티시아 영애. 그래, 교육은 잘 마쳤나요?"

"네. 오늘부로 교육을 마치고 전하의 전속 시녀 겸 침실 담당 시녀로 임명되었습니다.”

“잘되었군요. 그러잖아도 언제쯤이면 영애와 함께 시간을 보낼
수 있을까 기다리던 참이었답니다.”

우울한 기분을 걷어 내며 생긋 웃어 보이자, 조마조마한 눈초리
로 그녀를 바라보던 영애가 함박웃음을 짓는 것이 보였다.

“저, 정말이세요? 정말 저를 기다리셨어요?”

“그럼요. 고가 이날을 얼마나 기대하고 있었는데요.”

“와아! 정말 감사해요, 전하! 실은 지난번 일도 있고 해서, 혹시
전하께서 저를 못마땅하게 여기신 건 아닐까 걱정했었거든요.”

“설마 그럴 리가 있겠어요? 내가 영애를 얼마나 좋아하는데요.
참, 그렇지. 앞으로는 이름으로 불러도 될까요? 영애라고 부르니
왠지 멀게 느껴지는 기분이어서요.”

부드러운 물음에 영애의 얼굴이 붉게 달아올랐다. 무척 감동받은
듯, 그녀는 당장에라도 울음을 터트릴 것 같은 표정으로 열렬하게
고개를 끄덕였다.

“그, 그럼요! 물론이죠! 감사합니다, 전하! 정말 감사합니다!”

“어머, 고가 고마워한다면 모를까, 그대가 감사할 게 어디 있나
요? 어쨌든 앞으로 잘 부탁해요, 클로에.”

“네, 네! 많이 부족하지만 성심성의껏 보필하겠습니다!”

“그래요. 그럼 이제 일과를 수행해 볼까요? 이따가 손님을 맞이
해야 하니 조금 신경 써 줘요.”

“네에! 그러겠습니다!”

방글거리며 답한 클로에가 비장한 표정으로 빗을 집어 들었다.
지난번 같은 일은 반복하지 않으려는 듯 나름대로 각오를 단단히

다진 얼굴이었다.

떨리는 손길이 머리카락을 한 움큼 잡는가 싶더니, 유리 세공품을 다루듯 조심조심 빗어 내렸다.

간혹 '으앙, 안 돼.'라든가 '아우, 어떡해.' 등의 중얼거림이 들려왔지만, 밀라이아는 아무것도 못 들은 척하며 어젯밤 시녀를 시켜 가져왔던 책을 펼쳐들었다.

잊힌 고대의 마법과 신성 왕국에 대한 내용을 신중하게 탐독하기 시작한 지 십 분여. 허리까지 내려오는 머리카락이 반들반들 윤기가 날 때까지 빗어 내린 클로에가 빗을 내려놓는 것이 느껴졌다.

예상 밖의 야무진 손길로 머리카락을 곱게 틀어 올린 그녀는 백금 티아라로 단단하게 고정시켜 주고는 말했다.

"다 됐습니다! 아우, 지난번에도 말씀드렸지만 머릿결이 정말 좋으세요."

"고마워요."

빙긋 웃어 보이며 책을 내려놓자, 클로에는 몇 걸음 뒤에 물러나 있던 시녀들을 향해 가볍게 손짓했다.

그제야 다가온 시녀 중 하나가 밀라이아의 얼굴에 조심스럽게 화장수를 펴 발랐다. 다른 이는 은가위를 든 채 발치에 쪼그려 앉고, 또 다른 사람은 백분을 비롯한 색색의 가루들을 보기 좋게 늘어놓았다. 향수병을 가져오는 시녀도 있었다.

모두가 분주히 움직이는 동안, 이미 제 할 일을 마친 클로에는 시녀들에게 거치적거리지 않을 만큼의 거리만을 유지한 채 밀라이아에게 끊임없이 말을 붙여 왔다.

하나 그러는 와중에도 전속 시녀답게 간간이 다른 이들의 태도를 지적하거나 간단한 지시 사항을 내리는 걸 잊지는 않았으므로, 밀라이아는 그녀에게 무어라 하는 대신 그저 웃는 낮으로 말을 받아 주었다. 맡은 바 역할만 제대로 수행한다면 성격이야 어떠하든 상관없었다.

결국 내내 종알거리던 클로에는 밀라이아가 간단하게 화장을 마치고 옷을 갈아입은 뒤, 마지막으로 향수마저 뿌리고 난 후에야 만족스러운 표정으로 두어 발짝 물러났다. 비록 옷에 시선이 닿았을 때에는 잠시 눈빛이 흔들리기는 했지만.

'그래, 내 옷이 좀 꼴불견이긴 하지. 이 짙은 장미 향도 그렇고.'

속으로 실소를 삼킨 밀라이아는 거울에서 시선을 떼며 자리에서 일어났다.

어느새 은쟁반을 들고 들어온 시녀가 탁자 위에 접시를 늘어놓는 모습이 보였다. 갓 구운 빵과 역시 막 짜내서 신선한 우유, 그리고 입가심용 과일 두 쪽. 본디 아침을 잘 챙겨 먹지 않는지라 언제부턴가 단출하게 줄이라 명했던 조식이었다.

탁자 앞에 앉은 밀라이아는 또 다른 시녀가 내미는 대야에 손을 씻은 뒤 은 포크로 빵을 작게 찢었다. 갓 구운 빵에서 모락모락 올라오는 냄새가 무척 고소했다.

"클로에?"

"네, 전하!"

"유모에게 오늘 일정은 조금 조정하겠다고 전해 주겠어요? 비도 오고 하니 실외 일정은 전부 연기하려고요. 대신 만찬은 구름궁에서 왕제와 함께할 거예요."

"네에, 그리하겠습니다."

공손하게 고개를 숙여 보인 클로에가 서둘러 방을 나섰다.

밀라이아는 찬찬히 포크 끝의 색을 확인한 후에야 빵 조각을 입으로 가져갔다. 왕족이라면 지극히 당연한 절차인 데다, 현재 그녀는 언제 암살을 당해도 이상하지 않을 처지였으므로 더 조심해야 했다.

갓 구운 빵과 신선한 우유의 고소함을 음미하며 간단하게 식사를 마친 그녀는 마지막으로 과일로 입가심까지 한 후에야 자리에서 일어났다. 비가 내려서 그런가, 어쩐지 공기가 쌀쌀한 느낌이었다.

복도로 나서는데, 줄줄이 늘어서 있는 사람 중 유독 눈에 띄는 한 남자가 있었다. 모두가 평소와 다름없는 차림인 가운데 홀로 옷이며 머리카락이 함빡 젖은 금발의 기사가.

'왜 저렇게 혼자만 젖은 거지? 밖에 잠깐 나갔다 오기라도 했나? 그거 근무 중 이탈인…… . 잠깐.'

무심코 생각하던 밀라이아는 문득 떠오른 사실에 입술을 꽉 깨물었다.

'저번에 본 근위 기사단 관련 자료에 따르면 근무 교대 시간이 분명 이즈음이었지. 한데 이 많은 기사들 중 오직 저자만이 저렇게 젖어 있단 말이야?'

본디 기사는 언제든 검을 뽑을 수 있도록 두 손을 비워 놔야 하기에 아무리 비가 쏟아지는 날이라도 우산을 쓸 수 없는 것이 규정.

따라서 근무 교대 시간이 얼마 지나지 않은 현시점에는 모든 근위 기사가 저 금발의 기사처럼 젖은 채로 서 있어야 정상이었다. 아무리 물기를 닦아 냈다고 해도 지금 저들의 모습, 즉 아예 비를 안 맞은 듯 보송보송할 수는 없는 노릇이었으니까.

'허 참, 경비 상태를 보면서도 엉망진창이라 여겼는데, 살다 살다 그것보다 더 심한 꼴을 보게 될 줄이야.'

자꾸만 헛웃음이 나왔다.

치맛자락 속에 꽉 움켜쥔 손을 숨긴 밀라이아는 보송보송한 사람들을 지나 문제의 기사 앞에 멈춰 섰다.

갑작스러운 여왕의 행동에 놀랄 법도 하건만, 그는 무표정한 얼굴로 정자세를 고수하고 있었다.

"경?"

"네, 전하."

"소속과 지위가 어떻게 되지요?"

"근위 기사단 제3분대 소속, 평기사 알베르트 론 윈터입니다."

'윈터? 그럼 그 윈터 경의 조상인가? 근위 기사단 부단장?'

문득 제 세상에서의 윈터 경을 떠올린 밀라이아는 저를 주시하는 시선들을 느끼고는 천천히 말을 골랐다.

"그렇군요. 아무리 봄이라 해도 제법 쌀쌀하던데, 그러다가 감기라도 들까 걱정되네요. 고가 윤허할 터이니 따뜻한 물에 목욕부터 하고 와요."

"아닙니다, 전하. 근무 중에 그럴 수는……."

"왕명입니다. 내 사람이 그러고 있는 꼴은 별로 보고 싶지가 않군요."

"……명을 받듭니다."

'그래도 쓸 만한 자가 하나는 있었군.'

정중하게 예를 갖추는 남자를 흡족하게 바라본 밀라이아가 말했다.

"클로에, 시녀들을 불러 목욕 준비를 하라 이르고, 기사단에 사람을 보내 윈터 경에게 마른 옷을 가져다 주도록 해요."

"네, 전하."

"좋아요. 그럼 윈터 경, 다음에 또 봅시다. 경들도."

당혹스러워하는 남자를 향해 부드럽게 웃어 보이고서, 밀라이아
는 속으로 조만간 근위 기사단을 한번 단속해야겠다고 생각하며
집무실로 향했다.

너른 방 안에 들어서자 탁자 위에 산더미처럼 쌓여 있는 청혼서
다발이 보였다. 분명 어제 한차례 치웠음에도 또 늘어나 있는 모습.

밀라이아는 노골적으로 귀찮은 표정을 지으며 편지들을 한쪽으
로 밀어냈다. 쓸데없는 논쟁에는 시간 가는 줄 모르면서 이럴 때는
하나같이 빠릿빠릿한 것이 영 우스웠다.

'백날 그래 봐라. 내가 너희들을 고르나.'

입술을 삐죽이며 전날 페르디난드 공작이 건네준 회의록을 비롯
한 각종 결재 서류들을 살피기를 한참, 그간 공들여 따라한 끝에
여왕과 거의 흡사하게 만든 필체로 몇 가지 의문 사항을 적던 그녀
의 귀에 조심스러운 노크 소리가 들려왔다.

잠시 후 안으로 들어온 시녀 하나가 말했다.

"여왕 전하, 레노아 영윤이 알현을 청합니다."

"안으로 들라 이르도록."

"명을 받듭니다."

정중하게 예를 갖춘 시녀가 밖으로 나갔다.

조금 뒤 벌꿀색 머리카락의 남자가 안으로 들어섰다.

"창공의 드높음을 경배하라. 가장 높이 나는 분, 고귀하신 여왕
전하께 신 레오나르 수 레노아가 인사 올립니다."

"반가워요, 레노아 영윤."

밀라이아는 부드럽게 미소 띤 얼굴로 눈앞에 선 남자에게 인사했다.

길게 기른 벌꿀색 머리카락은 햇빛을 받아 마치 황금처럼 반짝이고, 오렌지빛이 감도는 금색 눈동자는 온화한 색을 머금은 채 제게 고정되어 있었다. 길게 뻗은 손가락이며 입가에 걸린 미소가 마치 한 폭의 그림처럼 미려했다.

'뭐야, 초상화보다 훨씬 낫잖아? 사실은 추남이었다느니 지나치게 과장해서 그린 거라느니 하고 말들이 많았는데 말이지.'

밀라이아는 오래전에 봤던 레노아 백작의 초상화를 떠올리며 잠시 기억을 더듬었다.

'화가 이름이 아마 람도란트라고 했었나? 혹시 초상화를 그릴 일이 있거든 그자에게는 맡기지 말아야겠군.'

마치 그림 속의 인물이 그대로 튀어나온 것만 같은 미남이었지만, 영윤에게는 오직 한 가지 초상화와 다른 부분이 있었다. 대단히 유혹적인 느낌을 자아내던 초상화 속 인물과는 달리 그토록 화려한 외모를 갖고 있음에도 왠지 모르게 차분한 느낌이 난다는 것. 어쩌면 그것은 비에 젖지 않도록 기름종이에 곱게 싼 책들을 옆구리에 끼고 있는 저 모습 탓일지도 모른다.

'페르디난드 공작이 자신만만하게 추천할 만하군. 적어도 겉모습만 봤을 땐 말이지.'

속으로 중얼거리는데, 부드럽게 미소 지은 영윤이 말했다.

"청혼서를 보내기는 했으나 이렇듯 일찍 불러 주실 거라고는 미처 생각지 못했습니다. 실로 영광입니다, 여왕 전하."

"아, 네."

'뭐야, 말을 헷갈리게 하네. 길리안가의 사람보다 먼저 불러 줘서 영광이라는 거야, 아니면 중립파에서 자길 밀었다는 사실을 모르는 거야?'

알쏭달쏭한 기분에 한쪽으로 고개를 기울이자, 영윤은 매무시를 슬쩍 고치고는 말했다.

"비가 오는 바람에 복장이 다소 단정치 못합니다. 넓으신 마음으로 용서해 주십시오."

"괜찮아요. 아, 일단 앉아요. 얘기는 그다음에 하지요."

"감사합니다."

정중하게 고개를 숙여 감사를 표한 영윤이 책들을 한쪽에 내려놓았다.

밀라이아는 기름종이에 싸인 책들을 힐끗 바라보며 물었다.

"도서관에 다녀오는 길인가 봐요?"

"그렇습니다. 생각보다 일찍 도착한 데다, 마침 몇 가지 읽고 싶은 책이 있던 참이라서요."

"『운명으로 엮인 사랑』이라. 이건 루블리스 황제와 아리스티아 황후를 모티브로 삼았다는 소설이네요. 놀랍군요. 남성분들은 연애 소설에 별로 관심이 없을 줄 알았는데."

"사랑을 논하는 데 남녀의 구분이 무에 필요하겠습니까. 신은 아름다운 이야기라면 모두 좋아한답니다. 특히 이 소설의 결혼식 장면은 백미지요."

"그런가요? 다음에 한번 읽어 봐야겠군요."

가볍게 답한 그녀는 다른 책들을 계속 살펴보았다. 그중 몇 가지는 읽었고 또 몇 가지는 그러지 못한 것이었지만, 그녀가 알든 모르든 친절하게 대강의 내용을 설명해 주는 영윤 덕에 대화를 이어 나가는 데는 별다른 문제가 없었다.

한참 동안 부드러운 분위기 속에서 담소를 나누는데, 문득 맨 밑에 깔려 있던 책의 제목이 눈에 들어왔다.

"『상업의 기초: 이렇게 하면 당신도 천금을 만들 수 있다』?"

'역시 이 사람이었나?'

입가에 의미심장한 미소가 걸렸다. 물론 달랑 책 한 권만 보고 판단할 수는 없으니 좀 더 대화를 나눠 보며 알아봐야겠지만, 그래도 어쩐지 제 짐작이 맞을 것 같았다.

어떤 식으로 대화를 유도해야 할까 잠시 궁리하는데, 여유로워 보이던 태도를 거둔 영윤이 살짝 굳은 얼굴로 말했다.

"아, 네. 음, 물론 귀한 신분으로서 돈 문제를 직접 논하는 건 자칫 천해 보일 수……."

"명작이죠. 백 년 뒤에도 꾸준히 읽힐 만한 책이라 장담해요."

"진정 그리 생각하십니까?"

변명조로 답하던 남자가 눈을 크게 떴다. 설마하니 권력의 정점인 그녀가 그리 답할 것이라고는 생각지 못한 듯했다.

"당연하죠. 돈이 얼마나 중요한 건데요."

단호하게 답한 밀라이아는 영윤의 반응을 살피며 계속해서 말을 이었다.

"물론 고도 대부분의 귀족이 상업을 천시하는 건 알고 있어요. 하지만 그건 오산이라 생각해요. 그들이 앞으로 변할 세상을 알 수만 있다면, 영지의 생산에만 주력하는 게 얼마나 근시안적인 사고방식인지 깨달을 수 있을걸요."

"흐음, 그건 지나치게 극단적인 견해가 아닐까요?"

"아뇨. 전혀요. 백 년 뒤엔 재력이 권력의 향방을 좌우할 거라 확언할 수 있어요."

확신에 가득 찬 목소리가 입술 밖으로 흘러나왔다. 실제로 그랬으니까.

그녀가 살던 시대의 레노아가는 축적한 부를 바탕으로 거의 공작가에 준하는 권력을 쥐고 있었다. 굳이 승작을 노리지 않아도 알아서 그 비슷한 대접을 받을 정도로.

"하아, 이런."

탄식하듯 한숨을 내쉰 영윤이 진지한 표정으로 물었다.

"하면 전하께서는 상업을 천하다고 생각하지 않으시는 겁니까?"

"이러니저러니 해도 왕국을 운영하는 핵심은 결국 돈이고, 그 돈의 회전을 더욱 빠르게 해 주는 게 상행위인데요. 한데 상업에 뛰어드는 게 대체 왜 나쁘다는 거죠?"

거기에서 잠시 말을 끊은 밀라이아는 차를 한 모금 들이마시고는 계속해서 이야기했다.

"당장 제국만 봐도 그래요. 산하에 상단을 두고 운영하는 귀족이 한둘이 아니잖아요. 말이야 바른 말이지, 귀족들의 입장에서도 영지 하나에만 매달리는 것보단 그게 훨씬 낫지 않나요? 결국 가문을 건사해 나갈 자금줄이 더욱 탄탄해지는 건데요."

"옳으신 말씀입니다. 한데 아무도 그런 것에는 관심이 없더군요. 그런 일이야 가신들이 해결하는 것이고 자신들은 그런 천한 일에 신경 쓰면 안 된다나 어쩐다나……."

"다 허튼소리죠. 그렇게 한 우물만 파다 자금줄이 끊기기라도 하면 어쩔 건데요? 재력이 뒷받침되지 않는 귀족을 과연 누가 있어 고귀하다 대접해 줄까요? 그건 그저 앞으로의 미래가 어찌 될 것인지도 모르는 자들의 근시안적인 헛소리에 불과해요."

단호한 대답에 영윤은 뭔가 생각에 잠긴 듯 잠시 눈썹을 찡그리다, 갑자기 빙긋 웃었다. 지금까지 그가 지어 보였던 의례적인 미소와는 어딘가 다르게 느껴지는 그런 웃음을.

"이것 참. 피를 나눈 가족들조차 이해해 주지 못했는데, 설마하니 이런 자리에서 마음이 맞는 분을 찾을 줄은 몰랐습니다. 그분이 여왕 전하이실 거라고는 더더욱 말입니다."

"그런가요?"

밀라이아는 저를 뚫어져라 바라보는 남자를 향해 슬쩍 눈꼬리를 휘어 보였다.

'이자였군.'

피를 나눈 가족조차 이해하지 못한다는 것으로 보아 현재 레노아가에서 상업에 관심이 있는 사람은 오직 눈앞의 영윤뿐일 터. 그렇다면 문제의 그 백작 역시 지금 이 남자일 확률이 높았다. 물론 그가 거짓말을 하지 않았다는 전제하에서.

'쯧, 가만 보면 이해 안 되는 부분이 한두 군데가 아니란 말이야.'

레노아가의 선례가 있어서일까, 그녀가 살던 백 년 뒤의 왕국에서는 귀족들이 상업을 천대하는 일 같은 건 없었다. 아니, 오히려 서로 직접 상단을 운영하기 위해 안달복달했다.

그러나 지금 이 시대는 달랐다. 에스페라 공작이 해 준 이야기에 따르면, 여왕이 살고 있는 지금 이 시대까지만 해도 귀족들이 직접 돈을 다루는 일이 매우 천시되었다고 했다. 동맹국인 카스티나 제

국에서는 이미 각 귀족가 산하 상단들이 활발하게 활동하고 있음
에도 그랬다고.

'하긴 뭐, 나야 저들이 그렇게 나와 주면 좋지. 따지고 보면 왕가
가 부유한 이유 중에 그것도 있을 테니까.'

속으로 혀를 차던 밀라이아는 문득 드는 생각에 멈칫했다.

'어라? 설마 그거, 내가 해야 하는 일은 아니겠지? 여기서 아무
조치도 안 하고 가면 왕실이 가난해져 있다거나…….'

등골이 서늘해졌다. 정말 그렇다면 눈앞의 영윤을 제 편으로 끌
어들여야 하는 이유가 하나 더 생긴 셈이었다.

'이자를 어떻게 끌어들인다지? 페르디난드 공작의 영향력을 배
제할 수가 없으니 그게 좀 문제네.'

몰래 입맛을 다시는데, 흘러내리는 머리카락을 가볍게 쓸어 넘긴
영윤이 말했다.

"으음, 곤란하군요."

"뭐가 말인가요?"

"아무래도 계획을 조금 수정해야 할 것 같아서요. 당분간은 무서
운 분들 등쌀에 죽어날 듯합니다. 어쩔 수 없지요. 전부 자업자득
이니까요."

'계획을 수정한다고? 그게 무슨 소리지?'

그 의미가 궁금했지만, 밀라이아는 그게 무슨 소리냐 묻는 대신
말없이 영윤을 바라보았다. 어차피 시간도 꽤 있겠다, 일단 그가
하는 말을 다 들어보고 물어도 늦지 않을 거라는 생각에서였다.

"우선 인사부터 다시 올리겠습니다. 가장 높이 나는 분이자 가장
멀리 보는 분, 고귀하신 여왕 전하께 레노아가의 장남 레오나르 수

레노아가 인사 올립니다. 올해 스물넷으로, 미욱하나마 행정부 산하 외무부에서 5급 관료로서 일하고 있습니다.”

“……반가워요, 레노아 영윤.”

반 박자 늦게 화답한 밀라이아는 찻잔으로 입가를 가리며 표정을 감추었다. 이제 와 굳이 정식으로 다시 소개하는 이유를 알 수가 없었던 탓이다.

그녀가 영윤이 처음 인사를 건넬 때 굳이 정식으로 소개하라 명하지 않았던 건 청혼서에 이미 그에 대한 대략적인 정보가 전부 적혀 있었기 때문이었다. 그 역시 그걸 감안해서 적당히 생략한 것일 터. 한데 이제 와 뜬금없이 정식 인사라니.

“갑자기 신이 왜 이러나 궁금하신 모양이군요. 하나 이것이 옳다 생각했습니다. 감히 처음으로 존안을 뵙는 영광된 자리에서 소개를 생략한 좀 전의 무례를 용서하십시오.”

“……그렇게까지 할 건 없어요. 고 역시 암묵적으로 용인한 일이었으니까요.”

“압니다. 하나 그렇다 해서 신의 무례한 행동이 없던 일이 되는 건 아니잖습니까. 하옵고…….”

“……?”

“실은 전하께 한 가지 고백할 사실이 있습니다.”

“고백? 무엇을 말인가요?”

찻잔을 내려놓으며 고개를 갸웃하자, 레노아 영윤은 다소 난처해 보이는 얼굴로 말했다.

“실은 신이…… 그러니까, 여성분들과의 친분이 조금, 음, 폭넓은 편입니다. 이미 아실지도 모르겠으나 그래도 말씀드려야겠다 싶어서 말입니다."

"아아, 네. 알고 있어요."

피식 웃음이 나왔다. 그거야 이미 너무나도 잘 알고 있는 사실이 었으니까.

영윤은 지금 그녀가 웃는 이유를 제대로 짐작하지 못할 테지만, 사실 에드워드 3세 시대의 레노아 백작은 두 가지 이유에서 유명했다. 뛰어난 상재商材로 가문의 부를 어마어마하게 증가시킨 것이 그중 첫째요, 서른이 넘을 때까지 독신을 고집하며 온갖 여성들을 섭렵한 것이 바로 둘째였다.

그러니 그가 바람둥이인 걸 모를 리 있겠는가. 백 년 후의 사람들까지 알 정도로 유명한 사실인데.

'그러고 보면 공작도 대단해. 감히 이런 자를 여왕에게 붙일 생각을 하다니 말이야. 아니지, 오히려 그래서 더 승산이 있다고 생각한 건가? 중립파 입장에서야 어떻게든 나를 사로잡아 길리안가와 엮이지 않도록 해야 할 테니까.'

'그런다고 내가 뜻대로 넘어가 줄 줄 알고?'라고 생각하며 다시한번 피식 웃는데, 어느새 여유로운 얼굴로 돌아온 영윤이 말했다.

"아무리 그래도 그리 웃으시면 상처받습니다."

"아, 미안해요. 그러려는 의도는 아니었어요."

"아닙니다. 다 자업자득이지요. 어쨌든 그런 문제로 전하께 누를 끼치는 일은 없을 테니 그 점은 염려치 마십시오."

"당연히 그래야지요."

가볍게 대답하자, 잠시 침묵하던 영윤은 이내 작게 소리 내어 웃었다.

"역시 신의 눈은 틀리지 않았군요. 듣던 것과는 많이 다르십니다."

"그런가요?"

가슴이 뜨끔했지만, 밀라이아는 그저 웃는 얼굴로 말을 받았다. 어차피 영윤은 여왕과 직접 대면하는 게 처음이니, 세간에 알려진 것과 다른 모습을 보여 준다 해서 별로 이상하게 생각하지는 않을 것이다. 지금 말한 것처럼 그저 소문과는 좀 다르다 여기겠지.

"참, 당분간 일주일에 한 번 정도 만나면 되겠죠? 열흘은 너무 긴 것 같고요."

"네. 그 정도면 적당할 듯합니다."

"좋아요. 그럼 최소한 이 주는 벌었군요. 그럼 그동안 독서 모임이라도 가질까요? 보아하니 꽤 대화가 잘 통할 것 같은데."

왕족이 결혼하기 위해서는 최소한 상대와 세 번 이상의 만남을 가져야 하는 것이 관례. 그 말을 뒤집으면, 어떤 후보자와 세 번을 만나 보기 전에는 다른 사람을 만나 볼 수 없다는 이야기도 되었다. 그러니 길리안 공작으로서는 아무리 안달이 나도 최소 이 주간은 그녀를 어쩌지 못할 터였다.

"그리해 주신다면야 신으로서는 더 이상 바랄 것이 없습니다. 하면 다음부터는 미리 준비를 좀 해 와야겠군요."

탁자 위에 놓인 『상업의 기초: 이렇게 하면 당신도 천금을 만들 수 있다』를 흘낏 쳐다본 영윤이 문득 생각났다는 듯 물었다.

"그러고 보니 소문 들으셨습니까? 마드모아젤 그레이스가 곧 신작을 출간한다더군요. 덕분에 제국 쪽에서는 요즘 난리도 아니랍니다."

"오, 그래요? 이번에도 현황 루블리스에 대한 이야기인가요?"

"아니요. 예전에 냈던 작품의 개정판이라고 들었습니다. 신성 제국과 마법 시대를 배경으로 한 연애 소설이라던가요?"

"호오. 그렇군요."

"마드모아젤 그레이스라면 절절한 감정선만큼이나 철저한 고증으로 유명한 작가잖습니까? 한데 하필 마법 시대라니. 물론 아직도 그 시대의 유산이 조금씩은 남아 있다지만, 과연 어떤 식으로 고증을 해냈을지 몹시 궁금하더군요."

"뭐, 그래도 상당 부분은 상상으로 채우지 않았을까요?"

적당히 말을 받자, 영윤은 그럴 수도 있겠다고 답하며 말했다.

"참, 마법 시대의 이야기가 나와서 말인데, 전하께서는 아직도 세상 어딘가에는 마법이 남아 있다는 이야기를 믿으십니까? 마법 시대의 유산 같은 것이 아니라, 진짜 마법 말입니다."

"네? 진짜 마법…… 이요?"

밀라이아는 어쩐지 뜨끔한 기분을 감추며 물었다.

가볍게 고개를 끄덕인 영윤이 답했다.

"그렇습니다. 제국의 '피의 맹세'야 워낙 유명하다 보니 모두가 알고 있는 사실이지만, 듣기로는 우리 왕국에도 그 비슷한 주문이 아직 존재한다고 하더군요. 왕실을 수호하는 마법이 아직 있다고도 하고, 뭐라더라? 저 남쪽 숲 근처에는 레드드래곤이 산다는 전설도 있다나요?"

"……설마요. 그런 것이 있으면 진즉 소문이 났겠죠. 고는 그런 허황된 얘기는 믿지 않아요. 근거 있는 이야기만 믿죠. 한데 레노아 영윤?"

적당한 선에서 대화를 자르며 부르자, 영윤은 왜 그러느냐는 듯 고개를 슬쩍 한쪽으로 기울였다.

순간 물결치며 빛을 뿌리는 벌꿀색 머리카락이 눈부시게 아름다워서, 밀라이아는 저도 모르게 천천히 눈을 깜빡이며 입을 다물었다.

'와, 정말 예쁘잖아. 이래서 여자들이 홀라당 넘어가는 건가?'

"전하?"

"……네?"

"갑자기 말씀이 없으셔서 걱정하였습니다. 혹여 어디가 불편하신지요?"

"아아, 아니에요. 그냥 이상하리만치 고와 취향이 비슷한 것 같아 신기하다 말하려던 참이었답니다."

"……아."

대화하는 내내 느꼈던 점을 이야기하자, 영윤은 갑자기 입을 다물었다. 그러고는 잠시 후 어딘가 난처해 보이는 듯한 미소를 지으며 답했다.

"송구합니다, 전하. 전하를 기만하려던 건 아니고, 이건 그저 습관 같은 거라……."

"습관이요?"

"으음, 그러니까……. 실은 좀 전에 들고 왔던 책들이 전부 전하의 취향을 파악하기 위한 것들이었습니다. 물론 맨 밑에 있던 책은 아니었지만요."

"……."

조심스러운 고백에 밀라이아는 잠깐 침묵했다. 어이가 없기도 하고 한편으로는 또 감탄스럽기도 해서 무어라 말을 해야 할지 알 수가 없었다.

'그럼 그렇지. 어쩐지 그렇게 이름을 날리던 바람둥이치고는 별다를 것이 없다 했다. 그런 식으로 자연스럽게 취향을 파악한 후 대화를 통해 친밀감을 올리는 거구나.'

생각하면 생각할수록 어이가 없어서, 밀라이아는 샐쭉하게 웃으며 말했다.

"흠, 그럼 어디 한번 들어나 보죠. 영윤이 파악한 고의 취향이 무엇인지."

"저, 전하."

"어떤 이야기든 화내지 않겠어요. 약속하죠."

거듭되는 말에도 머뭇거리던 남자는 밀라이아가 눈꼬리를 사납게 치켜세운 후에야 간신히 말문을 열었다. 꽤나 조심스럽게 말을 고르는 것이, 혹시라도 그녀의 분노를 살까 봐 몹시 저어되는 듯했다.

"시간이 짧아 많은 점을 알아내지는 못했습니다만, 무척 학구적인 분이시라는 생각이 들었습니다. 관심을 보이시는 책들을 보아하니 대부분 그런 내용이더군요. 그동안 꽤 많은 귀족들과 대화를 해 보았으나 전하만큼 지적이신 분은 만나 보지 못하였습니다. 아, 페르디난드 공작 각하는 제외하고요."

"으음, 그런가요?"

"네. 또한 굉장히 진보적인 사고방식을 가진 분이시라는 생각도 들었습니다. 꼭 상업에 대한 얘기만이 아니어도 전반적으로 그러시더군요. 보통 고귀한 신분이실수록 보수적인 경향을 보이기 마련인데 조금 의외였습니다."

'그거야 나는 백 년 뒤의 사람이니 아무래도 이 시대의 기준으로는 그렇게 보이겠지. 그나저나 꽤 세세하잖아?'

밀라이아는 내심 놀라움을 삼키며 가볍게 고개를 끄덕였다. 여자의 취향을 파악하기 위해 발달한 재능이라는 게 좀 어이없긴 했지만, 의외로 그가 짚어 주는 면이 꽤 상세하다는 사실에 점점 흥미가 동했다.

"흠, 그리고요?"

"으음…… 아, 보통의 여성분들과는 많이 다르신 것 같습니다. 연애 소설에 대해서도 별 관심이 없으시고, 패션에도 그다지……. 아무래도 한 나라를 이끌어 가야 하는 분이라서 그런지 꽤나 중성적인 면모가 있으신 것 같습니다."

'뭐라고? 중성적?'

드레스 자락을 움켜쥔 손에 절로 힘이 꽉 들어가는 것이 느껴졌다. 다른 것은 그렇다 쳐도 중성적이라는 말은 몹시 충격적이었다. 그 말인즉 저는 여자 같지도 않아 보인다는 소리가 아닌가.

"중성적이라. 그렇군요. 고는 보통의 여성들과는 많이 달랐군요."

"헛, 전하, 그것이 아니오라……."

"그것이 아니라니, 하면 고에게 거짓을 고했단 말인가요?"

"아, 아닙니다! 신은 그저……."

"그저?"

"신은 그저, 전하께서 훌륭한 군주가 될 자질을 갖추고 계신다고 말씀드리려던 것뿐입니다. 그, 어, 전하께서도 분명 보통 여성분들처럼 지내고 싶은 마음이 있으실 것이나 그를 억제하며 국왕으로서의 정체성 확립을 위해 노력하시는 모습이……."

식은땀을 흘리며 변명하는 남자를 매섭게 바라보던 밀라이아의 입가에 실소가 걸렸다. 어차피 남녀관계로 발전할 사이도 아닌데 이런들 어떻고 저런들 또 어떠랴 싶었다.

"됐어요. 영윤의 충성심은 잘 알아들었으니 이제 그만해도 돼요."

"충성심이라니요, 신은……."

"정말 괜찮아요. 처음부터 솔직히 말하라고 한 쪽도 고였는걸요. 뭐, 그건 그렇고, 슬슬 다음 일정을 시작할 시간이군요. 오늘 만남은 여기까지로 합시다."

부드럽지만 단호한 이야기에 잠시 그녀의 눈치를 살피던 남자가 슬쩍 고개를 숙여 보이며 답했다.

"네, 전하. 그럼 신은 이만 물러가겠습니다. 가장 높이 나시는 분께, 창공의 무궁함이 함께하시기를."

"그래요. 조심해서 가요."

가볍게 인사를 건넨 밀라이아는 조금씩 멀어지는 벌꿀색 잔영을 바라보며 홀로 빙긋 웃었다.

'꽤나 즐거운 만남이었어. 마지막의 패션 운운만 없었다면 더 그랬을 테고.'

수습하려 애쓰는 모습을 보며 조금 풀리기는 했으나, 중성적이라느니 어쩌느니 이야기한 것은 확실히 충격적이기는 했다. 그러잖아도 마음에 들지 않았던 복장을 순간 전부 뜯어고쳐 버릴까 생각했을 정도로.

'한때는 왕국 제일의 패셔니스타라고 불리기까지 했던 내가 어쩌다 이런 지경이 된 거지?'

어쩐지 한숨이 나왔지만, 아무리 눈이 괴로워도 아직은 참아야 했다. 갑자기 복장을 일괄적으로 바꿔 버릴 명분도 없었거니와, 페르디난드 공작을 제외하고는 이렇다 할 아군도 없는 상태에서 다짜고짜 일을 벌일 수는 없는 노릇이었으니까. 게다가 제가 벌일 일이 미래에 끼칠 영향도 고려해야 했다.

'조금만 더 참자. 인내하며 기다리다 보면 언젠가 기회가 오겠지.'

마지막으로 한 번 더 긴 한숨을 내뱉고서, 밀라이아는 깃펜을 다시 집어 들었다.

몇 시간 뒤.

집무실을 빠져 나온 밀라이아가 복도를 걷는데, 황급히 달려온 시녀 하나가 꾸벅 고개를 숙였다. 금갈색 머리카락을 단단하게 틀어 올린 그녀는 다름 아닌 레티시아 영애였다.

"이제 오세요, 전하? 레노아 영윤은 잘 만나셨나요? 소문에 따르면 굉장히 아름다운 분이라고 하던데요."

눈을 반짝이며 바라보는 클로에를 보자 왠지 웃음이 나와서, 밀라이아는 저도 모르게 생긋 미소를 지었다. 확실히 눈앞의 이 영애는 다른 사람들과는 관심사가 조금 다른 듯했다. 다른 사람들이라면 그의 배경이라든가 예의 그 소문에 더 관심을 둘 텐데.

"네, 무척 아름다운 영윤이더군요."

"와아, 진짜요? 궁금하다. 저는 소문만 들었지 한 번도 직접 뵌 적이 없거든요."

"그런가요? 그럼 다음 만남 때는 클로에도 꼭 부르도록 할게요."

"정말이세요? 감사해요, 전하!"

활짝 웃으면서 옆으로 따라붙은 클로에가 보폭을 맞춰 걸으며 종 알종알 말을 걸었다.

"한데 전하, 지금 어디로 가시는 거예요?"

"구름궁으로 가요. 만찬을 하기엔 아직 이른 시간이기는 하지만, 겸사겸사 산책도 좀 할까 싶어서요."

흘낏 근위 기사들을 돌아본 밀라이아의 눈이 차갑게 빛났다. 그 러잖아도 하는 꼬락서니들이 마음에 들지 않았는데, 아무래도 조 만간 한번 대대적으로 손을 봐야겠다 싶었다.

'어디 한번 걸리기만 해 봐. 쓸 만한 명분이 생기는 순간 싹 물갈 이해 버릴 테니.'

속으로 중얼거리며 하늘궁을 나서자 잿빛 하늘 아래 흐릿하게 물 든 연초록 세상이 그녀를 반겼다.

축축하게 젖은 공기와 비 오는 날 특유의 싸늘한 찬기가 폐부 가 득 스며들었다. 송골송골 맺힌 연둣빛 잎사귀에서 투명한 물방울 이 방울방울 굴러떨어지고 있었다.

"우산을 펼치겠습니다."

서둘러 다가온 시녀들이 허리를 숙여 보이고는 커다란 우산을 겹 겹이 펼쳐들었다.

잠시 그 모습을 바라보던 밀라이아는 그냥 홀로 걸으려던 생각을 바꿔 빗속에 펼쳐진 하얀 장막 아래로 말없이 발을 들였다.

잔잔한 사위 속, 부슬부슬 내리는 빗방울이 만들어 내는 고요하 고도 아름다운 선율이 끊임없이 귓가를 두드렸다.

꼬물꼬물 머리를 들이미는 실낱같은 물방울들이 하얀 우산 그늘과 한판 승부를 벌이는 모습에 절로 미소가 걸렸다. 어쩐지 마음속까지 정화되는 느낌.

천천히 걸음을 내디딜 때마다 폭신하게 젖은 땅이 보드랍게 발을 감쌌다.

끝이 더럽혀지지 않도록 살며시 치맛자락을 잡아 올린 밀라이아는 행여 젖을세라 겹겹이 우산을 씌워 주는 시녀들과 보폭을 맞춰 느릿느릿 걸음을 옮겼다. 공연히 부산스럽게 움직여 이 평온한 고요를 깨고 싶지 않았다.

하늘궁을 넓게 둘러싼 정원을 벗어나서도 동쪽을 향해 걸어가기를 한참, 물기 머금어 뽀얗게 젖어든 시야 너머로 흐릿한 건물의 형체가 보였다. 하늘을 찌를 듯한 기세로 솟아오른 그녀의 궁과는 달리 둥그런 지붕을 갖고 있는 그곳은 에드워드 왕제가 머물고 있는 구름궁이었다. 본래 세상에서는 그녀의 거처이기도 한.

'그러고 보니 이곳에 온 이후로 구름궁에 오는 건 처음인가? 아니지, 어쩌면 이 몸이 이곳을 찾은 것도 처음일지 몰라. 여왕은 왕제와 사이가 나쁜 척 굴었으니까.'

비가 와서 그런가, 문득 잊고 있었던 글로리아에 대한 생각이 떠올랐다.

마치 시각과 감정을 공유하던 그때로 돌아간 것만 같은 느낌에 조금 가라앉은 기분으로 걷는데, 어느새 웅장한 구름궁의 문이 모습을 드러냈다.

활짝 열린 현관에는 시종장을 비롯한 시종들이 그녀를 기다리고 있었다.

"창공의 드높음을 경배하라. 고귀하신 여왕 전하께 구름궁의 시종장 칼 룬더가 인사 올립니다."

"반갑군, 룬더 시종장. 왕제는 어디 있지?"

밀라이아는 잠시 잠깐 젖어들었던 감상을 털어 내며 물었다.

그녀가 구름궁으로 향하는 순간 분명 전갈이 갔을 터. 그렇다면 여왕의 행차를 맞이하러 왕제가 먼저 나와 있어야 정상인데, 아무리 주위를 둘러봐도 시종들만 보일 뿐 그는 보이지 않았다.

'이것 봐라.'

절로 입꼬리가 비뚜름하게 올라갔다. 아무리 사이가 나빠도 그렇지, 어떻게 같은 왕가의 일원으로서 여왕의 체면을 이렇듯 구겨 버린단 말인가. 어차피 계획이 무산된 것, 글로리아를 봐서라도 잘 대해 주려고 했는데 이런 식으로 나오면 곤란했다.

그런 그녀의 기분을 알아차린 듯, 서둘러 허리를 숙인 시종장이 말했다.

"송구합니다, 전하. 작일 너무 무리하셨던지라 잠시 오수午睡를 취하신다는 것이 그만……. 사람을 보냈으니 아마 곧 오실 것입니다."

"되었네. 고가 직접 찾아갈 터이니 안내하도록."

싸늘한 대답에 멈칫한 남자가 잠시 후 말했다.

"하면 안으로 모시겠습니다. 이쪽으로 오시지요."

"그러지."

냉랭한 음성으로 답한 밀라이아는 저를 따라온 기사들을 흘낏 돌아보고는 그대로 걸음을 옮겼다. 흠뻑 젖지는 않았어도, 그들은 아침에 봤던 모습과는 다르게 머리며 제복 깃에 은빛 물방울을 한 아름씩 달고 있었다.

"여기입……. 전하?"

사나운 기세로 한 발짝 앞으로 나선 밀라이아는 시종장이 채 말을 마치기도 전에 그대로 문을 열어젖혔다.

"뭐야? 누가 감히 내 허락도 없이 문을…… 누, 누님?"

그 안에는 백금발의 소년이 있었다. 그녀를 맞이할 생각은 전혀 없었다는 양 지극히 평범한 평상복 차림으로.

헛웃음이 나왔다.

"그래도 이 몸을 알아보기는 한 것 같아 다행이군요. 난 또 왕제가 내 존재를 까마득히 잊어버린 줄 알았지 뭡니까."

삐딱하게 입꼬리를 끌어올리며 이야기하자, 왕제는 의아한 표정으로 되물었다.

"그게 무슨 말씀입니까? 그보다 어찌 기별도 없이 오신 거죠? 만찬 시간은 지금보다 좀 더 뒤로 알고 있는데요?"

"흠."

힐끔 뒤를 돌아보는 순간, 열린 문 뒤쪽에 서 있던 남자가 흠칫하며 시선을 회피하는 모습이 눈에 들어왔다.

'아하, 그쪽이었어? 참나, 이제는 살다 살다 한낱 시종장에게까지 무시를 당하는구나.'

속으로 혀를 찬 밀라이아가 싸늘한 음성으로 말했다.

"내 왕제에게 한 가지만 충고하죠. 주인의 눈과 귀를 가리는 종복은 없느니만 못하답니다."

"뭐라고요? 그건 또 갑자기 무슨 말씀……."

의아한 얼굴로 되묻다 말고 멈춘 소년이 그제야 사태를 파악한 듯 얼굴을 잔뜩 찌푸리며 시종장을 돌아보았다.

"설마 시종장, 네 짓인가? 내게 누님의 방문을 미리 알리지 않은 것이?"

"소, 송구합니다, 저하. 신은 그저……."

"일단 나가 있도록. 이 일에 대한 책임 추궁은 추후에 하겠다."

"……명을 받듭니다."

안절부절못하던 시종장은 단호한 축객령에 창백해진 얼굴로 허리를 숙였다.

'호오. 생각보다는 제법인데? 물론 정말로 책임을 추궁하려 함인지, 아니면 저자를 보호하기 위함인지는 모르겠지만 말이지.'

둘의 행동을 구경하며 속으로 피식 웃는데, 사나운 기세로 문을 쾅 닫은 왕제가 그녀를 돌아보며 말했다.

"죄송합니다, 누님. 제가 따끔하게 다스릴 터이니, 부디 제 사람의 결례를 용서하십시오."

"뭐, 왕제가 그렇게까지 얘기한다면야. 알겠어요. 그리하죠."

"감사합니다. 아, 그리고 조언에 대한 감사의 뜻으로 저 역시 한 말씀 드려도 되겠습니까?"

"말해 봐요."

"주인의 눈과 귀를 속이는 개는 밥값이 아까운 법입니다. 부디 관대한 주인임을 자처하다 아까운 식량을 축내지 않으시기를 바랍니다."

'요것 봐라?'

제법 반항적인 눈초리로 시선을 맞받아치는 소년을 보자 입가에 슬쩍 미소가 걸렸다. 말하는 걸 보아하니 아무래도 근위 기사들의 작태를 대강 알고 있는 것 같은데, 그 정도 눈썰미라면 일단은 쓸 만하다 싶었다.

'귀여운 조상님이네. 제법 마음에 들어.'

"조언 고마워요. 유념하죠."

생글거리며 답하는 그녀를 향해 어이없다는 눈빛이 쏟아졌다.

하지만 밀라이아는 그런 시선을 못 알아차린 척 태연하게 상석에 앉고는 말했다.

"왕제도 앉아요. 그리고 아까 왜 이리 일찍 왔느냐고 물었던가요?"

"네, 그랬습니다. 이곳까진 대체 무슨 일이십니까? 즉위하신 이래로 단 한 번도 찾지 않았던 구름궁엘 다 오시고 말입니다."

"그냥, 아침에 일어났더니 비가 제법 오더군요. 날도 꽤나 쌀쌀한 것 같고요. 이런 날씨에는 자칫 감기에 들기 십상이라, 왕제더러 오라 하기보다는 내가 이동하는 편이 낫다 생각했지요."

"감기요? 하. 누님이 언제부터 그리 저를 신경 써 줬다고 그런 소리십니까? 죄송스러운 말씀이지만, 요전번부터 참으로 가증스럽기 짝이 없군요."

신경질적으로 그녀를 노려본 왕제가 계속해서 말했다.

"말씀해 보십시오. 요즘 대체 왜 그러시는 겁니까? 사람이 죽을 때가 되면 변한다던데, 설마 죽을병이라도 걸리셨습니까? 네?"

"……언사가 과하군요. 그런 발언은 자칫 꼬투리를 잡힐 수 있음을 모르지 않을 텐데요."

건조한 목소리로 지적하자, 왕제는 잠시 멈칫하다 이내 날카로운 음성으로 투덜거렸다.

"그 왕태제 건도 그렇습니다. 대체 무슨 생각으로 그런 얘길 하신 겁니까? 덕분에 제가 요즘 얼마나 시달리고 있는지 알기는 하십니까? 그런 식으로 간만 보지 말고 어느 쪽으로든 해결을 하시란 말입니다."

"해결이라. 좋아요, 그럼 그전에 한 가지만 묻죠. 왕제는 내가 그 문제를 어느 쪽으로 해결해 주길 바라요? 철회? 아니면 끝까지 관철?"

"그야 당연히……!"

"당연히?"

"……은근슬쩍 떠보지 마십시오. 공연히 답했다가 꼬투리 잡히기 싫습니다. 게다가 어차피 진심도 아니잖습니까? 요즘 들어 청혼서도 받고 있다면서요?"

'오호, 그러니까 왕위에 관심이 없지는 않다는 소리네?'

밀라이아는 붉어진 얼굴로 버럭 고함을 지르는 소년을 보며 피식 웃었다. 여왕이 하도 간절히 부탁하기에 세상 물정이라곤 하나도 모르고 그저 연약하기만 한 아이인 줄 알았는데, 지금 보니 여러모로 맹랑한 구석이 있다 싶었다.

"그런 얘기는 또 언제 들었답니까?"

"흥, 제게는 뭐 눈과 귀를 가리는 종복만 있는 줄 아십니까? 그토록 소문이 요란한데 모르는 것이 이상하지요."

"하긴 그렇군요. 그런데 왕제?"

"네. 또 뭡니까?"

"왕태제가 되고 싶거든 우선 그 자질 입증부터 해야 하지 않겠어요? 그러니 뭐든 열심히 공부하세요. 또 압니까? 그러다 정말 성군이 될 수 있을지."

제법 마음에 들어서일까, 따박따박 따지고 드는 모습이 어쩐지 자꾸만 귀여워 보였다. 반 시간 전까지만 해도 저런 태도를 봤다면 분명 못마땅해했을 텐데.

'꼬맹이 주제에 제법 귀엽잖아? 이래서 여왕이 에디, 에디 한 건가?'

갑작스러운 심경 변화 때문일까? 저도 모르게 뻗은 팔이 소년에게로 향했다.

보드라워 보이는 백금발 위에 하얀 손이 얹히려는 순간, '으이씨' 하고 작게 중얼거린 왕제가 몸을 한껏 뒤로 빼며 짜증을 부렸다.

"뭡니까, 이건 또? 잠깐 본심이 드러나나 했더니 다시 친한 척 달라붙기입니까? 그래 봤자 안 넘어가니 그만 좀 하시지요."

"아아, 정말이지 귀엽지 못한 조, 아니, 동생님이로군요. 그럴 때는 모르는 척 머리도 좀 내밀어 주고 그래야죠."

"도, 동생님? 대체 뭐라는…….'

"참, 요새는 뭘 배우고 있나요? 스승은 누구고?"

잠깐 지었던 과장스러운 표정을 싹 거두며 말을 돌리자, 어처구니가 없다는 얼굴로 그녀를 바라보던 소년이 잠시 후 푹 한숨을 내쉬고는 답했다.

"신경 끄십시오. 제가 무엇을 배우든 말든, 어차피 정말 궁금하신 것도 아니잖습니까?"

"왜 그렇게 생각해요?"

"몰라서 묻습니까? 정말 궁금했다면, 제게 묻는 대신 직접 찾아보셨을 테니까요. 그런 건 서류 몇 장만 들춰 봐도 알 수 있는 것 아닙니까?"

신경질적으로 답한 소년이 입을 꾹 다물었다.

네가 떠들든 말든 나는 더 이상 답하지 않겠다는 식의 그 반응에 가소롭다는 듯 웃은 밀라이아가 말했다.

"글쎄요. 이미 알고는 있지만 직접 말로 듣고 싶어서 물은 걸 수도 있지 않을까요?”

“……그럼 보셨다고요?”

미심쩍어하는, 그러나 좀 전보다는 한결 수그러진 눈빛을 똑바로
마주한 밀라이아가 생긋 웃음을 지었다.

“아뇨. 그랬으면 스승이 누구냐고 묻지 않았겠죠.”

“……뭐 하자는 겁니까? 이런 식으로 사람 가지고 장난치면 재밌
습니까?”

“네.”

“뭐라고요? 이……!”

밀라이아는 너무 분노한 나머지 말문이 막혀 버린 소년을 보며
쿡쿡 웃었다. 길리안 공작 때문에 그간 쌓였던 스트레스가 한 번에
풀리는 기분이었다.

‘아, 재밌다. 역시 에스페라 공작에게 배운 수법이 최고야.’

게다가 당할 때의 그 심정을 알고 있으니 더 재미있었다. 보나
마나 잔뜩 울화가 치밀겠지.

‘그럼 슬슬 마무리를 해 볼까?’

“지금…….”

“이런, 만찬 시간이 얼추 다 되었군요. 일단 일어나죠.”

“……하.”

시기적절한 화제 돌리기에 막 화를 내려던 왕제가 기운 빠진 소
리를 내뱉는 것이 들렸다.

태연한 얼굴로 그를 돌아본 밀라이아가 고개를 갸웃하며 물었다.

“안 가나요?”

“……후우. 갑니다.”

슬쩍 한숨을 내쉰 소년이 자리에서 일어났다.

'귀엽네.'

소리 없이 웃으며 밖으로 향한 밀라이아는 문을 열자마자 복도 이곳저곳에서 보이는 모습을 확인하고는 좀 전과는 다른 의미의 미소를 지었다. 사실 그녀는 지금 이 광경을 보기 위해, 또 보여 주기 위해 일부러 옹색한 핑계를 대 가며 일찍 찾아온 것이었으니까.

교대 시간을 맞이한 근위 기사들이 곳곳에서 서로 일지를 작성하며 삼삼오오 대화를 하고 있었다. 교대를 위해 분명 외궁에서 이곳 구름궁까지 이동했을 것임에도, 그리고 분명 밖에는 여전히 비가 내리고 있음에도 머리카락이며 제복이 모두 보송보송하게 마른 채로.

오직 그녀를 수행하여 따라온 기사들만이 젖은 몸으로 질서 정연하게 서 있을 뿐이었다.

"이것 참, 아까운 식량을 축내지 않아야 할 사람이 또 있는 것 같군요. 안 그런가요, 왕제?"

"그게 무⋯⋯."

그녀의 시선이 닿는 곳을 확인한 왕제가 불현듯 이를 악물었다.

본래 제 것과 똑 닮은 푸른 눈동자가 그녀를 따라온 기사들과 그렇지 않은 자들의 제복을 번갈아 가며 훑는 모습을 확인한 밀라이아의 입가에 짙은 미소가 걸렸다.

'아까도 그렇고 지금도 그렇고, 그래도 눈치가 없는 건 아니라 다행이군. 일단 성향이나 다른 건 좀 더 검증해 봐야겠지만 잘 키우면 꽤 훌륭하게 자라겠어. 하긴 그 에드워드 3세인데 기대에 못 미치면 안 되지.'

"그만 갑시다. 일정이 다소 많았던지라 조금 시장하군요."

"네. ……누님."

한풀 꺾인 소년의 목소리가 무척 기꺼웠다.

창밖으로 내리는 보슬비마저 상쾌하게 느껴져서, 밀라이아는 올 때보다 한결 가벼워진 마음으로 걸음을 떼었다.

두 개의 길고 작은 그림자가 어깨의 무게를 각기 달리한 채 식당으로 향했다.

제3곡

sequéntĭa
속송

. . . .
. . . . . .

4부

il nome della rŏsa
장미의 이름

il nome della rösa
장미의 이름

황금빛 햇살 아래, 조금씩 짙게 물들기 시작한 나뭇잎들이 한들한들 춤을 추었다. 파릇파릇 돋아나던 어린잎이 어느새 풍성하게 자라나고, 높다랗게 떠오른 태양이 따사로운 온기를 한가득 흩뿌렸다.

밀라이아는 햇살이 잘 들어오는 창가에 앉아 사각사각 깃펜을 놀렸다. 단단하게 틀어 올린 머리카락 하며 굳게 다물린 입술에서 묘한 강인함이 느껴졌다. 마치 예전의 유약하던 인상은 모두 옛말이라는 듯.

여왕으로서의 삶에 적응하느라 바빴던 사월도 모두 지나가고 어느덧 오월의 첫째 날. 이 시대의 전반적인 상황도, 동글동글한 여왕 특유의 필체를 흉내 내기도 꽤 익숙해질 정도의 시간이 지났다.

다소 과장된 것처럼 느껴지던 예법도 이제는 몸에 확실하게 배어, 만날 때마다 사소한 동작이나 말투를 지적하던 페르디난드 공작도 최근에는 어쩌다가 하나씩만 짚어 줄 뿐이었다. 정무 회의에서 벽에 걸린 태피스트리처럼 멀뚱히 앉아 있는 것은 여전했지만, 그거야 적절한 명분을 찾아내기 위한 웅크리기였으니 문제없었고.

"이제 오늘 할 일은 끝난 건가? 아, 피곤하다……."

마지막 서류에 서명을 마친 밀라이아는 깃펜을 내려놓으며 팔을 쭉 뻗었다. 하루 종일 종이 쪼가리만 들여다보고 있었던 탓에 어깨며 허리가 몹시 뻐근했다.

한참 동안 기지개를 켜다 책상 위에 길게 엎드리는데, 노크 소리가 들리고 곧이어 안으로 들어온 레티시아 백작 부인이 말했다.

"여왕 전하, 레노아 영윤이 알현을 청합니다."

"아아, 죽겠네……. 들어오라고 해요."

앓는 소리를 내며 몸을 일으키는 그녀를 안쓰러운 눈빛으로 바라보던 여인이 물었다.

"많이 곤하십니까? 안색이 영 좋질 않으십니다."

"으음, 네. 봄이라서 그런지 몸이 영 찌뿌듯하네요."

"하면 알현을 연기하고 이만 쉬시는 것이……."

"괜찮아요. 어차피 아픈 것도 아니고 그저 몸이 조금 무거울 뿐인데요, 뭐."

부드러운 대답에 백작 부인은 잠시 망설이다 이내 고개를 끄덕였다.

"하긴 그것도 그렇군요. 알겠습니다. 대신 알현을 마치신 후에는 꼭 쉬셔야 합니다."

"그럴게요. 어차피 오늘 남은 일정은 이것 하나뿐이니 알현만 마치고 푹 쉬면 돼요. 걱정해 줘서 고마워요, 유모."

배시시 웃어 보이자, 작게 한숨을 내쉰 부인은 웃으며 머리카락을 매만져 준 다음에야 방을 빠져나갔다.

잠시 후 벌꿀색 머리카락의 남자가 들어와 정중하게 예를 갖췄다.

"창공의 드높음을 경배하라. 가장 높이 나는 분, 고귀하신 여왕 전하께 레오나르 수 레노아가 인사 올립니다."

"어서 와요, 레노아 영윤. 오랜만에 보네요."

"정말 그렇습니다. 이 주 만이던가요?"

"네. 그동안 약속 지키지 못해서 미안해요. 영윤도 알다시피 사정이 사정인지라."

레노아 영윤을 첫 번째 후보로 택한 이후로 여왕파 귀족들, 그중에서도 특히 길리안 공작이 가하기 시작한 무언의 압박 때문에 밀라이아는 그동안 눈에 띄는 활동은 거의 하지 않았다. 대신 그녀는 레노아 영윤과의 만남을 보름에 한 번으로 조정했다. 그럴수록 애가 타는 건 그들일 테니까. 물론 겉으로야 눈치를 보느라 그러는 것처럼 위장했지만.

"아닙니다. 그보다 오늘도 역시 아름다우시군요. 눈이 부실 지경입니다."

빙긋 웃으며 고개를 저어 보인 영윤이 말했다.

빈말이라고는 해도 아름답다는 말에 은근히 기분이 좋아져서, 밀라이아는 저도 모르게 생긋 미소 지으며 말했다.

"그렇게 얘기해 주는 사람은 영윤이 유일한 것 알아요?"

"네? 아니, 어째서요? 물론 모셔야 할 주군께 이런 말씀을 드리는 것이 불경스럽다 여기는 사람도 있겠지만, 본디 아름다움이란 그 사람의 지위나 신분과 상관없이 칭송받아야 마땅한 법입니다."

"고마워요. 과찬인 건 알지만 그래도 기분은 좋네요."

생글거리며 답하는 그녀를 향해 가볍게 손사래를 친 영윤이 말했다.

"천만의 말씀입니다. 마음 같아서는 연회의 파트너가 되어 주십사 청하고 싶습니다만, 아무래도 그건 무리겠지요?"

"네. 그건 좀 어려울 것 같네요. 대신 아쉬운 대로 함께 바람이라도 쐬겠어요?"

"전하와 함께라면야 신은 늘 영광입니다. 히면 어디로 가시겠습니까?"

슬쩍 눈웃음을 치는 그를 보며 피식 웃어 버린 밀라이아는 잠시 고민하다 말했다.

"그럼 승마는 어떤가요? 가슴이 좀 답답해서, 한번 신나게 달려 보고 싶네요."

"그리하시지요. 따르겠습니다."

"좋아요. 그럼 잠시만 기다려 주겠어요? 옷을 좀 갈아입어야 할 것 같군요."

가볍게 양해를 구한 밀라이아는 잠시 옆방으로 이동해 승마복으로 갈아입었다. 그런 뒤 감탄 섞인 칭찬을 늘어놓는 레노아 영윤과 함께 내궁 한쪽에 조성해 둔 승마 코스로 향했다.

'클로에가 아쉬워하겠네. 지난번에도 못 마주쳤는데, 하필이면 왜 또 제가 비번인 날에 만났냐고 투덜거리려나?'

문득 떠오르는 생각에 실소를 머금은 것도 잠시, 어느새 넓게 펼쳐진 인공 숲과 두 필의 말, 그리고 시종들의 모습이 보였다. 미리 전갈을 넣어 둔 탓에 이미 모든 준비를 마친 듯했다.

날아갈 듯 가벼운 발걸음으로 말 앞에 다가간 밀라이아는 푸르르거리는 백마를 덥석 끌어안았다. 본디 여왕의 애마였던 암말 윈디아는 그 성격이 순해 그녀 역시 아끼게 된 동물이었다.

"오랜만이야, 윈디아. 잘 지냈니?"

히히힝.

대답이라도 하듯 힘차게 갈기를 흔드는 윈디아를 보자 절로 웃음이 나왔다.

작게 소리 내어 웃은 밀라이아는 영윤이 내미는 손에 의지해 말 등에 올랐다.

오른손에 고삐를 감아쥔 그녀가 편안하게 자세를 고치는 사이, 제 몫의 말 위에 훌쩍 오른 그가 말했다.

"처음에는 살살 달리는 걸로 하시는 게 어떠신지요?"

"그래요. 그게 좋겠군요."

순순히 고개를 끄덕인 밀라이아는 영윤과 말머리를 나란히 한 채 가로수길을 돌았다. 다각다각 울리는 말발굽 소리는 얹힌 것도 내려보낼 겸 시원스레 달려 보겠다는 애초의 생각과는 달리 걸음에 가까운 음을 내고 있었지만, 이런저런 화제로 즐겁게 해 주는 영윤 덕분에 별로 답답하다거나 지루하게 느껴지지는 않았다.

"지난번에 해 주신 말씀은 무척 감사했습니다. 테슬라라니, 전혀 생각도 못했던 품목이었는데 의외로 맛도 향도 괜찮더군요. 덕분에 앞으로 상단을 꾸리는 데 무척 도움이 될 것 같습니다."

"다행이네요. 후일 시판에 성공하거든 내게도 한번 가져와 줘요."

"그야 물론이지요. 정말 감사드립니다, 전하."

말고삐를 살짝 잡아당기며 고개를 숙여 보인 남자가 문득 생각났다는 듯 말했다.

"아 참, 혹시 그 얘기 들으셨습니까? 아네스 영윤이 얼마 전 모

영애와 밀회를 하다 들켰다고 하더군요. 종종 카드게임을 함께하는 사이일 뿐이라고 했다는데 글쎄요, 일이 어떻게 되려나 모르겠습니다."

"호오, 그래요? 아네스 영윤이라. 그것참 재미있는 얘기네요."

절로 입꼬리가 비뚤하게 올라갔다. 밀회라니. 그래 놓고 제 앞에서는 몇 년간 정절을 지켰다느니 어쩌느니 했다는 소리가 아닌가. 어차피 믿은 것도 아니었지만, 이유야 어쨌건 어이가 없기는 매한가지였다.

"정말 그렇지요? 그래서 모두가 귀추를 주목하고 있답니다. 조만간 있을 피오르가의 연회에서 어떤 식으로든 결론이 나지 않을까 하고 말입니다."

"피오르가의 연회, 요?"

"그렇습니다. 피오르가에서 후계자의 득남 기념으로 곧 대대적인 연회를 열잖습니까. 수도 귀족들의 대부분이 초대되었으니, 아마도 그 두 사람 역시 거기에서 마주치지 않겠습니까?"

"……그렇겠군요."

'이것 봐라.'

밀라이아는 헛웃음을 삼키며 말머리를 슬쩍 틀었다. 아무리 계파가 다르다 해도 그렇지, 명색이 여왕인데 초대하기는커녕 보고조차 하지 않았단 말인가? 그것도 후계자의 득남 같은 중요한 사안을?

점점 더 정도를 더해만 가는 귀족들의 작태에 속이 부글부글 끓었지만, 그런 내색을 영윤에게 보일 수는 없었다.

그래서 그녀는 그저 여상스럽게 웃어 보이며 화제를 돌렸다.

"그보다 고는 다른 것에 흥미가 가는군요."

"어떤 것 말씀이십니까?"

"카드게임 말이에요. 어떤 식으로 하는 건지 궁금하군요. 혹시 영윤은 할 줄 아나요?"

"물론입니다. 자랑은 아니지만, 이래 봬도 꽤 잘한다는 소리를 듣는 축이랍니다."

"그런가요? 하면 내게도 좀 가르쳐 주겠어요?"

재미있겠다는 생각에 아무것도 모르는 척 묻자, 영윤은 슬쩍 입꼬리를 들어 올리며 답했다.

"알고 보면 이게 꽤 유용한 기술이라서요. 공짜로 전수해 드리기는 조금 그렇고, 이건 어떠십니까? 저쪽 끝에 보이는 나무까지 전하께서 먼저 도착하신다면 가르쳐 드리는 걸로 하는 겁니다."

"만일 영윤이 이긴다면요?"

"하하, 그럼 작은 소원 하나만 들어주십시오. 무리한 것이라면 물론 거절하셔도 됩니다."

"흠, 좋아요. 그렇게 하죠."

가볍게 고개를 끄덕이자, 레노아 영윤은 곧바로 고삐를 잡아당겨 말을 세웠다.

"셋을 세면 출발하는 겁니다."

"좋아요."

"그럼 세겠습니다. 하나, 둘, 셋!"

"이랴!"

밀라이아는 그가 셋을 세자마자 곧바로 고삐를 내리치며 박차를 가했다.

초록빛 그늘을 뒤로한 채 두 필의 말이 질주하기 시작했다.

싱그러운 공기가 코끝을 감돌고, 다각다각 경쾌한 말발굽 소리가 귓가를 울렸다. 시원한 바람이 얼굴을 스치고 지나가는 느낌이 꽤나 상쾌했다. 어쩐지 무거웠던 몸이 잠시나마 가벼워지는 듯한 기분.

"이랴! 하!"

후련해지는 속만큼이나 밝은 목소리가 말을 독려했다. 마치 승자는 자신이라는 양.

그렇지만 출발에서 밀라이아가 조금 앞섰던 것과는 달리, 목적지에 먼저 도착한 사람은 레노아 영윤이었다.

한발 늦게 도착한 밀라이아는 바람결에 흐트러진 벌꿀색 머리카락을 쓸어 넘기는 남자를 잠시 멍하니 바라보았다. 만날 때마다 느꼈던 것이지만, 저 남자는 정말이지 지나칠 정도로 아름다웠다.

"이런, 신이 이겼군요. 하면 소원 하나 들어주시는 겁니다?"

"그러죠. 약속은 약속이니까."

"감사합니다. 어떤 소원을 빌지 신중하게 생각해 봐야겠군요. 그런데 전하?"

"네?"

"이제 속은 좀 풀리셨습니까?"

"속이요? ……아."

그제야 답답하니 신나게 달려 보고 싶다고 얘기했던 것을 떠올린 밀라이아는 감탄 섞인 표정으로 눈앞의 남자를 바라보았다. 함께하는 시간이 너무도 편안했던 탓에 잠시 잊고 있었는데, 역시 '전설의 레노아 백작'은 여자의 마음을 헤아리는 것에 있어서는 타의 추종을 불허했다.

'자꾸 이렇게 마음을 놓아 버리면 안 되는데.'

저도 모르게 풀려 버린 경계심에 헛웃음을 흘린 그녀는 가벼운 어조로 그렇다고 답한 뒤 말머리를 돌렸다. 여전히 몸 상태가 썩 좋지는 않았지만, 한바탕 신나게 달리고 난 덕분인지 좀 전보다는 한결 나아진 듯했다.

산책하듯 가볍게 달려 입구에 도착하자 한발 앞서 뛰어내린 영윤이 그녀에게 손을 내밀었다. 새하얀 그 손은 오래전 잡았던 누군가의 것과 달리 꽤나 부드러웠다.

덕분에 수월하게 말에서 내린 밀라이아는 시종들에게 고삐를 넘겨준 뒤 영윤을 돌아보았다. 이제 그만 그를 돌려보내고 궁으로 돌아가 쉬려는 생각에서였지만, 그런 그녀의 속마음을 눈치채기라도 한 듯 영윤은 그녀보다 한 박자 먼저 말문을 열었다.

"아까 카드게임을 말씀하셨지요? 아직도 궁금하십니까?"

"카드게임이요? 네, 물론이에요."

"하면 신에게 조금만 더 시간을 내주시지요. 어떻게 하는지 알려드리겠습니다."

"정말인가요? 하지만 아까는 그냥 가르쳐 줄 수는 없다고…….."

"그야 한번 튕겨 본 거지요. 너무 쉬운 남자는 매력이 없는 법이거든요."

슬쩍 눈꼬리를 휘며 하는 말에 갑자기 실소가 터져 나왔다.

'어휴, 정말. 뻔한 수법인 걸 알면서도 미워할 수가 없다니까.'

가볍게 눈을 흘기자, 웃는 얼굴로 그녀를 바라보던 영윤이 슬쩍 오른손을 내밀었다.

물 흐르듯 자연스러운 에스코트 요청에 다시 한번 피식거린 밀라이아가 그 위에 가볍게 제 손을 얹었다.

잘 꾸며진 정원을 지나 하늘궁으로 향하는 동안에도 영윤은 끝없이 농담과 소소한 이야깃거리를 늘어놓으며 그녀를 웃게 했다.

덕분에 무척 즐거운 기분으로 궁에 돌아온 밀라이아는 그와 함께 알현실에 들어가려다 말고 걸음을 멈추었다. 대기하고 있던 시녀가 다가와 작게 속삭인 말 때문이었다.

"뭐? 길리안 대법관이 반 시간 전부터 기다리고 있다고?"

"네, 전하."

'호. 이건 또 의외네. 온다면 그 아비나 형이 올 줄 알았더니.'

밀라이아는 내심 놀라운 마음을 감추며 의아해하는 표정을 만들어 냈다. 보는 눈이 많으니 항시 표정을 조심해야 했다.

"무슨 일로? 급하다 하던가?"

"그것까지는 잘 모르겠습니다. 송구합니다."

"으음. 이를 어쩐다⋯⋯."

밀라이아는 짐짓 고민스러운 표정으로 대기실 쪽을 흘끗 돌아보았다. 공식적인 만남 중인 영윤을 돌려보낼 생각은 없었지만, 그렇다고 해서 저쪽더러 더 기다리라고 딱 잘라 말하기도 애매했다. 감시하듯 저를 바라보는 시녀들의 눈초리를 생각한다면 더더욱.

그때, 레노아 영윤이 눈치 빠르게 말했다.

"하오면 전하, 길리안 대법관을 모셔 함께 카드게임을 하는 건 어떠하신지요? 이런 건 본디 사람이 많을수록 제맛이랍니다."

"아⋯⋯ 그래도 되겠어요?"

"물론입니다."

"고마워요, 레노아 영윤. 들었는가? 길리안 대법관을 모셔 오도록."

"그리하겠습니다."

고개를 숙여 보인 시녀가 대기실 방향으로 사라졌다.

"그럼 우린 먼저 들어가죠."

"네, 전하."

싱긋 웃은 레노아 영윤이 가볍게 눈짓했다.

대기하고 있던 다른 시녀들이 서둘러 문을 열었다.

그녀가 누군가와 독대를 할 때나 가벼운 만남을 가질 때 주로 쓰는 소알현실은 그 이름에서 연상되는 느낌과는 달리 제법 넓은 공간으로 이루어져 있었다.

너른 방 가운데에는 크림색 소파가 커다란 탁자를 둘러싸는 형태로 놓여 있고, 벽에는 왕실의 문장이 수놓인 거대한 태피스트리가 벽을 감싸듯 걸려 있었다. 반쯤 걷힌 커튼 사이로 들어오는 햇살이 제법 아름다웠다.

방 안을 가득 메운 황금빛 입자가 산산이 부서지는 모습을 잠시 둘러보던 밀라이아는 이제는 여왕과 온전히 같아진 걸음걸이로 안에 들어섰다.

오른손을 가볍게 받쳐 든 레노아 영윤이 말없이 그 옆을 따르고, 시중을 들기 위해 따라 들어온 시녀가 방문을 닫았다.

"간단한 다과를 내오도록. 카드도 한 벌 가져오고."

"네, 전하."

고개를 숙여 보인 시녀가 방을 막 빠져나가려는 때, 마치 짜 맞추기라도 한 것처럼 하늘색 머리카락의 청년이 나타났다. 얘기를 듣자마자 바로 달려온 듯 몹시 빠른 등장이었다.

밀라이아와 나란히 서 있는 영윤을 보며 멈칫한 그는 잠시 후 언제 그랬느냐는 듯 담담하게 인사를 건넸다.

"창공의 드높음을 경배하라. 루시어스 라 길리안이 여왕 전하를 뵙습니다."

"어서 와요, 길리안 대법관. 듣자 하니 오래 기다렸다기에, 그대만 괜찮다면 레노아 영윤과 더불어 카드게임이나 할까 싶어 들라 일렀습니다. 혹 잠시 시간을 좀 내줄 수 있나요?"

예상치 못한 질문에 청년은 조금 놀란 듯한 목소리로 되물었다.

"네? 카드게임…… 말씀이십니까?"

"네. 바쁘다면 어쩔 수 없고요. 급한 용건이라면 그것부터 처리하지요."

"아, 그리 급한 것은 아닙니다. 단지 전하께서 카드게임 같은 것에 관심을 가지실 줄은 미처 몰랐던지라."

"아아, 그냥 갑자기 흥미가 가서요. 어쨌든 잘됐네요. 그럼 함께하겠어요?"

"……네, 그리하겠습니다."

조금 가라앉은 목소리로 답한 남자는 밀라이아가 상석에 앉는 것을 확인한 후에야 조심스럽게 다가와 대각선 오른편에 앉았다. 말 없이 그 모습을 지켜보던 레노아 영윤은 그 맞은편에 자리했다.

벌꿀색 머리카락과 하늘색 머리카락, 오렌지빛이 감도는 금색 눈동자와 옅은 분홍색 눈동자, 그리고 눈에 확 띄는 화려한 외모와 정적인 느낌이 물씬 드는 차분한 외모.

밀라이아는 머리카락이 길다는 것 외에는 닮은 점이 전혀 없는 두 남자를 잠시 바라보다 문득 드는 생각에 물었다.

"두 사람, 혹시 서로 아는 사이인가요? 아니면 고가 소개해 줘야 하나요?"

"일전에 간단하게 인사를 나눈 적이 있습니다. 대법관이 되셨다는 이야기는 들었는데 미처 축하를 드리지 못했군요. 축하드립니다. 무척 빠른 진급이시군요."

"감사합니다."

친근하게 말을 붙이는 영윤에 반해, 청년은 그저 짤막하게 답만 했을 뿐 별다른 말이 없었다. 서로 다른 계파라는 점을 감안해도 생각했던 것보다 꽤나 싸늘한 반응이었다.

'그냥 따로 만날 걸 그랬나?'

예상보다 더 경직된 분위기에 잠시 멈칫한 밀라이아는 어차피 이렇게 된 것 어쩌겠느냐는 생각에 어깨를 으쓱하며 등받이에 몸을 기댔다.

그때, 노크 소리가 들리고 안으로 들어온 시녀가 다과와 카드 한 벌, 그리고 칩 상자를 내려놓았다.

은 스푼으로 찻잔을 한번 휘저어 본 밀라이아는 변함없이 반짝이는 은빛을 확인한 후에야 천천히 찻잔을 입가로 가져갔다.

몹시 능숙한 손놀림으로 카드를 섞은 레노아 영윤이 말했다.

"본격적으로 시작하기 전에, 전하, 혹 카드의 짝은 아십니까?"

"네, 일전에 간단한 놀이 정도는 해 본 적 있어요."

사실은 그 정도로 논할 수 있는 수준이 아니었지만, 어차피 이곳에 진실을 아는 사람은 없었다.

일견 순진무구하게 들리는 대답에 의심 없이 고개를 끄덕인 영윤이 말했다.

"그럼 바로 본 게임으로 들어가도 되겠군요. 일단 규칙을 설명해 드리겠습니다. 여기 이 카드들이 보이시지요? 지금 제가 알려 드리는 것은 요즘 사교계에서 가장 유행하고 있는 놀이로, 처음에 네 장을 가지고 시작한 뒤, 한 장씩을 세 번 받아 총 일곱 장이 될 때까지 하는 게임입니다. 한 장을 더 받을 때마다 배팅할 수 있고……."

밀라이아는 흥미로운 표정으로 그의 말을 경청했다. 한두 번 해 본 솜씨가 아닌 듯, 조곤조곤 이어지는 설명은 이미 다 알고 있는 내용임에도 감탄하며 고개를 끄덕일 정도로 훌륭했다.

잠시 후.

규칙에 대한 설명을 모두 마친 영윤이 흘러내리는 머리카락을 부드럽게 쓸어 넘기며 물었다.

"어떻습니까, 이해하셨습니까?"

"네. 하지만 자세한 건 일단 해 봐야 알 것 같네요."

"맞습니다. 원래 뭐든지 직접 해 봐야 느는 법이지요. 그럼 바로 시작해 볼까요?"

"그래요."

가볍게 고개를 끄덕이자, 다시 한번 묘기를 부리듯 카드를 섞은 영윤이 그녀와 루시어스에게 각각 네 장씩을 나눠 주었다.

밀라이아는 자꾸만 호선을 그리려는 입술을 카드로 감추며 속으로 생각했다.

'일단 규칙은 백 년 뒤와 크게 다르지 않은 것 같으니, 일단은 이 시대의 수준을 파악해 볼 겸 최대한 초보처럼 굴어야겠군.'

일부러 어쩔 줄 모르는 시늉을 하며 손에 쥔 카드를 바라보자, 격려하듯 빙긋 웃어 보인 영윤이 말했다.

"모름지기 이런 종류의 게임에서는 내기가 걸려야 재미가 배가倍加되는 법이지요. 어떻습니까, 전하? 소액이라도 걸고 하시는 것이?"

"그게 무슨 소립니까? 감히 전하께 내기를 운운하다니요. 더욱이 전하께서는 오늘 카드게임을 처음 해 보시는 것이 아닙니까."

"아뇨, 괜찮아요, 길리안 대법관. 내기라니 재미있을 것 같네요."

청년을 제지한 밀라이아가 흔쾌히 승낙하자, 탁월한 선택이라며 빙그레 미소 지은 영윤이 어느새 삼등분한 칩을 나누어 주고는 말했다.

"그럼 한번 제대로 시작해 볼까요?"

삼십 분 뒤.

"스트레이트입니다."

"……투 페어."

"신은 풀 하우스로군요. 이번에도 신의 승리인가요?"

"아아, 정말. 레노아 영윤, 너무 다 쓸어가는 것 아닌가요?"

제 앞에 놓인 칩을 반 이상 잃은 밀라이아는 여전히 서투름을 가장한 손길로 카드들을 내려놓으며 일부러 크게 한숨 쉬었다.

그런 그녀를 보며 빙긋 미소 지은 레노아 영윤이 물었다.

"이런, 송구합니다. 하온데 전하?"

"네?"

"뭐 한 가지만 여쭤봐도 되겠습니까?"

"그래요."

고민하는 척 눈썹을 찡그린 채로 칩 두 개를 내려놓자, 다음 카드를 건네준 남자가 말했다.

"일전에 알려 주신 그것 말입니다. 자료를 뒤져 봐도 그렇고 전문가들한테 물어봐도 그렇고, 모두가 쓸모없는 풀로만 알고 있을 뿐 다른 언급은 하나도 없더군요. 한데 전하께서는 그것을 어찌 아신 겁니까? 왕궁에만 계시는 분께서 아무도 모르는 사실을 알고 있으시다는 게 신기해서요."

불쑥 나온 이야기에 오른쪽에 앉은 청년을 힐끔 곁눈질한 밀라이아가 최대한 가벼운 어조로 물었다. 아무리 특정하지는 않았다 해도 다른 계파의 사람이 있는 자리에서 해도 되는 이야기인가 싶어서였다.

"지금 그 질문, 혹시 소원인가요?"

"어, 이런 식으로 얼렁뚱땅 쓰게 만드시는 겁니까? 아닙니다. 어떻게 얻은 소원인데, 이리 쉽게 써 버릴 수는 없지요."

"그래요? 그럼 비밀이에요."

별일 아닌 것처럼 가벼운 어조로 답변을 거절한 밀라이아는 카드들을 뒤집어 내려놓으며 되물었다.

"한데 그건 왜 묻는 건가요?"

"아아, 생각할수록 괜찮은 것 같아서요. 그 비슷한 것이 두어 가지만 더 있다면 대박을 낼 수 있을 것 같은데 아쉽달까요."

"호, 그래요? 그럼 고에게 좀 더 잘 보여 보든가요."

새침한 답변에 그럴 줄 알았다는 듯 웃은 영윤이 말했다.

"하하, 역시 더 알고 계시는군요. 알겠습니다. 최선을 다해 노력하죠."

꾸벅 고개를 숙여 보인 그가 카드들을 내려놓았다.

"너무 기대되는 말씀을 들어서인지 영 집중이 되질 않는군요. 이번 판은 포기하겠습니다. 길리안 대법관의 승리로군요."

"그렇군요."

가볍게 답한 하늘색 머리카락의 청년이 흐트러진 카드들을 정리했다.

그가 나눠 주는 카드를 받아 들며 언제쯤 실력을 드러낼까 고민하는데, 재차 포기를 선언하며 카드를 내려놓은 영윤이 말했다.

"참, 전하. 아까 그 소원 말입니다. 무엇을 빌지 생각났습니다."

"그래요? 어떤 건가요?"

"으음, 그게 말입니다."

말끝을 흐린 영윤은 무어라 답하는 대신 맞은편에 앉은 청년을 힐끔 쳐다보았다. 아무래도 그가 있는 자리에서는 말할 수 없는 내용인 모양이었다.

'무슨 요구를 하려고 그런담? 테슬라 건까지 툭툭 던진 사람이 이리 말조심을 하는 걸 보면 제법 중요한 얘기인가 본데.'

밀라이아는 잠시 고민하다 오른쪽을 돌아보았다. 어차피 시간도 꽤 흘렀겠다. 아무래도 이쯤에서 겸사겸사 자리를 정리해야 할 듯했다.

"길리안 대법관, 잠시 자리를 피해 주겠어요? 자꾸 용무를 미루게 해서 미안해요. 영윤과 얘기를 마무리한 뒤 곧바로 부르죠."

"……."

"길리안 대법관?"

"……그리하겠습니다, 전하."

그제야 간신히 그녀를 돌아본 청년이 답했다. 장시간 거의 말문을 닫고 있었던 탓인지, 낮게 울려 퍼지는 목소리는 살짝 가라앉아 있었다.

잠시 분홍색 눈동자에 일렁이는 무언가를 보았다 느낀 순간, 천천히 몸을 일으킨 그가 꾸벅 고개를 숙여 보이고는 돌아섰다.

저벅저벅 걸어 나가는 남자의 뒷모습을 물끄러미 바라보던 레노아 영윤이 고개를 슬쩍 기울이며 말했다.

"설마 그런 건가……?"

"네? 뭐가요?"

"아아, 아무것도 아닙니다. 아직은 그저 추측일 뿐이라서요. 그보다 그 소원 말입니다."

"얘기해요."

등받이에 편하게 등을 기대며 답하자, 영윤은 흘러내리는 머리카락을 뒤로 쓸어 넘기며 말했다.

"그, 전하와 제 '만남' 말입니다만. 한 번 더 연장할 수 있겠습니까?"

'흥, 감히 날 상대로 머리싸움이라도 걸겠다는 건가? 되지도 않는 얘길 꺼내면서 말을 빙빙 돌리는 걸 보면 말이지.'

속으로 픽 웃은 밀라이아가 물었다.

"지금 네 번째 만남을 원한다는 건가요?"

본디 국혼을 위해 필요한 만남의 횟수는 최소 세 번.

물론 세 번이라는 횟수는 어디까지나 최소치를 일컫는 것이므로 이론적으로는 그 이상도 가능했지만, 현실적으로 네 번째 만남이란 이전의 것들과는 그 의미가 많이 달랐다. 의무적인 횟수 이후로도 만남을 지속한다는 것은 왕족이 그 상대방을 국혼의 상대로 진지하게 고려하고 있다는 이야기나 매한가지였으니까.

하지만 지금은 달랐다. 처음에는 모든 후보를 세 번씩 만나 보며 원래 세계로 돌아갈 때까지 시간을 끌어 볼 생각이었지만, 중립파에서 레노아 영윤이라는 후보를 내세움으로 인해 애초에 생각했던 대로는 움직일 수 없게 된 탓이다.

한데 적어도 일 년은 만남이 유지될 거라는 걸 빤히 알고 있는 자가 네 번째 만남을 원한다? 웃기지도 않았다.

"좋아요. 그럼 고야 편하고 좋죠. 하면 소원은 끝난 거죠?"

"……에이, 농담 삼아 드려 본 말씀을 그리 진지하게 받으시면 어찌합니까. 신, 지금 식은땀 났습니다."

"흥, 그러게 누가 당연한 얘길 꺼내래요?"

샐쭉하게 웃자, 영윤은 슬그머니 눈꼬리를 늘어뜨리며 애처로운 표정으로 그녀를 바라보았다. 한 번만 봐주시면 안 되겠느냐는 무언의 청.

피식 헛웃음이 나왔다.

"알았어요, 알았어. 한 번 봐줄 테니까, 이제 제대로 된 얘기를 해 봐요. 피차 알고 있는 소리는 적당히 하고."

"자비로우신 처분에 감사드립니다. 역시 전하께서는 찬란한 미모만큼이나 마음씨도 고우시군요."

"흰소리도 금지예요. 용건만 얘기해요."

단호하게 말을 자르자, 영윤은 작게 신음을 내뱉고는 답했다.

"끙. 알겠습니다. 신의 소원은 이것입니다. 테슬라에 준하는 가치를 지닌 차를 두 가지 더 알려 주시는 것. 자비를 베푸시어 용도나 효용까지 말씀해 주시면 더 감사하고요."

"……정말 그거예요? 이번에도 농담이면 바로 축객령을 내릴 거예요."

"진심입니다. 신은 상품성이 있는 차 두 가지를 더 알기를 원합니다."

진심이 뚝뚝 떨어지는 대답에, 밀라이아는 고개를 갸웃하며 물었다.

"그거야 어렵지는 않은데, 고작 그 정도로 되겠어요? 무려 이 몸이 직접 소원을 들어주겠다는데?"

"하아아……. 그게 말입니다."

말이 떨어지기가 무섭게 땅이 꺼질 듯한 한숨 소리가 들렸다.

굉장히 싫은 기억을 떠올린 양 몸을 부르르 떤 그는 크게 숨을 들이쉬고는 말했다.

"그냥 처음부터 말씀드리는 게 낫겠군요. 어차피 모르실 일도 아니니 말입니다."

"편할 대로 해요."

어깨를 으쓱하며 답하자, 영윤은 머리카락을 한 번 뒤로 쓸어 넘기고는 물었다.

"전하께서는 혹시 어째서 하고많은 후보들 중에 신이 계파의 추천을 받게 되었는지 알고 계시는지요?"

"아뇨. 대강은 알 것 같지만요."

"……어떤 짐작을 하시는지는 알겠습니다만, 꼭 그 이유 때문만은 아닙니다. 그보다는 다른 까닭이 더 크지요."

"다른 까닭? 그게 뭔가요?"

의아해하는 그녀에게 영윤이 말했다.

"사실 신은 계파의 후보로 추천되기 전에 페르디난드 공작 각하를 만났습니다. 그리고 한 가지 거래를 했지요."

"거래라. 이미 짐작하고는 있었으나 상당히 기분이 나빠지는 단어로군요. 감히 이 몸의 반려 자리를 두고 대가를 주고받다니."

다소 냉담한 목소리가 입술 밖으로 흘러나왔다. 아무리 계파를 등에 업었다 해도 이 시대에는 부宫라는 권력도 없었을 레노아가의 사람이 감히 길리안가를 대적하겠다고 나섰을 때 이미 짐작한 바이기는 했지만, 그럼에도 막상 이렇게 사실을 확인받고 나니 기분이 나빴다.

황급히 고개를 숙여 보인 영윤이 말했다.

"그 점에 대해서는 드릴 말씀이 없습니다. 송구합니다, 전하. 하나 이것만은 알아주십시오. 만일 신이 그때 전하께서 어떤 분이신지 이미 알고 있었더라면, 그런 거래 없이도 무조건 자원했을 것입니다. 전하께서는 그만큼 매력 있는 여성이시니까요."

"흰소리는 그만하라고 했죠."

"흰소리라니요? 만일 신이 그리 생각하지 않았더라면, 처음 뵈었을 때 왜 굳이 다시 인사를 드렸겠습니까?"

"뭐, 좋아요. 그건 일단 넘어가죠. 그래서요?"

어깨를 으쓱하며 묻자 영윤은 슬쩍 그녀의 눈치를 살피고는 말했다.

"어쨌든 각하가 신에게 제시한 조건은 다음과 같았습니다. 첫째, 전하께서 길리안가의 후보에게 마음을 빼앗기시지 않도록 최선을 다할 것. 둘째, 유력한 국서 후보가 되도록 노력하되 실제로 국혼이 치러지지는 않도록 시간을 끌 것. 마지막으로……."

"마지막으로?"

"전하께 감히 끼 부리지 말 것. 이상입니다. 마지막 조건이 가장 놀라웠지요. 하하. 그 공작 각하가 시정잡배들이나 쓰는 어휘를 구사할 줄은 꿈에도 몰랐거든요."

'허, 그건 나도 놀랍네. 공작이라면 나를 확실히 옭아매기 위해서라도 영윤을 적극적으로 이용할 거라 생각했는데 말이지.'

속으로 소리 없이 동의한 밀라이아는 일부러 잔을 끌어당겨 차를 한 모금 마시며 빠르게 생각을 정리했다.

'최선을 다해서 시간을 끌라고 했다 이거지?'

마지막 것은 일단 그렇다 쳐도, 두 번째 조건으로 미루어 짐작건대 공작은 제가 실제로 국혼까지 치를 생각은 없다는 것을 간파한 듯했다. 아니면 그녀가 몇 년 뒤에 사라질 것을 대비해 또 다른 계승권 분쟁이 일어나지 않도록 미연에 방지하려 했다거나.

'어쨌든 잘됐네. 여차하면 보석 몇 개랑 소원의 돌만 챙겨서 나가 버리려고 했는데.'

뭐가 되었든 일단은 나쁠 게 없다 싶어서, 밀라이아는 그제야 찻잔을 내려놓으며 표정을 풀었다.

"그렇군요. 하면 그 조건을 지키는 대가로 영윤이 얻는 이득은 뭐죠?"

"자금입니다. 상단을 창단하기 위한."

"아아, 그렇군요. 이해했어요. 한데, 그렇다면 고에게 굳이 그런 소원을 빌 필요가 없는 것 아닌가요? 굳이 그러지 않아도 이미 충분한 자금이 있을 텐데요."

"신도 한 달 전까지는 그렇게 생각했습니다. 그렇기에 각하와의 거, 흠흠, 제안을 받아들였지요. 한데 그건 오산이었습니다."

한숨을 푹 내쉰 영윤이 질린 얼굴로 말했다.

"자금을 대준 대신 조건을 제대로 이행하고 있는지 확인해야겠다며 그분이 신을 얼마나 들볶는지 아십니까? 전하를 뵙고 온 다음 날이면 어김없이 불러서 무표정한 얼굴로 그 세 가지 조건을 다시 환기시키는데……. 한시바삐 돈을 벌어서 갚아 버리든가 해야지,

이러다가 상단을 차리기도 전에 말라죽게 생겼습니다."

'어라? 이거, 잘만 하면 수월하게 끌어들일 수 있겠는데?'

묵묵히 이야기를 듣던 밀라이아가 눈을 반짝 빛냈다. 원래는 우선 테슬라 건으로 능력을 시험해 본 다음 쓸 만하다 싶으면 제 사람으로 끌어들여 볼까 했는데, 저쪽에서 먼저 빈틈을 보인 이상 좀 더 빠르게 진도를 뽑아도 될 것 같았다.

'그깟 푼돈쯤, 설사 날린다 해도 별 상관없잖아? 어차피 돈이야 많으니까. 하긴, 그게 이 시대 왕실의 유일한 장점이지.'

"그렇군요. 고충이 많았겠어요."

"말도 마십시오. 아직 세 번밖에 안 갔는데 벌써 지긋지긋합니다."

"그거, 고가 해결해 줄까요?"

"네? 어떻게 말씀이십니까?"

빙긋 웃은 밀라이아가 말했다.

"간단하잖아요? 고가 상단에 투자하면 되지요."

"헛, 진심이십니까?"

"물론이죠."

다시 한번 웃어 보이자, 영윤은 오른손으로 머리카락을 쓸어 넘기고는 언제 놀랐느냐는 듯 차분해진 얼굴로 물었다.

"하면 그 대가로 전하께서 신에게 바라시는 것은 무엇이온지요? 혹 페르디난드 공작과의 절연을 원하시는 겁니까?"

'생각보다 머리 회전이 빠르군. 하나 저자가 공작의 심복인지 아닌지도 확실치 않은 상황에서 굳이 장단을 맞춰 줄 필요는 없겠지.'

밀라이아는 머릿속으로 그에 대한 평가를 조금 상향 조정하며 답했다.

"설마요. 고가 원하는 건 훨씬 간단하답니다. 고가 필요하다 하는 물품들을 우선적으로 납품할 것. 정식 경로든 그렇지 않은 경로든 간에, 수단과 방법을 가리지 않고. 당연히 기밀 엄수는 기본이겠죠?"

"우선 납품이라……. 만일 신이 못하겠다 말씀드리면요?"

"페르디난드 공작은 오늘부터 새로운 국서 후보를 물색해야 할거예요. 뭐, 어느 쪽을 택하든 잔소리에서는 벗어나게 되겠군요."

"…….."

축하한다며 생글거리는 그녀를 말문이 막힌 얼굴로 바라보던 영윤이 잠시 후 피식 웃었다. 남자치고는 붉은 입술이 부드럽게 호선을 그리고 있었다.

"이것 참, 괜히 한번 튕겨 보려다가 한 방 크게 맞았군요. 받아들이겠습니다. 왕실 납품 상단이라니, 신에게는 더할 나위 없는 영광이지요. 한데 정말 그래도 되겠습니까? 보는 눈들이 많을 텐데요."

"그 정도 능력도 없지는 않잖아요? 작은 상단으로 분산해서 조금씩 키워 가는 척 돌리다 적당한 시기를 봐서 합병하는 식으로 가면되지 않겠어요? 어느 정도 덩치가 컸다 싶을 때 납품을 시작하면되고요."

아무리 세상이 각박해졌다 해도 왕실은 왕실.

반드시 어두운 경로로 가져오라 한 것도 아니니, 조건만 착실하게 지킨다면 신생 상단에게 왕실 납품 상단이라는 이름이 붙는 것은 시간문제였다. 다소 협박조이기는 해도 분명 영윤에게 꽤나 이득이 될 만한 내용이었다.

"그렇기는 합니다만……. 그러기에는 시일이 꽤 걸릴 거라서요."

"흠, 설마 고가 뒤로만 일 시키고 모르는 척할까 봐 그래요? 그럼 이렇게 하죠. 사흘 내로 일차 투자금을 보내 줄 테니, 필요한 만큼 액수를 적어 놓고 가요."

선뜻 떨어지는 제안에 눈을 크게 뜬 영윤이 물었다.

"네? 그렇게 빨리 말입니까?"

"원래 쓸 때는 확실하게 쓰자 주의인지라. 마침 시기도 좋잖아요? 미남에게 빠져 버린 여왕이 천지분간 못하고 내린, 그렇지, 구애의 표시라고 하면 되겠군요."

"……오늘 참 여러 번 기분이 오묘해지는군요. 어쨌든 그리하겠습니다. 감사합니다, 전하."

분명 '구애의 표시'를 보내기만 했지 받아 본 적은 없을 남자의 표정은 꽤나 기묘했다.

픽 웃은 밀라이아가 말했다.

"그래요. 앞으로 잘해 봅시다. 차로 쓸 만한 품목들은 정리해서 다음 만남 때 주겠어요. 그럼 되겠죠?"

"네, 전하."

"좋아요. 그럼 그 일은 되었고…… 더 할 얘기가 있나요?"

"아니오, 없습니다. 하면 신은 이만 물러가겠습니다. 창공의 무궁함이 영원토록 함께하시기를."

눈치 빠르게 축객의 의미를 알아들은 영윤이 자리에서 일어났다.

루시어스를 부르기 위해 줄을 당기려던 밀라이아는 생각을 바꿔 몸을 일으켰다. 잠시 대기하라 했으니 아마 근처에서 기다리고 있을 터. 굳이 왔다 갔다 하라 하는 것보다는 자신이 직접 가는 게 더 빠를 듯했다.

시녀의 안내를 받아 작은방에 들어서자 주먹을 꼭 움켜쥔 채 서성이던 청년이 우뚝 멈춰 서는 모습이 보였다.

그 순간, 보라색과 분홍색 시선이 허공에서 마주쳤다.

보라색 눈동자가 가늘게 좁혀진 건 그와 거의 동시였다.

'저 눈빛……?'

어쩐지 미심쩍은 기분이 들었지만, 잠시 잠깐 마주쳤던 눈빛은 이미 사라진 후였다.

결국 밀라이아는 하릴없이 미소 띤 얼굴로 의례적인 말을 건넸다.

"미안해요, 길리안 대법관. 고가 너무 오래 기다리게 했네요."

"아닙니다. 선약…… 이 있으셨던 거잖습니까."

황급히 고개를 저은 남자가 조심스럽게 말을 이었다.

"하면 이제는 신에게 시간을 내어주실 수 있으신지요? 레노아 영윤은…… ."

"아, 돌아갔어요. 어쨌든 미안해요. 다른 때였다면 마땅히 정무부터 봤을 테지만, 알다시피 영윤과는 지금 그, 공식적으로 만나는 중인지라."

"……알고 있습니다. 실은 전하를 뵙자 청한 것도 바로 그 때문입니다."

"그게 무슨 소리죠?"

'뭐야, 왜 대공자가 아니라 이자가 왔지? 설마 이것도 심부름인가?'

스쳐 지나가는 생각을 감추며 정말 모르겠다는 양 되묻자, 청년은 뭔가를 결심하듯 크게 숨을 들이쉬고는 말했다.

"오늘부로 레노아 영윤과의 만남이 끝나는 줄로 압니다. 그다음 상대로 신을 지목해 주십시오."

'설마설마했는데 정말이었어? 아니, 그자는 대체 어떻게 돼먹은 인간이야? 청혼까지 동생에게 대신 시키다니.'

머리가 지끈거렸다.

"한참을 기다렸다기에 무슨 용건인가 했더니, 결국 또 그 얘기인가요? 그런 얘길 하고 싶거든 대공자더러 직접 오라고 해요. 매번 이렇게 남을 시키지 말고."

한 손으로 이마를 짚으며 말하자, 길리안 대법관은 한숨을 푹 쉬며 손으로 머리카락을 쓸어 넘겼다. 그 바람에 단정하게 묶여 있던 머리카락이 흐트러지며 하늘빛 물결을 그렸다.

"아니요, 형님 얘기가 아닙니다. 신은 지금 전하의 다음 상대로 형님이 아니라 바로 저, 루시어스 라 길리안을 지목해 주십사 청하는 것입니다."

"……뭐라고요? 누굴 지명해요?"

"저 말입니다. 지금 전하의 앞에 서 있는, 바로 이 사람이요."

오른손으로 가슴을 탁탁 두드리는 청년을 멍하니 바라보던 밀라이아가 입을 딱 벌렸다. 처음에는 제가 잘못 들은 줄 알았는데, 놀랍게도 그는 진심인 것처럼 보였다.

'이게 대체 무슨 소리야? 갑자기 자길 지목하라니?'

당혹스러웠다. 어이없게 첫 번째를 빼앗긴 탓에 길리안 공작이 이를 갈고 있는 것은 익히 알고 있었지만, 설마하니 대공자가 아니라 눈앞의 청년이 후보를 청해 올 줄은 몰랐다. 그동안 대공자가 여왕에게 보여 온 태도를 떠올려 본다면 더더욱.

"……그거, 공작의 뜻인가요?"

"아버님의 뜻이라 말씀드린 적은 없습니다."

"그럼 대체 왜 그런 말을 하는 거죠?"

곤혹스러워하는 그녀를 보며 남자는 담담하게 답했다.

"혼란스러워 하실 것 없습니다. 단지 전하께 청이 한 가지 올라온 것뿐입니다. 형님 대신 신을 국서 후보로 삼아 달라고요. 정 무엇하시다면 거래를 요청하는 거라 생각하셔도 됩니다."

"네? 거래요?"

'뭐야, 오늘따라 왜 이렇게 거래 얘기가 많이 나와?'

좀 전까지 레노아 영윤과 했던 대화가 떠올라, 밀라이아는 저도 모르게 이마에서 손을 떼며 열 발자국 앞에 서 있는 청년을 바라보았다. 그러고 보니 들어오자마자 충격적인 이야기를 들었던지라 두 사람 모두 아직 서 있는 상태였다.

"……일단 앉죠. 내 경황이 없어 그대를 그대로 세워 두었군요."

"감사합니다, 전하."

고개 숙여 정중하게 감사를 표한 청년은 그녀가 자리에 앉기를 기다렸다가 조용히 맞은편에 앉았다.

밀라이아는 평소답지 않게 조금 흐트러진 하늘색 머리카락에 눈길을 주며 물었다.

"잠시 맥이 끊겼는데, 다시 묻겠어요. 거래라뇨? 그게 무슨 얘기죠?"

"으음. 제법 긴 얘기가 될 것 같은데, 들어 주시겠습니까?"

"그러죠."

어쩐지 흥미로운 기분에 밀라이아는 흔쾌히 승낙했다.

어딘가 찜찜하기는 했지만, 그래도 여왕에게 별 감정이 없어 보이던 청년이 갑자기 해 온 청혼의 내막이며 뜬금없이 던진 거래라는 말의 의미가 몹시 궁금해 듣지 않을 수가 없었다. 하필이면 같

은 날 두 명의—물론 아직 한 사람은 확실하지 않았지만— 국서 후
보와 거래를 논하게 되는 것도 재미있었고.

"전하께서도 잘 아시겠지만, 신의 가문은 아직 후계자가 정해지
지 않았습니다. 표면적으로는 왕국에 몇 안 되는 공작가의 주인을
정하는 일이니만큼 신중을 기하겠다는 아버님의 의지 때문입니다
만……. 어쨌거나 그 때문에 자식들 간에 후계권 다툼이 몹시 치열
하지요."

"아, 네. 알고 있어요."

그러고 보면 저와 접점이 있는 사람은 대공자와 지금 눈앞에 앉
은 청년 둘뿐이었지만, 실제로 길리안가에는 공자로 불리는 자만
넷이 있었다. 그것도 전부 직계인.

천천히 고개를 끄덕이자, 청년은 차분한 음성으로 말을 이었다.
옅은 분홍색 눈동자는 평소에 보아 왔던 무심한 빛이 아닌 무언가
열망으로 가득 찬 색채를 뿜어내고 있었다.

"아시다시피 신은 막내입니다. 하여 세력도 경험도 가장 적지요.
솔직히 말씀드려, 그렇기에 일찌감치 관료로 진출한 것이기도 합
니다. 그러지 않으면 아버님의 눈에 띄기가 어려웠으니까요."

"그랬군요."

"네. 그랬기에 그동안 간절히 바랐음에도 한마디 말조차 못해 보
고 형님이 전하께 구혼하는 모습을 지켜보기만 했던 것입니다. 물론
그따위 무례한 행동들을 구혼이라고 표현할 수 있다면 말이지요."

"……."

밀라이아는 침묵했다. 이런 얘기를 서슴없이 건네는 청년의 의도
를 어떻게 해석해야 할지 알 수가 없었던 탓이었다.

"본래는 세를 좀 더 쌓은 뒤, 자리를 제대로 잡고 난 다음에나 말씀드리려고 했습니다만……. 아시다시피 국혼 얘기가 공론화되면서 더는 지켜보고만 있을 수가 없게 되었습니다. 송구합니다. 전하께 짐을 더 얹어 드리고 싶지는 않았는데 결국은 이렇게 되는군요."

가볍게 한숨을 내쉰 청년이 계속해서 말했다.

"서론이 길었습니다. 어쨌든 그래서 신이 드리고 싶은 말씀은 이 것입니다. 신은 형님이 전하의 부군이 되는 것을 결코 용납할 수가 없습니다. 가문의 후계자가 되는 것도요. 그러니 신에게 국서라는 지위를 주십시오. 아니면 최소한 그 근접한 위치라도 말입니다. 그리만 해 주신다면, 길리안가의 절대적인 충성을 전하께 바치겠습니다."

'절대적인 충성이라. 정말일까?'

밀라이아는 간절한 눈빛으로 저를 바라보는 청년을 마주 응시하며 빠르게 생각을 정리했다.

그가 제시한 '거래'는 그 내용대로라면야 분명 그녀에게도 상당히 괜찮은 제안이었지만, 그렇기에 오히려 더 의심이 들었다. 그만큼 그녀가 져야 하는 위험 부담도 상당했으니까.

대공자 대신 그의 청혼을 받아들일 경우, 그녀는 형제를 저울질한다는 구설을 감수해야 했다.

물론 그렇다고 해서 큰 손해를 입는 건 아니지만, 군주의 평판에 흠집을 내는 일은 되도록 자제하는 것이 좋았다. 그런 작은 것들이 모여 지지도를 깎아먹는 법이었으므로.

어디 그뿐인가? 만일 거래 자체가 함정이었다면, 그간 짜 왔던 계획이 전부 어그러지는 것은 물론 자칫 목숨까지 잃을 수도 있었다. 애초에 그 역시 길리안가의 사람이 아닌가.

'조금 아깝긴 하지만, 진심을 알지 못하는 이상 안전하게 행동하는 편이 나아. 매사 조심해서 나쁠 건 없으니까.'

속으로 결론을 내린 밀라이아는 부러 눈썹을 치켜세우며 답했다.

"절대적인 충성이라니, 말이 조금 이상하군요. 길리안가는 이미 고를 따르고 있지 않던가요? 다른 누구도 아닌 내 어머니의 가문인데 말입니다."

"……."

묵언하는 청년을 보며 목을 한번 가다듬은 밀라이아가 말했다.

"고는 공연히 형제 사이에 끼어 구설에 오르고 싶은 생각이 없습니다. 더욱이 그대는 고에게 청혼서를 보낸 적조차 없잖아요?"

루시어스는 침묵했다. 그저 제 아비와 똑 닮은 꿰뚫는 듯한 눈빛으로 그녀를 응시했을 뿐. 그러고는 잠시 후 입술을 깨물며 살짝 가라앉은 목소리로 말했다.

"그렇군요. 그것이 전하의 뜻이라면 존중하겠습니다."

"……."

"공연히 시간을 빼앗아 송구합니다. 이만 물러감을 허락해 주시겠습니까?"

"그러죠."

고개를 까딱해 보이는 그녀에게 감사를 표한 그가 말했다.

"오늘 중으로 청혼서를 보내겠습니다. 마음이 변하시거든 언제든 불러 주십시오. 그럼."

밀라이아는 방을 빠져나가는 청년의 뒷모습을 바라보며 잠시 생각에 잠겼다.

'저 말이 진실이라면 좋을 텐데.'

청혼서를 보내온 사람 중 레노아 영윤을 가장 먼저 택한 사실이 밝혀졌을 때, 정무 회의에서는 한차례 폭풍이 휘몰아쳤었다.

한 번 뽑힌 후보자는 최소한 세 번 이상은 만나야 가부可否를 결정할 수 있다는 관례 때문에 당장 그만두라고는 하지 못했지만, 그날 보았던 길리안 공작의 눈빛은 꽤나 살벌했었다. 아니, 그뿐만 아니라 대부분의 여왕파 귀족들이 그랬다.

그렇기에 지금 길리안 대법관이 던지고 간 말은 다소 위험하기는 해도 그녀에게 있어 꽤나 좋은 해결책이 될 것이 분명했다. 무뢰배인 대공자보다야 훨씬 괜찮은 상대인 데다가, 굳이 국혼을 치를 필요도 없이 레노아 영윤과 함께 둘밖에 없는 국서 후보 중 하나로 세워 주면 되는 일이었으니까.

'잘 생각해 봐야 해. 말로는 절대적인 충성을 바치겠다지만 속마음까지 그런지는 알 수 없는 거고, 나랑 정치적 지향점이 같은지 아닌지도 모르는 거잖아? 후계자가 된다고 한들 제 아비를 제치고 가문을 휘어잡을 수 있을지는 더 모르는 거고.'

머리카락을 뱅뱅 돌리며 생각을 정리하던 그녀는 가볍게 고개를 흔들었다. 그의 제안은 분명 매력적이나 아무리 봐도 불확실한 요소가 너무 많았다.

'대공자와 대법관이라……'

장남과 사남, 가장 유력한 후계자와 가장 세가 작은 자, 그리고 무뢰배와 상식이 통하는 자.

두 사람의 얼굴을 떠올리며 고뇌하는 밀라이아의 눈이 날카롭게 빛났다.

이틀 뒤.

집무실에 앉아 앞으로 해야 할 일들을 고심하던 밀라이아는 잠시 머리라도 식히자는 생각에 깃펜을 내려놓고 일어났다.

하늘궁을 빠져나와 조금 더 걷자 오월의 푸르름이 한껏 뒤덮인 정원이 보였다.

끝없이 펼쳐진 잔디밭에 늦은 오후의 햇살이 황금빛으로 산산이 부서지고, 봄 아가씨의 춤에 맞춰 초록빛 물결이 사르르 아름다운 곡선을 그렸다.

하늘궁을 중심으로 넓게 펼쳐진, 날개를 활짝 편 독수리의 형태를 이루고 있는 중앙 정원.

왕국은 물론이거니와 제국에서도 이름난 그곳은 그 명성에 걸맞게 몹시 아름다웠다.

기하학적인 무늬를 그리는 미로하며 당장에라도 날아오를 듯한 날개 모양이 절로 감탄사를 쏟아내게끔 하는 중앙 정원은 적어도 조경술만큼은 왕국이 제국에 처지지 않는다는 자부심이자 자랑거리이기도 했다.

높다란 가로수가 일정 간격으로 늘어선 중앙로를 지나 옆으로 꺾어 들자 허리 높이로 반듯하게 다듬어진 정원수들이 만들어 낸 미로 길이 펼쳐졌다.

별생각 없이 그 안으로 들어선 밀라이아는 문득 저만치에서 걸어

오는 두 남자를 발견하고는 멈칫 멈춰 섰다.

거들먹거리는 표정으로 상대에게 무어라 말하고 있는 자와 그것을 묵묵히 듣고 있는 자는 분명 길리안가의 두 공자였다. 대공자와 대법관.

'뭐야, 저들이 왜 여기에 있어?'

그냥 모르는 척 돌아설까 잠시 고민하던 밀라이아는 저를 뒤따르는 시녀들의 눈길을 생각하고는 언제 그랬느냐는 듯 태연하게 걸음을 옮겼다. 아무리 두 사람과 마주치는 게 내키지 않는다 한들 대놓고 피한다는 뒷말이 돌면 곤란했다.

짐짓 무심한 얼굴로 다섯 발짝 정도를 더 떼었을 때, 일방적으로 말을 늘어놓던 대공자가 불현듯 그녀 쪽을 돌아보았다.

허공에서 눈이 마주치는 순간, 씨익 웃은 그가 곧바로 제 동생을 버려둔 채 그녀를 향해 뚜벅뚜벅 걸어오기 시작했다.

밀라이아는 제게로 다가오는 대공자를 흘낏 쳐다보고는 그 뒤로 시선을 옮겼다.

갑작스러운 형의 행동에 의아한 표정으로 돌아보던 청년의 얼굴이 딱딱하게 굳는 모습이 눈에 들어왔다. 옅은 분홍색 눈동자가 짙게 가라앉는 모습도.

'이번엔 또 무슨 소릴 하려나.'

천천히 멈춰 서자, 빠른 걸음으로 다가온 대공자가 고개를 까딱해 보이고는 말했다.

"오랜만에 뵙습니다, 전하."

"……그러네요. 그동안 잘 지냈나요?"

"아니오, 그럴 리가요. 여기저기서 비웃어 대는 통에 지난 한 달

동안 마치 지옥에서 사는 것 같은 기분이었거든요. 물론 전하께서는 아주 자알 지내셨겠지요?"

'이것 봐라.'

그동안 제가 여왕에게 해 왔던 짓은 생각도 않고 대뜸 비난부터 해 오는 모습에 기가 막혔지만, 밀라이아는 일단 말없이 대공자의 말을 들었다. 어디까지 무례하게 나오나 일단 한번 지켜볼 요량이었다.

"답이 없으신 걸 보니 그래도 제게 미안하긴 하셨던 모양입니다. 하긴, 지난 삼 년간의 순정을 짓밟아 놓고 아무렇지도 않으셨다면 곤란하지요."

"형님, 말씀을 삼가십시오. 전하의 앞입니다."

"말씀을 삼가라니? 하면 이런 얘기를 전하 말고 다른 사람에게 하란 말이냐?"

"형님!"

"시끄럽다. 이건 전하와 내 일이니 넌 빠져 있도록 해."

거만한 목소리가 들리는 순간, 청년이 주먹을 꽉 움켜쥐는 모습이 보였다. 삽시간에 평온을 되찾은지라 정확하지는 않았지만, 잠시 잠깐 그의 얼굴을 스치고 지나간 표정에는 분명 사나운 분노가 섞여 있었다.

"잠시 얘기가 다른 곳으로 샜군요. 어쨌든 그래도 요즘은 조금 나아졌습니다. 외도도 끝내셨겠다, 조만간 전하와 오붓한 시간을 보낼 수 있을 테니까요. 아니 그렇습니까? 한 번이야 호기심으로 그러실 수 있다지만, 설마하니 두 번씩이나 저를 민망하게 하시진 않겠지요?"

그러니 어서 내 말에 따르겠다고 말해, 라는 표정을 짓는 대공자의 눈에는 강압적인 빛이 한가득 떠올라 있었다.

밀라이아는 속으로 혀를 차며 대공자를 노려보았다.

목숨 줄을 제대로 붙들기 위해서는 자리를 잡기 전까지 길리안가와 적당한 관계를 유지하는 것이 필수였지만, 아무리 그렇다 한들 저자를 국서 후보로 뽑는 건 아니다 싶었다. 어찌 저런 자에게 한시적이나마 왕실의 이름에 닿을 기회를 부여한단 말인가. 지금 갖고 있는 이름값에조차 한참 미치지 못하는 자에게.

"어찌 답이 없으십니까? 설마 저를 두 번 실망시키시진 않겠지요?"

"그만하십시오, 형님. 아까부터 태도가 지나치십니다."

"넌 빠지라고 했을 텐데?"

"아니오. 그렇게는 못하겠습니다."

"뭐?"

그제야 밀라이아에게서 시선을 뗀 대공자가 청년을 휙 돌아보았다. 살벌한 시선에도 그는 차갑게 굳은 얼굴로 제 형을 쏘아보고 있었다.

밀라이아는 팽팽하게 대공자와 대치하는 청년을 놀란 눈으로 바라보았다. 일전에 편지 심부름을 한 것을 봐도 그렇고 무시당하면서도 표정 관리를 하는 것을 봐도 그렇고 분명 대공자와 대놓고 마찰을 일으킬 사람처럼은 보이지 않았는데, 그는 지금 한 치의 망설임도 없는 태도로 제 형과 맞서고 있었다.

"설마 지금 내게 맞서겠다는 거냐?"

가소롭다는 듯한 대공자의 물음에도 청년은 물러섬 없이 침묵했다. 그저 말없이 밀라이아의 앞을 막아섰을 뿐.

그 모습을 보자 문득 한 가지 생각이 떠올랐지만, 밀라이아는 머릿속에서 이내 그것을 지워 내며 청년의 뒤에서 빠져나왔다. 아니, 그러려고 했다. 만일 등 뒤에서 특유의 딱 부러지는 목소리가 들리지 않았다면.

"여왕 전하, 여기 계셨군요. 한참을 찾아다녔습니다."

'페르디난드 공작!'

밀라이아는 무척이나 반가운 표정으로 뒤를 돌아보았다. 평소였다면 어딘가 오만하게 느껴지면서도 딱딱 끊어지는 그 음성을 기꺼워할 리 없었지만, 오늘만큼은 지금 이 분위기를 깨 준 그가 고마웠다.

"페르디난드 공작, 그대가 여긴 어쩐 일이죠?"

"긴히 드릴 말씀이 있어서 말입니다."

"그래요? 그게 뭔가요?"

평소답지 않은 상냥한 답변에, 공작은 어느새 대치 상태를 푼 두 공자를 힐끔 쳐다보고는 말했다.

"여기서 드릴 말씀은 아니라서요. 일단은 자리를 옮기는 것이 어떠하신지요?"

"전하께서는 아직 저와 대화 중이십니다만. 이리 갑작스럽게 끼어드는 건 예의가 아니지 않습니까?"

날선 물음에 그제야 대공자 쪽으로 살짝 몸을 튼 공작이 느긋한 어조로 답했다.

"하면 상급자의 대화에 끼어드는 건 예법에 맞는 행동인가 보군."

"……."

"본 공公은 분명 긴히 드릴 말씀이 있다 하였네. 대공자의 용건도 정무와 관계된 것이라면 모를까, 그렇지 않는다면 뭐가 선이고 뭐가 후인지는 알 거라 생각하네만."

희미한 비웃음이 담긴 말에 대공자는 몹시 불쾌한 표정을 지었다. 자신과 비슷한 나이임에도 행정부에 직위를 가지고 있다는 이유만으로 저를 은연중에 무시하는 것이 대단히 마음에 들지 않는 듯했다.

어쩌면 아직 후계자조차 되지 못한 제 처지를 자각시키는 것 같아 더 기분이 나쁜 것일지도 모른다. 어쨌거나 페르디난드 공작은 작위를 가진 귀족이자 한 가문의 수장이었으니까.

'그것참 고소하네.'

붉으락푸르락하는 대공자의 얼굴을 바라보며 몰래 웃음을 삼키는데, 더는 할 말이 없다는 듯 대놓고 그에게서 고개를 돌린 공작이 말했다.

"하면 전하, 잠시 자리를 옮겨 주시겠습니까?"

"아, 네. 궁으로 돌아가서 얘기하죠. 두 사람, 나중에 봐요."

슬쩍 뒤를 돌아본 밀라이아는 공작을 따라 길을 나섰다.

이대로 그녀가 가 버리면 분명 적잖이 시달릴 터. 공연히 저를 도우려다 대공자에게 들들 볶이게 생긴 청년에게 미안한 마음이 들었지만, 안타깝게도 이 상황에서 그녀가 어떻게 해 줄 방법은 없었다. 그저 일이 이렇게 된 이상 그의 제안을 좀 더 긍정적으로 검토해 보는 수밖에는.

천천히 미로 길을 빠져나와 하늘궁으로 돌아오자 레티시아 영애가 밝은 얼굴로 그녀를 반겼다. 뭔가 말하고 싶은 것이 있는 듯 그녀는 어딘가 상기된 표정이었지만, 밀라이아의 뒤에서 따라오는 남자를 보자마자 그대로 입을 다물었다. 아무리 천방지축이라도 공작은 좀 어려운 모양이었다.

이따가 그녀와 따로 얘기를 해 봐야겠다고 생각하며 집무실에 들어선 밀라이아는 문이 닫히자마자 곧바로 물었다.

"이번엔 또 무슨 일인가요? 긴히 할 말이라니요?"

"흠. 아무리 신을 별로 좋아하지 않으신다지만 좀 너무하신 것 아닙니까? 앉을 틈도 주지 않고 다짜고짜 본론부터 꺼내라니요."

"……앉아요."

"감사합니다, 전하."

지나치게 정중한 태도로 예를 표한 남자가 자리에 앉았다. 예법을 어긴 것을 비꼬는 것이 분명했다.

밀라이아는 부러 소파에 털썩 주저앉으며 공작을 흘겨보았다. 조금 전까지만 해도 들었던 반가운 마음 같은 건 이미 먼지 한 톨만큼도 남아 있지 않은 상태였다.

'한 번만 더 예법 운운하기만 해 봐라.'

사실 그러기를 바라고 일부러 털썩 주저앉은 것이었지만, 공작은 그녀가 잔뜩 벼르는 걸 눈치채기라도 한 듯 예법을 지적하는 대신 다른 얘기를 꺼냈다.

"사실 긴히 드릴 말씀 같은 건 없습니다. 그냥 지나가던 길에 이제는 대놓고 형제 사이에 끼어 계신 건가 싶어 나선 것뿐이라서요."

"……뭐라고요?"

눈썹을 확 찡그리자, 왜 그러느냐는 듯 의아한 표정을 지은 남자가 말했다.

"어찌 그런 얼굴이십니까? 분명 그동안 여러 번 말씀드렸을 텐데요? 아무리 여왕 전하시라고는 해도 형제 사이에서 줄타기를 하시는 건 보기에 썩 좋지 못하다고 말입니다."

"흥, 이제 와 평판을 신경 써 주는 척은. 자기는 유명한 바람둥이를 들이댄 주제에 누가 누구를 뭐라 하는 거예요? 남이야 형제 사이에 끼어 있든 말든 무슨 상관이라고."

샐쭉하게 답하는 그녀를 웃음기 어린 얼굴로 바라보던 공작이 말했다.

"글쎄요, 그런 것치고는 상당히 잘 지내신다고 들었습니다만. 듣자 하니 함께 말도 달리셨다면서요? 카드게임도 하시고요. 이거 이거, 생각한 것보다 레노아 영윤이 더 마음에 드셨나 봅니다?"

"뭐, 모두가 알다시피 여심을 잘 헤아리는 사람이니까요. 한데 공작은 나와 영윤의 일에 왜 그렇게 관심이 많아요? 왜요, 막상 붙여 주고 나니 신경 쓰여요?"

똑같이 맞받아 치자, 공작은 노골적으로 재미없다는 표정을 지으며 소파에 몸을 묻었다.

피식 웃음이 나왔다. 예법을 운운하기만 해 보라며 잔뜩 벼르고 있다 얻은 실망감을 이제야 돌려준 기분이었다.

"정말 옛날 여왕 전하와는 다르시군요. 그분이었다면 그런 말씀은 절대 못하셨을 겁니다."

"흐응. 그래서 아쉬워요?"

"그럴 리가요. 저는 지금의 전하가 훨씬 마음에 듭니다."

"그렇겠죠. 여왕과는 이런 식의 거래를 절대 하지 못했을 테니까요."

무심코 받아치던 밀라이아는 문득 이틀 전의 '거래'들을 떠올리며 눈썹을 찡그렸다. 어째 요즘은 늘 거래 얘기만 하는 것 같았다.

"……혹시 공작도 나한테 거래 제안할 거 있어요?"

"흠? 뜬금없이 그게 무슨 말씀이십니까?"

의아한 표정을 짓는 남자를 향해 가볍게 고개를 저은 밀라이아가 말했다.

"아무것도 아니에요. 그보다 다음 후보를 누구로 하느냐가 문젠데……. 역시 길리안가를 뽑아야겠지요? 순서로 보나 현실적으로 보나."

"아무래도 그렇지요. 길리안 대공자라. 쯧. 고생하십시오."

"무슨 소리예요? 나는 길리안가를 뽑겠다고 했지, 대공자를 선택하겠다고 한 적은 없는데요."

삐딱한 대답에 여유롭게 웃던 공작이 멈칫했다.

소파에서 몸을 일으킨 그가 날카로운 목소리로 물었다.

"그게 무슨 말씀이십니까? 대공자가 아니라면 누구…… 허, 설마 사공자를 뽑으시겠다는 건 아니지요? 길리안 대법관 말입니다."

"뭐, 고민 중이에요."

순간, 곧게 뻗은 검은 눈썹이 확 일그러지는 것이 보였다.

언제 느긋하게 앉아 있었냐는 듯 몸을 바짝 숙인 공작이 말했다.

"뭡니까. 밀회, 밀회했더니 정말 마음이라도 주신 겁니까? 그건 이전 여왕 전하이신 줄 알았는데요."

"……뭐야. 알고 있었어요?"

반 박자 느린 반문에도 공작은 웬일인지 그녀를 무시하며 제 할 말만을 이었다. 평소였다면 분명 꼬투리를 잡아 뭐라 했을 텐데.

"지금 중요한 건 그게 아니잖습니까. 어쨌든 사공자는 안 됩니다. 비록 다른 계파이긴 해도, 그자는 전하께 드리기에는 너무 아까운 인재란 말입니다."

"뭐라고요?"

'뭐야, 걱정하는 게 그 부분이었어?'

황당한 표정으로 쳐다보는 그녀를 여전히 무시한 공작이 좀 전보다 한층 빨라진 속도로 말했다.

"어차피 전하께서는 몇 년 뒤면 돌아가실 분이 아닙니까. 괜히 아까운 남자 하나 홀아비 만들지 마시고 그냥 포기하시지요. 게다가 전하께서 그를 뽑으면 길리안가에 내분이 일어난단……."

빠르게 쏟아지던 말이 불현듯 느려진다 싶더니, 이내 자취를 감추었다.

밀라이아는 갑자기 침묵하는 남자를 의아한 눈으로 바라보았다. 대체 무슨 생각이 떠올랐기에 말조차 하다 말고 저러는가 싶었다.

"내분이라. 흐음. 괜찮군요."

손가락으로 팔걸이를 톡톡 두드리던 남자가 씩 웃었다.

등받이에 다시 편안하게 등을 기댄 그는 언제 그리 만류했느냐는 듯 적극적인 태도로 찬성을 표했다.

"좋은 생각이십니다. 사공자를 뽑으십시오."

"……왜요, 길리안가에 내분이 일어나면 공작한테는 이득이라서요?"

떨떠름한 물음에 공작이 어깨를 으쓱했다.

"뭐, 겸사겸사지요. 어차피 전하께서도 대공자는 싫어하시잖습니까."

"그렇긴 한데, 공작이 적극적으로 권유하니까 갑자기 재고해 봐야겠다는 생각이 드네요. 자칫하면 나한테 불똥이 튈 것 같기도 하고?"

시큰둥한 얼굴로 답하자, 공작은 곧바로 고개를 저으며 말했다.

"그 점은 걱정 마십시오. 대공자야 물론 길길이 날뛰겠지만, 적어도 길리안 공작은 안 나설 겁니다. 누가 되었든 제 가문에서 국서가 나오면 되는 일이니까요."

"그걸 어떻게 장담해요? 그가 대공자를 밀어주려 할 수도 있잖아요. 그따위로 구는 걸 그냥 지켜보는 것만 봐도 그렇고, 보아하니 대공자를 꽤 총애하는 것 같던데."

까칠한 물음에 다시 한번 고개를 저어 보인 공작이 답했다.

"아뇨, 아무리 그렇다 해도 대공자를 밀어주는 일은 없을 겁니다. 공연히 그랬다가 전하께서 다른 가문의 사람을 뽑기라도 하신다면 문제이니 말입니다. 그렇다고 여태껏 해 온 대로 겁박하려 들기에는 신의 세력이 걸릴 테고요."

"그건 또 그렇군요. 흐음."

잠시 고민한 밀라이아가 팔짱을 끼며 답했다.

"어쨌든 알겠어요. 누구를 뽑을 건지는 한번 더 생각해 볼게요."

"그리하십시오."

고개를 까딱해 보인 공작은 문득 생각났다는 듯 다시 입을 열었다.

"아, 이걸 말씀드려야겠군요. 시간을 끄시겠다는 생각은 잘 알고 있습니다만, 어차피 길리안가를 뽑아야 한다면 누구를 고르시든 빠르게 첫 만남을 잡으시는 것이 좋을 듯합니다."

"왜요, 그새 무슨 일이라도 생겼나요?"

"그건 아닙니다만, 분위기가 영 심상치 않아서요. 듣자 하니 며칠 전에도 왕제 저하를 직접 찾아가셨다지요? 그 바람에 양 계파 모두가 두 분의 만남에 대해 촉각을 곤두세우고 있습니다. 길리안 공작은 더하고요."

잠시 숨을 고른 공작이 이어서 말했다.

"물론 신의 입장에서야 지금 이대로도 별로 손해 볼 건 없습니다 만, 당분간 자중하실 생각이 아니라면 그렇게라도 당근을 쥐여 주는 편이 낫지 않겠습니까?"

"그렇군요. 알겠어요. 유념하죠."

길리안 공작의 반응은 잘 알고 있었으므로, 밀라이아는 무어라 토를 다는 대신 순순히 고개를 끄덕였다.

'거 참, 성격 한번 급하네. 이제 겨우 한 달 끌었을 뿐인데 그리 안달복달해서야 원. 내가 일 년 이상 버틸 생각인 걸 알면 아예 숨이 넘어가겠군그래.'

속으로 이죽거린 밀라이아는 문득 떠오르는 생각에 공작을 돌아보며 물었다.

"아 참, 공작, 혹시 왕제의 교육을 맡아 볼 생각은 없나요?"

"교육이요? 갑자기 그건 무슨 말씀이십니까?"

"일전에 궁금해서 좀 알아본 적이 있었는데, 선생들의 정치적 성향이 편중된 것까지야 어쩔 수 없다 쳐도 유독 심각한 분야가 몇 군데 있더군요. 해서 제안하는 거예요. 어차피 공작도 왕제와의 접점을 만들어 둬야 할 테니 괜찮지 않나요?"

잠시 그녀를 물끄러미 바라보던 공작이 물었다.

"그야 그렇기는 합니다만, 신을 너무 믿으시는 것 아닙니까? 그러다가 저하께 붙기라도 하면 어찌하시려고요?"

"왕제한테 붙어요? 공작이?"

피식거리는 그녀를 보며 똑같이 웃어 버린 공작이 말했다.

"하긴 그렇군요. 그것과 관련해서는 이미 전하께 패를 다 보여 드렸었지요."

"지금이라도 기억이 났다니 다행이네요. 그럼 승낙하는 건가요?"

웃음기 섞인 물음에 손가락을 톡톡 두드리며 잠시 고민하던 공작
이 답했다.

"당장은 어려울 것 같고, 일단 시간을 한번 조정해 보겠습니다.
지금은 하고 있는 일만으로도 과로사하기 직전이라서요."

"아아, 어차피 당장 하란 얘기는 아니었어요. 왕제의 교육도 물
론 중요하지만, 그보다는 우선 거치적거리는 몇 가지부터 정리해
야 하지 않겠어요?"

"그렇다면 좋습니다. 일단 급한 일부터 해결한 뒤 차차 맡는 걸
로 하지요."

"좋아요."

흡족한 미소를 짓자, 공작은 시간을 한번 확인하고는 말했다.

"흠. 이만하면 뭔가 긴급한 사안을 보고드렸다고 하기에 충분한 시
간 같군요. 더 하실 말씀이 없다면 이제 그만 물러가도 되겠습니까?"

"뭐야, 정말로 그냥 끼어든 거였어요?"

"이미 그렇다고 말씀드렸잖습니까. 형제 사이에 끼어 있는 건 별
로 모양새가 좋지 못하다고요."

"허."

예상 밖의 대답에 헛웃음을 삼킨 밀라이아가 말했다.

"참나. 그런 사람이 방금 전까지 적극적으로 길리안 대법관을 민
거예요?"

"뭐, 사람의 일이란 항상 변하는 거니까요. 어쨌든 현명하신 판
단 기다리겠습니다. 참, 그리고 말입니다."

"네."

무심코 답하는 그녀를 향해 삐딱하게 입꼬리를 들어 보인 남자가 말했다.

"의자에 털썩 주저앉는 것은 예법에 어긋나는 행동입니다. 다음부터는 좀 더 주의하시기를."

"······뭐라고요?"

절로 입이 벌어졌다. 어쩐지 지적을 안 한다 했더니 이런 식으로 써먹을 줄이야. 이건 정말 에스페라 공작과 맞먹을 정도의 뒤끝이 아닌가.

"하면 신은 이만 물러가겠습니다. 다시 뵙는 날까지 평안하시기를."

씩 웃으며 예를 갖춘 남자가 돌아섰다.

'뭐 저런 쪼잔한 남자가 다 있어? 하여간, 레노아 영윤에게 매번 그 조건을 읊으라 했다는 걸 들었을 때부터 알아봤다. 살다 살다 에스페라 공작 같은 사람을 둘이나 보게 될 줄은 몰랐네.'

밀라이아는 실소를 지으며 산책을 가느라 잠시 내려놓았던 일감을 다시 집어 들었다.

'뭐, 혹시 또 모르지. 백 년이라는 사이 저자의 피가 에스페라 공작에게 섞인 걸 수도.'

그러고 보면 좀 닮은 것 같기도 했다.

고개를 갸웃하던 그녀가 펜촉에 잉크를 적셨다. 사각사각 깃펜 소리만이 텅 빈 집무실을 울렸다.

며칠 내내 비가 내린다 싶더니, 오랜만에 하늘이 맑게 개었다.

휘장 사이로 짓쳐 든 햇살에 눈을 뜬 밀라이아는 잿빛 대신 황금색으로 물든 세상을 확인하고는 벌떡 일어났다. 반쯤 열린 창 사이로 들어오는 봄바람이 무척이나 상쾌했다.

창가로 다가가 간만에 제 색깔을 드러낸 하늘을 바라보는데, 문득 등 뒤에서 인기척이 느껴졌다.

서둘러 돌아보자 어느새 나타난 금갈색 머리카락의 영애가 빙긋 미소를 짓는 모습이 눈에 들어왔다. 방을 정리하려 했던 듯 새 시트며 베갯잇을 든 시녀들을 뒤에 딸린 채였다.

"좋은 아침이에요, 전하!"

"네, 좋은 아침이에요, 클로에. 잘 잤어요?"

"그럼요! 저야 늘 잘 자는 걸요. 전하께선 어떠셨어요? 안녕히 주무셨나요?"

"네, 뭐, 그럭저럭?"

실은 요즘 들어 별로 그리 깊게 잠들지는 못하고 있었지만, 밀라이아는 그저 어깨를 으쓱해 보이며 답했다. 이 정도 불면증이야 귀족들이라면 대부분 달고 사는 만큼 별것도 아닌 일로 호들갑 떨고 싶지 않았다.

"정말요? 아, 다행이다. 실은 요즘 통 잠을 못 이루시는 것 같아서 걱정했거든요."

"그랬나요?"

"네에. 요 며칠 안색도 내내 안 좋으시고……. 물론 전하께서는 특별한 관리 없이도 아름다우시지만, 그리 못 주무시면 미모가 퇴색된단 말이에요. 절대로 안 될 말이죠. 그러니 반드시! 푹 주무셔야 해요. 전하의 미모를 보며 행복해지는 주변 사람들을 위해서라도요."

"……그렇군요."

슬쩍 시선을 회피하며 답하자, 클로에는 헤헤 웃고는 슬그머니 옆으로 다가와 말했다.

"그래서 말인데요, 전하. 침실에 피우는 향초를 바꿔 보면 어떨까요? 마침 진상품으로 최상급 향초가 들어왔거든요. 다른 향을 써 보시면 기분 전환이 되시지 않을까요?"

"어차피 침실 담당은 클로에니까, 원하는 대로 해요. 환경을 바꿔 보는 것도 나쁘지 않을 것 같네요."

가볍게 고개를 끄덕이자, 빙긋 웃어 보인 클로에가 답했다.

"알겠습니다. 그러면 오늘부터 바꾸는 걸로 할게요. 분명 깊게 주무실 수 있을 거예요."

"그랬으면 좋겠네요. 고마워요."

햇살에 반짝이는 유리창 위로 무표정한 여자와 그런 그녀를 바라보는 또 다른 여자의 밝은 얼굴이 나란히 비쳤다.

비슷한 나이 대임에도 몹시 극명한 그 표정의 대비를 물끄러미 바라보고 있을 때, 노크 소리가 들리고 곧이어 안으로 들어선 시녀가 말했다.

"전하, 목욕 준비가 끝났습니다."

"아아, 그래. 지금 가지."

밀라이아는 그제야 창에서 시선을 떼며 돌아섰다.

두 개의 방을 지나 욕실로 들어서자 미리 대기하고 있던 시녀들이 서둘러 다가와 조심스럽게 걸치고 있던 옷들을 벗겨 냈다.

따뜻한 물에 몸을 담그니 포근하면서도 나른한 느낌이 전신을 감쌌다.

편안하게 풀어진 채로 욕조에 몸을 기대는데, 문득 어제 받았던 길리안 대법관의 답신이 떠올랐다.

그녀의 편지, 즉 그의 제안을 받아들이겠다는 것과 며칠 전 정원에서의 일은 고마웠다는 내용을 담아 보낸 서찰에 대한 답장은 생각보다 제법 길었다. 두 번째 국서 후보로 자신을 뽑아 주셔서 감사하다며, 내일 점심때쯤 있을 만남에 대한 기대가 몹시 크다느니 다시 뵈올 시간만을 학수고대하고 있다느니 등등.

아래에 적힌 서명과 필체가 같은 것으로 보아 아마도 친필 서한일 것으로 보이는 그 편지는, 그녀의 선택에 대한 의문이나 기타 사항에 관한 것은 일언반구도 없이 그저 부족한 아들놈을 뽑아 주셔서 감사하다며 형식적으로 보내왔던 길리안 공작의 서신과는 사뭇 다른 느낌을 담고 있었다. 비록 빈틈없고 냉철하게 느껴지는 건 제 아비와 비슷하긴 했지만.

'대체 그자의 본심이 뭘까. 설마 여왕을 좋아하는 건 아닐 테고.'

슬쩍 한숨을 내쉬는 그녀에게 시녀 하나가 조용히 다가와 머리카락에 거품을 묻혔다. 또 다른 시녀의 손에는 보드라운 스펀지가 들려 있었다.

'일단 오늘 만나서 제대로 살펴봐야지. 그동안 오며 가며 봤다고

는 해도 이제부터는 상황이 다르니까, 어떤 사람인지 됨됨이부터 한번 꼼꼼하게 따져 봐야 해.'

보라색 눈이 반짝 빛났다.

'그리고 정말 거래를 지킬 수 있는 사람인지도 지켜봐야 할 테지? 아, 길리안 공작이 어떤 반응을 보였는지에 대해서도 한번 떠봐야겠네.'

곰곰이 생각하는 동안, 노련한 손길로 각자의 할 일을 마친 시녀들이 커다란 수건으로 젖은 머리카락을 감쌌다.

그녀들이 물기가 남은 몸을 꼼꼼하게 닦아 낸 뒤 한 발짝 뒤로 물러나자, 자그마한 단지를 들고 온 또 다른 시녀가 뚜껑을 열어 노곤하게 풀린 몸에 향유를 발랐다.

순간 훅 풍기는 짙은 장미 향에 저도 모르게 눈살이 찌푸려졌다.

서둘러 옆으로 다가선 클로에가 물었다.

"어찌 그러셔요, 전하? 뭔가 불편하신 점이라도 있으신가요?"

"······아무것도 아니에요. 한데 꼭 이렇게까지 해야 하나요?"

"어머나, 당연하죠. 아까도 말씀드렸지만 미인일수록 더 관리를 해 줘야 하는 법이랍니다. 게다가 전하께서는 지금 국혼을 위해 후보자들을 물색하시는 중이잖아요? 당연히 평소보다도 더 가꾸셔야지요."

빠르게 쏟아지는 말에 밀라이아의 얼굴이 떨떠름하게 변했다.

"굳이 그럴 것까지는······."

"안 돼요, 안 돼. 전하의 전속 시녀로 임명받은 이상 제게는 전하를 누구보다도 더 아름답게 만들어 드릴 의무가 있다고요. 물론 전하께서는 지금도 충분히 아름다우시지만, 그래도 이건 제 자존심이 달린 문제란 말이에요."

"……."

평소답지 않게 단호한 목소리에 어쩐지 기가 질려서, 밀라이아는 조용히 입을 다문 채 시녀들에게 몸을 맡겼다.

"향이 참 좋지 않나요? 앤트워스산 유황이 들어간 최고급 장미 향유랍니다. 이곳 유황은 글쎄, 너무 높은 곳에 있어서 절벽을 한참 올라야 캘 수 있다고 하더라고요."

"그래요?"

"네. 거기다 전부 사람 손으로 옮겨야 하기 때문에 하루에 생산할 수 있는 양에 한계가 있다고 들었어요. 원래 질도 좋긴 하지만, 그래서 더 비싼 거라고 하더라고요."

"그렇군요. 귀한 물건이니 아껴 써야겠네요."

'아예 안 쓰면 더 좋고.'

진심이 듬뿍 담긴 뒷말을 겨우 삼킨 밀라이아는 클로에의 부축을 받아 자리에서 일어나며 잠시 생각에 잠겼다.

'근데 앤트워스 영지면 혹시 그곳 아닌가? 하긴, 이때면 아직 문제없을 때겠구나.'

"자아, 다 됐습니다! 이제 가운을 입혀드릴게요."

"네."

느릿하게 답하자, 화장용 가운을 가져온 클로에가 깃 부분이 닿지 않도록 조심조심 펼쳐 입혀 주었다.

길게 늘어진 끈을 잡아 느슨하게 여민 밀라이아는 온몸을 둘러싼 짙은 장미 향에 한숨을 내쉬며 거울 앞에 앉았다.

작은 은 가위를 가져온 시녀 하나가 무릎을 꿇고 앉았다. 날이 잘 갈린 가위를 조심스럽게 손에 쥔 그녀는 며칠 새 자란 손톱을 둥글게 다듬기 시작했다. 잘각잘각 가위 소리가 무척이나 경쾌하게 들렸다.

젖은 머리카락을 부드럽게 두드리는 느낌과 규칙적으로 들려오는 소리에 취해 나른하게 눈을 깜빡이고 있을 때, 갑자기 문이 벌컥 열리고 안으로 뛰어 들어온 레티시아 백작 부인이 외쳤다.

"전하! 왕제 저하께서 실종되셨다고 합니다!"

"그게 무슨 소리예요? 왕제가 실종되다니?"

벌떡 일어난 밀라이아가 소리쳤다. 갑작스럽게 들려온 비보에 머리가 띵했다.

"일어나실 시간이 한참 지났는데도 인기척이 없으시어 시종이 들어가 본 모양인데, 침실에 계시지 않았다고 합니다. 가실 만한 곳은 전부 뒤져 보았지만 어디에서도 보이시질 않는다고…….."

"그런……. 제대로 찾아본 건 맞아요? 근위 기사단은?"

"분명 별다른 이상은 없었노라고, 영문을 모르겠다고만…….."

당혹스러운 목소리로 설명하는 여인을 황망한 표정으로 바라보던 밀라이아가 그대로 자리를 박찼다. 시녀들이 채 잡을 틈도 없이 방을 빠져 나가는 발걸음은 무척이나 다급했다.

'설마 페르디난드 공작이 한 일인가? 지난번의 실패를 만회하려고?'

머릿속이 뒤죽박죽 엉망으로 헝클어졌다.

'아냐, 아무리 제멋대로인 인간이라도 이런 중대한 일을 내게 상의도 없이 벌였을 리가 없잖아. 그럼 혹시 길리안 공작의 짓? 하지만 그러기에는 반응이 너무 담백했는데?'

분명 그녀 자신도 그 비슷한 일인 '새끼 독수리 은닉 작전'을 계획한 적이 있었지만, 그것은 이미 수포로 돌아간 지 오래였다.

그런 상태에서 이런 식의 돌발 상황은 몹시 달갑지 않았다. 자신의 통제하에 이루어진 작전이었다면 또 모르겠으나, 지금 같은 경우는 아무것도 얻을 것이 없는 형편이 아닌가. 오히려 범인으로 몰릴 가능성만 높아졌을 뿐.

뒤에서 무어라 부르는 소리가 들리는 듯도 했지만, 밀라이아는 그 모든 부름을 무시한 채 구름궁을 향해 성큼성큼 걸음을 옮겼다. 근위 기사단의 근무 태도야 익히 보아 알고 있는 터. 나태한 그들을 믿고 얌전히 기다리고 있을 수만은 없었다.

빠른 속도로 복도를 걸어 나가는데, 맞은편에서 황급히 다가오던 남자가 우뚝 멈춰서는 것이 보였다. 그녀를 담은 잿빛 눈동자에는 당혹스러움과 황당함이 한가득 일렁이고 있었다.

"여왕 전하를 뵙습니다."

"아, 페르디난드 공작. 마침 잘됐군요. 그대도 급보를 듣고 온 건가요?"

다급히 묻자, 공작은 떨떠름한 표정으로 재킷의 단추를 풀어내며 답했다.

"분명 그랬습니다만, 당장은 이쪽이 더 급한 것 같군요."

"그게 무슨…… 뭐, 뭐 하는 거예요? 갑자기 옷은 왜 벗어요?"

"이런, 아예 자각조차 못 하신 겁니까? 아니지. 알고 그러셨다면 그게 더 문제겠군요. 어쨌든 잠시 실례하겠습니다."

고개를 절레절레 저은 남자가 갑자기 두어 발짝 앞으로 다가와 그녀를 향해 불쑥 팔을 뻗었다.

급격히 가까워진 거리에 움찔하는 순간, 펄럭하는 소리와 함께 검은 재킷이 망토처럼 어깨에 둘러졌다. 빳빳한 천에 남아 있는 온기와 온몸을 감싸오는 은은한 시트러스 내음에 저도 모르게 몸이 굳었다.

"뭐, 뭐예요, 갑자기?"

쿵쿵 심장이 뛰었다. 갈 곳을 잃고 방황하던 시선이 얇은 슈미즈 위에 가운 한 장만 달랑 걸치고 있던 제 옷차림을 스치고 지나간 것은 그다음이었다.

"꺅!"

외마디 비명을 지르며 옷깃을 꽉 여미자, 그제야 겨우 미소 비슷한 것을 지은 남자가 슬쩍 한 걸음 뒤로 물러났다.

'맙소사. 아무리 놀랐어도 그렇지, 이게 무슨 추태야.'

떨리는 눈길로 주위를 둘러보자 헛기침을 삼키며 딴청을 피우는 근위 기사들과 관료들, 그리고 그 외 사람들이 보였다.

얼굴이 화끈거리고, 심장이 좀 전보다도 훨씬 빠른 속도로 뛰는 것이 느껴졌다.

행여라도 풀어질세라 재킷 자락을 있는 힘껏 움켜쥔 밀라이아는 고개를 푹 숙인 채 서둘러 방으로 향했다. 아무리 급하다고는 해도 이 차림으로 구름궁에 갈 수는 없었다.

'그래서 시녀들이 아까 그렇게 나를 잡으려고 한 건가?'

뒤늦은 깨달음에 밀라이아는 불과 몇 분 전의 자신을 원망했다. 그런 것도 모르고 급한데 귀찮게 군다며 못 들은 척 무시했다니.

기세 좋게 뛰쳐나왔던 것보다 몇 배는 빠른 속도로 방에 돌아온 그녀는 그제야 붉게 달아오른 볼을 감싸며 의자에 주저앉았다.

헉헉거리며 따라 들어온 레티시아 백작 부인이 그런 그녀를 보고는 한숨을 길게 내쉬었다.

"송구합니다, 전하. 신이 경황이 없어 미처 말씀을 올리지 못하였습니다."

"……아니에요. 아무 생각 없이 뛰쳐나간 내 탓이죠. 그보다 갈아입을 만한 옷을 가져다주겠어요? 단장할 시간 없으니까, 최대한 입기 편한 걸로."

"그리하겠습니다."

백작 부인의 눈짓을 받은 시녀 하나가 서둘러 옆방으로 향했다.

그동안 덜 마른 머리카락을 곱게 빗겨 준 백작 부인은 의복 담당 시녀들이 밀라이아에게 달라붙는 것을 확인하자마자 빗을 내려놓고는 말했다.

"하면 신은 각하를 알현실로 모셔다드리고 오겠습니다."

"아뇨, 그럴 시간 없어요. 옷만 갈아입고 곧장 구름궁으로 갈 터이니 잠시만 기다려 달라고 해요. 아, 그리고……."

의자 옆에 얌전히 놓인 검은 재킷에 잠시 시선을 준 밀라이아는 가볍게 고개를 저으며 답했다.

"음, 아니에요. 일단 그렇게만 전해 줘요."

"네, 전하."

인사를 남긴 백작 부인이 방을 나선 뒤, 밀라이아는 시녀들을 독촉해 서둘러 옷을 갈아입었다.

곁에 선 시녀의 손에서 리본을 낚아채듯 가져온 그녀는 거추장스럽게 흘러내리는 머리카락을 대충 하나로 묶으며 옆을 돌아보았다.

"후우……."

검은 재킷에 시선이 닿는 순간, 조금 전의 상황이 다시금 떠오르며 얼굴이 확 달아올랐다.

하지만 민망함에 몸부림치며 시간을 보내기에는 상황이 너무 좋지 않았다. 범인이 누구인지, 아니 애초에 실종이 맞기는 한 건지조차 알 수 없는 형편이 아닌가.

'그래도 아직까지 별말이 없는 걸 보면 최악의 경우는 면한 건가? 아니, 아무리 그래도 그렇지, 이게 무슨 마른하늘에 날벼락이냐고.'

천천히 팔을 뻗은 그녀는 구김이 가지 않도록 조심스럽게 검은 재킷을 집어 들었다. 코끝을 스치고 지나가는 시트러스 향이 꽤 상큼했다.

한숨을 내쉬며 복도로 나서자 벽에 기대선 채 눈을 감고 있는 흑발의 남자가 보였다.

빳빳하게 풀을 먹인 하얀 셔츠에 잿빛 베스트 차림의 그는 그저 재킷 하나만 벗었음에도 평소와는 어딘가 분위기가 달라 보였다. 뭐, 그럼에도 만만치 않아 보이는 인상은 똑같았지만.

"기다리게 해서 미안해요, 공작."

조심스러운 사과에 그제야 눈을 뜬 남자가 그녀를 돌아보았다.

짙게 가라앉은 잿빛 시선이 가볍게 그녀의 차림새를 훑는 것이 느껴졌다. 마치 이번에는 제대로 복장을 갖춰 입었나 점검하려는 것처럼.

"아닙니다. 그럼 바로 이동하시겠습니까?"

"네. 가는 동안 어떻게 된 일인지 대강 설명해 주겠어요?"

"신도 잘 모릅니다. 자세한 정황은 구름궁에서 들으시지요."

"그렇군요. 알겠어요. 그럼 바로 이동하죠. 아, 그리고……."

"말씀하십시오."

차마 입이 떨어지지 않는 기분이었지만, 밀라이아는 애써 민망한 기분을 떨쳐 내며 말했다.

"아까는 고마웠어요. 자, 이것."

"아, 네. 도움이 되었다니 다행입니다."

검은 재킷을 묵묵히 받아 든 공작이 천천히 팔을 꿰었다.

그 모습을 잠시 바라보던 밀라이아는 이내 시선을 돌리며 빠르게 걸음을 옮겼다. 좀 전까지 제 몸에 닿았던 것이어서 그런가, 재킷을 도로 입은 그를 왠지 똑바로 바라볼 수가 없었다.

서둘러 복도를 걷는데, 조용한가 싶던 뒤편에서 뚜벅뚜벅 발걸음 소리가 들려왔다.

열심히 종종걸음을 놓던 그녀를 몇 발짝을 옮기는 것만으로 손쉽게 따라잡은 공작이 말했다.

"이것 참 의외로군요. 설마 부끄러워하시는 겁니까?"

"……그런 거 아니거든요?"

"그렇습니까? 전 또 눈도 잘 못 마주치시기에 그런 줄 알았지요."

"후우. 이런 상황에 지금 그런 말이 나와요, 공작은?"

"흠? 이런 상황이라니, 정확하게 어떤 상황을 말씀하시는 겁니까?"

무심하게 되묻는 남자를 보자 갑자기 혼란스러워져서, 밀라이아는 자신도 모르게 말을 더듬으며 답했다.

"가, 갑자기 왜 모르는 척이에요? 당연히 왕제가 실종된 걸 얘기하는 거잖……."

"아직 확실한 건 아무것도 없잖습니까. 전하께서 흔들리시면 아랫것들은 더욱 불안하기 마련입니다. 하니 이럴 때일수록 더욱 침착한 모습을 보이셔야 합니다."

'칫, 어쩌다 한 건 했다고 잘난 척은.'

무어라 반박은 못하고 입술만 삐죽이는 그녀를 물끄러미 바라보던 공작이 픽 웃었다.

밀라이아는 뭐라 한소리 하고 싶은 마음을 삼키며 황급히 걸음을 재촉했다. 당장은 왕제의 일이 우선이었다.

구름궁에 도착하자 어수선한 분위기 속에서 우왕좌왕하는 사람들이 보였다. 근위 기사들을 한곳에 모아 놓고는 복도가 떠나가라 고함치는 중년 남자도.

"이게 말이나 되는 소린가! 왕제 저하께서 사라지셨다니! 대체 경호를 어떻게 섰기에 그런 것조차 눈치채지 못했단 말인가!"

"고정하십시오, 공작 각하."

"고정? 본 공이 지금 고정하게 생겼는가! 잔말 말고 이 일이 어찌 된 것인지나 설명하게! 당장!"

"고도 찬성입니다. 하고 싶은 얘기는 많지만, 일단 자초지종부터 듣도록 하지요."

조용히 다가간 밀라이아가 냉랭한 목소리로 이야기했다.

그제야 그녀의 존재를 눈치챈 사람들이 황황히 인사를 건넸다.

"여왕 전하를 뵙습니다."

"여왕 전하를……."

"인사는 됐으니 보고부터 시작해요. 어떻게 된 거죠?"

"그것이……."

"그것이?"

늘 심약한 여왕의 모습만 봐 왔던 탓일까?

분명 한쪽 무릎을 꿇고 있음에도 어딘가 방만함이 남아 있던 기사는 싸늘하기 짝이 없는 목소리에 겨우 자세를 바로 했다. 뒤에서 추이를 지켜보고 있던 다른 자들도 마찬가지였다.

"송구합니다, 전하. 신들이 미거하여……."

"사과 따위를 들으려고 온 게 아닙니다. 어떻게 된 일인지나 설명해요."

"……."

차가운 명령에도 쉽게 입을 떼지 못하던 기사는 결국 밀라이아가 사납게 눈을 치켜떴을 때에야 고개를 푹 숙이며 자초지종을 늘어놓았다. 하도 기가 막혀 할 말조차 나오지 않게 만드는 보고를.

'내가 이런 것들을 근위 기사라고…….'

머리가 지끈거렸다. 근무표에 적힌 인원과 실 근무자가 달라 정황 파악조차 못했다는 게 어디 말이나 된단 말인가.

그들의 해이한 태도쯤이야 이미 익히 알고 있었지만, 해도 해도 너무한다 싶었다. 이래서야 제 목숨을 보전할 수 있는지조차 알 수 없었다. 장차 도모해야 할 일들의 위험성을 생각해 보면 더더욱.

"에라스 후작을 불러와요. 지금 당장."

크게 숨을 들이쉰 뒤 싸늘하게 명령하자, 한쪽 무릎을 꿇은 채 고개를 숙이고 있던 기사들이 놀란 표정으로 그녀를 올려다보았다. 습격으로 목숨을 잃을 뻔했을 때조차 관대하게 용서해 주었던 그녀가 설마 이렇게 나올 줄은 몰랐던 듯했다.

"저, 전하."

"두 번 말하지 않겠어요. 반 시간 내에 후작을 비롯한 근위 기사단 전원을 소집하도록 해요. 일 분이라도 늦을 경우 경들에게 그

책임을 묻겠어요."

"명을 받듭니다."

책임이란 말에 놀란 기사들은 황급히 예를 갖춘 후 곧바로 구름 궁을 빠져나갔다.

급하게 달려 나가는 그들을 보며 삐딱하게 입꼬리를 들어 올린 밀라이아는 그들의 모습이 완전히 사라진 후에야 복도 한쪽에 서 있던 남자를 호명했다.

"거기 그대, 룬더 시종장이라고 했던가."

"……그렇습니다, 전하."

"어젯밤 잠자리에 들 무렵부터 왕제의 행적을 아는 대로 설명해 보도록. 왕제를 위해 고를 따돌릴 정도로 충성심 깊은 그대라면 분명 아무것도 모른다 하지는 않겠지."

비꼬는 것이 분명한 말투에도 시종장은 제법 담담한 얼굴이었지만, 그가 보고랍시고 늘어놓는 말은 근위 기사단과 마찬가지로 대단히 영양가 없고 불쾌한 소리들뿐이었다. 평소보다 조금 일찍 잠자리에 든 것 외에 별다른 점은 없었다든가 시종이 방에 들렀을 때는 이미 사라지고 없었다는 등의, 그저 책임 회피에 급급한 이야기들뿐.

'정말이지 제대로 된 자가 하나도 없군.'

치밀어 오르는 화를 참으며 어젯밤 구름궁에 남아 있던 모든 궁 내부원의 궁 밖 출입을 금하고 따로 지시가 있을 때까지 대기하라 이른 밀라이아는 연신 들려오는 헛기침 소리에 그제야 옆을 돌아보았다. 좀 전까지만 해도 근위 기사들을 쥐 잡듯 잡고 있던 피오르 공작이 어딘가 불편한 얼굴로 그녀를 바라보고 있었다.

"어찌 그런 표정인가요, 피오르 공작?"

"이리 중요한 사안을 상의도 없이 처리하시면 곤란합니다, 전하."

"어째서죠? 근위 기사단은 왕실의 관할입니다만. 고가 어찌 처분하건 공작이 관여할 일은 아닌 듯한데요."

싸늘한 반박에 딱딱하게 표정을 굳힌 남자가 말했다.

"하오나 기사단 전원을 소집하신 것도 그렇고 시종장에게 지시하신 것도 그렇고, 전하께서 독단으로 처리하시기에는 사안이 지나치게 중대……."

"궁내부 역시 왕실의 관할입니다. 한데 어찌 왕실의 행사에 자꾸 간섭하려 드는 건가요? 페르디난드 공작, 그대는 어떻게 생각해요?"

갑작스러운 질문에 묵묵히 상황을 지켜보던 흑발의 공작이 어깨를 으쓱하며 답했다.

"신은 왕실의 행사에 간섭하고픈 생각이 전혀 없습니다. 아마 피오르 공작도 잠시 감정이 격해져 그리 말한 것뿐, 왕실의 권한을 침범할 생각은 없을 것입니다."

"그래요? 흠. 뭐, 두고 보면 알겠죠."

명백한 비아냥에 피오르 공작의 얼굴이 붉게 달아오르는 것이 보였다.

하지만 그는 페르디난드 공작까지 그녀의 편을 들어주고 있는 상황에서 더 이상 나서 봐야 소용없다는 걸 깨달은 듯 아무 말도 하지 않았다.

"말이 나와서 말인데, 피오르 공작, 아무리 그대가 공작이라 하여도 근위 기사단에 대한 문책권은 없습니다. 그러니 좀 전과 같은 상황은 자중해 주길 바라요."

"……그리하겠습니다, 전하."

"좋아요. 그리고……."

"어라, 누님? 오늘은 또 웬일이십니까? 응? 두 공작까지?"

낯익은 목소리에 모두의 고개가 홱 돌아갔다.

황당함과 억울함과 안도와 분노가 뒤죽박죽 섞인 색색의 시선이 복도 저편에 서 있는 한 소년에게로 향했다.

각양각색의 감정이 담긴 눈길을 마주한 왕제가 의아한 표정으로 물었다.

"다들 여기서 뭘 하십니까? 표정은 또 왜들 그렇고요?"

"……."

"……."

할 말을 잃고 입만 벙긋거리는 두 사람을 대신하여 한 발 앞으로 나선 페르디난드 공작이 말했다.

"어딜 다녀오시는 길입니까, 저하?"

"부왕 전하의 묘소에 다녀오는 길입니다만. 어찌 그러는지요?"

"실은 저하께서 어느 곳에도 아니 보이신다는 보고를 받고 급히 달려온 참이라서요. 혹시 불미스러운 일이 발생한 건 아닐까 하고 전하께서 심려가 이만저만이 아니셨습니다."

"그래요? 그것참 이상하군요. 분명히 당직인 기사에게 이르고 나갔는데."

"……그러셨습니까?"

근위 기사라는 소리에 더는 묻지 않고 입을 다문 페르디난드 공작이 한 걸음 뒤로 물러나며 밀라이아를 돌아보았다.

그제야 일이 어떻게 돌아간 것인지 대강 추측해 낸 밀라이아는 잔뜩 억눌린 음성으로 물었다.

"그 말이 사실인가요, 왕제? 당직인 기사에게 이르고 갔다는 게?"

"제가 누님께 거짓을 고해 무얼 하겠습니까? 틀림없는 사실입니다."

"하면 시종은요? 근위 기사들만 방을 지키고 있던 건 아닐 것 아니에요."

"방문을 열었더니 몹시 피곤한 모습으로 졸고 있기에 굳이 깨우지 않았습니다. 어차피 근위 기사에게 일렀으니 별 상관없을 거라 생각했거든요."

"……그렇군요."

잇소리를 간신히 억누르며 돌아보자 어쩔 줄 몰라 하는 시종장이 보였다. 언제 온 것인지 붉게 달아오른 얼굴로 숨을 몰아쉬는 에라스 후작도.

당황한 기색이 역력한 두 사람을 지그시 노려보던 밀라이아가 터져 나오는 한숨을 삼키며 말했다.

"두 사람은 일단 여기서 대기해요. 이따가 고와 얘기 좀 합시다."

"……그리하겠습니다."

"명을 받듭니다."

"그리고 두 공작은……. 후우. 내 그대들을 볼 면목이 없군요. 자세한 얘기는 후일 하고, 오늘은 일단 물러가도록 해요. 두 사람 모두 수고했어요."

"그럴 수는……."

얼굴을 찌푸린 피오르 공작이 무어라 말을 하려는 순간, 서둘러 앞으로 나선 페르디난드 공작이 그를 저지하며 허리를 숙였다.

"하면 신들은 이만 물러가겠습니다. 대화 나누십시오."

"네. 고마워요, 페르디난드 공작."

나지막하게 감사를 표하자 공작은 다시 한번 가볍게 묵례를 해 보이고는 돌아섰다.

밀라이아는 그제야 왕제를 돌아보며 말했다.

"일단 들어갑시다. 자세한 얘기는 안에서 하죠."

"네, 누님."

싸한 분위기를 느낀 듯 왕제는 의외로 순순히 그녀의 뒤를 따랐다.

굳이 멀리 갈 것도 없이 가장 가까운 방으로 들어선 밀라이아는 문을 닫자마자 한결 풀어진 얼굴로 물었다.

"그래, 선왕 전하의 묘소에 다녀왔다고요? 다른 일은 없었고요?"

"그렇습니다."

"하면 호위는 어떻게 된 거죠? 어째서 근위 기사단에서는 모른다고……. 후, 아닙니다. 어쨌거나 무사하니 다행이군요. 왕제가 실종되었다는 보고를 받고 얼마나 놀랐는지 모른답니다."

안도의 한숨을 내쉬며 건넨 말에, 차분하게 가라앉은 눈빛으로 물끄러미 그녀를 바라보던 소년이 불쑥 물었다.

"다행이라. 정말 그러십니까?"

"무슨 질문이 그래요? 그야 당연한 것 아닌가요?"

"지난번에는 어쩐지 아쉬운 표정이셨던 걸로 기억해서 말입니다."

'뭐라고?'

갑작스럽게 던져진 말에 머리가 띵했다.

"그게 무슨…… 말이에요?"

"모르는 척하지 마시지요. 아무리 그래도 누님과 저는 서로를 십수 년간 봐 온 남매지간이 아닙니까."

뼈 있는 말을 남긴 왕제가 어깨를 으쓱해 보이며 돌아섰다.

동글동글한 뒤통수를 놀란 눈으로 바라보던 밀라이아는 싸하게 식은 가슴 위에 슬쩍 손을 얹었다.

'설마 눈치챘단 말이야? 지난번 일은 분명 아무도 모르게 처리했다고 생각했는데.'

당혹스러운 마음을 애써 갈무리하며 뭐라 말해야 좋을지를 고민하는데, 언제 그런 소리를 했느냐는 듯 태연한 표정으로 돌아본 소년이 말했다.

"아아, 굳이 첨언하실 필요는 없습니다. 그보다 저 밖에 있는 사람들부터 해결하셔야 하지 않겠습니까? 제 무사함은 확인하셨으니, 이제 그만 나가 보시지요."

"왕제."

"새벽부터 움직였더니 피곤하군요. 그만 쉬고 싶습니다."

"……알겠어요. 그럼 푹 쉬어요. 앞으로는 어딜 갈 때 꼭 제대로 이야기하도록 하고요."

정말 눈치챈 건지 좀 더 캐 보고 싶었지만, 상대가 저리 나와서야 어찌할 도리가 없었다.

밀라이아는 떨어지지 않는 발걸음을 억지로 잡아끌며 문가로 다가갔다.

문고리를 막 돌리려는 순간, 왕제가 불쑥 말했다.

"어떻습니까. 이만하면 자질 입증은 됐는지요?"

담담함을 가장한 그 목소리에는 왠지 모를 뿌듯함이 담겨 있었다.

'자질 입증? 갑자기 그게 무슨 소리……. 허, 그럼 설마 전부 일부러 그런 거였어?'

헛웃음이 터져 나왔다.

하지만 밀라이아는 아무것도 알아채지 못한 척 태연한 소리로 물었다.

"갑자기 그게 무슨 소린가요? 자질 입증이라니요?"

"모르는 척하지 마시라고 했을 텐데요. 뭐, 정말 모르시는 거라면 누님께서도 그리 자질이 훌륭하다 볼 수는 없겠군요."

"……."

"어쨌든 살펴 가십시오. 멀리는 못 나갑니다."

'뭐야, 나 지금 완전히 당한 거야? 이제 겨우 열다섯 살짜리 꼬맹이에게?'

어이가 없었지만, 생각보다 기분이 그리 나쁘지는 않았다. 어차피 앞으로 행동을 같이해야 하는 사이라면 멍청한 것보다야 지금처럼 영악한 편이 백배 나았으니까. 어차피 그녀에게는 그와 적이될 생각이 없고, 그 역시 그래 보이니 더더욱.

'그렇다면 만들어 준 기회를 확실하게 활용해야겠지?'

그러잖아도 근위 기사단을 어찌 처리해야 하나 골머리를 앓던 참이었는데 마침 잘됐다 싶었다.

싸늘한 미소를 머금은 채 밖으로 나가자 여전히 불안한 표정으로 안절부절못하고 있는 두 사람이 보였다.

차가운 눈빛으로 그들을 훑어본 밀라이아는 우선 그중 한 사람을 향해 말했다.

"룬더 시종장."

"네, 전하."

"그대도 궁에서 잔뼈가 굵은 인물이니 밤새 왕제의 방을 지키는 당직 시종이 졸았다는 게 얼마나 큰 문제인지는 잘 알겠지?"

"……송구합니다, 전하."

"송구합니다로 끝날 문제는 아닌 것 같은데. 어쨌든 그대의 처분은 왕제에게 맡기지. 이러니저러니 해도 일단은 구름궁 소속이니."

맵차게 말을 마친 밀라이아는 에라스 후작을 돌아보며 물었다.

"기사단 전원 소집은 끝났나요?"

"급보를 보내기는 했으나 아직……. 최대한 빠른 시간 내에 완료하겠습니다, 전하."

"그래요? 그럼 그동안 간략하게 보고해 봐요. 대체 어떻게 된 일인지."

"저, 그것이……."

머뭇거리는 남자를 말없이 응시하던 밀라이아가 차분하게 말했다.

"그것도 아직인가 보군요."

"그, 그렇습니다. 부름을 받고 급히 오느라 그만……. 송구합니다, 전하. 조금만 시간을 주시면 즉시 알아오겠습니다."

"시간이 모자라다? 왕제가 실종됐단 얘기를 보고받았던 때부터 최소 한 시간은 지난 것 같은데, 아직 자세한 내용은커녕 정황 파악조차 못했다……. 하."

픽 웃어 버리자, 남자는 딱딱하게 얼굴을 굳히며 침묵했다. 반성하는 척 반쯤 내리깐 눈 속에 담긴 감정은 분명 수치심과 분노였다.

'이런 상황에서조차 자책하기보다는 화를 낸다 이거지? 정신 상태가 완전히 글러먹었군.'

속으로 조소를 지은 밀라이아는 좀 전보다 한층 부드럽게 말했다.

"좋아요. 그럼 지금부터 한 시간 줄 테니 그때까지는 소집과 정황 파악을 모두 마치도록 해요."

"그리하겠습니다."

"그래요. 그럼 조금 있다 봅시다."

가볍게 답변을 남긴 밀라이아는 그의 대답을 기다리는 대신 그대로 몸을 돌려 구름궁을 빠져나갔다. 자세한 보고를 받을 때까지 잠시 쉴 생각이었다.

한 시간 뒤.

에라스 후작에게서 받은 보고서를 훑어본 밀라이아는 곧바로 자리에서 일어나 근위 기사단으로 향했다.

초록빛 정원을 지나 외궁에 위치한 기사단 건물에 들어서자 이미 모든 기사가 연무장에 서 있는 모습이 눈에 들어왔다.

한 치의 흐트러짐도 없이 줄을 맞춰 늘어선 그들은 그녀가 단상에 올라서자마자 곧장 한쪽 무릎을 꿇으며 외쳤다.

"가장 높이 나는 분께 영광을! 여왕 전하를 뵙습니다!"

"가장 높이 나는 분께 영광을!"

"땅 아래 모든 것에게 찬연한 광휘를. 모두 일어나세요."

매끄럽게 기사들의 예를 받은 밀라이아는 전원이 일어나기를 기다렸다가 천천히 말문을 열었다.

"갑작스러운 소집령에 모두 놀랐을 줄로 알아요. 발 빠른 사람은 대강 정황을 듣기도 했을 테지만, 어쨌든 고가 오늘 경들을 보자고 한 것은 오전에 일어났던 한 가지 일 때문입니다."

싸늘한 침묵이 흘렀다. 모이는 시간 동안 대부분 사정을 들은 듯 시립한 기사들의 얼굴에는 긴장이 역력했다.

만족스러운 기분으로 그 모습을 잠시 바라본 밀라이아는 가볍게 숨을 한번 들이쉰 뒤 입을 열었다. 보고서를 기다리는 동안 연습한 대로, 입술 사이로 흘러나오는 목소리는 평소 자신의 것보다 한층 나긋나긋하게 바뀌어 있었다.

"본론을 꺼내기에 앞서 우선 한 가지만 묻겠습니다. 그대들은 누구인가요?"

"……."

"그대들은 누구입니까? 무엇을 수호하기 위해 이 자리에 서 있느냐 말입니다."

"저희는 근위 기사단입니다. 왕실과 여왕 전하를 수호하기 위해 이 자리에 있습니다."

무겁게 침묵하는 사람들 사이에서 홀로 침착한 목소리가 들려왔다.

밀라이아는 진중하게 저를 바라보는 금발의 기사를 향해 눈짓으로 감사를 표한 뒤 말했다.

"그래요. 경들은 왕실과 본인을 수호하는 근위 기사단입니다. 하여 고는 오늘 경들의 본분에 관해 이야기해 볼까 합니다."

숨소리조차 들리지 않는 정적이 사위를 감쌌다.

"이미 들었는지 모르겠지만, 금일 새벽 왕제가 잠시 궁을 나갔다 온 일이 있었습니다. 그리고 몇 시간 뒤, 온 궁이 왕제가 실종됐노라며 발칵 뒤집혔지요. 분명 출궁 당시 왕제가 당직이었던 기사에게 행선지를 밝히고 갔음에도 말입니다. 경들은 이게 말이 된다고 생각하나요?"

"그것은……."

"지금껏 고는 경들의 방만한 근무 태도에 대해 한 번도 지적하지 않았습니다. 심지어 두 달 전에는 목숨을 잃을 뻔했는데도 그랬죠. 아무리 그래도 경들이 최소한의 본분은 잊지 않았으리라 믿었기 때문이었습니다. 한데 결과는 어떠한가요?"

공기가 한층 무겁게 가라앉았다.

밀라이아는 굳은 얼굴로 저를 바라보는 근위 기사들을 향해 싸늘한 목소리로 말했다.

"왕제의 출궁은 당연히 근무 일지에 적혀야 하는 사항이었습니다. 아니, 최소한 교대 근무자에게 한마디라도 했다면 오늘 같은 일은 없었겠죠. 그런데 그 간단한 것조차 못해서 아침부터 그 난리를 만들었다? 심지어는 당직마저 마음대로 바꾸고 기록도 해 놓지 않아 책임자를 곧바로 찾을 수조차 없었다? 이게 말이나 되는 소립니까?"

"······."

"고는 이미 경들에게 한 번 기회를 주었습니다. 한데 또 이런 일이라니 실망을 금할 수가 없군요. 경들이 진정 왕실과 국왕을 수호하는 근위 기사가 맞습니까? 어찌 이리도 왕궁의 경비가 허술할 수 있단 말인가요?"

따끔한 질책을 날린 밀라이아는 침묵하는 기사들을 한번 찬찬히 훑어보고는 말했다.

"책임 문제를 논하기 전에 마지막으로 한 가지만 얘기하죠. 다행히 이번에는 왕제가 무사했지만, 왕족이 불의의 사고로 사망하였을 경우 그 수행 기사들이 어떤 운명을 맞이했는지는 모두 알고 있겠지요? 그러니 누군가가 보호를 약속했다 하더라도 다시 한번 생각해 보는 게 좋을 거예요."

순간, 몇몇 기사의 얼굴이 얼어붙었다.

밀라이아는 당혹감을 감추지 못하는 자들의 얼굴을 머릿속 깊숙이 새기며 계속해서 말을 이어 나갔다.

"이해한 것 같으니 다행이군요. 그럼 이제 책임 문제를 논해 볼까요? 되도록 꺼내고 싶지 않았지만 더는 좌시할 수가 없군요."

"……."

"먼저 왕제의 출궁 사실을 근무 일지에 적어 두지 않았던 당직 기사 트란 경, 에르힐 경, 솔루토 경을 파직합니다. 또한 본래 당직이었으나 무단으로 자리를 이탈한 메르프 경과 책임자의 허가 없이 당직을 바꾼 듀렌 경, 케일 경 역시 파직합니다. 여섯 사람은 즉시 검과 제복, 그리고 서임 증서를 반납하고 궁을 떠나도록 해요."

"저, 전하! 부디 한 번만 더 자비를 베풀어 주십시오!"

"부디 자비를!"

사색이 된 여섯 사람이 황급히 무릎을 꿇으며 외쳤다.

하지만 밀라이아는 눈썹 하나 까딱하지 않은 채로 하던 말을 이었다.

"또한 현 시간부로 왕족 수호 의무를 제대로 이행하지 못한 것에 대한 책임을 물어 단장 에라스 후작, 오늘 새벽 담당이었던 부단장 세나일 남작 및 제르 남작의 직위를 해제하고 평기사로 강등합니다. 당분간 그 세 자리는 공석으로 둘 것이며 차후 심사숙고해 임명할 예정입니다."

"전하! 강등이라니요!"

놀란 에라스 후작이 버럭 소리를 지르는 것이 들렸다.

그러나 밀라이아는 그쪽을 쳐다보기는커녕 무표정한 얼굴로 채 계속해서 말을 이어 나갔다.

"신임 부단장의 경우, 그동안의 근무 성적과 태도를 참고해 새로 임명할 것입니다. 나이, 신분, 지위 고하는 상관하지 않습니다. 제시된 조건을 충족시키는 사람이라면 누구든 부단장의 자리에 임명할 것임을 고의 이름을 걸고 확언합니다. 물론 그중에서 특별히 뛰어난 사람이 있다면 단장으로 임명될 수도 있겠지요."

"헛, 그런……."

웅성거리는 소리가 들려왔다.

"부단장 선정을 위한 평가에는 그간의 근무 성적을 오 할, 그리고 앞으로 삼 개월 동안의 것을 오 할 반영할 것입니다. 이를 위해 이번 사건으로 근신 중이던 근위 기사 전원에게 일시적으로 복직을 명합니다. 만일 그중에 일등을 하는 사람이 있다면 고가 책임지고 면책시켜 줄 것을 약속합니다. 물론 부단장의 지위 역시 마찬가지입니다. 그러니 최선을 다해 노력해 주길 바라요."

파격적인 조건에 모두가 술렁이는 것이 느껴졌다.

그도 그럴 법한 것이, 본디 근위 기사단이란 왕족을 지근거리에서 수호해야 하는 특성상 왕실에 충성하는 자들을 필요로 하기 때문에 주로 단승 귀족 및 단성 귀족으로 이루어져 있는 것이 관례였다. 따라서 늘 작위에 목말라 있는 그들에게 계승 작위가 보장되는 부단장 자리는 소속 계파를 막론하고 매우 매력적으로 보일 것이 틀림없었다.

그 때문일까?

여섯 사람의 파직으로 잔뜩 경직되어 있던 분위기가 조금씩 바뀌는 것이 보였다.

하지만 밀라이아는 아무것도 눈치채지 못한 양 태연한 표정으로
뒷말을 계속했다.

"덧붙여 앞으로 삼 개월 간 근무 성적이 상위 오 할 안에 드는 사람
은 조사 과정에서 드러난 일체의 사안에 대해 전부 면책해 줄 것임을
고의 이름으로 확언합니다. 부디 모두 좋은 성과를 내길 바라요."

확신에 찬 목소리로 말을 마치자, 혼란스러워하던 기사들의 얼굴
에 하나둘 설렘과 더불어 결연한 의지가 떠올랐다. 파직된 여섯 명
과 강등당한 세 사람을 제외하고는.

'저들이야 당연히 그렇겠지. 물론 다른 자들도 무작정 좋아하기는
한참 이를 테지만, 그거야 굳이 지금 말해 줄 이유는 없는 거고.'

모름지기 상벌은 정확해야 하는 법.

자칫 저들 모두를 적으로 돌리는 상황을 피하기 위해 부단장 지
위라는 당근을 쥐여 주기는 했지만, 밀라이아는 그간 나태했던 자
들을 전부 면책해 줄 생각은 없었다. 그렇기에 장차 평점을 매겨 하
위 삼 할에 드는 사람은 그간의 근무 태만에 대한 책임을 물어 면직
시킬 생각이었다. 물론 굳이 입 밖으로 내어 말하지는 않았지만.

'벌써부터 반발을 살 필요는 없지.'

내심이야 어쨌든 아직까지는 저들을 안고 가야 하는 것이 현실이
었으므로, 밀라이아는 웃는 얼굴로 주위를 한번 훑어보고는 여전
히 굳어 있는 세 남자를 향해 말했다.

"에라스 후작, 케라스 남작, 그리고 제르 남작, 그대들에게도 물
론 도전권은 있습니다. 실수를 스스로 만회할 기회이니 부디 섭섭
타 생각 말고 최선을 다해 주길 바랍니다."

"……그리하겠습니다. 기회를 주셔서 감사합니다, 전하."

'그래, 열심히 노력해 봐. 그래 봐야 두 번 다시 그 자리에 오르지
는 못하겠지만.'

두 명의 부단장은 혹시 또 모르겠지만, 적어도 에라스 후작만큼
은 결코 복직시켜 줄 생각이 없었다. 이제는 전임 단장이 되어 버
린 에라스 후작은 피오르 공작의 최측근 중 하나였으니까.

본디 왕족에게 있어 근위 기사란 방패와도 같은 것.

그러니 에라스 후작과 정치적으로 대립 관계에 있는 밀라이아로
서는 이번 기회를 빌려 반드시 그를 잘라 내야만 했다. 언제 제 목
숨을 노릴지 모르는 자를 근위 기사단의 장將이라는 지위에 계속
둘 수는 없는 법이었으므로.

세 사람을 향해 미안하다는 표정을 지어 보인 밀라이아는 천천히
몸을 돌려 연무장을 빠져나왔다. 제법 달콤한 과실을 던져 났으니,
당분간 근위 기사단에는 신경을 쓰지 않아도 될 것 같았다.

'할 일도 대충 끝냈겠다, 이제 길리안 대법관을 맞이할 준비를 해
야겠군.'

그날 오후.

잠시 짬을 내어 근위 기사들의 근무 평가서를 살펴보던 밀라이아
는 길리안 대법관이 찾아왔다는 말에 곧장 소알현실로 향했다. 오
전부터 일이 너무 많았던 탓에 피곤하기는 했으나, 또 다른 국서

후보와의 첫 번째 만남이니만큼 그냥 돌려보내기는 곤란했다. 그와 해야 할 얘기도 좀 있었고.

방에 들어서자 커다란 꽃다발을 품에 안은 채 생각에 잠겨 있는 청년이 보였다.

한 팔로는 다 안지도 못할 만큼 커다란 꽃다발에 저절로 눈길이 갔지만, 밀라이아는 언제 그랬느냐는 듯 태연하게 시선을 돌리며 인사를 건넸다.

"오랜만이네요, 길리안 대법관. 잘 지냈어요?"

"루시어스 라 길리안이 고귀하신 여왕 전하를 뵙습니다. 신은 잘 지냈습니다만, 전하께서는 어떠하신지요? 궁이 발칵 뒤집혔다는 소식을 들었습니다만······."

"괜찮아요. 전부 잘 해결된걸요."

빙긋 웃어 보이자, 그는 다행이라며 부드럽게 미소 지었다. 그리고는 품에 안긴 꽃다발을 조심스럽게 고쳐 쥔 뒤 사뭇 정중한 태도로 그녀에게 내밀었다.

"전하와의 첫 번째 만남을 기념하기 위해 가져왔습니다. 부디 마음에 드셨으면 좋겠습니다."

"어머, 고에게 주는 건가요?"

"그렇습니다. 어렸을 적 꽃을 무척 좋아하시던 것이 생각나서요."

"그랬군요. 고마워요, 길리안 대법관. 정말 아름다운 꽃이네요."

그 크기만큼이나 무게가 제법 나가는 꽃다발을 한 아름 안아 든 밀라이아가 생긋 미소 지었다.

"한데 꽃이 참 다양하네요?"

"아, 그것이······ 실은 종류별로 전부 달라 하였습니다. 전하께서 어떤 꽃을 좋아하시는지까지는 미처 기억나지가 않아서……. 송구합니다."

"어머, 아니에요. 오히려 그렇게까지 고를 생각해 줬다니 감동인걸요. 음, 전부 아름다운 꽃이지만, 고의 눈에는 그중에서도 이 자스민이 가장 예뻐 보이는군요."

에두른 답을 들은 남자의 눈이 날카롭게 빛났다.

"자스민……. 그렇군요. 전하와 잘 어울리는 꽃 같습니다."

"잘 어울린다니, 빈말인 건 알지만 그래도 기분은 좋네요. 고마워요, 길리안 대법관."

생글거리며 웃어 보인 밀라이아는 꽃다발이 망가지지 않도록 조심해서 한쪽에 내려놓았다. 보는 눈들을 고려해 이따가 집무실이나 알현실에 가져다 놓을 생각이었다.

'이런 식으로 이용하기는 미안하지만 어쩔 수 없지. 어차피 그도 동의한 일인 데다 적어도 일 년은 줄타기를 해야 하니 말이야.'

그녀가 꽃다발을 내려놓는 모습을 잠시 바라보던 청년이 조심스럽게 오른편에 앉으며 말했다.

"어제 전하의 편지를 받고 얼마나 감동받았는지 모릅니다. 형님 대신 신을 뽑아 주신 점, 진심으로 감사드리고 있습니다."

"네, 뭐……. 한데 괜찮겠어요? 이제 와 묻는 게 좀 우습긴 하지만, 대공자가 분명 가만있지 않을 텐데요."

"괜찮습니다. 어차피 형님이 전하를 쫓아다닌다고 들었을 때부터 각오하고 있던 일이었습니다."

"그렇군요. 하면 공작은 어떤가요? 대공자처럼 화를 내진 않던가요?"

자연스러운 물음에 청년은 그녀를 지그시 바라보다 턱을 쓰다듬으며 말했다.

"글쎄요. 그것까지는 신도 잘 모르겠습니다. 워낙 접점이 없는 분이라서요."

"그렇군요."

'역시 호락호락하지 않군.'

그야 아직 스물셋밖에 안 된 나이에 최연소 대법관의 지위에 오른 것이나 다짜고짜 거래를 제안해 오며 청혼한 것만 봐도 알 수 있는 사실이기는 했지만, 그럼에도 왠지 좀 아쉬웠다.

"뭐, 그건 그렇고, 기왕 일이 이렇게 되었으니 앞으로의 일에 대해 얘기를 좀 나눠야 할 것 같군요."

슬쩍 화제를 돌리자, 청년은 몸을 앞으로 기울이며 물었다.

"앞으로의 일이라면, 어떤 것을 말씀하시는 것인지요?"

"혹 오늘의 만남 때문에 오해를 할까 싶어서요. 고는 그대를 국서 후보로 뽑기는 했지만, 그렇다고 해서 지난번 제안을 받아들인 건 아닙니다. 그 점을 확실히 해 두고 싶군요."

"하면 거절하신다는 말씀인지요?"

다소 긴장한 듯한 청년의 물음에 밀라이아는 어깨를 으쓱하며 답했다.

"그것에 대해서는 이미 지난번에 답변했을 텐데요?"

"아하, 그런 의미셨군요. 알겠습니다."

금세 담담한 표정으로 돌아온 청년이 눈을 빛내며 말했다.

"하면 신 역시 미리 한 가지만 말씀드려도 되겠습니까? 그때 드렸던 이야기는 아직도 유효하다고 말입니다."

"……그런가요?"

"네. 그리고 제안을 받아들이셨든 아니든 간에, 어쨌거나 형님이 아닌 신을 선택해 주신 점에 대해 다시 한번 감사드립니다. 부담이 크셨을 텐데도 내려주신 결단, 절대 잊지 않겠습니다."

"그래요. 뭐, 그럼 나머지 얘기는 차차 하도록 하고⋯⋯. 앞으로 잘 부탁해요."

"신 역시 잘 부탁드립니다. 감사합니다, 전하."

묵직하게 답한 청년이 오른팔을 가슴에 올리며 약식으로 예를 갖췄다.

그때, 하얀 예복 소매에서 무언가가 툭 하고 떨어지는 것이 보였다.

반사적으로 따라간 시선 끝에 잡힌 것은 곱게 접힌 종이 한 장이었다. 그 재질로 보아 꽤나 고급스러워 보이는.

"이런. 송구합니다, 전하."

"괜찮아요. 한데 그건 뭔가요?"

의아해하는 그녀를 보며 슬쩍 얼굴을 붉힌 청년이 답했다.

"그것이, 음. 실은 신이 직접 지은 시⋯⋯ 입니다."

"네? 자작시요?"

"네. 실은 전하를 위해 미흡하나마 준비해 온 것인데, 차마 들려 드릴 용기가 나지 않아 감추고 있었습니다."

"고를 위해 준비했다고요? 자작시를?"

절로 입이 딱 벌어졌다.

'자작시라니, 이 무슨 고전적인 수법⋯⋯. 아, 아닌가? 설마 이 시대에는 그게 당연한 거였나?'

문득 드는 생각에 부르르 떨리는 몸을 애서 진정시킨 밀라이아는 겨우겨우 웃음 띤 얼굴로 말했다.

"직접 지은 시라니 무척 궁금하네요. 그럼 한번 들려주겠어요?"

"……네, 전하."

반 박자 느리게 답한 청년은 무슨 생각에서인지 손에 쥔 종이를 빤히 쳐다보다 한참 후에야 느릿느릿 펼쳐들었다. 그러고는 크게 숨을 내쉰 뒤, 낮게 가라앉은 목소리로 첫 소절을 낭송했다.

"아름다운 그대여."

'으아아……. 첫 문장부터 소름이 돋는다.'

어쩐지 불길한 예감에 다시 한번 몸이 부르르 떨렸지만, 밀라이아는 애써 웃는 낯으로 청년에게 시선을 고정했다.

"나 오늘도 그대를 위해 숨을 쉬고, 그대를 보기 위해 눈을 뜨며, 그대의 웃음을 듣기 위해 귀를 여오."

'으윽, 인상 쓰면 안 돼. 참자. 참아야 하느니라.'

"그대는 내 하나뿐인 연인이자 하나뿐인 빛이고, 하나뿐인 생명이며, 오직 하나뿐인 행복이오."

'인상 쓰면 안 된다, 인상 쓰면 안 된다, 인상 쓰면 안 된…….'

"나 그대를 감싸는 울타리가 되고 싶고, 뜨거운 햇살을 막아 주는 양산이 되고 싶소. 고운 그 손에 들린 깃펜이 되고 싶고, 그대의……."

"자, 자, 잠깐만요!"

달리기를 한 것도 아닌데 이상하게 숨이 가빴다.

헉헉거리며 저를 부르는 그녀에게로 분홍색 시선이 향했다. 곧게 뻗은 눈매가 오늘따라 유독 날카롭게 보였다.

"네, 전하."

"저, 미안하지만 그 시…… 는, 그냥 버…… 아니, 그냥 고에게 주겠어요? 혼자 있을 때 조용히 읽어 보고 싶어서요."

"영광입니다."

가볍게 고개를 숙여 보인 청년이 종이를 곱게 접어 그녀에게 건넸다. 어쩐지 좀 후련해 보이는 표정이었다.

"고마워요."

마음 같아서는 당장 구겨서 버리고 싶었지만, 밀라이아는 말없이 연시聯詩를 받아 꽃다발 옆에 고이 내려놓았다.

'하아, 죽는 줄 알았네. 아마 거기서 조금만 더 들었으면 정말 죽었을지도 몰라. 수치스러워서.'

몰래 한숨을 내쉰 그녀는 아무래도 사실을 확인해 봐야겠다는 생각에 청년을 돌아보았다. 아무리 백 년 전이라는 점을 고려해 봐도 이건 좀 아닌 것 같았다.

"저, 길리안 대법관?"

"네, 전하."

"그…… 자작시를 써 올 생각은 어떻게 한 건가요? 쉽지 않았을 텐데."

"그야 전하께서 바라셨으니까요."

"내가요?"

황당한 얼굴로 되물은 밀라이아는 아차 하는 마음에 서둘러 표정을 수습했다. 아무리 그래도 내심을 대놓고 드러내서는 곤란했다.

다행히 아무런 눈치도 채지 못한 듯, 청년은 진지한 목소리로 답했다.

"네. 일전에 어떤 귀부인의 결혼 사연을 들으시고는, 자작시를 낭송해 주는 남자라니 정말 멋지다고 하셨잖습니까. 대단히 낭만적이라고, 한 번쯤 그런 걸 받아 보고 싶다고도 하셨고요."

'하, 글로리아…… 하여튼 취향 이상한 건 알아줘야 한다니까.'

그러니 이런 웃기지도 않은 옷을 입고 다녔던 거겠지, 라고 속으로 투덜거린 밀라이아는 곧바로 두 손을 모아 가슴에 기대며 말했다.

"그랬군요. 고조차 잊은 이야기를 기억해서 이렇게 직접 시까지 써 주다니, 무어라 말을 표현해야 할지 모르겠네요. 자작시도 자작시지만, 사실 고는 방금 그 이야기로 인해 더 감동받았답니다. 정말 세심한 사람이로군요, 길리안 대법관은."

"상대가 전하시니 그리한 겁니다. 다른 여인이었다면 결코 그런 일은 없었을 겁니다."

"……네? 뭐라고요?"

절로 눈이 크게 뜨였다.

'설마 그런 의미는 아니겠지?'

조마조마한 눈길로 쳐다보는데, 그녀를 똑바로 바라본 청년이 담담한 목소리로 답했다.

"십오 년 전 그날, 처음 뵈었던 그때 이후로 한 번도 전하를 잊어본 적이 없습니다. 난생처음 만난 사촌들이 낯설어 어쩔 줄 몰라 하며 떨고 계셨지요. 그때부터 전하의 옆자리를 꿈꾸었습니다. 하여 일찍부터 법관에 투신한 것이기도 합니다."

"그랬…… 군요."

'뭐야. 그럼 이자도 여왕을 좋아했던 거야? 여왕만 짝사랑했던 게 아니고?'

밀라이아는 진지하게 말을 늘어놓는 청년을 당혹스러운 표정으로 마주 바라보았다. 지난번 정원에서의 일로 설마 하긴 했으나 그게 진짜일 줄은 몰랐다.

'아니, 잠깐만. 지금 저 말이 진실이라는 걸 어떻게 믿어? 경쟁에서 유리한 자리를 차지하려고 그냥 던져 본 말일 수도 있잖아.'

그의 고백을 들었을 때부터 심장이 제멋대로 두근거리고 있었지만, 밀라이아는 애써 냉정하게 머릿속을 정리하며 청년의 눈을 빤히 쳐다보았다.

그러나 옅은 분홍색 눈동자에는 진지함과 열망, 그리고 그녀의 답을 가늠하듯 조심스러운 관찰의 빛만이 떠올라 있을 뿐 거짓된 느낌이라고는 찾아볼 수가 없었다. 마치 그동안 늘 그렇게 그녀를 바라보았다는 것처럼.

'정말인가? 그럼 곤란한데.'

지금 이 자리에 앉아 있는 사람이 글로리아였다면 기뻐했을지도 모르지만, 자신은 그녀가 아니었다.

제게 필요한 것은 페르디난드 공작이나 레노아 영윤처럼 상호 이득만 주고받는 관계이지 마음으로 부딪혀 오는 남자가 아니었다. 이런 것은 그저 부담스럽기만 할 뿐이었다.

'이를 어쩐다?'

생각 같아서는 그러지 말라 하고 싶었지만, 눈앞의 청년은 글로리아가 좋아했던 남자였다. 만일 그가 글로리아의 감정을 조금이라도 엿본 적이 있다면 자칫 의심을 살 수도 있었다.

보라색 눈빛이 깊게 가라앉았다.

그런 그녀를 바라보는 분홍색 눈동자가 짙게 빛나고 있었다.

❖ ❖ ❖

며칠 비가 내리지 않는다 했더니, 아침부터 또다시 비가 주룩주
룩 내렸다.

사흘 전부터 붙들고 있던 근위 기사단 관련 보고서를 간신히 다
훑어본 밀라이아는 머리도 식힐 겸 기사들의 근무 태도를 살피러
밖으로 향했다. 내내 비가 와서 그런지 요 며칠 몸이 영 무거웠다.
가슴도 좀 답답한 듯했고.

걱정스러운 백작 부인의 눈길을 뒤로한 채 하늘궁 밖으로 나온
밀라이아는 뭔가가 얹힌 듯 갑갑한 가슴을 두드리며 왕궁 구석구
석을 돌았다.

부단장 자리를 운운했던 게 주효했던 듯, 제법 세차게 쏟아지는
빗줄기에도 다수의 기사가 제자리를 지키고 서 있었다.

애초에 얘기를 꺼내지 않았다면 모를까, 기왕 시작한 것 확실하
게 쐐기를 박겠다는 생각에 그들 하나하나에게 말을 걸며 이름을
물어본 그녀는 우렁차게 예를 갖추는 자들을 뒤로한 채 또 다른 곳
으로 발길을 돌렸다.

흐뭇함과 씁쓸함이 섞인 애매한 감정이 가슴속을 맴돌았다.

'진작 이랬으면 좀 좋아?'

쓴웃음을 머금은 채로 한참 동안 이곳저곳을 돌아다니며 근무 상
태를 살피는데, 불현듯 저 멀리서 걸어오는 일련의 무리가 보였다.

그녀가 왜 이런 곳에 있는지를 탐색하는 듯 눈을 가늘게 뜬 남자

가 천천히 허리를 굽혔다.

"여왕 전하를 뵙습니다."

"반가워요, 피오르 공작. 그리고 그대들도."

고개를 까딱해 보이자, 무리 지어 서 있던 남자들 중 하나가 가시 돋친 음성으로 답했다.

"금일 정무 회의에 불참하셨기에 어디 미령하신 건 아닌가 걱정했었는데, 이렇듯 평안하신 모습을 뵈오니 안심이 되는군요. 다행입니다."

"아, 몸이 좀 좋지 않아 불참하였습니다. 걱정해 주었다니 고맙군요."

밀라이아는 제 말이 마음에 들지 않는다는 듯 주먹을 꽉 움켜쥐는 사람들을 보며 빙긋 웃었다.

'보나 마나 한시바삐 근위 기사단을 장악하기 위해 꾸며 낸 변명이라 생각하고 있겠지.'

솔직히 그들의 짐작이 그리 틀린 것도 아니었다. 몸이 좀 무겁기는 했어도 정무 회의에 불참할 정도로 심각한 건 아니었으니까.

생글거리는 그녀를 보며 크게 숨을 들이쉰 피오르 공작이 말했다.

"한데 이렇듯 밖을 다니셔도 되는 것입니까? 봄이라고는 해도 비가 제법 세찬지라, 지금처럼 약해지신 상태에서는 자칫 건강을 해치실 수도 있습니다."

"그런가요?"

"당연하지요. 요번에 새로운 국서 후보를 만나셨다고 들었는데, 좋은 사람을 찾아 국혼을 치르시려면 건강에도 신경 쓰셔야 하지 않겠습니까?"

"확실히 그건 그렇군요. 충고 고마워요, 피오르 공작. 며칠 전 일도 그렇고 오늘의 조언도 그렇고, 고가 공작에게 여러모로 도움을 받네요."

말속의 숨은 뼈를 발견하지 못한 양 천진하게 되받는 말에 무리 중 몇몇의 눈빛이 사납게 변했다.

가증스럽다는 듯 노려보는 시선들은 제법 따가웠지만, 밀라이아는 그런 기색을 전혀 눈치채지 못한 척하며 말했다.

"하면 이만 실례해도 될까요? 좀 더 담소를 나누고 싶은 마음은 굴뚝같으나, 보다시피 지금은 좀 바빠서 말이에요."

"네, 전하. 즐거운 시간 보내십시오. 아, 그리고."

"얘기해요."

선선히 답하는 그녀를 향해 슬쩍 입꼬리를 들어 보인 남자가 물었다.

"향이 참 좋군요. 무슨 향인지 여쭈어도 되겠습니까?"

"장미 향입니다만, 그건 왜 묻는지요?"

"아닙니다. 그저 전하께 잘 어울리는 향 같아서요. 그럼 좋은 시간 보내십시오."

사뭇 정중하게 인사를 남긴 피오르 공작이 그녀를 스쳐 지나갔다.

잠시 그 모습을 지켜보던 밀라이아는 문득 드는 생각에 고개를 갸웃했다.

'뭐야, 이 향은 어떻게 맡았지? 이렇게 비 오는 날에도 향이 퍼질 만큼 내가 진하게 뿌렸던가?'

슬쩍 눈썹을 찡그린 그녀는 아무래도 앞으로는 향수를 조금 덜 뿌리라고 명해야겠다 생각하며 다시금 걸음을 옮겼다.

여왕으로 살기 시작한 지 벌써 두 달 가까운 시간이 흘렀음에도, 이 짙은 장미 향만큼은 영 적응되지가 않았다. 아니, 정확하게 말하면 여전히 싫었다. 혹 이상하게 생각하는 자가 있을까 봐 어쩔 수 없이 쓰고 있었을 뿐.

'어라, 그럼 길리안 대법관도 이 향을 알고 있을 거 아냐? 그런데 무슨 꽃을 좋아하냐고는 왜 물어본 거람? 보통 장미 향을 뿌리고 다니는 걸 알면 장미를 좋아한다고 생각하지 않나? 아니면 남자들은 피오르 공작처럼 꽃향기를 맡아도 그게 무슨 향인지는 모르는 거야?'

묘하게 찜찜한 기분에 고민을 거듭하는 동안, 이곳저곳을 헤매던 걸음이 어느새 하늘궁 앞에 멎었다.

그새 궁을 한 바퀴 다 돈 건가 잠시 의아해하던 밀라이아는 예상외로 시간이 꽤 지났다는 것을 깨닫고는 약간이나마 상쾌해진 기분으로 궁에 들어섰다. 평소였다면 잔뜩 불만스러운 표정이었을 수행 기사들이 흠뻑 젖었음에도 태연자약한 모습임에 더욱 그랬다.

물방울이 튀어 군데군데 젖은 드레스를 수건으로 닦아 낸 뒤 방으로 향하려는데, 축축한 천 조각을 받아 든 시녀가 고개를 조아리며 말했다.

"소알현실에 페르디난드 공작이 들어 있습니다. 전하께 드릴 보고가 있다고 합니다."

"그런가? 알겠다. 바로 가지."

가볍게 고개를 끄덕인 밀라이아는 방향을 틀어 소알현실로 향했다.

제법 긴 거리를 걸어 목적지에 도착하자 푹신한 의자에 앉아 있는 흑발의 남자가 보였다.

뭔가 깊은 생각에 잠긴 듯 한 손으로 팔걸이를 톡톡 두드리던 그는 그녀가 가까이에 다가갔을 때에야 서둘러 자리에서 일어나 인사를 건넸다.

"창공의 드높음을 경배하라. 여왕 전하를 뵙습니다."

"기다리게 해서 미안해요, 페르디난드 공작. 이제야 이야기를 들어서요."

"아, 괜찮습니다. 산책을 다녀오셨다고요."

의미심장한 표정으로 씩 웃어 보인 공작이 계속해서 말했다.

"듣자 하니 기사단 군기를 잡으셨다고 하던데, 굳이 이 비를 뚫고 산책까지 다녀오신 것을 보면 낭설은 아니었군요."

"네, 뭐."

어깨를 으쓱해 보이자, 공작은 그럴 줄 알았다는 듯한 얼굴로 충고했다.

"혹시나 해서 드리는 말씀입니다만, 너무 조이지는 않도록 주의하십시오. 뭐든 지나치게 억누르면 튀어나오기 마련이거든요."

"유념하죠."

고개를 끄덕이는 그녀를 보며 눈썹을 치켜세운 공작이 물었다.

"혹시 무슨 일 있으셨습니까? 어쩐지 평소와는 반응이 다르십니다?"

"아무 일도 없었는데요? 왜요, 뭐가 다르다는 거예요?"

"흠, 모르시다면 됐습니다. 그보다 혹시 보름쯤 전에 정무 회의에서 나왔던 안건을 기억하십니까? 엘자스 영지에 비가 과하게 내려 파종조차 못하고 있는지라, 올 가을 수확에 대한 세금 감면을 요청한다던 이야기 말입니다."

"뭐야. 사람 찜찜하게. 어쨌든 그 건이라면 기억하고 있어요. 서로 이중 잣대라느니 어쩌느니 하면서 싸우던 그 안건 말이지요?"

곧바로 흘러나오는 대답에 고개를 끄덕인 공작이 말했다.

"그렇습니다. 그때는 그저 흔한 계파 싸움이라고 생각하고 넘어 갔는데, 아무래도 영 심상치가 않은 모양입니다. 엘자스 영지뿐만 아니라 로랑, 카렌, 그리고 델라 영지까지, 주로 국경 인근 영지들에 심한 폭우가 내린다고 하더군요."

"그래요? 예상되는 피해는 어느 정도죠?"

"글쎄요. 아직 정확한 추정치는 나오지 않았습니다만, 작황도 부진해질 테고 산사태의 위험도 있으니⋯⋯."

똑똑.

갑자기 들려오는 노크 소리에 말이 뚝 끊겼다.

삽시간에 흐르는 침묵을 가르며 들어온 시녀가 주전자와 은찻잔, 그리고 쿠키 접시를 내려놓았다.

"본 공이 할 테니 나가 보도록."

귀찮다는 듯 시녀를 내보낸 공작이 주전자를 들어 차를 따랐다. 쪼르르, 맑은 소리와 함께 알맞게 덥혀진 노란 찻물이 은찻잔에 조금씩 채워졌다.

밀라이아는 찻잔에서 피어오르는 달콤한 장미 향에 슬쩍 눈썹을 찌푸렸다. 몸에 뿌리는 것만으로도 지겨운데 이제는 차마저 저 향인가 싶었다.

"어찌 그러십니까?"

그저 잠깐 인상을 찌푸렸을 뿐인데, 짧은 사이 그것을 눈치챈 듯 공작은 곧바로 물어왔다.

"아아, 별건 아니고, 실은 내가 장미 향을 좀 싫어하거든요. 한데 몸에 뿌리는 향수하며 지금 이 차하며 죄다 장미 향 일색이라 영

고역이네요."

말을 할까 말까 잠시 망설이던 밀라이아는 그냥 솔직하게 답했
다. 어차피 자신의 정체를 알고 있는 유일한 사람인데 이 정도 푸
념쯤 못할 건 또 뭔가 싶었다.

"그렇습니까. 그래서 안색이 그리 좋지 않으셨던 모양이군요."

"그런가 봐요. 며칠 전에는 글쎄, 침실에 피우는 향초마저 장미
향으로 바뀐 거 있죠. 사정이 사정인지라 싫은 내색도 못하고…….
싫어하는 향에 하루 종일 둘러싸여 살아서 그런지 요즘은 몸까지
무겁네요. 가슴도 답답하고. 아아, 그냥 확 바꿔 버릴까……."

"부디 참아 주십시오. 고충이 크신 건 알겠으나 아직은 자중하셔
야 하지 않겠습니까?"

만류하는 공작의 음성에는 어쩐지 놀리는 듯한 느낌이 묻어나고
있었다.

그러니 평소였다면 분명 무어라 받아쳤을 테지만, 그간 조금씩
쌓여 왔던 불만을 처음으로 털어놓아 다소나마 가슴이 후련해진
밀라이아는 그저 아무것도 눈치채지 못한 척 찻잔을 밀어내며 물
었다.

"아까 어디까지 얘기했었죠?"

"아, 예상되는 피해 정도에 대해 말씀드리고 있었지요. 그 점은
추정치가 나오는 즉시 말씀드리겠습니다. 그보다는 이 상태로 기온
이 더 올라갈 경우 전염병의 발생을 각오해야 하는 것이 문젭니다."

"흠. 선순위 계승권자들이 전염병으로 전부 요절한 사건 때문인
가요?"

"알고 계시는군요. 맞습니다."

'그럼, 내가 얼마나 귀에 못 박히도록 들었는데.'

밀라이아는 에스페라 공작에게 들었던 이야기를 떠올리며 잠시 추억에 잠겼다. 그때는 왜 자꾸 여왕 시대의 이야기만 하느냐며 뭐라 했었는데, 이런 식으로 유용하게 써먹을 일이 생길 줄은 꿈에도 몰랐다.

"그렇군요. 하면 대책보다는 민심이 문제겠네요. 정무 회의에서는 이런 얘기를 하기가 쉽지 않을 테고……. 알겠어요. 고가 뭘 하면 되나요?"

고개를 한쪽으로 기울이며 묻자 공작은 잠시 의외라는 듯한 눈초리로 그녀를 바라보다 말했다.

"일단 신이 곧장 구호 물품 및 인력을 보낼 터이니, 전하께서는 모르는 척 결재만 내려주십시오. 뒷말 없도록 처리하겠습니다."

"알겠어요. 하면 누구의 이름으로 내려가는 거죠?"

"일단은 행정부로 할까 합니다. 왕실의 이름으로 하면 아무래도 좀 부담되지 않으시겠습니까?"

"으음……."

잠시 손익을 계산해 본 밀라이아는 이내 고개를 끄덕였다. 왕실의 이름으로 직접 내려 보내는 것은 민심을 얻기에는 좋은 방법이었으나, 자칫 귀족들의 반발을 살 우려가 있었다. 그러니 아직 몸을 사려야 하는 지금은 그냥 공작의 말대로 하는 편이 나을 듯했다.

"그래요, 그럼. 참, 이번 기회에 각 영지마다 약재 저장을 의무화하는 건 어때요? 이미 되어 있으려나?"

"네. 그건 글로리아 전하께서 즉위하시자마자 법제화하였습니다."

"아, 그래요? 그럼 됐고요."

어깨를 으쓱한 밀라이아는 우아한 손놀림으로 쿠키 하나를 집어 들었다. 그러고는 무심결에 찻잔으로 손을 뻗다 말고 멈칫했다.

인상을 찌푸리는 그녀를 보며 슬쩍 입꼬리를 들어 올린 공작이 말했다.

"조금만 더 참으십시오. 언젠가는 마음대로 뜯어고치실 날이 올 겁니다."

"그래야지요."

"하면 신은 이만 물러가겠습니다. 조만간 정무 회의에서 다시 뵙지요."

"그래요. 나중에 봐요."

부루퉁한 인사에 다시 한번 픽 웃어 보인 공작이 돌아섰다.

밀라이아는 멀어지는 남자를 잠시 바라보며 그가 남기고 간 말을 곰곰이 곱씹어 보았다.

'폭우라. 심한 폭우……. 내가 배운 내용 중에 비 얘기도 있었던가? 그런 소리는 분명 한 번도 못 들어본 것 같은데.'

아무리 여왕 시대에 대한 기록이 적다하더라도 고작 백 년 전인데, 지금처럼 비정상적으로 비가 많이 내렸다면 관련 사료가 하나도 남아 있지 않을 리가 없었다. 그로 인해 심각한 재해가 발생했다면 더더욱.

'그렇다면 그냥 일시적인 현상이란 얘긴가? 아니면 별문제 없이 잘 넘어갔다거나.'

정말 그런 거라면 다행이기는 한데, 그렇다고 해서 확실하지도 않은 기억에 의존하여 중대사를 처리할 수는 없는 법이었다. 사실 그 때문에 공작의 말에 토를 달지 않고 순순히 승낙해 준 것이기도 했다.

'혹시 모르니까 일단 다른 대책도 좀 더 세워 보라고 할까? 괜히 잘못하면 또 과하게 했다고 어쩌고저쩌고하려나? 이놈의 귀족들 등쌀 때문에 뭘 제대로 할 수가 있어야지.'

눈썹을 찡그린 채 한참 동안 이 생각 저 생각을 해 보던 밀라이아는 문득 창밖이 한층 더 어두워졌다는 것을 깨닫고는 머리를 문지르며 자리에서 일어났다. 요 며칠 이상하게 몸이 무겁고 피곤했던 터라, 아무래도 오늘은 일찍 잠자리에 들어야 할 것 같았다.

'모르겠다. 일단은 좀 자고 일어나서 생각해야지. 오늘은 푹 잤으면 좋겠는데.'

느릿느릿 걸음을 옮기는 밀라이아의 뒤로 짙은 그림자가 길게 드리워졌다.

주인이 떠난 방 안에 짙은 장미 향만이 어둡게 맴돌고 있었다.

"……하! 전하!"

울음 섞인 부름이 들렸다.

"뭣들 하느냐! 저 향초들을 당장 끄지 않고! 창도 전부 열어! 어서!"

"다, 다 껐습니다!"

"창도 전부 열었습니다! 전하께서는…… 전하께서는 괜찮으신가요?"

벼락같은 고함 소리와 더듬거리며 묻는 음성도.

"전하! 정신 차리십시오, 전하!"

"왕궁의는 아직인가? 대체 어디서 뭘 하고 있는 게야!"

"아무래도 안 되겠습니다. 당장 옆방으로!"

당혹과 경악, 간절함, 그리고 분노.

온갖 감정이 소용돌이치는 소리의 향연에 조금씩 의식이 돌아왔다.

머리가 깨질 듯 지끈거렸다. 물먹은 드레스인 양 축 처진 몸은 손 끝 하나 까딱할 수조차 없었다. 마치 시체가 되어 버린 듯한 기분.

'내 몸이 왜 이러지?'

몹시 당혹스러웠다. 평소처럼 짙은 장미 향에 괴로워하며 억지로 잠을 청했던 것밖에 없는데 갑자기 몸이 왜 이런단 말인가? 마치 중한 병에 걸린 사람처럼.

"비켜라! 내가 직접 모시겠다!"

늘어진 몸을 누군가가 부축하는 것 같더니, 곧이어 공중에 붕 뜨는 듯한 느낌이 그녀를 감쌌다.

저벅저벅 걷는 발걸음에 따라 몸이 규칙적으로 흔들렸다. 조금씩 감각이 돌아오는 코끝을 타고 달콤한 시트러스 향이 느껴졌다.

"페…… 르디난…… 드 공, 작."

바짝 마른 입술 사이로 잔뜩 갈라진 목소리가 새어 나왔다.

그 순간, 머리 위쪽에서 따뜻한 바람이 느껴졌다. 아마도 막혔던 숨을 토해 낸 듯했다.

"……깨어나셨군요."

짐작이 맞았던 듯, 조심스레 그녀를 고쳐 안는 남자의 목소리에는 깊은 안도가 섞여 있었다.

뒤에서 숨죽인 환희가 들려오고, 누군가가 황급히 달려오는 소리와 방문 열리는 소리가 연이어 귓가를 두드렸다.

대체 이게 무슨 상황인 걸까.

"내려 드리겠습니다."

조용조용 말을 건넨 공작이 부드럽게 그녀를 침대에 눕혔다.

서둘러 옆으로 다가선 여의女醫가 양해를 구하고는 곧바로 몸의 이곳저곳을 짚어 가며 상태를 확인하기 시작했다.

"지금, 뭘 하는……. 공작, 그대는 또 왜, 여기에…….."

"자세한 사정은 차차 말씀드리겠습니다. 좀 어떠하신가? 상세가 많이 안 좋으신가?"

걱정스러운 물음에 곧장 고개를 숙여 보인 여의가 답했다.

"아닙니다, 각하. 조금만 더 늦었어도 위험했을 것이나 다행히 발견이 빨라 큰 이상은 없으실 듯합니다. 당분간 맑은 공기를 쐬어 주시고 정양靜養하시면 금세 회복하실 것입니다."

"그런가. 다행이군."

슬쩍 한숨을 내쉰 공작이 한결 여유로워진 표정으로 사람들에게 이것저것을 지시하기 시작했다.

밀라이아는 맥없이 침대 머리에 몸을 기댄 채 천천히 눈을 감았다. 분위기를 보아 하건대 아무래도 암습을 당한 듯했다.

'대체 어떤 수법을 쓴 거지? 분명 철저하게 방비했다고 생각했는데.'

후우.

말라붙은 입술 사이로 긴 숨이 흘러나왔다.

그를 혼자 있고 싶다는 의미로 해석한 듯, 사람들은 제 할 일만을 마친 후 서둘러 방을 빠져나갔다.

결국 그녀의 옆에 남은 자는 오직 레티시아 백작 부인과 페르디난드 공작, 두 사람뿐이었다.

"무사하셔서 다행입니다, 전하. 축 늘어지신 모습을 보고 어찌나 놀랐던지……. 각하가 아니었다면 정말 큰일 날 뻔했지 뭡니까."

흐트러진 머리카락을 가지런히 정리해 준 백작 부인이 입가에 물 컵을 대어 주며 말했다. 아직도 상태가 좋지 않은 그녀를 배려하기 위함인 듯 한껏 목소리를 낮춘 채였다.

그제야 말라붙은 입술이며 목을 간신히 축인 밀라이아는 한결 나아진 음성으로 공작에게 물었다.

"대관절 어찌 된…… 일인가요?"

"최근 들어 침실에 피우는 향초가 바뀌었다고 하셨지요? 그게 바로 원인이었습니다. 전하께서 장미 향을 좋아하시는 것을 알고 있는 어떤 자가 독성분이 있는 풀로 향초를 만들어 보낸 겁니다. 쏠루아는 태우면 장미 향과 매우 흡사한 향이 나거든요."

"쏠루아? 그런……."

것도 있었느냐, 라는 뒷말을 서둘러 삼키며 레티시아 백작 부인 쪽을 흘낏 쳐다보자, 공작은 알아들었다는 듯 미미하게 고개를 끄덕여 보이고는 말했다.

"처음 언급하셨을 때는 무심히 넘겼으나 집에서 곰곰이 생각해 보니 무언가 찜찜하더군요. 요 며칠 몸이 무겁노라고 하셨던 것도 그렇고요. 쏠루아는 꽤나 흔한 수법이라 설마 하였는데, 오히려 그렇기에 미처 의심치 못하셨을 수도 있겠다 싶어 결례를 무릅쓰고 찾아왔습니다."

"……그랬군요. 아무리 그래도 야심한 시각에 내 방에 뛰어드는 게 쉽지는 않았을 텐데……. 공작의 빠른 결단 덕분에 목숨을 구했네요. 정말 고마워요."

"아닙니다. 전하를 모시는 신하로서 당연히 해야 할 일을 한 것뿐인데요."

무덤덤하게 겸양을 표한 남자가 다시금 입을 열었다.

"어쨌거나 무사하신 것을 보았으니 되었습니다. 자세한 말씀은 추후에 다시 드리고, 지금은 일단 물러가겠습니다. 쉬십시오."

"그래요. 그럼 밝은 날 다시 봅시다. 오늘 정말 수고가 많았어요."

그 잠깐의 대화에도 호흡이 가빠 와, 밀라이아는 자꾸만 차오르는 숨을 몰아쉬며 말했다.

돌아서는 남자를 피해 한쪽 옆으로 비켜섰던 레티시아 백작 부인이 황급히 다가와 이불을 꼭꼭 여며 주며 물었다.

"전하, 괜찮으십니까? 물을 좀 더 가져다 드릴까요?"

"으음, 네. 그리고 창도 좀 열어 주겠어요? 맑은 공기를 마시고 싶군요."

느릿느릿 떨어지는 답변을 들은 부인이 재깍 컵에 물을 따랐다. 마시기 편하게 컵을 입가에 대 준 그녀는 밀라이아가 무사히 두어 모금을 넘기는 것을 확인한 후에야 창가로 다가가 커튼을 걷었다.

활짝 열린 창 사이로 시원한 밤바람이 밀고 들어왔다. 밤 특유의 정취가 함빡 묻어 있는, 싸늘하면서도 축축한 공기가 폐를 타고 온몸을 빙 돌았다.

그제야 계속되던 두통이 한결 가라앉는 것 같았다. 가쁘던 호흡도 훨씬 수월해진 듯했고.

'향초를 이용한 암습이라. 감히 날 죽이려 했단 말이지?'

거칠게 숨을 들이쉬자, 바람결에 살랑이는 커튼 자락을 잡아 꼼꼼하게 묶던 백작 부인이 서둘러 그녀에게 다가왔다. 늘 엄격하게 굳어 있던 얼굴이 걱정으로 잔뜩 물들어 있었다.

"어찌 그러십니까, 전하? 어디가 불편하신지요?"

"……괜찮아요. 이제야 좀 살 것 같네요."

한숨 섞인 목소리로 답하는 순간, 백작 부인의 눈에서 투둑 하고 눈물이 떨어져 내렸다.

깜짝 놀란 밀라이아는 허둥지둥 백작 부인을 붙잡으며 말했다.

"왜 그래요, 유모? 울지 말아요. 고는 이제 괜찮아요."

"흑, 무사하셔서 정말, 정말 다행입니다, 전하. 신이 얼마나 놀랐던지……. 심지어는 당장 전하를 뵈어야겠다는 각하를 막아서기까지 하고……. 이 모든 것이 전부 전하를 제대로 보필하지 못한 천녀賤女의 탓입니다. 부디 어리석은 신을 죽여 주십시오."

"그게 무슨 소리예요. 그렇게 치면 애초에 제대로 조심하지 못한 고의 탓이 크지요. 너무 그리 자책하지 말아요. 그만 울고……. 앞으로는 좀 더 주의할게요, 네?"

아직까지 힘이 제대로 들어가지 않는 손을 간신히 들어 팔을 토닥이자, 백작 부인은 눈물을 뚝뚝 흘리며 답했다.

"아닙니다. 궁에 들어오는 모든 물건은 궁내부의 소관. 신이 좀 더 신경을 썼어야 했는데……. 정말이지 무어라 드릴 말씀이 없습니다, 전하. 참으로 송구합니다."

"미리 알고 대비하고 있었다면 모를까, 그걸 어떻게 알아차리겠어요? 그렇게 치면 애초에 하필이면 그런 향을 선호해 빌미를 준 내 탓이지요."

맑은 공기를 한껏 들이켜서 그런가, 무심코 던진 말에 문득 머릿속에 반짝하고 한 가지 생각이 떠올랐다.

잘만 하면 이번 참에 여러 가지 일을 한꺼번에 처리할 수 있을 것 같았다. 물론 꽤나 비싼 대가를 치르기는 했지만.

"그리고 보니 궁내부부터 단속해야겠네요. 이미 빠져나갔을 수도 있겠지만, 지금이라도 궁내부 전원의 출궁 금지령을 내려주겠어요? 범인 색출은 밝은 날 하더라도 일단 붙들어 두기는 해야지요."

"네, 전하. 당장 근위 기사단에 이르겠습니다."

결연하게 얼굴을 굳힌 백작 부인이 손수건으로 남은 눈물을 닦아내며 말했다.

잠시 망설이는 양 입술을 벙긋거리던 밀라이아가 이내 작은 목소리로 말했다.

"음, 그리고……."

"네, 전하. 뭔가 더 하명할 것이라도 있으신지요?"

"아뇨, 그냥……. 왕명을 전달한 후에 다시 이 방으로 돌아와 줄 수 있겠어요? 오늘은…… 혼자 잠들기가 싫어서요."

간절한 목소리에 멈칫한 백작 부인은 이내 젖은 눈빛으로 빙그레 웃으며 답했다.

"물론입니다, 전하. 어차피 이 방을 떠날 생각도 없었답니다. 또 누가 삿된 생각을 품고 있을지 모르는 이상 함부로 자리를 비울 수는 없지요."

"고마워요."

"밖에 윈터 경이 대기하고 있으니, 그에게 왕명만 잠깐 이르고 오겠습니다. 방을 비우지는 않을 터이니 심려치 마십시오."

"……그래요."

'통했군.'

밀라이아는 부끄러운 척 고개를 돌리며 속으로 회심의 미소를 지었다.

조심스레 방문을 연 백작 부인이 무어라 소곤소곤 말을 건네는 소리가 들렸다. 그에 답하듯 낮게 깔리는 또 다른 목소리도.

'윈터 경이라면 그때 홀로 비를 맞았던 기사인가?'

그자라면 최소한 성실하게 직무는 수행할 터. 그래도 그가 당직이라 다행이라는 생각이 들었다. 암살의 실패를 안 범인들이 혹시라도 이판사판으로 나온다면 곤란했으니까.

'아니, 오히려 그래 주면 좋은 건가? 그럼 확실하게 배후를 캐낼 수 있을 테니.'

냉소적인 미소를 짓던 밀라이아는 어느새 옆으로 돌아오는 사람의 인기척을 느끼고는 서둘러 표정을 가다듬었다. 백작 부인이야 제가 죽음을 맞이할 경우 책임을 면치 못할 테니 필시 이번 일과는 무관하겠지만, 그래도 굳이 이런 계산적인 감정까지 보여 주고 싶지는 않았다.

'어디 두고 보자. 이렇게 한 방 맞은 이상 내일부터는 정말 제대로 움직여 줄 테니.'

입술을 잘근잘근 깨무는 그녀를 걱정스럽게 바라본 백작 부인이 물었다.

"숨쉬기는 좀 어떠십니까?"

"아, 아까보다는 훨씬 괜찮아요. 이대로 조금만 더 쉬면 될 것 같네요."

힘없이 웃으며 답하자, 백작 부인은 한결 안도한 표정으로 컵 하나를 내밀었다.

"다행입니다. 왕궁의가 해독제를 가져왔으니, 쭉 드시고 좀 더 주무십시오. 신이 곁을 지키겠습니다."

"해독제…… 요?"

"네. 몸에 침투한 독성분을 빠르게 흐트러뜨리는 약이라고 합니다. 믿을 수 있는 사람이니 안심하셔도 됩니다. 물론 확인 작업도 마쳤고요."

"아, 네."

그제야 고개를 끄덕인 밀라이아는 그럼에도 은 스푼을 한 번 더 담가 본 후에야 컵에 든 약을 들이켰다. 목을 타고 넘어가는 약의 느낌이 제법 청량했다.

"한잠 주무시고 나면 훨씬 나을 것입니다. 일어나실 때까지 떠나지 않을 터이니 염려치 마십시오."

"그래요. ……고마워요, 유모."

그래도 제 곁을 지키는 사람이 있다는 생각에 안심이 된 건지, 불안하게 뛰던 심장이 한층 편안한 울림으로 바뀌는 것이 느껴졌다.

몸이 점점 나른하게 늘어졌다.

의식이 수면 아래로 조금씩 가라앉았다.

속으로 내일을 기약하면서, 밀라이아는 잠의 세계로 걸음을 내디뎠다.

-2권에서 계속-

BLACK LABEL CLUB 032

여왕을 위한 진혼곡 1

1판 1쇄 발행 2018년 1월 29일
1판 2쇄 발행 2018년 3월 26일

지은이 정유나
펴낸이 신현호
편집국장 김은주
편집부장 예숙영
책임편집 박상희
편집디자인 한방울
영업·관리 김민원 이주형 조인희
물류 이순우 최준혁

펴낸곳 ㈜디앤씨미디어
출판등록 2002년 5월 1일 제117-90-51792호
주소 서울시 구로구 디지털로 26길 111 JnK디지털타워 503호
대표전화 (02)333-2513 팩스 (02)333-2514
전자우편 dncbooks@dncmedia.co.kr
디앤씨북스 블로그 http://blog.naver.com/dncbooks
디앤씨북스 로맨스 카페 http://cafe.naver.com/dnc2007

ISBN 979-11-264-4257-7 (04810)
ISBN 979-11-264-4256-0 (세트)